Chaim Potok
Die Erwählten

Chaim Potok, geboren 1929 in New York, ist einer der großen amerikanisch-jüdischen Autoren. Er studierte Englische Literatur und Philosophie und ist Rabbiner. Er lebt in der Nähe von Philadelphia.

Zu diesem Buch:
Reuven Malter, talentierter Sohn eines liberalen jüdischen Lehrers, der die Gründung des Staates Israel unterstützt, und Danny Saunders, hochbegabter Nachkomme einer alten Dynastie orthodoxer chassidischer Rabbiner, stehen sich bei einem Baseballspiel gegenüber. Aus dem sportlichen Wettkampf wird ein Krieg zwischen zwei Weltanschauungen. Dannys Haß ist so groß, daß er Reuven töten möchte, und er schießt ihm mit dem Ball ein Auge aus. Doch Reuvens Vater fordert, das Opfer solle sich den Täter zum Freund machen.
»Man mag das Buch kaum aus der Hand legen und ist versucht, es in einem Rutsch zu lesen.« Heide Simonis

Chaim Potok

Die Erwählten

Roman

Aus dem Amerikanischen übersetzt
von Thomas Gunkel und Sabine Zwirner

Rotbuch Verlag

Die Deutsche Bibliothek – CIP-Einheitsaufnahme

Potok, Chaim:
Die Erwählten : Roman / Chaim Potok. Aus dem
Amerikan. von Thomas Gunkel und Sabine Zwirner. –
Hamburg : Rotbuch Verlag, 1996
(Rotbuch-Taschenbuch ; 1043)
Einheitssacht.: The chosen [dt.]
ISBN 3-88022-485-4
NE: GT

Rotbuch Taschenbuch 1043

3. Auflage 2000

Die Originalausgabe erschien unter dem Titel »The Chosen«
bei Simon & Schuster, New York

Umschlaggestaltung: MetaDesign, Berlin
unter Verwendung von Motiven aus dem Bild »The Story of
Matzah; The History of the Jews, Part III: Immigration«
von Larry Rivers (Collection Sivia and Jeffrey Loria, New
York), © VG Bild-Kunst, Bonn 1996
Druck und Bindung: Druckerei Wagner, Nördlingen
Printed in Germany
ISBN 3-88022-485-4

Für Adena

Wenn eine Forelle, die nach einer Fliege schnappt, plötzlich spürt, daß sie am Haken hängt und nicht mehr frei schwimmen kann, beginnt sie einen Kampf auf Leben und Tod, wühlt wild das Wasser auf, und manchmal gelingt ihr die Flucht. Meistens allerdings ist diese Situation für sie aussichtslos.

Auf dieselbe Weise kämpft der Mensch mit seiner Umwelt und mit den Haken, die für ihn ausgelegt sind. Manchmal meistert er seine Schwierigkeiten; manchmal ist er ihnen nicht gewachsen. Die Welt sieht nur seine Bemühungen und mißversteht sie; denn einem freien Fisch fällt es schwer zu begreifen, was ein Fisch durchmacht, der am Haken hängt.

Karl A. Menninger

Wahres Glück
Hängt nicht von der Menge der Freunde ab,
Sondern von ihrem Wert und ihrer Auswahl.
Ben Jonson

Mein Dank gilt Dr. Israel Charny, Mrs. Jonas Greenfield, Rabbi Raphael Posner und Dr. Aaron Rosen, die mich bei meinen Nachforschungen unterstützt haben.

C. P.

ERSTES BUCH

Denn als ich noch Kind in meines Vaters Hause war...
Da lehrte er mich und sprach:
»Laß dein Herz meine Worte aufnehmen...«
Sprüche Salomos

Kapitel 1

Die ersten fünfzehn Jahre unseres Lebens wohnten Danny und ich fünf Häuserblocks voneinander entfernt, und keiner wußte von der Existenz des anderen.

In Dannys Block lebten überwiegend Anhänger seines Vaters, aus Rußland eingewanderte chassidische Juden in dunkler Kleidung, deren Bräuche und Vorstellungen tief in der Erde des Landes wurzelten, das sie verlassen hatten. Sie brühten ihren Tee im Samowar und schlürften ihn langsam durch Zuckerwürfel, die sie zwischen den Zähnen hielten. Sie aßen die Speisen ihrer Heimat, sprachen laut, manchmal russisch, meistens ein russisch gefärbtes Jiddisch, und waren leidenschaftliche Anhänger von Dannys Vater.

Einen Häuserblock weiter lebte eine andere chassidische Sekte, Juden aus dem Süden Polens, die in ihren langen, schwarzen Mänteln, mit schwarzen Hüten, mit schwarzen Bärten und Schläfenlocken wie Gespenster durch Brooklyns Straßen wandelten. Diese Juden hatten ihren eigenen Rabbi, ihr dynastisches Oberhaupt, das die Stellung seiner Familie innerhalb der rabbinischen Führerschaft bis in die Zeit Baalschem Tows zurückverfolgen konnte, der im achtzehnten Jahrhundert den Chassidismus begründet hatte und den sie als von Gott selbst eingesetzte Persönlichkeit verehrten.

In dem Bezirk, in dem Danny und ich aufwuchsen, lebten drei oder vier solcher chassidischen Sekten. Jede hatte ihren eigenen Rabbi, ihre eigene kleine Synagoge, ihre besonderen Bräuche und denselben leidenschaftlichen Zusammenhalt untereinander. Am Schabbes oder am Morgen eines Festtages sah man die Mitglieder der Sekten zu ihren Synagogen gehen. Sie trugen ihre besondere Kleidung und waren begierig darauf, mit ihrem Rabbi zu beten, um die Aufregungen der Woche und den Hunger nach Geld zu vergessen – nach dem Geld, das sie so dringend brauchten, um ihre großen Familien durch die endlos erscheinende Wirtschaftskrise zu bringen.

Die Bürgersteige von Williamsburg bestanden aus brüchigen Zementplatten. Der Straßenbelag war aus Asphalt, der in den erstickend heißen Sommern aufweichte und in dem während der strengen Winter die Schlaglöcher aufbrachen. Viele Häuser waren aus Sandstein und standen dicht nebeneinander, keines war höher als zwei oder drei Stockwerke. Dort lebten Juden, Iren, Deutsche und einige Flüchtlingsfamilien, die vor Beginn des Zweiten Weltkriegs vor dem Spanischen Bürgerkrieg und dem Franco-Regime geflohen waren. Die meisten Geschäfte wurden von Nichtjuden geführt, manche gehörten aber auch orthodoxen Juden, Mitgliedern chassidischer Sekten dieses Bezirks. Man konnte sie mit ihren schwarzen Käppchen, den Vollbärten und langen Schläfenlocken hinter ihren Ladentischen stehen sehen. Sie verdienten sich ihren kargen Lebensunterhalt und träumten vom Schabbes und von den Festtagen, an denen sie ihre Geschäfte schließen und ihre Aufmerksamkeit ihren Gebeten, ihrem Rabbi und ihrem Gott zuwenden konnten.

Alle orthodoxen Juden schickten ihre männlichen Nachkommen in die Jeschiwa, eine jüdische Konfessionsschule, wo von acht oder neun Uhr morgens bis vier oder fünf Uhr nachmittags unterrichtet wurde. Freitags entließ man die Schüler für gewöhnlich schon um ein Uhr, damit sie sich auf den Schabbes vorbereiten konnten.

Eine jüdische Erziehung war Pflicht für alle Orthodoxen, aber da man in Amerika war und nicht in Europa, schrieb der Lehrplan auch englische Unterrichtsfächer vor, so daß jeder Schüler eine doppelte Last zu tragen hatte: morgens den hebräischen, nachmittags den englischen Unterricht. Zum entscheidenden Prüfstein für ihre intellektuellen Fähigkeiten jedoch war der Tradition und stillschweigender Übereinkunft nach ein einziges Unterrichtsfach geworden: der Talmud. Exzellente Kenntnis des Talmud war das Ziel, das jeder Jeschiwa-Schüler am meisten anstrebte, denn nur diese garantierte den Ruf hervorragender Intelligenz.

Danny besuchte die kleine Jeschiwa, die sein Vater gegründet hatte. Ich ging außerhalb von Williamsburg auf die Jeschiwa von Crown Heights, an der mein Vater unterrichtete. Auf diese Jeschiwa sahen die Schüler der anderen jüdischen Konfessionsschulen Brooklyns ein wenig herab. Sie bot mehr englische Fächer an als das im Lehrplan vorgesehene Minimum, und die jüdischen Fächer wurden hebräisch und nicht jiddisch unterrichtet. Die meisten Schüler waren Kinder von der Art jüdischer Einwanderer, die sich von der Getto-Mentalität emanzipiert glaubten, die für die jüdischen Konfessionsschulen Brooklyns typisch war.

Danny und ich wären uns wahrscheinlich niemals begegnet – und wenn, dann unter völlig anderen Umständen –, wäre da nicht der Eintritt Amerikas in den Zweiten Weltkrieg gewesen, der bei einigen englisch unterrichtenden Lehrern der jüdischen Konfessionsschulen den Ehrgeiz weckte, der nichtjüdischen Welt zu beweisen, daß Jeschiwa-Schüler trotz ihres langen Unterrichts körperlich genauso fit waren wie alle anderen amerikanischen Schüler. Sie machten sich daran, diesen Beweis zu erbringen, indem sie für alle Jeschiwas unseres Bezirks und der weiteren Umgebung Sportligen organisierten. Alle zwei Wochen traten die Schulen in den unterschiedlichsten Sportarten gegeneinander an. Ich wurde Mitglied der Baseballmannschaft unserer Schule.

An einem Sonntagnachmittag Anfang Juni trafen sich die fünfzehn Mitglieder unserer Mannschaft mit unserem Sportlehrer auf dem Schulsportplatz. Es war ein warmer Tag, und die Sonne brannte auf den Asphaltbelag des Platzes. Unser Sportlehrer war ein kleiner, untersetzter Mann Anfang Dreißig, der morgens an einer staatlichen High-School lehrte und sein Einkommen aufbesserte, indem er nachmittags an unserer Jeschiwa unterrichtete. Er trug ein weißes Polohemd, weiße Hosen und einen weißen Pullover, und an der unbeholfenen Art, mit der er die kleine schwarze Kappe auf seinem kahlen, runden Kopf trug, war zu erkennen, daß er sie nicht gerade gewohnheitsmäßig aufsetzte. Wenn er sprach, schlug er immer wieder die rechte Faust in die linke Handfläche, um damit seinen Standpunkt zu unterstreichen. Wie ein im Ring tänzelnder Boxer lief er auf seinen Fußballen. Dem professionellen Baseball war er fanatisch verfallen. Seit zwei Jahren trainierte er unser Baseball-Team. Während dieser Zeit hatte er es geschafft, aus fünfzehn ungelenken Tolpatschen die Spitzenmannschaft der Liga zu formen, mit einer Mischung aus Geduld, Glück und geschickter Taktik in schwierigen Spielen und mit seinen lautstarken Anfeuerungsrufen, bei denen er die Fäuste schwang und es darauf anlegte, unseren Patriotismus zu wecken und uns die Bedeutung von Athletik und körperlicher Fitness für die Anforderungen des Krieges vor Augen zu führen. Sein Name war Mr. Galanter, und wir alle wunderten uns, warum er nicht irgendwo an der Front kämpfte.

Während meiner zwei Jahre in der Mannschaft war ich recht gut auf der Position des zweiten Laufmals geworden. Außerdem hatte ich einen schnellen, trickreichen Wurf entwickelt, der den Schlagmann zu einem Schwung provozierte, aber dem Ball einen solchen Drall gab, daß er im letzten Moment unter dem Schläger abtauchte und so einen Fehlschlag erzwang. Mr. Galanter setzte mich am Anfang des Spiels immer am zweiten Laufmal ein. Nur wenn es sehr eng wurde, kam ich als Werfer zum Einsatz; denn seine Baseballphilosophie beruhte, wie er es einmal auf den Punkt brachte, vor allem auf dem defensiven Zusammenhalt des Innenfeldes.

An jenem Nachmittag stand ein Spiel gegen die Siegermannschaft einer Liga aus der Nachbarschaft auf dem Plan, ein Team, das für aggressives, offensives Schlagspiel, aber auch für seine schwachen Rückwürfe bekannt war. Mr. Galanter hämmerte uns ein, unser Innenfeld müsse eine geschlossene Verteidigungslinie bilden. Während der Aufwärmphase, in der unsere Mannschaft allein auf dem Platz war, hieb er immerzu seine rechte Faust in die linke Handfläche und schrie, wir sollten eine geschlossene Verteidigungslinie aufbauen.

»Keine Lücken«, schrie er uns von der Nähe des Schlagmals aus zu. »Keine Lücken, hört ihr? Goldberg, soll das etwa eine geschlossene Verteidigungslinie sein? Dichter zusammen. Da paßt ja noch ein Schlachtschiff zwischen dich und Malter. Ja, so ist's richtig. Schwartz, was machst du da? Hältst du nach Fallschirmjägern Ausschau? Das hier ist ein Ballspiel. Der Feind kämpft auf dem Boden. Zu weit, Goldberg. Du mußt zielen wie ein Scharfschütze. Gib ihm den Ball nochmal zurück. Wirf ihn. Gut so. Wie ein Scharfschütze. Sehr gut. Haltet das Innenfeld zusammen. In diesem Krieg gibt's keine Schützengräben.«

Wir schlugen und warfen uns ein. Es war sonnig und warm, und neben dem angenehmen Gefühl, daß der Sommer bald kommen würde, verspürten wir die Anspannung vor dem Spiel. Wir wollten unbedingt gewinnen – für uns selbst, aber mehr noch für Mr. Galanter, denn wir hatten die Ernsthaftigkeit schätzen gelernt, die sich in seiner Gewohnheit ausdrückte, ständig die rechte Faust in die linke Handfläche zu schlagen.

Für die Rabbiner, die an den Konfessionsschulen unterrichteten, war Baseball eine schlimme Zeitvergeudung, eine Ausgeburt der Assimilierung, die von den wachsenden englischen Unterrichtsanteilen an der Jeschiwa ausging. Trotzdem rangierte ein Sieg in unserer Baseball-Liga für die meisten Konfessionsschüler inzwischen kaum noch hinter einer

Bestnote im Talmud, denn damit konnte man unwiderlegbar unter Beweis stellen, daß man Amerikaner war, und als loyale Amerikaner angesehen zu werden, war für uns in diesen letzten Kriegsjahren immer wichtiger geworden.

Mr. Galanter also stand in der Nähe des Schlagmals, feuerte uns laut an und brüllte seine Anweisungen, und wir schlugen und warfen den Ball über den Platz. Ich verließ kurz das Spielfeld, um meine Brille für das Spiel fertigzumachen. Ich trug eine Brille mit Perlmuttfassung, und vor jedem Spiel bog ich die Ohrbügel nach innen, damit die Brille fest saß und mir nicht von der Nase rutschte, wenn ich zu schwitzen anfing. Ich wartete immer bis unmittelbar vor dem Spiel damit, die Bügel zurechtzubiegen, denn nach innen gebogen drückten sie sich scharf in die Ohrmuscheln ein, und diesen Schmerz wollte ich nicht einen Moment länger als nötig ertragen. Noch Tage nach dem Spiel taten mir stets die Ohren weh, aber ich dachte, das sei immer noch besser, als ständig die Brille über den Nasenrücken hochschieben zu müssen oder Gefahr zu laufen, sie plötzlich während eines wichtigen Spiels zu verlieren.

Davey Cantor, der als Ersatzmann nur einspringen mußte, wenn der First stringer vom Platz gestellt wurde, stand bei dem Schutzzaun hinter der Home base. Davey war klein, hatte ein rundes Gesicht, dunkles Haar und trug eine eulenhafte Brille auf seiner sehr semitisch gebogenen Nase. Er beobachtete, wie ich meine Brille herrichtete.

»Du machst dich gut da draußen, Reuven«, sagte er.

»Danke«, sagte ich.

»Das ganze Team macht sich gut.«

»Wird bestimmt ein gutes Spiel.«

Er starrte mich durch seine Brille an. »Glaubst du?« fragte er.

»Klar, warum nicht?«

»Hast du sie schon mal spielen sehen, Reuven?«

»Nein.«

»Das sind Mörder.«

»Na klar«, sagte ich.

»Nein, wirklich. Die sind gefährlich.«

»Hast du sie schon spielen sehen?«

»Zweimal. Das sind Mörder.«

»Jeder spielt, um zu gewinnen, Davey.«

»Die spielen nicht nur, um zu gewinnen. Die spielen, als ob es ums erste der Zehn Gebote ginge.«

Ich lachte. »Diese Jeschiwa? Jetzt hör aber auf, Davey.«
»Das ist die Wahrheit.«
»Bestimmt«, sagte ich.
»Rebbe Saunders hat ihnen eingebleut, niemals zu verlieren, weil das eine Schande für ihre Jeschiwa wäre, oder so was. Ich weiß auch nicht genau. Du wirst es erleben.«
»He, Malter!« rief Mr. Galanter. »Was ist mit dir, willst du dieses Spiel aussetzen?«
»Denk an meine Worte«, sagte Davey Cantor.
»Klar.« Ich grinste ihn an. »Ein heiliger Krieg.«
Er sah mich an.
»Spielst du heute?« fragte ich ihn.
»Mr. Galanter meinte, ich soll vielleicht auf das zweite Laufmal, falls du werfen mußt.«
»Na dann, viel Glück.«
»He, Malter!« brüllte Mr. Galanter. »Wir haben Krieg.«
»Ja, Sir«, sagte ich und rannte zurück an meine Position am zweiten Laufmal.
Wir warfen und schlugen uns noch ein paar Minuten lang ein, dann ging ich zur Home base, um noch ein paar Schläge zu üben. Ich schlug einen langen Ball ins linke Feld und dann einen schnellen zum Shortstop, der ihn geschickt annahm und rasch an den ersten Schlagmann abgab. Ich hatte gerade zum nächsten Schlag ausgeholt, als jemand sagte: »Da sind sie.« Ich nahm den Schläger auf die Schulter und beobachtete, wie die gegnerische Mannschaft hinter unserem Block auftauchte und auf den Platz zukam. Ich bemerkte, wie Davey Cantor nervös gegen den Drahtzaun hinter der Home base trat und dann die Hände in den Taschen seiner Trainingshose vergrub. Seine aufgerissenen Augen blickten düster durch die eulenhaften Brillengläser.
Ich sah sie auf den Platz kommen.
Es waren fünfzehn Mann, alle trugen die gleichen weißen Hemden, dunklen Hosen, weißen Pullover und schwarzen Käppchen. Wie es die Tradition der Ultra-Orthodoxen gebot, war ihr Haar kurz geschoren, bis auf die Stelle nahe den Ohren, an der das unberührte Haar wuchs, das in langen Schläfenlocken herunterbaumelte. Bei einigen begann der Bart schon zu wachsen und stand in spärlichen Büscheln von Kinn, Wangenknochen oder Oberlippe ab. Alle trugen sie traditionelle Unterkleider unter ihren Hemden, und die Tzitzit, die langen Schaufäden an den vier Enden ihres Gewandes, hingen oberhalb des Gürtels heraus

und schlugen beim Gehen gegen die Hosen. Das waren also Ultra-Orthodoxe, die das biblische Gebot »Und Ihr sollt sie anschauen«, das sich auf die Schaufäden bezieht, wörtlich nahmen.

Im Gegensatz zu unseren Gegnern hatte unsere Mannschaft keine einheitliche Spielkleidung, jeder trug, was er wollte: Trainingshose, kurze Hose, lange Hose, Polohemd, Pulli und sogar Unterhemd. Manche von uns trugen Schaufäden, andere nicht. Aber keiner von uns trug die Schaufäden über der Hose. Das einzig Uniforme, das wir alle gemeinsam hatten, war unser schwarzes Käppchen.

Unsere Gegner stellten sich an der Seite des ersten Laufmals auf, hinter dem Schutzzaun der Home base, eine schwarzweiße, stumme Menge mit Schlägern, Bällen und Fanghandschuhen in den Händen. Ich schaute sie mir an. Sie machten nicht den Eindruck, besonders wild und gefährlich zu sein. Davey Cantor trat wieder gegen den Schutzzaun, dann wandte er sich ab, ging zum dritten Laufmal und rieb dabei seine Hände nervös an der Trainingshose.

Mr. Galanter ging ihnen freundlich lächelnd entgegen; er lief auf seinen Fußballen, und das Käppchen auf seinem kahlen Schädel kam gefährlich ins Rutschen.

Ein Mann löste sich aus der schwarzweißen Menge und ging einen Schritt auf ihn zu. Er war etwa Ende Zwanzig und trug einen schwarzen Anzug, schwarze Schuhe und einen schwarzen Hut. Er hatte einen schwarzen Bart und hielt ein Buch unter dem Arm. Offensichtlich war er ein Rabbi, und ich wunderte mich, daß die Jeschiwa einen Rabbi und keinen Sportlehrer als Trainer einsetzte.

Mr. Galanter ging auf ihn zu und streckte ihm die Hand entgegen.

»Wir sind bereit«, sagte der Rabbi auf jiddisch und schüttelte mit unverhohlenem Desinteresse Mr. Galanters Hand.

»Schön«, antwortete Mr. Galanter lächelnd auf englisch.

Der Rabbi warf einen Blick über das Spielfeld. »Haben Sie schon gespielt?« fragte er.

»Was meinen Sie?« fragte Mr. Galanter.

»Haben Sie sich eingespielt?«

»Ja, natürlich…«

»Wir wollen uns auch einspielen.«

»Warum denn das?« fragte Mr. Galanter und wirkte erstaunt.

»Sie haben sich eingespielt, jetzt spielen wir uns ein.«

»Haben Sie sich denn nicht auf Ihrem eigenen Platz eingespielt?«

»Das haben wir.«

»Nun, dann…«

»Aber wir haben noch nie auf Ihrem Platz gespielt. Wir brauchen nur ein paar Minuten.«

»Gut, aber viel Zeit haben wir nicht mehr«, sagte Mr. Galanter. »Den Regeln nach spielt sich jede Mannschaft auf ihrem eigenen Platz ein.«

»Wir brauchen nur fünf Minuten«, beharrte der Rabbi.

»Gut«, sagte Mr. Galanter. Er lächelte nicht mehr. Er begann am liebsten immer sofort mit dem Spiel, wenn wir auf unserem eigenen Platz antraten. Damit wolle er verhindern, daß wir wieder kalt würden, sagte er.

»Fünf Minuten«, sagte der Rabbi. »Sagen Sie Ihren Leuten, sie sollen den Platz verlassen.«

»Weshalb das?« fragte Mr. Galanter.

»Wir können uns nicht einspielen, wenn Ihre Leute auf dem Feld stehen. Sagen Sie ihnen, sie sollen den Platz verlassen.«

»Also gut«, sagte Mr. Galanter, dann hielt er inne. Er dachte eine Weile nach. Die schwarzweiße Menge hinter dem Rabbi stand bewegungslos da und wartete. Ich sah Davey Cantor auf den Asphaltboden des Platzes stampfen. »Also in Ordnung. Fünf Minuten. Von jetzt an fünf Minuten.«

»Sagen Sie Ihren Leuten, sie sollen den Platz verlassen«, wiederholte der Rabbi.

Mr. Galanter starrte mit düsterem Blick über den Platz, er wirkte entnervt. »Alle Mann vom Platz«, rief er ohne besonderen Nachdruck. »Sie wollen fünf Minuten zum Aufwärmen. Los, los. Haltet die Arme in Bewegung. Seht zu, daß ihr warm bleibt. Werft euch hinter der Home base ein. Los!«

Unser Team trollte sich vom Feld.

Die schwarzweiße Masse in der Nähe des Schutzzauns rührte sich nicht. Der junge Rabbi drehte sich zu seiner Mannschaft um.

Er sprach jiddisch. »Wir haben den Platz fünf Minuten lang«, sagte er. »Ihr wißt, warum wir spielen und für wen.«

Dann trat er beiseite, und die schwarzweiße Menge löste sich in fünfzehn Einzelspieler auf, die aufs Spielfeld rannten. Einer von ihnen, ein großer Bursche mit sandfarbenem Haar, dessen lange Arme und Beine nur aus spitzen Knochen zu bestehen schienen, stand bei der Home base und begann, den anderen Spielern die Bälle zuzuschlagen. Er schlug ein paar einfache Grundbälle und Pop ups, während die Feldspieler sich gegenseitig auf jiddisch anfeuerten. Sie waren schlecht in Form, ließen die einfachsten Grundbälle fallen, warfen sie dann ungezielt zurück und grapschten tolpatschig nach den Flugbällen. Ich sah zu dem jungen Rabbi hinüber. Er hatte sich auf der Bank in der Nähe des Schutzzaunes niedergelassen und las in seinem Buch.

Auf dem weiten Gelände hinter dem Schutzzaun hielt uns Mr. Galanter beim Einwerfen in Bewegung.

»Die Bälle in der Luft halten!« rief er und hieb seine Faust in die Handfläche. »Vor diesem Feuergefecht darf sich keiner drücken! Nie den Feind unterschätzen!«

Aber in seinem Gesicht stand ein breites Lächeln. Nachdem er die andere Mannschaft beim Einspielen gesehen hatte, schien er sich keine Sorgen mehr über den Ausgang des Spiels zu machen. In dem kurzen Moment zwischen zwei Würfen sagte ich mir, daß ich Mr. Galanter mochte. Ich fragte mich, warum er ständig Kriegsausdrücke gebrauchte und weshalb er eigentlich nicht bei der Armee war.

Davey Cantor rannte an mir vorbei, um einen Ball aufzunehmen, der ihm durch die Beine gegangen war.

»Das sind sie also, deine Mörder«, sagte ich grinsend.

»Du wirst schon sehen«, sagte er, während er sich nach dem Ball bückte.

»Klar«, sagte ich.

»Besonders der, der jetzt schlägt. Du wirst schon sehen.«

Der Ball flog auf mich zu, ich fing ihn geschickt auf und warf ihn zurück.

»Wer ist der, der jetzt schlägt?« fragte ich.

»Danny Saunders.«

»Entschuldige meine Unwissenheit, aber wer ist Danny Saunders?«

»Der Sohn von Rebbe Saunders«, sagte Davey Cantor und zwinkerte mit den Augen.

»Ich bin beeindruckt.«

»Du wirst schon sehen«, sagte Davey Cantor und rannte mit seinem Ball davon.

Mein Vater, der für chassidische Gemeinden und ihre rabbinischen Oberhirten nichts übrig hatte, hatte mir von Rabbi Isaac Saunders und der Glaubensstrenge erzählt, mit der er über seine Gemeinde herrschte und jüdische Rechtsfragen entschied.

Mr. Galanter warf einen Blick auf seine Armbanduhr, dann faßte er die Mannschaft auf dem Spielfeld ins Auge. Die fünf Minuten waren offensichtlich um, aber die Spieler machten keine Anstalten, den Platz zu verlassen. Danny Saunders stand jetzt am ersten Laufmal, und ich bemerkte, wie er seine langen Arme und Beine zu seinem Vorteil einzusetzen wußte; durch Strecken und Springen gelang es ihm, die meisten der schlecht gezielten Bälle, die auf ihn zukamen, zu fangen.

Mr. Galanter ging zu dem jungen Rabbi hinüber, der noch immer auf der Bank saß und las.

»Das waren fünf Minuten«, sagte er,

Der Rabbi schaute von seinem Buch auf. »Bitte?« fragte er.

»Die fünf Minuten sind um«, antwortete Mr. Galanter.

Der Rabbi blickte auf den Platz. »Genug«, rief er auf jiddisch. »Zeit für das Spiel!« Dann blickte er wieder in sein Buch und las weiter.

Die Spieler warfen sich den Ball noch ein oder zwei Minuten lang zu und gingen dann gemächlich vom Platz. Danny Saunders, der immer noch den Handschuh des ersten Schlagmanns trug, ging an mir vorüber. Er war ein gutes Stück größer als ich, und im Gegensatz zu meinen ziemlich normalen, aber gut proportionierten Gesichtszügen und meinem dunklen Haar wirkte sein Gesicht wie aus Stein gemeißelt. Sein Kinn, seine Kiefer- und Wangenknochen bildeten eine hervorspringende harte Linie, seine Nase war spitz und gerade, seine Lippen waren voll und bogen sich unter der Nasenmitte in einem steilen Winkel ab, dann neigten sie sich nach unten und formten einen viel zu breiten Mund. Seine Augen waren tiefblau, und die spärlichen Haarbüschel an Kinn, Wangen und über der Oberlippe, sein kurzgeschnittenes Haar und die seitlich herunterbaumelnden Schläfenlocken waren sandfarben. Seine Arme und Beine bewegte er schlenkernd und ungelenk, redete jiddisch auf einen seiner Mannschaftskameraden ein und sah durch mich hindurch, als er an mir vorüberging. Ich konnte seinen chassidischen Überlegenheitsdünkel nicht ausstehen und sagte mir, es werde mir eine große Genugtuung sein, ihn und seine Mannschaft heute nachmittag zu schlagen.

Der Schiedsrichter, ein Sportlehrer aus einer Konfessionsschule zwei Häuserblocks weiter, rief die beiden Mannschaften zusammen, um zu entscheiden, wer als erster schlagen sollte. Er warf einen Schläger in die Luft. Ein Spieler der anderen Mannschaft fing ihn auf, ließ ihn aber beinahe wieder fallen.

Während der Hand-über-Kreuz-Wahl kam Davey Cantor herüber und stellte sich neben mich.

»Was meinst du?« fragte er.

»Das ist ein hochnäsiger Haufen«, sagte ich zu ihm.

»Was hältst du von ihrem Spiel?«

»Die sind lausig.«

»Das sind Mörder.«

»Jetzt komm schon, Davey«.

»Du wirst schon sehen«, sagte Davey Cantor und schaute mich mit düsterem Blick an.

»Ich *habe* es gerade gesehen.«

»Du hast gar nichts gesehen.«

»Doch, bestimmt«, sagte ich, »und wenn es hart auf hart kommt, kommt der Prophet Elias und steht ihnen bei.«

»Ich sage das nicht zum Spaß«, sagte er und sah beleidigt aus.

»Mörder«, sagte ich lachend.

Die Mannschaften begannen sich zu verteilen. Wir hatten die Wahl verloren, und die anderen hatten entschieden, als erste zu schlagen. Wir liefen auf das Feld. Ich nahm meine Position am zweiten Laufmal ein. Ich sah den jungen Rabbi in der Nähe des Zaunes sitzen und lesen. Eine Minute lang warfen wir uns noch ein. Mr. Galanter stand ganz in der Nähe des dritten Laufmals und feuerte uns an. Es war warm, ich schwitzte leicht, und ich fühlte mich fit. Endlich verlangte der Schiedsrichter, der seine Position hinter dem Werfer eingenommen hatte, den Ball, und jemand warf ihn ihm zu. Er übergab ihn dem Werfer und rief: »Los! Spielt den Ball!« Wir nahmen unsere Plätze ein.

Mr. Galanter rief: »Goldberg, nach innen!« Und Sidney Goldberg, unser Shortstop, machte zwei Schritte vorwärts etwas näher ans dritte Laufmal heran. »Okay, gut«, sagte Mr. Galanter. »Haltet das Innenfeld zusammen!«

Ein magerer kleiner Kerl ging zum Schlagmal, nahm mit zusammengepreßten Füßen Aufstellung und hielt seinen Schläger unbeholfen über dem Kopf. Er trug eine Nickelbrille, die seinem Gesicht den Ausdruck eines verbitterten alten Mannes verlieh. Beim ersten Wurf holte er so unkontrolliert aus, daß er sich durch die Schwungkraft einmal um die eigene Achse drehte. Dabei flogen die Schläfenlocken an beiden Seiten seines Kopfes hoch und beschrieben, seiner Drehung folgend, fast einen horizontalen Kreis in der Luft. Dann fing er sich und nahm seine Position am Schlagmal wieder ein, ein magerer kleiner Kerl mit zusammengepreßten Füßen, der unbeholfen seinen Baseballschläger über dem Kopf hielt.

Der Schiedsrichter zählte den Fehlschlag mit lauter, deutlicher Stimme, und ich sah Sidney Goldberg breit zu mir herübergrinsen.

»Wenn er auf dieselbe Art den Talmud studiert, ist er erledigt«, sagte Sidney Goldberg.

Ich grinste zurück.

»Haltet das Innenfeld beisammen«, rief Mr. Galanter vom dritten Laufmal aus. »Malter, ein bißchen weiter nach links! Gut!«

Der nächste Ball kam zu hoch, der kleine Schlagmann versuchte ihn zu treffen, verlor dabei seinen Schläger und stürzte nach vorn auf die Hände. Wieder schauten Sidney Goldberg und ich uns an. Sidney war einer meiner Klassenkameraden. Unser Körperbau ähnelte sich, wir waren beide schlank und gelenkig, und unsere Arme und Beine waren etwas zu knochig. Er war kein besonders guter Schüler, aber ein ausgezeichneter Shortstop. Wir wohnten im selben Häuserblock und waren gute, wenn auch keine engen Freunde. Er trug ein Unterhemd und eine Trainingshose, darüber die Kleidung ohne Schaufäden. Ich hatte ein hellblaues Hemd und dunkelblaue Arbeitshosen an und trug das Gewand mit den vier Zipfeln unter dem Hemd.

Der magere kleine Kerl stand weiter mit zusammengepreßten Füßen am Schlagmal und hielt den Schläger mit demselben unbeholfenen Griff über dem Kopf. Er verpaßte den nächsten Ball, und der Schiedsrichter zählte ihn als Fehler. Ich sah den jungen Rabbi kurz von seinem Buch aufschauen, dann las er weiter.

»Noch zwei«, rief ich unserm Werfer aufmunternd zu, »noch zwei solche, Schwartzie!« und dachte, so sehen also »Mörder« aus.

Ich beobachtete, wie Danny Saunders auf den kleinen Schlagmann zuging und auf ihn einredete. Der richtete seinen Blick auf den Boden, in dem er wohl vor Scham versinken wollte. Er ließ den Kopf hängen und verzog sich hinter den Schutzzaun. Ein zweiter magerer, kleiner Schlagmann nahm seinen Platz ein. Ich sah mich nach Davey Cantor um, konnte ihn aber nicht entdecken.

Der Neue schlug unkontrolliert nach den ersten beiden Bällen und verpaßte sie. Er schlug nach dem dritten Ball. Ich hörte das laute Klack, mit dem der Schläger den Ball traf, sah den Ball blitzschnell in gerader Linie auf Sidney Goldberg zufliegen, der ihn auffing, kurz nachfaßte und ihn schließlich im Handschuh hielt. Er gab den Ball an mich ab, und wir warfen ihn einmal um die Runde. Ich beobachtete, wie Sidney seinen Handschuh auszog und seine linke Hand ausschüttelte.

»Das hat weh getan«, sagte er und grinste mich an.

»Gut gefangen«, sagte ich zu ihm.

»Hat aber auch weh getan«, meinte er und stülpte sich den Handschuh wieder über.

Der breitschultrige Bursche, der sich jetzt am Schlagmal aufstellte, war gebaut wie ein Bär. Er schlug nach dem ersten Ball, verpaßte ihn, schlug nach dem zweiten Ball und schickte ihn in gerader Linie über den Kopf des dritten Baseman ins linke Feld. Ich rannte zum zweiten Laufmal, nahm Aufstellung und rief nach dem Ball. Unser linker Feldspieler fing ihn erst auf, nachdem er zweimal aufgeprallt war, und spielte ihn zu mir ab. Der Ball kam ein bißchen hoch, so daß ich meinen Handschuh nach ihm ausstrecken mußte. Mehr mit dem Körper als mit den Augen nahm ich wahr, wie der Schlagmann zum zweiten Laufmal hinüberwechselte, und im selben Moment, in dem ich den Ball mit dem Handschuh auffangen wollte, prallte der Bursche mit der Wucht eines Lastwagens mit mir zusammen. Der Ball flog über meinen Kopf hinweg, und ich schlug vornüber hart auf dem Asphaltboden auf. Der Schlagmann rannte an mir vorbei zum dritten Laufmal, die Schaufäden wehten hinter ihm her, während er mit der rechten Hand sein Käppchen festhielt. Abe Goodstein, unser Mann am ersten Laufmal, brachte den Ball nach Hause. Der Schlagmann stand mit einem breiten Grinsen am dritten Laufmal.

Die Jeschiwa-Spieler brachen in wildes Hurrageschrei aus und brüllten ihm auf jiddisch ihre Glückwünsche zu.

Sidney Goldberg half mir wieder auf die Beine.

»So ein brutaler Kerl«, sagte er. »Du warst ihm gar nicht im Weg!«

»Meine Güte«, sagte ich und atmete ein paarmal tief durch. Ich hatte mir die rechte Handfläche aufgeschürft.

»Ein brutaler Kerl«, wiederholte Sidney Goldberg.

Ich sah, daß Mr. Galanter auf den Platz stürmte und beim Schiedsrichter protestierte. »Was war das für ein Spiel?« fragte er ihn aufgebracht. »Wie werden Sie das ahnden?«

»Sicher auf dem Dritten«, sagte der Schiedsrichter. »Ihr Mann stand im Weg.«

Mr. Galanters Kiefer klappte nach unten. »Sagen Sie das nochmal!«

»Sicher auf dem Dritten«, wiederholte der Schiedsrichter.

Mr. Galanter sah zuerst aus, als wolle er ernsthaft Streit anfangen, aber er überlegte es sich und blickte zu mir herüber. »Alles in Ordnung mit dir, Malter?«

»Es geht schon«, sagte ich und atmete noch einmal tief durch.

Mr. Galanter ging wütend vom Platz.

»Spielt den Ball!« rief der Schiedsrichter.

Die Jeschiwa-Mannschaft beruhigte sich langsam wieder. Ich beobachtete, wie der junge Rabbi von seinem Buch aufschaute und still vor sich hin lächelte.

Jetzt ging ein großer, schmal gebauter Spieler zum Schlagmal, brachte seine Füße korrekt in Stellung, schwang den Schläger ein paarmal und kauerte sich dann in Wartestellung nieder – Danny Saunders. Ich spreizte und schloß meine rechte Hand, die vom Sturz immer noch weh tat.

»Ein Stück zurück! Ein Stück zurück!« rief Mr. Galanter, der in der Nähe des dritten Mals stand, und ich trat zwei Schritte zurück.

Ich wartete in geduckter Stellung.

Der erste Ball ging daneben, und die Mannschaft der Jeschiwa brach in lautes Gelächter aus. Der junge Rabbi saß auf der Bank und beobachtete gespannt Danny Saunders.

»Ganz ruhig, Schwartzie«, rief ich unserem Werfer zu, um ihm Mut zu machen.

Der nächste Ball flog ungefähr einen Fuß über Danny Saunders' Kopf hinweg, und die Jeschiwa-Mannschaft brüllte vor Lachen.

Sidney Goldberg und ich sahen uns an. Mr. Galanter stand regungslos beim dritten Laufmal und starrte auf unseren Werfer. Der Rabbi beobachtete noch immer Danny Saunders.

Schwartzie warf als nächstes einen flachen, langen Ball, und noch bevor er den halben Weg zum Schlagmal erreicht hatte, wußte ich, daß Danny Saunders darauf aus war, ihn zu treffen. Ich erkannte es an der Art, wie sein linker Fuß nach vorne kam, der Schläger nach hinten kippte und sein langer, dürrer Körper zu einer schnellen Drehung ansetzte. Ich wartete angespannt auf das Geräusch, das entsteht, wenn der Schläger den Ball trifft, und als es dann kam, klang es wie ein Gewehrschuß. Für den Bruchteil einer Sekunde verlor ich den Ball aus den Augen. Im nächsten Augenblick sah ich, wie Schwartzie zu Boden hechtete und der Ball genau an der Stelle die Luft durchschnitt, an der eben noch sein Kopf gewesen war. Ich versuchte, den Ball abzufangen, aber er war zu schnell, und kaum hatte ich meinen Handschuh oben, da war er schon im Centerfield. Einer von uns fing ihn nach dem ersten Aufsetzen und warf ihn Sidney Goldberg zu, aber im selben Moment stand Danny Saunders schon sicher auf meinem Laufmal, und die Jeschiwa-Mannschaft brüllte vor Begeisterung.

Mr. Galanter verlangte eine Auszeit und ging auf Schwartzie zu, um mit ihm zu reden. Sidney Goldberg nickte mir zu, und wir liefen ebenfalls zu ihnen hinüber.

»Dieser Ball hätte mich umbringen können«, sagte Schwartzie. Er war mittelgroß, hatte ein langes Gesicht, das von einer schlimmen Akne gezeichnet war. Er wischte sich den Schweiß von der Stirn. »Herr im Himmel, habt ihr diesen Ball gesehen?«

»Ich habe ihn gesehen«, sagte Mr. Galanter grimmig.

»Der war zu schnell. Den konnte er nicht abfangen, Mr. Galanter«, kam ich Schwartzie zu Hilfe.

»Ich habe schon von Danny Saunders gehört«, sagte Sidney Goldberg. »Der zielt angeblich immer auf den Werfer.«

»Das hättest du mir sagen sollen«, beschwerte sich Schwartzie, »dann wäre ich darauf vorbereitet gewesen.«

»Ich habe das bis jetzt nur *gehört*«, sagte Sidney Goldberg. »Glaubst du vielleicht immer alles, was du hörst?«

»Herr im Himmel, dieser Ball hätte mich umbringen können«, wiederholte Schwartzie.

»Willst du weiterspielen als Werfer?« fragte Mr. Galanter. Ein paar Schweißperlen standen ihm auf der Stirn, und er sah düster aus.

»Klar, Mr. Galanter. Es geht schon wieder«, sagte Schwartzie.

»Bist du sicher?«

»Ja, ganz sicher.«

»Ich will keine Helden in diesem Krieg«, sagte Mr. Galanter. »Ich habe lieber lebende Soldaten als tote Helden.«

»Ich bin kein Held«, murmelte Schwartzie lahm. »Aber ich werde durchhalten, Mr. Galanter. Mein Gott, das war ja erst der erste Durchgang.«

»In Ordnung, Soldat.« Mr. Galanters Stimme klang nicht mehr sehr enthusiastisch. »In diesem Krieg brauchst du nur die Stellung zu halten.«

»Ich werde mein Bestes tun, Mr. Galanter«, sagte Schwartzie.

Mr. Galanter nickte, noch immer grimmig, und verließ das Spielfeld. Ich sah, wie er sich mit seinem Taschentuch die Stirn abwischte.

»Herr im Himmel«, sagte Schwartzie, als Mr. Galanter gegangen war, »dieser Bastard hat genau auf meinen Kopf gezielt!«

»Also komm, Schwartzie«, meinte ich. »Wer ist das denn schon? Doch nicht Babe Ruth.«

»Du hast selbst gehört, was Sidney gesagt hat.«

»Wenn *du* ihnen den Ball nicht auf dem Silbertablett servierst, dann werden *sie* auch nicht derart zurückschlagen.«

»Wer serviert ihnen den Ball auf dem Silbertablett«, beklagte sich Schwartzie. »Das war ein großartiger Wurf.«

»Ganz bestimmt«, sagte ich.

Der Schiedsrichter kam auf uns zu. »Wollt ihr hier vielleicht den ganzen Nachmittag verplaudern?« fragte er, ein stämmiger Mann Ende Vierzig, der ungeduldig aussah.

»Nein, Sir«, antwortete ich höflich, und Sidney und ich rannten zurück auf unsere Positionen.

Danny Saunders stand auf meinem Laufmal. Er schwitzte, sein weißes Hemd klebte ihm an Armen und Rücken fest.

»Das war ja ein feiner Schlag«, warf ich ihm zu.

Er sah mich merkwürdig an und blieb stumm.

»Schlägst du immer direkt auf den Werfer?« fragte ich.

Er lächelte schwach. »Du bist also Reuven Malter«, sagte er in perfektem Englisch. Er hatte eine tiefe, näselnde Stimme.

»Stimmt«, sagte ich und fragte mich, wo er meinen Namen herhatte.

»Dein Vater ist doch der David Malter, der Artikel über den Talmud schreibt?«

»Ja.«

»Ich habe meiner Mannschaft versprochen, daß wir euch Apikorsim heute nachmittag fertigmachen werden.« Das sagte er gleichmütig, ohne seiner Stimme irgendeinen Ausdruck zu verleihen.

Ich starrte ihn an und hoffte, daß meinem Gesicht die plötzliche eisige Kälte, die ich spürte, nicht anzusehen war. »Klar«, meinte ich. »Reib deine Tzitzit, das bringt Glück.«

Ich wandte mich von ihm ab und ging am Laufmal in Stellung. Drüben am Schutzzaun sah ich Davey Cantor stehen. Die Hände in den Hosentaschen vergraben, starrte er hinaus aufs Feld. Ich nahm die geduckte Warteposition ein, denn Schwartzie setzte schon zum Wurf an.

Der Schlagmann hieb kräftig nach den ersten beiden Bällen, verpaßte sie aber. Der nächste Ball kam flach, und auch diesen ließ er passieren; dann schlug er einen Bodenball zu unserem ersten Baseman, der ihn fallen ließ, hektisch nachlangte und ihn gerade noch rechtzeitig zu fassen bekam, um zu sehen, wie Danny Saunders das Laufmal passierte. Einen Moment lang war unser Baseman konsterniert, dann warf er den Ball zu Schwartzie zurück. Ich sah Mr. Galanter in der Nähe des dritten

Laufmals stehen und seine Stirn abwischen. Die Jeschiwa-Mannschaft tobte schon wieder, und alle versuchten, Danny Saunders zu erwischen und ihm die Hand zu schütteln. Der Rabbi grinste, dann schaute er wieder in sein Buch und las weiter.

Sidney Goldberg kam zu mir herüber. »Was hat Saunders gesagt?« fragte er.

»Daß sie uns Apikorsim heute nachmittag fertigmachen wollen.«

Er starrte mich an. »Feine Kerle, diese Jeschiwa-Burschen«, sagte er und ging langsam zu seiner Position zurück.

Der nächste Schlagmann drosch einen langen Hochball ins rechte Feld. Wir konnten ihn aber abfangen, während er lief.

»Hurra«, rief Sidney Goldberg grimmig, als wir vom Feld rannten. »Wenn das noch eine Weile so weitergegangen wäre, hätten sie uns bestimmt gebeten, mit ihnen den Mincha-Gottesdienst zu feiern.«

»Das glaube ich kaum«, widersprach ich ihm. »Dafür sind wir ihnen nicht fromm genug.«

»Wo haben die bloß gelernt, so zu schlagen?«

»Weiß ich auch nicht«, sagte ich.

Wir standen in der Nähe des Schutzzaunes und bildeten einen engen Kreis um Mr. Galanter.

»Wir haben erst zwei Punkte gemacht«, sagte Mr. Galanter und hieb seine rechte Faust in die linke Handfläche. »Die haben uns mit allem geschlagen, was sie hatten. Jetzt fahren *wir* unsere schwere Artillerie auf. Wir werden sie unter Dauerfeuer nehmen!«

Ich sah, daß ihn das erleichtert hatte, aber er schwitzte noch immer. Sein Käppchen klebte vor Schweiß an seinem Kopf fest. »Okay«, rief er. »Feuer frei!«

Der Kreis löste sich auf, und Sidney Goldberg marschierte mit dem Schläger in der Hand auf das Schlagmal zu. Der Rabbi saß immer noch auf der Bank und las. Ich wollte eben einen Bogen hinter ihm herummachen, um zu sehen, was für ein Buch das war, als, die Hände in den Taschen und mit immer noch düsterem Blick, Davey Cantor auf mich zutrat.

»Also?« fragte er.

»Was, also?« antwortete ich.

»Ich habe dir gleich gesagt, daß die schlagen können.«

»Du hast es gesagt. Und weiter?« Ich hatte keine Lust auf seine düsteren Prophezeiungen und ließ es ihn an meiner Stimme merken.

Er spürte meinen Unmut. »Ich wollte damit nicht angeben oder sowas«, sagte er beleidigt. »Ich will nur wissen, was du von ihnen hältst.«

»Die können schlagen«, sagte ich.

»Das sind Mörder«, sagte er.

Ich sah, daß Sidney Goldberg einen Ball verpaßte, sagte aber nichts.

»Was macht deine Hand?« fragte Davey Cantor.

»Ich habe sie mir aufgeschürft.«

»Der ist wirklich brutal in dich reingerannt.«

»Wie heißt der Bursche?«

»Dov Shlomowitz«, sagte Davey Cantor und fügte auf hebräisch hinzu: »Wie sein Name, so der Mensch.« »Dow« ist das hebräische Wort für Bär.

»Habe ich ihn behindert?«

Davey Cantor zuckte die Achseln. »Ja und nein. Der Schiedsrichter konnte so oder anders entscheiden.«

»Als ob dich ein Lastwagen rammt, hat sich das angefühlt«, sagte ich, während Sidney Goldberg einem Ball, der knapp an ihm vorbeiflog, auswich.

»Du solltest erst mal seinen Vater sehen. Das ist einer von Rebbe Saunders Schamaschim. So eine Art Leibwächter.«

»Rebbe Saunders hat Leibwächter?«

»Natürlich hat er Leibwächter«, meinte Davey Cantor. »Die beschützen ihn vor seiner eigenen Popularität. Hast du all die Jahre auf dem Mond gelebt?«

»Ich habe mit diesen Leuten nichts zu tun.«

»Da verpaßt du auch nichts, Reuven.«

»Woher weißt du so viel über Rebbe Saunders?«

»Mein Vater spendet für ihn.«

»Tja, schön für deinen Vater«, sagte ich.

»Er betet nicht mit ihnen oder so was. Er gibt ihnen nur Spenden.«

»Du bist in der falschen Mannschaft.«

»Nein, bin ich nicht, Reuven. Sag nicht sowas.« Er war ernstlich verletzt. »Mein Vater ist kein Chassid oder so was. Er gibt ihnen lediglich ein paarmal im Jahr etwas Geld.«

»War nur ein Spaß, Davey.« Ich grinste ihn an. »Nimm dir nicht immer alles so zu Herzen.«

Im selben Moment, als ich bemerkte, wie ein fröhliches Lächeln sein Gesicht erhellte, schlug Sidney Goldberg einen schnellen Grundball und raste zum ersten Laufmal. Der Ball flog genau durch die Beine des Shortstop und schlug im Centerfield auf.

»Halt beim Ersten«, rief ihm Mr. Galanter zu, und Sidney bremste beim ersten Laufmal ab und stellte sich darauf.

Der Ball wurde schnell zum zweiten Laufmal geworfen. Der zweite Baseman sah hinüber zum ersten, dann warf er den Ball zum Werfer. Der Rabbi schaute kurz von seinem Buch auf und las dann weiter.

»Malter, sag ihm, was er beim ersten Laufmal zu tun hat«, rief Mr. Galanter, und ich rannte hoch zur Seitenauslinie.

»Die sind gut beim Schlagen, aber als Feldspieler taugen sie nichts«, sagte Sidney Goldberg grinsend, als ich beim Laufmal ankam.

»Davey Cantor meint, das wären Mörder.«

»Diese alte Unke Davey«, sagte Sidney Goldberg grinsend.

Danny Saunders stand ein Stück weit vom Laufmal entfernt und tat, als würde er uns ignorieren.

Der nächste Schlagmann schlug einen hohen Ball zum zweiten Baseman, der ihn fing, wieder fallen ließ, wieder in die Hand bekam und dann brutal versuchte, Sidney Goldberg abzufangen, als dieser an ihm vorbei zum zweiten Schlagmal rannte.

»Sicher über die ganze Runde«, rief der Schiedsrichter, und unsere Mannschaft brach in lautes Freudengeschrei aus. Mr. Galanter lächelte. Der Rabbi las weiter in seinem Buch, und ich sah, daß er jetzt seinen Oberkörper langsam vor- und zurückwiegte.

»Halt die Augen offen, Sidney«, rief ich von meinem Platz neben dem ersten Laufmal aus. Ich sah, daß Danny Saunders mich beobachtete und sich dann abwandte. Das sollen Mörder sein? dachte ich. Das sind eher lahme Enten.

»Sobald der Ball den Boden berührt, rennst du los wie der Teufel«, sagte ich zum Schlagmann, der gerade beim ersten Laufmal angekommen war. Er nickte mir zu. Es war unser dritter Baseman, und er hatte ungefähr meine Größe.

»Wenn sie weiter so ein Feldspiel liefern, sind wir morgen noch hier«, meinte er. Ich grinste ihn zustimmend an.

Ich sah, daß Mr. Galanter sich mit unserem nächsten Schlagmann besprach, der lebhaft mit dem Kopf nickte. Dann ging er in Position, schlug einen harten Bodenball zum Werfer, der kurz nachfassen mußte und ihn dann zum ersten Laufmal warf. Danny Saunders reckte sich nach dem Ball und konnte ihn stoppen.

»Aus!« rief der Schiedsrichter. »Sicher am Zweiten und Dritten!«

Als ich hinüber zum Schlagmal rannte, hätte ich am liebsten laut gelacht über die Dummheit des Werfers. Anstatt zum dritten Laufmal, wo jetzt Sidney Goldberg stand, oder zum zweiten, wo wir jetzt ebenfalls einen Mann stehen hatten, mußte er den Ball ausgerechnet zum ersten

Laufmal werfen. Ich schlug einen Bodenball zum Shortstop, aber anstatt zum zweiten Laufmal, warf er ihn wieder zum ersten, wo sich Danny Saunders danach reckte und den Ball abfing. Aber ich traf den Ball und hörte den Schiedsrichter rufen: »Alle Mann sicher! Einer drinnen!« Und jeder aus unserer Mannschaft klopfte Sidney Goldberg auf die Schulter. Mr. Galanter grinste breit.

»Da bin ich wieder«, sagte ich zu Danny Saunders, der ganz in der Nähe stand und sein Laufmal bewachte. »Wann hast du zuletzt deine Tzitzit gerieben?«

Er sah mich an, dann wandte er sich ohne eine Miene zu verziehen ab.

Jetzt stand Schwartzie auf dem Schlagmal und schwang seinen Schläger.

»Paß gut auf!« rief ich unserem Mann am dritten Laufmal zu, der seinen Lauf offenbar unbedingt nach Hause bringen wollte. »Wir haben erst einen draußen.«

»Keine Frage«, signalisierte er mit der Hand.

Schwartzie hatte zwei Bälle und einen Fehlschlag auf dem Konto, und ich sah zu, wie er ausholte, um den vierten Ball zu treffen. Der Läufer am dritten Laufmal rannte los und war gerade auf halbem Wege die Linie entlang, als der Schläger den Ball in einem geraden, harten Schlag zum dritten Laufmal schickte, wo das magere bebrillte Kerlchen mit dem greisenhaften Gesichtsausdruck Wache hielt und den Ball mehr mit dem Bauch als mit dem Handschuh abfing, es irgendwie schaffte, ihn unter Kontrolle zu bekommen und festzuhalten, und danach vor Erstaunen und Verblüffung reglos stehen blieb.

Auf dem Weg zurück zum ersten Laufmal sah ich unseren Mann vom dritten Laufmal, der sich gerade auf halber Strecke zum Schlagmal befand, auf der Stelle kehrt machen und wie wild wieder zurückrennen.

»Stell dich auf das Mal!« schrie Danny Saunders auf jiddisch quer übers Spielfeld, und mehr aus Gehorsam, als weil ihm richtig klar war, worum es ging, setzte der magere kleine Kerl seinen Fuß auf das Mal.

Die Jeschiwa-Mannschaft heulte vor Freude auf und rannte vom Platz. Danny Saunders sah mich an, setzte an, irgend etwas zu sagen, hielt wieder inne und machte sich schnell davon.

Ich sah Mr. Galanter mit grimmiger Miene zur Linie beim dritten Laufmal gehen. Der Rabbi blickte von seinem Buch auf und lächelte.

Ich nahm meine Position beim zweiten Laufmal ein, und Sidney Goldberg kam zu mir herüber.

»Warum mußte der Kerl dermaßen loslaufen?« fragte er.

Ich warf unserem dritten Baseman, der niedergeschlagen neben Mr. Galanter stand, einen wütenden Blick zu.

»Der hatte es wohl verdammt eilig, den Krieg zu gewinnen«, bemerkte ich bitter.

»So ein Trottel«, sagte Sidney Goldberg.

»Goldberg, geh auf deine Position!« rief Mr. Galanter. Seine Stimme hatte einen wütenden Unterton. »Haltet das Innenfeld zusammen!«

Sidney Goldberg nahm sofort seine Position ein. Ich blieb stehen und wartete.

Es war heiß, und ich schwitzte in meiner Kluft. Ich spürte, wie die Brillenbügel in die Haut über meinen Ohren einschnitten, nahm die Brille kurz ab, massierte die gereizten Stellen mit dem Finger und setzte sie schnell wieder auf, denn Schwartzie holte gerade aus. Ich nahm eine geduckte Haltung ein und erinnerte mich an das Versprechen, das Danny Saunders seiner Mannschaft gegeben hatte, daß sie uns Apikorsim erledigen würden. Dieses Wort bezeichnete im ursprünglichen Sinne Juden, die zwar im Geiste des Judentums erzogen waren, aber wichtige Grundsätze ihres Glaubens verleugneten, wie die Existenz Gottes, die Offenbarung und die Auferstehung der Toten. Für Leute wie Rebbe Saunders gehörten auch gebildete Juden dazu, die, sagen wir einmal, Darwin lasen, keine Schläfenlocken hatten und die Schaufäden nicht über der Hose trugen. Für Danny Saunders war ich ein Apikoros, trotz meines Glaubens an Gott und die Tora, weil ich keine Schläfenlocken trug und eine Konfessionsschule besuchte, in der zu viele englische Fächer auf dem Lehrplan standen und wo die jüdischen auf hebräisch anstatt in Jiddisch unterrichtet wurden, beides unerhörte Sünden, ersteres, weil es Zeit stahl, die man für das Studium der Tora benötigte, letzteres, weil Hebräisch die heilige Sprache war, und es bei einem gewöhnlichen Vortrag im Klassenzimmer zu gebrauchen, eine Entweihung von Gottes Namen bedeutete. Tatsächlich hatte ich nie zuvor persönlichen Kontakt mit dieser Art Juden gehabt. Mein Vater hatte mir gesagt, daß er nichts gegen ihre Glaubenssätze habe. Was ihn jedoch ärgerte, war ihre fanatische Überzeugung, die einzig Rechtgläubigen zu sein, ihre absolute Sicherheit, daß sie, und nur sie allein, Gottes Ohr hätten, und daß jeder andere Jude im Irrtum war, völlig im Unrecht, ein Sünder, ein Heuchler, ein Apikoros, und deshalb dazu verdammt, in der Hölle zu schmoren. Ich war wieder dabei, mich zu fragen, wie sie gelernt hatten, einen Ball auf diese Art zu schlagen, wenn doch die Zeit für das Studium der Tora für sie so wertvoll war, und weshalb sie einen Rabbi mitgeschickt hatten, der seine Zeit damit vergeudete, während eines Baseballspiels auf einer Bank herumzusitzen.

Während ich auf dem Feld stand und beobachtete, wie der Schlagmann einen hohen Ball verfehlte, überkam mich plötzlich eine große Wut, und das war für mich der Zeitpunkt, an dem das Spiel aufhörte, nur ein Spiel zu sein, und zum Krieg ausartete. Alle Freude und Spannung war jetzt verschwunden. Irgendwie hatte die Mannschaft der Jeschiwa dieses nachmittägliche Baseballspiel zu einem Konflikt gemacht zwischen dem, was sie als ihre Rechtgläubigkeit und unsere Sündhaftigkeit betrachteten. Ich spürte, wie meine Wut immer größer wurde, und daß sie anfing, sich auf Danny Saunders zu konzentrieren, und plötzlich war es gar nicht mehr schwer für mich, ihn zu hassen.

Schwartzie hatte fünf von ihnen während der ersten Hälfte des Durchgangs bis zum Schlagmal durchkommen lassen, und einer von ihnen konnte punkten. Irgendwann in diesem Spielabschnitt hatte ein Mitglied der Jeschiwa-Mannschaft uns auf jiddisch zugerufen: »Schmort in der Hölle, ihr Apikorsim!« Und als der halbe Durchgang vorüber war und wir um Mr. Galanter herum in der Nähe des Schutzzaunes standen, war uns allen klar, daß dies kein normales Baseballspiel mehr war.

Mr. Galanter schwitzte heftig, und sein Gesicht war grimmig verzogen. Das einzige, was er sagte, war: »Von jetzt an kämpfen wir vorsichtig. Keine Fehler mehr.« Er sagte dies sehr ruhig, und wir waren dann auch alle still, als der Schlagmann seine Position einnahm.

Wir begannen mit einem langsamen, auf Sicherheit bedachten Spiel, schlugen nur, wenn wir mußten, brachten Opfer, nur um Läufer vorwärts zu bringen, und befolgten Mr. Galanters Anordnungen. Ich bemerkte, daß die Jeschiwa-Mannschaft immer zu Danny Saunders warf, egal auf welchem Laufmal unsere Leute standen, und mir wurde klar, daß sie das nur deshalb taten, weil er der einzige Feldspieler war, der zuverlässig ihre unkontrollierten Bälle erreichte. Irgendwann während dieses Spielabschnitts trat ich hinter den Rabbi und blickte ihm über die Schulter auf das Buch, das er gerade las. Ich sah, daß es ein jiddischer Text war. Ich ging zum Schutzzaun zurück. Davey Cantor kam zu mir herüber und stellte sich neben mich, sagte aber keinen Ton.

Wir machten nur einen Punkt in diesem Durchgang und gingen in Untergangsstimmung in die erste Hälfte des dritten Durchgangs.

Dov Shlomowitz kam zum Schlagmal. Er stand dort wie ein Bär, der Schläger sah in seinen fleischigen Händen wie ein Streichholz aus.

Schwartzie machte einen Wurf, und Shlomowitz schlug den Ball sauber über den Kopf des dritten Baseman, was als Single gezählt wurde. Die Jeschiwa-Mannschaft heulte auf, und wieder rief uns einer auf jiddisch zu: »Schmort in der Hölle, ihr Apikorsim!« Sidney Goldberg und ich sahen uns wortlos an.

Mr. Galanter stand neben dem dritten Laufmal und wischte sich die Stirn. Der Rabbi saß ruhig da und las in seinem Buch.

Ich nahm meine Brille ab und rieb mir die Stelle hinter den Ohren. Ich hatte plötzlich das Gefühl, als ob alles irreal sei, als ob das Spielfeld mit dem schwarzen Asphaltboden und den weißen Linien jetzt meine ganze Welt wäre; als ob mich die vergangenen Jahre meines Lebens auf einem vorgezeichneten Weg genau in dieses Spiel hier geführt hätten und mein ganzes zukünftiges Leben vom Ergebnis dieses Spiels abhinge. Einen kurzen Augenblick stand ich da, hielt die Brille in der Hand und hatte Angst. Dann holte ich tief Luft, und das Gefühl verschwand. Es ist nur ein Ballspiel, sagte ich mir. Was ist schon ein Ballspiel?

Mr. Galanter schrie uns zu, wir sollten weiter zurückgehen. Ich stand ein paar Schritte links vom zweiten Laufmal und trat zwei Schritte zurück. Ich sah, wie Danny Saunders mit schwingendem Schläger zum Schlagmal ging. Die Jeschiwa-Mannschaft rief ihm auf jiddisch zu, er solle uns Apikorsim erledigen.

Schwartzie wandte sich um und warf einen prüfenden Blick über das Feld. Er sah nervös aus und brauchte eine Weile dazu. Sidney Goldberg stand aufrecht und wartete. Wir sahen uns an, dann trennten sich unsere Blicke. Mr. Galanter stand regungslos ganz in der Nähe des dritten Laufmals und beobachtete Schwartzie.

Der erste Ball war zu flach, und Danny Saunders beachtete ihn gar nicht. Der zweite kam auf Schulterhöhe, und noch bevor er zwei Drittel der Entfernung zum Schlagmal hinter sich hatte, stand ich schon am zweiten Laufmal. Mein Handschuh ging in die Höhe, als der Schläger den Ball traf, und ich sah, wie der Ball in einer geraden Linie genau über Schwartzies Kopf, hoch über ihn, hinwegschoß, so daß dieser nicht einmal Zeit gehabt hatte, nach dem Wurf sein Gleichgewicht wiederzufinden, bevor der Ball über ihn hinwegflog. Ich sah Dov Shlomowitz auf mich zulaufen und Danny Saunders zum ersten Laufmal rennen, und ich hörte die Jeschiwa-Mannschaft rufen und Sidney Goldberg schreien, und ich sprang mit aller Kraft, die ich in den Beinen hatte, vom Boden ab und streckte meine Fanghand so sehr, daß ich glaubte, sie würde aus meiner Schulter gerissen. Der Ball schlug mit solcher

Wucht in meinen Fanghandschuh ein, daß meine Hand wie betäubt war und etwas wie ein elektrischer Schlag durch meinen ganzen Körper fuhr, und ich spürte, wie es mich mit Wucht umriß und ich hart auf Hüfte und Ellenbogen aufprallte. Ich sah Dov Shlomowitz herumwirbeln und in Richtung erstes Laufmal rennen, und ich hievte mich hoch in eine Sitzhaltung und warf den Ball ungeschickt Sidney Goldberg zu, der ihn auffing und zum ersten Laufmal abspielte. Ich hörte, wie der Schiedsrichter »Aus!« schrie, und Sidney Goldberg rannte zu mir herüber, um mir auf die Beine zu helfen, mit ungläubigem Blick und ekstatischer Freude im Gesicht. Mr. Galanter rief »Auszeit« und kam auf das Feld gerannt. Schwartzie stand mit offenem Mund auf seiner Wurfposition. Danny Saunders verharrte ein paar Schritte entfernt vom ersten Laufmal auf der Seitenauslinie, wo er stehengeblieben war, nachdem ich den Ball gefangen hatte, und starrte mich mit versteinertem Gesicht an. Auch der Rabbi starrte mich an, und die ganze Jeschiwa-Mannschaft war totenstill.

»Den hast du toll gefangen, Reuven«, sagte Sidney Goldberg und schlug mir heftig auf den Rücken. »Sensationell!«

Ich sah, daß der Rest unserer Mannschaft plötzlich wieder lebendig geworden war, den Ball hin- und herwarf und dabei über das Spiel sprach.

Mr. Galanter kam herbei. »Alles in Ordnung, Malter?« fragte er. »Laß mich deinen Ellenbogen sehen.«

Ich zeigte ihm den Ellenbogen. Er war aufgeschürft, aber die Haut war nicht stark verletzt.

»Gut gespielt.« Er strahlte mich an. Sein Gesicht war noch immer schweißbedeckt, aber jetzt lachte er fröhlich.

»Danke, Mr. Galanter.«

»Was macht die Hand?«

»Sie tut ein bißchen weh.«

»Laß mich mal sehen.«

Ich zog den Handschuh aus, und Mr. Galanter untersuchte die Finger und das Handgelenk.

»Tut das weh?« fragte er.

»Nein«, log ich.

»Willst du weiterspielen?«

»Natürlich, Mr. Galanter.«

»In Ordnung«, sagte er, lächelte mich an und klopfte mir auf den Rücken. »Wir werden dich für einen Orden vormerken, Malter.«

Ich grinste ihn an.

»Okay«, sagte Mr. Galanter. »Haltet das Innenfeld geschlossen!« Lächelnd ging er wieder weg.

»Ich kann es immer noch nicht fassen, daß du den gefangen hast«, sagte Sidney Goldberg.

»Du hast aber auch einen Spitzenwurf zum ersten Laufmal gemacht«, lobte ich ihn.

»Ja, während du auf deinen vier Buchstaben gesessen hast«, sagte er.

Wir grinsten einander an und gingen auf unsere Positionen.

Noch zwei weitere Spieler der Jeschiwa-Mannschaft waren in diesem Durchgang am Schlag. Der erste erzielte einen Single, der zweite schickte einen hohen Flugball zum Shortstop, den Sidney Goldberg fing, ohne sich groß zu bewegen. Wir punkteten mit zwei Home runs in diesem Durchgang und mit einem im nächsten, und zu Beginn der ersten Hälfte des fünften Durchgangs führten wir fünf zu drei. Vier ihrer Leute hatten den Ball in der ersten Hälfte des vierten Durchgangs geschlagen, und sie hatten, aufgrund eines Fehlers im Spiel auf das erste Schlagmal, nur ein Single erreicht. Als wir zur ersten Hälfte des fünften Durchgangs den Platz betraten, wanderte Mr. Galanter schwitzend und lächelnd in der Nähe des dritten Laufmals auf und ab und wischte sich nervös über den Kopf. Der Rabbi las nicht mehr; bei der Jeschiwa-Mannschaft herrschte Totenstille. Davey Cantor war am zweiten Laufmal, ich stand auf der Position des Werfers. Schwartzie hatte Erschöpfung vorgeschützt, und da dies der letzte Spielabschnitt war – der Stundenplan unserer Schule erlaubte uns nur Spiele mit fünf Durchgängen – und somit auch die letzte Möglichkeit für die Jeschiwa-Mannschaft, den Ball zu schlagen, ging Mr. Galanter kein Risiko mehr ein und stellte mich als Werfer auf. Davey Cantor war kein guter Feldspieler, aber Mr. Galanter setzte auf mich als Werfer, um das Spiel zu beenden. Meine linke Hand schmerzte immer noch vom Fangen jenes Balles, und das Handgelenk tat mir jedesmal weh, wenn ich einen Ball fing, aber meine rechte Hand war in Ordnung, und meine Bälle waren schnell und machten genau dann eine Kurve, wenn ich es wollte. Dov Shlomowitz stand am Schlagmal und versuchte dreimal Bälle zu erwischen, die für ihn aussahen, als wären sie leicht zu treffen, schlug aber nur Löcher in die Luft. Nach dem dritten Schlag stand er verdutzt da, dann schlich er davon. Wir warfen den Ball einmal im Innenfeld um die Runde, und schließlich kam Danny Saunders zum Schlagmal.

Die Spieler der Jeschiwa-Mannschaft standen hinter dem Schutzzaun und beobachteten Danny Saunders. Sie waren auffallend still. Der Rabbi saß auf der Bank, sein Buch war geschlossen. Mr. Galanter rief allen zu, zurückzutreten. Danny Saunders schwang seinen Schläger ein paarmal, dann nahm er eine feste Stellung ein und sah zu mir herüber.

Da hast du ein Geschenk von einem Apikoros, dachte ich, und warf den Ball. Er kam schnell und gerade, und ich sah Danny Saunders' linken Fuß vorschnellen, seinen Schläger nach oben gehen. Sein Körper begann sich zu drehen. Er holte genau in dem Moment aus, als der Ball eine Kurve machte, der Schläger hieb wild durch die Luft, wirbelte ihn herum und brachte ihn aus dem Gleichgewicht. Sein schwarzes Käppchen fiel ihm vom Kopf, aber er fand sein Gleichgewicht wieder, bückte sich und hob es schnell auf. Für einen Augenblick stand er ganz ruhig da und starrte mich an. Dann nahm er seine Position am Schlagmal wieder ein. Derjenige, der den Ball gefangen hatte, gab ihn an mich zurück, und als ich ihn auffing, tat mein Handgelenk weh.

Die Jeschiwa-Mannschaft war still, und der Rabbi hatte angefangen, sich auf die Lippen zu beißen.

Ich verlor die Kontrolle über den nächsten Ball, und er ging weit daneben. Beim dritten Wurf machte ich eine lange, kunstvolle Ausholbewegung und schickte ihm einen langsamen Ball mit viel Effet hinüber, einen, den der Schlagmann immer zu treffen glaubt und doch immer verpaßt. Er ignorierte ihn völlig, und der Schiedsrichter gab den Ball gut.

Ich fühlte, wie mein linkes Handgelenk zu pochen anfing, als ich den Ball vom Fänger zurückerhielt. Mir war heiß, ich schwitzte, und meine Brillenbügel schnitten tief in die Haut über meinen Ohren ein, was von den Kopfbewegungen kam, die ich beim Werfen machte.

Danny Saunders stand ganz ruhig am Schlagmal und wartete.

Okay, dachte ich und verspürte richtigen Haß ihm gegenüber. Hier hast du noch ein Geschenk.

Der Ball flog schnell und gerade zum Schlagmal und ging genau unterhalb seines Schlägers zu Boden. Nach Kräften versuchte er, den Schwung auszupendeln, aber wieder verlor er das Gleichgewicht und machte zwei, drei taumelnde Schritte vorwärts, bis er sich wieder gefangen hatte.

Der Fänger warf den Ball zurück, und ich zuckte vor Schmerzen im Handgelenk zusammen. Um den Schmerz abklingen zu lassen, nahm ich den Ball aus dem Fanghandschuh und hielt ihn in meiner rechten

Hand, wandte mich kurz um und blickte über das Spielfeld. Als ich mich wieder umdrehte, sah ich, daß Danny Saunders sich nicht bewegt hatte. Er hielt seinen Schläger in der linken Hand, stand regungslos da und starrte mich an. Seine Augen waren dunkel, und um seinen Mund zeigte sich ein idiotisches Grinsen. Ich hörte den Schiedsrichter »Spielt den Ball!« rufen, aber Danny Saunders stand da, starrte mich an und grinste. Ich drehte mich um und schaute nochmal aufs Spielfeld, und als ich mich wieder umwandte, stand er noch immer da und starrte mich grinsend an. Ich konnte seine Zähne zwischen den geöffneten Lippen sehen. Ich atmete tief ein und spürte, daß ich schweißnaß war. Ich wischte meine rechte Hand an der Hose ab und sah Danny Saunders langsam zum Schlagmal gehen und seine Position einnehmen. Jetzt grinste er nicht mehr. Er schaute mich über seine rechte Schulter hinweg an, stand da und wartete.

Wegen der Schmerzen in meinem Handgelenk wollte ich das Spiel schnell beenden und warf einen weiteren schnellen Ball zu ihm hinüber. Ich beobachtete, wie er direkt auf das Schlagmal zuflog. Ich sah, wie Danny plötzlich in die Knie ging, und im Bruchteil einer Sekunde, noch bevor er den Ball traf, wurde mir klar, daß er die Flugbahn vorausgesehen hatte und absichtlich tief schlug. Ich war vom Wurf noch ein wenig aus dem Gleichgewicht, aber es gelang mir, meine Hand mit dem Handschuh noch genau in dem Moment vor mein Gesicht zu bringen, in dem er den Ball traf. Ich sah ihn auf mich zukommen, aber ich konnte nichts tun. Er traf die Finger meines Handschuhs, prallte ab und krachte auf den oberen Rand meines linken Brillenglases, prallte von meiner Stirn ab und schlug mich zu Boden. Ich fuchtelte wild herum und versuchte, den Ball zu fassen zu kriegen, aber als ich ihn endlich hatte, stand Danny Saunders sicher auf dem ersten Laufmal.

Ich hörte Mr. Galanter eine Auszeit verlangen, und alle auf dem Feld rannten zu mir herüber. Meine Brille lag zerbrochen auf dem Asphaltboden, und ich fühlte einen stechenden Schmerz in meinem linken Auge, wenn ich blinzelte. Mein Handgelenk pochte, und ich spürte, wie eine Beule auf meiner Stirn wuchs. Ich blickte zum ersten Laufmal hinüber, aber ohne Brille war Danny Saunders nur ein undeutlicher Fleck. Ich bildete mir ein, ich könnte ihn immer noch grinsen sehen.

Ich sah, wie Mr. Galanters Gesicht sich über meines beugte. Es war verschwitzt und besorgt. Ich wunderte mich über die ganze Aufregung. Ich hatte nur meine Brille verloren, und wir hatten mindestens noch zwei gute Werfer in unserer Mannschaft.

»Alles in Ordnung, Junge?« fragte Mr. Galanter. Er besah sich mein Gesicht und meine Stirn. »Ich brauche ein mit kaltem Wasser angefeuchtetes Taschentuch«, rief er. Ich wunderte mich, warum er so laut rief. Sein Rufen tat weh in meinem Kopf und klingelte mir in den Ohren. Ich sah, wie Davey Cantor aufgescheucht davonlief. Ich hörte Sidney Goldberg etwas sagen, konnte aber nichts verstehen. Mr. Galanter legte seinen Arm um meine Schulter und brachte mich vom Platz. Er setzte mich neben den Rabbi auf die Bank. Ohne meine Brille verschwamm alles, was mehr als drei Meter von mir entfernt war. Ich blinzelte und fragte mich, was mit meinem linken Auge los sei. Ich hörte Stimmen und Rufe, dann legte Mr. Galanter ein nasses Taschentuch auf meinen Kopf.

»Ist dir schwindlig, Junge?« fragte er.

Ich schüttelte den Kopf.

»Bist du ganz sicher?«

»Mir geht es gut«, sagte ich und wunderte mich, warum meine Stimme heiser klang und mir beim Reden der Kopf weh tat.

»Du bleibst still da sitzen«, sagte Mr. Galanter. »Wenn es dir schwindlig wird, läßt du es mich sofort wissen.«

»Ja, Sir«, antwortete ich.

Er ging weg. Ich saß neben dem Rabbi auf der Bank, der mich einmal anschaute und sich dann wieder abwandte. Ich hörte Rufe auf jiddisch. Der Schmerz in meinem linken Auge war so heftig, daß ich ihn bis ans Ende meiner Wirbelsäule spüren konnte. Ich saß noch lange auf der Bank, lange genug, um uns mit einem Ergebnis von acht zu sieben verlieren zu sehen, lange genug, um das Jubelgeschrei der Jeschiwa-Mannschaft hören zu können, lange genug, um wegen des Schmerzes in meinem linken Auge anzufangen zu weinen, so lange, bis nach Ende des Spiels Mr. Galanter zu mir herüberkam, mein Gesicht betrachtete und vom Platz rannte, um ein Taxi zu rufen.

Kapitel 2

Wir fuhren zum Brooklyn Memorial Hospital, das ein paar Häuserblocks entfernt lag. Mr. Galanter bezahlte das Taxi. Er half mir beim Aussteigen, legte seinen Arm um meine Schultern und brachte mich in die Notaufnahme.

»Laß das Taschentuch auf deinem Auge«, sagte er. »Und versuche, nicht zu blinzeln.« Er war sehr nervös, sein Gesicht war schweißbedeckt. Er hatte sein Käppchen abgenommen, und ich konnte sehen, wie ihm die wenigenHaare schweißnaß am Kopf klebten.

»Ja, Sir«, sagte ich. Ich hatte Angst, und es wurde mir langsam schwindlig und übel. Mein linkes Auge schmerzte heftig. Ich fühlte den Schmerz in der linken Körperhälfte bis hinunter zur Leiste.

Die Krankenschwester am Empfang wollte wissen, was geschehen war.

»Er ist von einem Baseball am Auge getroffen worden«, sagte Mr. Galanter.

Sie forderte uns auf, Platz zu nehmen, und drückte einen Knopf an ihrem Tisch. Wir setzten uns neben einen Mann mittleren Alters, der einen blutigen Verband um einen Finger der rechten Hand trug. Er hatte offensichtlich große Schmerzen, hielt seinen Finger ruhig in seinem Schoß und rauchte nervös eine Zigarette trotz des Schildes an der Wand mit der Aufschrift »Rauchen verboten«.

Er sah uns an. »Vom Ballspielen?« fragte er.

Mr. Galanter nickte. Ich hielt meinen Kopf gerade, denn er tat weniger weh, wenn ich ihn nicht bewegte.

Der Mann hob seinen Finger in die Höhe. »Autotür«, sagte er. »Mein Kleiner hat sie zugeworfen, und ich hatte die Finger dazwischen.« Er zog eine Grimasse und legte seine Hand wieder in den Schoß.

Eine Schwester kam durch eine Tür am anderen Ende des Zimmers und nickte dem Mann zu. Er erhob sich. »Mach's gut«, sagte er und ging hinaus.

»Wie geht's dir?« fragte mich Mr. Galanter

»Mein Auge tut weh«, sagte ich.

»Wie stehts mit dem Kopf?«

»Mir ist schwindlig.«

»Ist dir schlecht?«

»Ein bißchen.«

»Das wird schon wieder«, sagte Mr. Galanter und versuchte, aufmunternd zu klingen.

»Du bekommst einen Orden für deine heutige Leistung, Soldat.« Aber seine Stimme klang angespannt, und er sah ängstlich aus.

»Das tut mir alles so leid, Mr. Galanter«, sagte ich.

»Das muß dir nicht leid tun, Junge. Du hast ein tolles Spiel gemacht.«

»Es tut mir leid, daß ich Ihnen so viele Unannehmlichkeiten mache.«

»Was denn für Unannehmlichkeiten? Red keinen Unsinn. Ich bin froh, daß ich einem meiner Jungs helfen kann.«

»Es tut mir auch leid, daß wir verloren haben.«

»Dann haben wir eben verloren. Na und? Es gibt ein nächstes Mal, oder nicht?«

»Ja, Sir.«

»Rede nicht so viel. Mach' dir nichts draus.«

»Die sind ein unangenehmer Gegner.«

»Dieser junge Saunders«, sagte Mr. Galanter, »der dich getroffen hat. Weißt du etwas über ihn?«

»Nein, Sir.«

»Ich habe noch nie jemanden einen Ball so schlagen sehen.«

»Mr. Galanter?«

»Ja?«

»Mein Auge tut wirklich weh.«

»Wir kommen gleich dran, mein Junge. Halte durch. Ist dein Vater jetzt wohl zu Hause?«

»Ja, Sir.«

»Wie ist deine Telefonnummer?«

Ich gab sie ihm.

Eine Schwester kam durch die Tür und nickte uns zu. Mr. Galanter half mir auf. Wir folgten der Schwester durch den Flur in ein Behandlungszimmer. Es hatte weiße Wände, einen weißen Stuhl, einen weißen Glasschrank und einen hohen Metalltisch mit einem weißen Leintuch über der Matratze. Mr. Galanter half mir auf den Tisch. Ich lag da und starrte mit meinem rechten Auge die weiße Zimmerdecke an.

»Der Doktor wird gleich hier sein«, sagte die Krankenschwester und ging hinaus.

»Fühlst du dich etwas besser?« fragte Mr. Galanter.

»Nein«, sagte ich.

Ein junger Arzt kam herein. Er hatte einen weißen Kittel an und trug ein Stethoskop um den Hals. Er sah uns freundlich lächelnd an.

»Ich habe gehört, du hast einen Ball mit dem Auge gestoppt«, sagte er lächelnd zu mir. »Schauen wir uns das mal an.«

Ich nahm das feuchte Taschentuch ab, öffnete mein linkes Auge und stöhnte vor Schmerzen. Er schaute in das Auge, ging zum Schrank, kam zurück und schaute noch einmal durch ein Instrument, an dem ein Licht angebracht war. Er richtete sich auf und blickte Mr. Galanter an.

»Hat er eine Brille getragen?« fragte er.

»Ja.«

Der Arzt hielt das Instrument wieder über das Auge. »Kannst du das Licht sehen?« fragte er mich.

»Es ist ein bißchen verschwommen«, sagte ich.

»Ich denke, ich werde deinen Vater anrufen«, sagte Mr. Galanter.

Der Arzt blickte ihn an. »Sind Sie nicht der Vater des Jungen?«

»Ich bin sein Sportlehrer.«

»Dann rufen Sie besser seinen Vater an. Wir werden ihn wahrscheinlich nach oben bringen.«

»Werden Sie ihn hierbehalten?«

»Für eine Weile«, sagte der Doktor freundlich. »Nur eine Vorsichtsmaßnahme.«

»Oh«, sagte Mr. Galanter.

»Könnten Sie meinen Vater bitten, mir meine andere Brille zu bringen?« sagte ich.

»Du wirst eine Zeitlang keine Brille tragen können, mein Sohn«, sagte der Arzt zu mir. »Wir werden dir dein Auge verbinden müssen.«

»Ich bin gleich zurück«, sagte Mr. Galanter und verschwand.

»Wie geht es deinem Kopf?« fragte mich der Arzt.

»Er tut weh.«

»Tut das weh?« fragte er und bog meinen Kopf hin und her.

Ich fühlte, wie mir der kalte Schweiß ausbrach. »Ja, Sir«, sagte ich.

»Ist dir schlecht?«

»Ein bißchen«, sagte ich, »mein linkes Handgelenk tut mir auch weh.«

»Laß mal sehen. Tut das weh?«

»Ja, Sir.«

»Na, da hattest du wirklich einen harten Tag. Wer hat gewonnen?«

»Die anderen.«

»Schade. Paß auf, du bleibst so ruhig wie möglich liegen und versuchst, nicht mit den Augen zu zwinkern. Ich bin sofort wieder zurück.«

Er ging rasch hinaus.

Ich lag ganz ruhig auf dem Tisch. Abgesehen von damals, als mir die Mandeln herausgenommen worden waren, hatte ich noch nie eine

Nacht im Krankenhaus verbracht. Ich hatte Angst und fragte mich, was den Schmerz in meinem Auge verursachte. Ein Splitter vom Brillenglas muß es verletzt haben, dachte ich. Ich fragte mich, warum ich es nicht vorausgesehen hatte, daß Danny Saunders auf den Kurvenball setzen würde, und während ich an Danny Saunders dachte, merkte ich, wie ich ihn und all die schläfengelockten Schaufädenträger seines Jeschiwa-Teams haßte. Als ich mir vorstellte, wie mein Vater den Anruf von Mr. Galanter bekam und dann ins Krankenhaus eilte, mußte ich meine Tränen unterdrücken. Wahrscheinlich saß er gerade an seinem Schreibtisch und arbeitete. Der Anruf würde ihn furchtbar ängstigen. Ich spürte, daß ich meine Tränen nicht länger zurückhalten konnte, blinzelte ein paarmal und zuckte vor Schmerz zusammen.

Der junge Arzt kam zurück und hatte jetzt einen anderen Arzt bei sich. Dieser sah etwas älter aus und hatte blondes Haar. Er kam wortlos auf mich zu und blickte mit dem Instrument in mein Auge.

Er wirkte angespannt. »Ist Snydman hier?« fragte er und schaute durch das Instrument.

»Ich habe ihn vor ein paar Minuten gesehen«, sagte der erste Arzt.

»Er sollte sich das besser mal anschauen«, sagte der zweite Arzt. Er richtete sich langsam auf.

»Du bleibst jetzt ruhig liegen, mein Sohn«, sagte der erste Arzt. »Die Schwester wird gleich hier sein.«

Sie gingen hinaus. Eine Schwester kam herein und lächelte mich an. »Das wird jetzt überhaupt nicht weh tun«, meinte sie und tat mir ein paar Tropfen in mein linkes Auge. »Laß es zu und leg das Stückchen Mull darauf. So ist es brav.« Sie ging hinaus.

Mr. Galanter kam zurück. »Dein Vater ist auf dem Weg hierher«, sagte er.

»Wie hat er reagiert?«

»Ich weiß nicht. Er sagte, er sei gleich da.«

»Es ist nicht gut, wenn er sich Sorgen macht. Es geht ihm nicht so gut.«

»Es wird schon wieder, mein Junge. Das ist ein gutes Krankenhaus. Was macht dein Auge?«

»Es ist besser. Sie haben Tropfen reingetan.«

»Gut. Gut. Ich habe dir ja gesagt, das ist ein gutes Krankenhaus. Hab' hier meinen Blinddarm rausbekommen.«

Drei Männer kamen ins Zimmer, die beiden Ärzte und ein kleiner Mann mittleren Alters mit einem runden Gesicht und einem grauen Schnurrbart. Er hatte dunkles Haar und trug keinen Kittel.

»Das ist Dr. Snydman, mein Sohn«, sagte der erste Arzt zu mir. »Er will sich mal dein Auge ansehen.«

Dr. Snydman kam lächelnd auf mich zu. »Wie ich höre, hast du ein hartes Spiel hinter dich gebracht, junger Mann. Schauen wir uns das mal an.«

Er hatte ein warmes Lächeln, und ich mochte ihn auf Anhieb. Er entfernte den Mull von meinem Auge und schaute durch das Instrument. Er sah sehr lange in das Auge. Dann richtete er sich langsam auf und wandte sich an Mr. Galanter.

»Sind Sie der Vater des Jungen?«

»Ich habe seinen Vater benachrichtigt«, sagte Mr. Galanter. »Er wird gleich da sein.«

»Wir brauchen seine Unterschrift«, sagte Dr. Snydman. Er wandte sich an die anderen beiden Ärzte. »Ich denke nicht«, sagte er. »Ich glaube, es ist hart an der Grenze. Ich muß es mir oben noch genauer ansehen.« Freundlich lächelnd wandte er sich nun mir zu.

»Ein Auge taugt kaum dazu, einen Ball zu stoppen, junger Mann.«

»Er hat ihn wirklich sehr gut getroffen«, sagte ich.

»Das sieht man. Wir werden dich nach oben bringen lassen, damit wir uns das genauer ansehen können.«

Die drei Ärzte gingen hinaus.

»Was meint er damit, nach oben?« fragte ich Mr. Galanter.

»Die Augenabteilung, vermute ich. Sie haben all die großen Instrumente oben.«

»Weshalb wollen sie mich oben untersuchen?«

»Das weiß ich nicht, mein Junge. Sie haben mir nichts gesagt.«

Zwei Krankenpfleger kamen mit einer fahrbaren Liege ins Zimmer. Als sie mich vom Untersuchungstisch hoben, schoß mir ein Schmerz durch den Kopf, daß ich plötzlich schwarze, rote und weiße Blitze vor Augen hatte. Ich schrie auf.

»Tut mir leid, Kleiner«, sagte einer der Pfleger mitfühlend. Sie hoben mich vorsichtig auf die Liege und schoben mich hinaus und durch den Korridor. Mr. Galanter folgte uns.

»Der Aufzug ist da«, sagte der eine. Beide waren sehr jung und sahen mit ihren weißen Jacken, Hosen und Schuhen fast gleich aus.

Der Aufzug brauchte eine Ewigkeit nach oben. Ich lag auf der Trage und starrte mit meinem rechten Auge hoch zu dem Neonlicht an der Decke. Es war verschwommen, und ich sah, wie die Farbe von Weiß über Rot zu Schwarz überging und wieder zurück zu Weiß.

»Noch nie habe ich solch ein Licht gesehen«, sagte ich.

»Was für ein Licht?« fragte einer der Krankenpfleger.

»Das Neonlicht. Wie schaffen die das, daß es die Farbe dauernd wechselt?«

Die Pfleger schauten einander an.

»Mach dir nichts draus, Kleiner«, sagte einer von ihnen. »Entspann dich nur.«

»Ich habe noch nie ein Licht so die Farben wechseln sehen«, sagte ich.

»Mein Gott«, murmelte Mr. Galanter ganz leise.

Er stand neben der Pritsche, mit dem Rücken an die Wand des Aufzugs gelehnt. Ich versuchte, ihm meinen Kopf zuzudrehen, aber der Schmerz war zu stark, und so blieb ich still liegen. Ich hatte ihn nie zuvor dieses Wort gebrauchen hören, und deshalb fragte ich mich, warum er es jetzt benutzte. So lag ich da, starrte auf das Licht und fragte mich, weshalb Mr. Galanter dieses Wort gebraucht hatte, als ich bemerkte, wie einer der Pfleger mit einem beruhigenden Grinsen auf mich niederblickte. Da fiel mir Danny Saunders ein, wie er mit diesem idiotischen Grinsen im Gesicht am Schlagmal gestanden und mich fixiert hatte. Ich machte mein rechtes Auge zu und hörte auf das Geräusch des Aufzugs. Das ist ein langsamer Aufzug, dachte ich. Aber wie bringen sie es fertig, daß das Licht die Farben wechselt? Dann war das Licht auf einmal sehr schlecht und alle drängten sich um mich herum. Irgend jemand wischte mir die Stirn ab, und plötzlich war das Licht weg.

Ich öffnete mein rechtes Auge. Eine Schwester in weißer Kleidung fragte, »Na, wie geht es dir jetzt, junger Mann«, und einen Moment lang starrte ich sie an und wußte nicht, was geschehen war. Dann erinnerte ich mich an alles – und ich konnte kein Wort herausbringen.

Ich sah die Schwester an meinem Bett stehen und auf mich herablächeln. Sie war ziemlich stämmig, hatte ein rundes, fleischiges Gesicht und kurzes, dunkles Haar.

»Dann laß uns mal sehen«, sagte sie. »Beweg deinen Kopf ein bißchen, nur ein bißchen, und sag mir, wie sich das anfühlt.«

Ich bewegte meinen Kopf auf dem Kissen von einer Seite auf die andere.

»Fühlt sich gut an«, sagte ich.

»Das ist prima. Bist du hungrig?«

»Ja, Schwester.«

»Das ist sehr gut.« Sie lächelte. »Den brauchst du jetzt nicht mehr.«
Sie schob den Vorhang beiseite, der um das Bett gespannt war. Ich blinzelte wegen des plötzlichen Sonnenlichts.
»Ist es so nicht besser?«
»Ja, Schwester. Danke. Ist mein Vater hier?«
»Er kommt gleich herein. Lieg jetzt schön ruhig und ruh dich aus. Man wird bald das Abendessen bringen. Es wird alles wieder gut werden.«
Sie ging.
Für einen Moment lag ich still da und schaute ins Sonnenlicht, das durch die hohen Fenster gegenüber meinem Bett hereinschien. Ich konnte die Fenster nur verschwommen durch mein rechtes Auge sehen. Ich drehte meinen Kopf, ohne ihn vom Kissen zu nehmen, langsam nach links. Ich bewegte ihn vorsichtig, damit der dicke Verband, der mein linkes Auge bedeckte, nicht verrutschte. Ich hatte überhaupt keine Kopfschmerzen mehr, und ich fragte mich, wie sie es fertiggebracht hatten, daß der Schmerz so schnell aufgehört hatte. Das ist ziemlich gut, dachte ich und erinnerte mich daran, was Mr. Galanter über das Krankenhaus gesagt hatte. Ich wunderte mich einen Augenblick, wo er und mein Vater waren. Dann vergaß ich beide und beobachtete den Mann, der im Bett links neben mir lag.
Er schien Mitte Dreißig zu sein, hatte breite Schultern, ein hageres Gesicht mit einem kantigen Kinn und schwarzen Stoppeln. Sein Haar war schwarz, ganz flach gekämmt und in der Mitte gescheitelt. Auf dem Rücken seiner großen Hände kräuselten sich kleine schwarze Lokken, und er trug eine schwarze Augenklappe über dem rechten Auge. Seine Nase war flach, und eine zentimeterlange Narbe unterhalb seiner Unterlippe hob sich weiß von den dunklen Bartstoppeln ab. Er saß aufrecht im Bett, spielte Karten mit sich selbst und lachte breit. Einige Karten lagen aufgereiht auf der Bettdecke. Aus dem Stapel, den er in der Hand hielt, zog er Karten, die er an die Reihen anlegte.
Er bemerkte, daß ich ihn anschaute.
»Hallo«, sagte er lächelnd. »Wie geht's dem alten Punchingball?«
Ich verstand nicht, was er meinte.
»Dem alten Kürbis. Dem Kopf.«
»Oh, es geht gut.«
»Glückspilz. Ein Schlag gegen den Kopf ist eine schlimme Sache. Ich war mal in der vierten Runde und bekam einen Schlag gegen den Kopf; ich brauchte einen Monat, um wieder auf die Beine zu kommen.

Glückspilz.« Er hielt eine Karte in der Hand und sah auf die Kartenreihen auf der Bettdecke. »Ach, dann schummle ich eben ein bißchen. Was ist schon dabei?« Er schob die Karte in eine Reihe. »Ich flog damals so gegen die Seile, daß meine Fußnägel rasselten. Das war vielleicht ein Schlag.« Er zog eine andere Karte und beäugte sie. »Hat mich mit seiner Rechten erwischt und wirklich gut getroffen. Einen ganzen Monat lag ich flach.« Er sah auf die Kartenreihen auf seiner Bettdecke. »Da haben wir's«, er lachte breit und legte die Karte an eine Reihe.

Ich konnte das meiste, was er sagte, nicht verstehen, wollte aber auch nicht unhöflich sein und mich wegdrehen, deshalb wandte ich ihm weiter meinen Kopf zu. Ich betrachtete die schwarze Augenklappe. Sie bedeckte sowohl das rechte Auge als auch den oberen Teil des Wangenknochens und wurde durch ein schwarzes Band festgehalten, das diagonal unter seinem rechten Ohr und um seinen Kopf herumlief. Nachdem ich ihn ein paar Minuten beobachtet hatte, bemerkte ich, daß er mich völlig vergessen hatte, und ich wandte meinen Kopf von ihm ab und nach rechts.

Ich sah einen Jungen von etwa zehn oder elf Jahren. Er lag im Bett, den Kopf auf dem Kissen, die Handflächen unter dem Kopf; seine Ellenbogen zeigten nach oben. Er hatte hellblondes Haar und ein zartes, ja schönes Gesicht. Er lag mit offenen Augen da, starrte an die Decke und merkte nicht, daß ich ihn ansah. Ein- oder zweimal blinzelte er. Ich drehte meinen Kopf weg.

Die Leute links und rechts neben mir in den Betten verschwammen plötzlich vor meinen Augen. Ich konnte sie nicht mehr richtig ausmachen. Weder sie noch den Rest des Raumes, ich sah nur, daß da zwei lange Reihen von Betten waren und ein breiter Mittelgang, und daß es eindeutig ein Krankenzimmer war. Ich befühlte die Beule an meiner Stirn. Sie war einigermaßen zurückgegangen, schmerzte aber noch sehr. Ich sah, wie die Sonne durch die Fenster schien. Überall im Krankenzimmer redeten die Leute miteinander, aber es interessierte mich nicht, was sie sagten. Ich sah in die Sonne. Es kam mir eigenartig vor, daß es noch so hell war. Das Spiel war kurz vor achtzehn Uhr zu Ende gewesen. Dann kamen die Fahrt mit dem Taxi, die Zeit im Wartezimmer und im Untersuchungsraum und die Fahrt im Aufzug. Ich konnte mich nicht mehr erinnern, was danach geschehen war, aber auf jeden Fall hatte das alles nicht so rasch gehen können, daß jetzt noch immer Sonntagnachmittag war. Ich überlegte, ob ich den Mann zu meiner Linken fragen sollte, was heute für ein Tag war, aber er schien völlig in sein Kartenspiel vertieft zu sein. Der Junge zu meiner Rechten hatte sich nicht gerührt. Er lag ruhig da und starrte an die Decke. Ich wollte ihn nicht stören.

Vorsichtig bewegte ich mein Handgelenk. Es tat immer noch weh. Dieser Danny Saunders war ein gerissener Hund, und ich haßte ihn. Ich überlegte, was er jetzt wohl dachte. Wahrscheinlich freute er sich hämisch und prahlte vor seinen Freunden wegen des Spiels. Dieser erbärmliche Chasside!

Ein Krankenpfleger schob langsam einen Essenswagen, auf dem sich die Tabletts türmten, durch den Gang. Es ging ein Ruck durch das ganze Krankenzimmer, als die Menschen sich in ihren Betten aufrichteten. Ich beobachtete, wie der Pfleger die Essenstabletts ausgab, und hörte das Klappern von Besteck. Der Mann zu meiner Linken räumte seine Karten zusammen und legte sie auf den Tisch zwischen unseren Betten.

»Happa-Happa«, sagte er und lächelte mich an. »Zeit für den Futtertrog. Es ist hier allerdings nicht so gut wie im Trainingslager. Es geht nichts über das Essen im Trainingslager. Du machst dir Appetit, dann ißt du schön vorsichtig und paßt gut auf dein Gewicht auf, aber du ißt wirklich gut. Was steht heute auf der Speisekarte, Doktorchen?«

Der Krankenpfleger grinste ihn an. »Bin gleich bei dir, Killer.«

Er war noch drei Betten entfernt.

Der Junge in dem Bett rechts von mir drehte seinen Kopf ein wenig und legte seine Hände auf die Bettdecke. Er blinzelte, lag still und starrte an die Decke.

Der Pfleger blieb am Fußende des Bettes stehen und nahm ein Tablett vom Wagen.

»Wie gehts dir, Billy?«

Die Augen des Jungen machten die Richtung ausfindig, aus der die Stimme des Pflegers gekommen war.

»Gut«, sagte er sanft, sehr sanft, und begann sich aufzurichten.

Der Pfleger kam mit dem Essenstablett herüber an die Seite des Bettes, aber der Junge starrte noch immer in die Richtung, aus der die Stimme gekommen war. Ich blickte zu dem Jungen und sah, daß er blind war.

»Es gibt Hühnchen, Billy«, sagte der Pfleger. »Erbsen und Karotten, Kartoffeln, wirklich heiße Gemüsesuppe und Apfelmus.«

»Hühnchen!« sagte der Mann zu meiner Linken. »Wer kann zehn Runden durchstehen mit Hühnchen?«

»Hast du vor, heute Nacht in die zehnte Runde zu gehen, Killer?« fragte der Pfleger freundlich.

»Hühnchen«, sagte der Mann wieder, aber er lächelte breit dabei.

»Bist du soweit, Billy?« fragte der Krankenpfleger.

»Alles klar«, sagte der Junge. Er tastete nach dem Besteck, fand Messer und Gabel und begann zu essen.

Ich sah die Schwester den Gang hoch kommen. Sie blieb vor meinem Bett stehen.

»Hallo, junger Mann. Sind wir noch hungrig?«

»Ja, Schwester.«

»Das ist gut. Dein Vater bat mich, dir zu sagen, daß dies ein koscheres Krankenhaus ist und daß du alles essen sollst.«

»Ja, Schwester. Danke.«

»Wie fühlt sich dein Kopf an?«

»Gut, Schwester.«

»Keine Schmerzen?«

»Nein.«

»Das ist sehr gut. Wir wollen aber trotzdem noch nicht, daß du dich aufsetzt. Noch nicht. Wir werden das Kopfende ein bißchen höher stellen, dann kannst du dich gegen das Kissen lehnen.«

Sie bückte sich. An den Bewegungen ihrer Schultern konnte ich sehen, daß sie an einer Kurbel am Fuß des Betts drehte. Ich spürte, wie sich das Kopfende hob.

»Ist das so bequem?« fragte sie mich.

»Ja, Schwester. Vielen Dank.«

Sie ging zu dem Nachttisch zwischem meinem und dem Bett rechts von mir und öffnete eine Schublade. »Dein Vater bat uns, dir das zu geben.« Sie hielt ein schwarzes Käppchen in ihrer Hand.

»Danke schön, Schwester.«

Ich nahm das Käppchen und setzte es auf.

»Guten Appetit«, sagte sie lächelnd.

»Vielen Dank«, sagte ich. Ich hatte mir wegen des Essens Sorgen gemacht. Ich fragte mich, wann mein Vater im Krankenhaus gewesen war und weshalb er jetzt nicht hier war.

»Mrs. Carpenter«, sagte der Mann links, »wie kommt's, daß es schon wieder Hühnchen gibt?«

Die Schwester sah ihn streng an. »Mr. Savo, bitte benehmen Sie sich.«

»Ja, *Schwester*«, sagte der Mann und tat, als ob er sich vor ihr fürchtete.

»Mr. Savo, Sie sind ein schlechtes Beispiel für Ihre jungen Nachbarn.«

Sie drehte sich schnell um und ging.

»Hart wie ein Pfosten im Boxring«, sagte Mr. Savo und grinste mich an. »Aber ein großes Herz.«

Der Pfleger setzte das Tablett auf sein Bett, und Mr. Savo begann, gierig zu essen. Während er an einem Knochen nagte, sah er mich an und zwinkerte mit seinem gesunden Auge. »Gutes Essen. Ohne Pep allerdings, aber das ist das koschere Zeug für dich. Ich ärgere sie gerne ein bißchen. Das hält sie auf Trab wie einen guten Boxer.«

»Mr. Savo, Sir?«

»Ja, Kleiner?«

»Was ist heute für ein Tag?«

Er nahm das Hühnerbein aus dem Mund. »Heute ist Montag.«

»Montag, der fünfte Juni?«

»So ist es, Kleiner.«

»Ich habe lange geschlafen«, sagte ich leise.

»Du warst total weggetreten. Hast uns alle mächtig ins Schwitzen gebracht.« Er nahm das Hühnerbein wieder in den Mund. »Das muß ein ziemlicher Schlag gewesen sein«, sagte er und nagte an dem Knochen.

Ich beschloß, daß es an der Zeit war, mich vorzustellen. »Ich heiße Reuven Malter.«

Seine Lippen formten ein Lächeln um den Hühnerknochen herum. »Nett, dich kennenzulernen, Reu... Reu...– wie war das nochmal?«

»Reuven... Robert Malter.«

»Freut mich, dich kennenzulernen, Bobby-boy«. Er nahm das Hühnerbein aus dem Mund, inspizierte es und ließ es auf das Tablett fallen. »Ißt du immer mit einer Kappe auf?«

»Ja, Sir.«

»Was'n das? Das gehört wohl zu deiner Religion oder was?«

»Ja, Sir.«

»Mochte schon immer Kinder, die an ihrer Religion festhalten. Wichtige Sache, die Religion. Könnte auch was davon im Ring gebrauchen. Gefährlicher Platz, der Ring. Tony Savo ist mein Name.«

»Sind Sie Preisboxer?«

»Das ist richtig, Bobby. Ich bin ein Vorkampfmann. Hätte an der Spitze sein können, wenn der Typ mich nicht so verkloppt hätte. Hat mich für'n Monat flach gelegt. Manager hat das Vertrauen verloren. Lausiger Manager. Riesengaunerei, der Ring. Gutes Essen, was?«

»Ja, Sir.«

»Aber nicht wie im Trainingslager. Geht nichts über das Essen im Trainingslager.«

»Fühlst du dich jetzt besser?« hörte ich den blinden Jungen fragen, und ich drehte mich zu ihm um. Er hatte zu essen aufgehört und saß mit dem Blick in meine Richtung. Seine Augen waren weit geöffnet und blaßblau.

»Es geht mir viel besser«, sagte ich ihm. »Mein Kopf tut nicht mehr weh.«

»Wir waren alle sehr besorgt um dich.«

Ich wußte nicht, was ich dazu sagen sollte. Ich dachte, es wäre am besten, zu nicken und zu lächeln, aber ich wußte, daß er es nicht sehen würde. Weil ich nicht wußte, was ich sagen oder machen sollte, blieb ich stumm.

»Ich heiße Billy«, sagte der blinde Junge.

»Tag, Billy. Ich bin Robert Malter.«

»Hallo, Robert. Ist dein Auge schwer verletzt?«

»Ja, ziemlich.«

»Du solltest mit deinen Augen vorsichtig sein, Robert.«

Ich wußte wieder nicht, was ich dazu sagen sollte.

»Robert ist ein Name für einen Erwachsenen, nicht wahr? Wie alt bist du«?

»Fünfzehn.«

»Das ist erwachsen.«

»Nenn mich Bobby«, sagte ich zu ihm. »Ich bin wirklich noch nicht so erwachsen.«

»Bobby ist ein netter Name. In Ordnung. Ich nenne dich Bobby.«

Ich schaute ihn weiterhin an. Er hatte so ein wunderschönes Gesicht, sehr feine Züge. Seine Hände lagen schlaff auf der Bettdecke, und seine leeren Augen starrten mich an.

»Was hast du für eine Haarfarbe, Bobby? Kannst du mir beschreiben, wie du aussiehst?«

»Klar. Ich habe schwarzes Haar und braune Augen und ein Gesicht wie Millionen andere Gesichter, die du gesehen hast… also ich mein', von denen du gehört hast. Ich bin ungefähr einsfünfundsechzig groß, habe eine Beule am Kopf, und mein rechtes Auge ist verbunden.«

Er lachte erfreut auf. »Du bist ein netter Kerl«, sagte er warm. »Du bist genauso nett wie Mr. Savo.«

Mr. Savo sah zu uns herüber. Er hatte sein Essen beendet und hielt sein Kartenspiel in der Hand. »Das ist genau das, was ich meinem Manager immer gesagt habe. Ich bin ein netter Bursche. Das habe ich ihm immer gesagt. Kann ich was dafür, daß ich verkloppt worden bin? Aber er hat das Vertrauen in mich verloren. Lausiger Manager.«

Billy starrte in die Richtung, aus der seine Stimme kam.

»Bei Ihnen wird schon wieder alles in Ordnung kommen, Mr. Savo«, sagte er ernst. »Sie werden wieder an der Spitze stehen.«

»Klar doch, Billy«, Tony Savo schaute ihn an. »Der alte Tony schafft es wieder an die Spitze.«

»Dann werde ich in Ihr Trainingslager kommen und Ihnen beim Trainieren zusehen, und wir werden die drei Runden machen, wie versprochen.«

»Klar, Billy.«

»Mr. Savo hat mir einen Kampf über drei Runden nach meiner Operation versprochen«, erklärte mir Billy eifrig, während er noch immer in die Richtung von Mr. Savos Stimme starrte.

»Das ist großartig«, sagte ich.

»Es ist eine neue Art von Operation«, Billy drehte sein Gesicht in meine Richtung. »Mein Vater hat es mir erklärt. Sie haben im Krieg herausgefunden, wie man es macht. Es wird wunderbar sein, einen Kampf über drei Runden mit Ihnen zu machen, Mr. Savo.«

»Klar, Billy. Auf jeden Fall.« Er saß aufrecht in seinem Bett, schaute auf den Jungen und ignorierte sein Kartenspiel, das er in der Hand hielt.

»Es wird wundervoll sein, wieder sehen zu können«, sagte Billy zu mir. »Ich hatte einen Autounfall. Mein Vater ist gefahren. Es ist schon lange her. Aber mein Vater war nicht daran schuld.«

Mr. Savo wandte seinen Blick wieder den Karten zu und legte sie dann zurück auf den Nachttisch.

Ich sah den Krankenpfleger den Gang hochkommen, um die Essenstabletts einzusammeln. »Hat dir das Essen geschmeckt?« fragte er Billy.

Billy drehte seinen Kopf in Richtung seiner Stimme. »Es hat gut geschmeckt.«

»Und dir, Killer?«

»Hühnchen!« sagte Tony Savo. »Was kann daran schon gut sein?« Seine Stimme war jetzt allerdings flach, die ganze Erregung war verschwunden.

»Wie kommt's, daß Sie diesmal die Knochen übriggelassen haben?« fragte der Pfleger grinsend.

»Wer kann schon zehn Runden überstehen, wenn er nur Hühnchen kriegt?« sagte Tony Savo. Aber er schien mit dem Kopf nicht mehr bei der Sache zu sein. Ich sah, wie er sich in das Kissen zurücklehnte und mit dem linken Auge an die Decke starrte. Dann schloß er das Auge und legte seine langen, behaarten Hände auf seine Brust.

»Wir machen das wieder niedriger für dich«, sagte der Pfleger, nachdem er mein Tablett weggenommen hatte. Er beugte sich zum Fuß des Bettes hinunter, und ich spürte, wie das Kopfende sich absenkte.

Billy legte sich zurück ins Kissen. Ich drehte meinen Kopf und sah, wie er dalag, mit offenen Augen, den Blick starr nach oben gerichtet, seine Hände unter dem Kopf, so daß seine Ellenbogen nach außen wiesen. Dann blickte ich über sein Bett hinweg und bemerkte einen Mann, der den Gang entlangeilte, und als er in Sichtweite kam, erkannte ich, daß es mein Vater war.

Ich hätte beinahe laut aufgeschrien, aber ich hielt mich dann doch zurück und wartete, bis er an mein Bett kam. Er trug ein in Zeitungspapier eingewickeltes Päckchen. Er hatte seinen dunkelgrauen, gestreiften Zweireiher an und seinen grauen Hut auf. Er sah eingefallen und abgespannt aus, sein Gesicht war blaß. Seine Augen schienen gerötet hinter seiner stahlgefaßten Brille, als ob er lange Zeit nicht geschlafen hätte. Er kam schnell an meine linke Bettseite, schaute zu mir herab und versuchte zu lächeln. Aber das Lächeln gelang ihm überhaupt nicht.

»Das Krankenhaus hat mich vorhin angerufen«, sagte er etwas kurzatmig. »Sie sagten mir, daß du wach seist.«

Ich machte Anstalten, mich im Bett aufzusetzen.

»Nein«, sagte er, »bleib liegen. Sie meinten, daß du dich noch nicht aufsetzen sollst.«

Ich lehnte mich zurück und sah zu ihm hoch. Er setzte sich auf die Bettkante und legte das Päckchen neben sich. Er nahm seinen Hut ab und legte ihn auf das Päckchen. Sein spärliches graues Haar lag wirr um seinen Kopf. Das war ungewöhnlich für meinen Vater. Ich konnte mich nicht daran erinnern, daß mein Vater je das Haus verlassen hätte, ohne vorher sein Haar ordentlich gekämmt zu haben.

»Du hast beinahe einen ganzen Tag geschlafen«, sagte er und versuchte erneut zu lächeln. Seine Stimme war sanft, aber sie klang jetzt ein wenig heiser.

»Wie geht es dir, Reuven?«

»Ganz gut, jetzt«, sagte ich.

»Sie sagten, du hättest eine leichte Gehirnerschütterung. Tut dir der Kopf nicht weh?«

»Nein.«

»Mr. Galanter hat heute ein paarmal angerufen. Er wollte wissen, wie es dir geht. Ich habe ihm gesagt, daß du schläfst.«

»Mr. Galanter ist ein wunderbarer Mensch.«

»Sie glaubten, daß du vielleicht mehrere Tage lang schlafen würdest, und waren erstaunt, daß du so früh aufgewacht bist.«

»Der Ball hat mich sehr hart getroffen.«

»Ja«, sagte er. »Ich habe alles über das Spiel gehört.«

Er schien sehr angespannt zu sein, und ich fragte mich, worüber er sich noch immer sorgte.

»Die Schwester hat mir überhaupt nichts über mein Auge gesagt«, meinte ich. »Ist es in Ordnung?«

Er sah mich seltsam an.

»Natürlich ist es in Ordnung. Warum sollte es nicht in Ordnung sein? Dr. Snydman hat es operiert, und er ist ein sehr guter Arzt.«

»Er hat mein Auge operiert?« Ich hatte gar nicht gewußt, daß ich operiert worden war. »Was war denn los? Weshalb mußte er mich operieren?«

Mein Vater hörte die Angst in meiner Stimme.

»Jetzt ist alles wieder gut«, beruhigte er mich. »Es war ein Glassplitter in deinem Auge, und sie mußten ihn entfernen. Jetzt ist alles gut.«

»Es war ein Splitter in meinem Auge?«

Mein Vater nickte langsam. »Ja, am Rand der Pupille.«

»Und sie haben ihn herausgenommen?«

»Dr. Snydman hat ihn entfernt. Sie sagten, er habe ein Wunder vollbracht.« Aber irgendwie sah mein Vater nicht so aus, als wäre ein Wunder passiert. Angespannt und erregt saß er da.

»Ist das Auge jetzt in Ordnung?« fragte ich ihn.

»Natürlich ist es jetzt in Ordnung. Warum sollte es nicht in Ordnung sein?«

»Es ist nicht in Ordnung«, meinte ich. »Ich will, daß du es mir sagst.«

»Da gibt es nichts zu sagen. Sie haben mir versichert, daß es gut ist.«

»Abba, sag mir bitte, was los ist.«

Er sah mich an, und ich hörte ihn seufzen. Dann fing er an zu husten, ein tiefes, kratzendes Husten, das seinen gebrechlichen Körper schrecklich schüttelte. Er zog ein Taschentuch aus der Tasche, hielt es vor seine Lippen und hustete lange. Beunruhigt lag ich im Bett und beobachtete ihn. Er hörte auf zu husten, und ich hörte, wie er wieder seufzte. Dann lächelte er mich an. Es war sein altes Lächeln, das warme Lächeln, das die Winkel seines schmallippigen Mundes nach oben bog und sein Gesicht aufhellte.

»Reuven, Reuven«, sagte er und schüttelte lächelnd den Kopf, »ich konnte noch nie etwas gut vor dir verbergen, nicht wahr?«

Ich sagte nichts.

»Ich wollte immer einen gescheiten Jungen zum Sohn. Und du bist gescheit. Ich werde dir erzählen, was sie mir über dein Auge gesagt haben. Dem Auge geht es gut. Es ist in Ordnung. In ein paar Tagen werden sie dir den Verband abnehmen, und du kannst nach Hause kommen.«

»Erst in ein paar Tagen?«

»Ja.«

»Weshalb bist du dann so besorgt? Das ist doch wunderbar!«

»Reuven, das Auge muß erst noch heilen.«

Ich sah einen Mann den Gang entlangkommen und an Billys Bett treten. Er war etwa Mitte Dreißig, hatte hellblondes Haar, und an seinem Gesicht konnte ich sofort erkennen, daß er Billys Vater war. Er setzte sich auf die Bettkante, und Billy richtete sich auf und wandte ihm sein Gesicht zu. Der Vater küßte den Jungen zärtlich auf die Stirn. Sie sprachen leise.

Ich blickte meinen Vater an. »Natürlich muß das Auge heilen«, sagte ich.

»Das Auge hat einen kleinen Schnitt an der Pupille abbekommen, und dieser Schnitt muß heilen.«

Ich starrte ihn an. »Das Narbengewebe«, sagte ich leise. »Das Narbengewebe kann über die Pupille wachsen.« Und ich spürte, wie mir vor Angst schlecht wurde.

Mein Vater blinzelte, und seine Augen hinter der Nickelbrille wurden feucht.

»Dr. Snydman informierte mich, daß er letztes Jahr einen Fall wie dich hatte und daß das Auge geheilt ist. Er ist optimistisch – alles wird gut werden.«

»Aber er ist nicht sicher.«

»Nein«, sagte mein Vater. »Er ist nicht sicher.«

Ich sah zu Billy. Sein Vater und er unterhielten sich leise und ernst. Der Vater streichelte zärtlich die Wange des Jungen. Ich sah weg und wandte meinen Kopf nach links. Mr. Savo schien zu schlafen.

»Rebbe Saunders hat mich heute zweimal und einmal letzte Nacht angerufen«, hörte ich meinen Vater leise sagen.

»Rebbe Saunders?«

»Ja. Er wollte wissen, wie es dir geht. Er sagte mir, daß es seinem Sohn sehr leid tue, was passiert sei.«

»Darauf wette ich«, sagte ich bitter.

Mein Vater sah mich eine Weile an, dann beugte er sich ein wenig über das Bett. Er wollte etwas sagen, aber seine Worte gingen in einem heiseren Husten unter. Er hielt sich das Taschentuch vor den Mund und hustete hinein. Er hustete lange, und ich lag da und beobachtete ihn. Als er aufhörte, nahm er seine Brille ab und wischte sich die Augen. Er setzte die Brille wieder auf und atmete tief durch.

»Ich habe mich erkältet«, entschuldigte er sich. »Gestern hat es im Klassenzimmer gezogen. Ich habe es dem Hausmeister gesagt, aber der konnte nichts finden. Nun habe ich mir eine Erkältung geholt. Obwohl wir schon Juni haben. Nur dein Vater erkältet sich im Juni.«

»Du gibst nicht auf dich acht, Abba.«

»Ich mache mir Sorgen um meinen Baseballspieler«, er lächelte. »Ständig mache ich mir Sorgen, daß du von einem Taxi oder einer Straßenbahn überfahren wirst, und du gehst hin und läßt dich von einem Baseball treffen.«

»Ich hasse diesen Danny Saunders dafür. Er macht dich krank.«

»Danny Saunders macht mich krank? Wie kann er mich krank machen?«

»Er hat absichtlich auf mich gezielt, Abba. Er hat mich absichtlich getroffen. Und jetzt wirst du krank, weil du dir Sorgen um mich machst.«

Mein Vater sah mich erstaunt an. »Er hat absichtlich auf dich gezielt?«

»Du solltest sehen, wie er schlägt. Er hat Schwartzie beinahe umgebracht. Er sagte, seine Mannschaft würde uns Apikorsim fertigmachen.«

»Apikorsim?«

»Sie haben das Spiel zu einem Krieg gemacht.«

»Das verstehe ich nicht. Am Telefon sagte Rebbe Saunders, daß es seinem Sohn leid tue.«

»Leid! Ich wette, daß es ihm leid tut! Es tut ihm leid, daß er mich nicht gleich umgebracht hat!«

Der Blick meines Vaters war fest auf mich gerichtet. Seine Augen verengten sich. Ich sah, wie das Erstaunen langsam aus seinem Gesicht wich.

»Ich mag es nicht, wenn du so sprichst«, sagte er streng.

»Es ist wahr, Abba.«

»Hast du ihn gefragt, ob es Absicht war?«

»Nein.«

»Wie kannst du so etwas sagen, wenn du nicht sicher bist? Es ist furchtbar, so etwas zu sagen.« Er konnte seine Wut kaum in Zaum halten.

»Es schien Absicht gewesen zu sein.«

»Sind die Dinge immer das, was sie zu sein scheinen, Reuven? Seit wann ist das so?«

Ich schwieg.

»Ich will nicht noch einmal hören, daß du so von Rebbe Saunders' Sohn sprichst.«

»Ja, Abba.«

»Nun, ich habe dir das hier mitgebracht.« Er wickelte das Päckchen aus dem Zeitungspapier, und ich sah, es war unser tragbares Radio. »Nur weil du im Krankenhaus bist, bedeutet das nicht, daß du dich von der Welt abschotten solltest. Man erwartet jeden Tag, daß Rom fällt. Und es gibt Gerüchte, daß die Invasion in Europa sehr bald beginnt. Du solltest nicht vergessen, daß es da draußen noch eine andere Welt gibt.«

»Ich muß meine Hausaufgaben machen, Abba. Ich darf den Anschluß nicht verlieren.«

»Keine Hausaufgaben, keine Bücher und keine Zeitungen. Sie haben mir gesagt, daß du nicht lesen darfst.«

»Darf ich überhaupt nicht lesen?«

»Nein, Lesen verboten. Deshalb habe ich dir das Radio gebracht. Es geschehen sehr wichtige Dinge, und das Radio ist ein wahrer Segen.«

Er stellte das Radio auf den Nachttisch. Das Radio bringt die Welt zusammen, sagte er häufig. Alles, was die Welt näher zusammenbringt, nannte er einen Segen.

»Jetzt zu deinen Hausaufgaben«, sagte er. »Ich habe mit deinen Lehrern gesprochen. Wenn du dich nicht rechtzeitig auf deine Prüfungen vorbereiten kannst, dann werden sie dir Ende Juni oder im September Gelegenheit geben, die Prüfungen allein nachzuholen. Du brauchst dir also darüber nicht den Kopf zu zerbrechen.«

»Wenn ich in ein paar Tagen schon entlassen werde, kann ich ja bald wieder lesen.«

»Wir werden sehen. Wir müssen erst herausfinden, wie das mit dem Narbengewebe ist.«

Ich bekam wieder Angst. »Wird es lange dauern, bis man das herausgefunden hat?«

»Ein oder zwei Wochen.«

»Ich kann also zwei Wochen lang nicht lesen?«

»Wir werden Dr. Snydman fragen, wenn du das Krankenhaus verläßt. Aber vorerst darfst du nicht lesen.«

»Ja, Abba.«

»Jetzt muß ich gehen«, sagte mein Vater. Er setzte seinen Hut auf, faltete die Zeitung zusammen und klemmte sie unter den Arm. Wieder hustete er, diesmal nur kurz, und erhob sich. »Ich muß Prüfungen vorbereiten, und ich muß einen Artikel fertig schreiben. Die Zeitung hat mir eine Frist gesetzt.« Er sah auf mich herab und lächelte. Mir kam das Lächeln ein wenig nervös vor. Er wirkte so blaß und eingefallen.

»Paß bitte auf dich auf, Abba. Nicht daß du krank wirst.«

»Ich werde schon auf mich achtgeben. Du sollst dich ausruhen. Und höre Radio.«

»Ja, Abba.«

Er sah mich an, und seine Augen blinzelten hinter der Nickelbrille. »Du bist kein Baby mehr. Ich hoffe…« Er brach ab. Es kam mir vor, als ob seine Augen feucht würden und seine Lippen einen Moment lang zitterten.

Billys Vater sagte etwas zu dem Jungen, und der lachte laut auf. Ich bemerkte, daß mein Vater ihnen einen kurzen Blick zuwarf und sich dann wieder mir zuwandte. Dann sah ich, wie er ihnen erneut den Kopf zudrehte und sie beobachtete. Er schaute sie lange an. Dann wandte er sich wieder mir zu. An seinem Gesichtsausdruck erkannte ich, daß er wußte, daß Billy blind war.

»Ich habe dir deine Tfillin, die Gebetsriemen, und dein Gebetbuch mitgebracht«, sagte er sehr leise. Seine Stimme war belegt und zitterte. »Wenn sie sagen, daß es dir nicht schadet, solltest du mit deinen Tfillin beten. Aber nur, wenn sie sagen, daß es wirklich nichts ausmacht und daß es für deinen Kopf oder dein Auge nicht schädlich ist.« Er hielt einen Augenblick inne, um sich zu räuspern. »Eine schwere Erkältung, aber es wird schon wieder werden. Falls du nicht mit deinen Tfillin beten darfst, bete trotzdem, ohne sie. So, jetzt muß ich gehen.« Er beugte sich vor und küßte mich auf die Stirn. Als er nahe bei mir war, sah ich, daß seine Augen gerötet und feucht waren. »Mein Baseballspieler«, sagte er und versuchte zu lächeln. »Paß auf dich auf und ruh dich aus. Ich werde dich morgen wieder besuchen.« Er drehte sich um und ging schnell den Gang entlang, klein und schmal, aber aufrecht und festen Schrittes, so wie er immer ging, ganz gleich, wie er sich fühlte. Dann war er aus meinem Blickfeld verschwunden.

Ich lag im Bett und schloß mein rechtes Auge. Nach einer Weile mußte ich plötzlich weinen und dachte, daß das wahrscheinlich schlecht für mein Auge sei, und zwang mich aufzuhören. Ich lag ruhig da und dachte über meine Augen nach. Ich hatte sie immer als etwas Selbstverständliches hingenommen, so, wie ich meinen ganzen Körper und meinen Verstand als etwas Selbstverständliches betrachtet hatte. Des öfteren hatte mir mein Vater erklärt, daß Gesundheit ein Geschenk sei, aber eigentlich hatte ich der Tatsache, daß ich selten krank war und fast nie zum Arzt mußte, keine große Bedeutung zugemessen. Ich dachte an Billy und Tony Savo. Ich versuchte mir vorzustellen, wie mein Leben aussähe, wenn ich nur noch ein Auge hätte, aber es gelang mir nicht. Ich hatte einfach noch nie über meine Augen nachgedacht. Ich hatte noch nie daran gedacht, wie es wäre, blind zu sein. Ich fühlte wieder diese wilde Angst in mir aufsteigen und bemühte mich, sie unter Kontrolle zu bekommen. Lange lag ich da und dachte über meine Augen nach.

Ich hörte ein Geräusch im Zimmer, öffnete mein rechtes Auge und sah, daß Billys Vater gegangen war. Billy lag auf dem Kissen, die Hände hinter dem Kopf verschränkt, mit den Ellenbogen nach außen. Seine Augen waren offen und starrten an die Decke. An einigen Betten standen Schwestern, und ich verstand, daß sich alle zum Schlafen vorbereiteten. Ich drehte meinen Kopf, um Mr. Savo zu sehen. Er schien schon zu schlafen. Mein Kopf fing an, ein bißchen weh zu tun, und mein linkes Handgelenk schmerzte noch immer. Ich lag ganz ruhig. Ich sah die Schwester an mein Bett kommen, und mit einem strahlenden Lächeln blickte sie mich an.

»Nun«, sagte sie. »Wie geht's, junger Mann?«

»Mein Kopf tut ein bißchen weh«, meinte ich.

»Das war zu erwarten.« Sie lächelte mir zu. »Wir werden dir jetzt eine Tablette geben, damit du gut schläfst.«

Sie ging zum Nachttisch und füllte ein Glas mit Wasser aus dem Krug, der auf einem kleinen Tablett stand. Sie half mir, meinen Kopf zu heben, und ich nahm die Tablette in den Mund und schluckte sie mit etwas Wasser hinunter.

»Danke«, sagte ich und legte mich ins Kissen zurück.

»Nichts zu danken, junger Mann. Es ist schön, auf junge, höfliche Leute zu treffen. Und jetzt: Gute Nacht.«

»Gute Nacht, Schwester. Danke schön.«

Sie ging den Gang hinauf.

Ich drehte meinen Kopf Billy zu. Er lag ganz ruhig und mit offenen Augen da. Ich sah ihn noch eine Weile an und schloß dann mein Auge. Ich überlegte, wie es ist, blind zu sein, völlig blind. Ich konnte es mir nicht vorstellen, aber es mußte wohl so ähnlich sein wie jetzt, da ich meine Augen geschlossen hatte. Aber es ist nicht dasselbe, sagte ich mir. Ich weiß, daß ich sehen kann, wenn ich mein rechtes Auge öffne. Wenn man blind ist, macht es keinen Unterschied, ob man die Augen öffnet oder nicht. Ich konnte mir nicht vorstellen, was es bedeuten würde, mich damit abfinden zu müssen, daß es keinen Unterschied machte, ob meine Augen auf oder zu waren – und alles dunkel bliebe.

Kapitel 3

Im Schlaf hörte ich einen Schrei und ein Geräusch. Es klang fast wie Jubelgeschrei, und ich war sofort hellwach. Im Zimmer war alles in Aufruhr, und ich hörte laute Stimmen. Ich fragte mich, was geschehen war, denn es war wirklich sehr laut und irgendwo plärrte ein Radio. Ich wollte mich aufrecht hinsetzen, aber dann erinnerte ich mich, daß ich das noch nicht durfte, und legte meinen Kopf wieder auf das Kissen. Draußen war es hell, aber die Sonne konnte ich nicht sehen. Während ich mich noch über den Lärm wunderte, kam schon Mrs. Carpenter mit finsterer Miene den Gang entlang. Sie sagte den Leuten, daß sie mit dem Geschrei aufhören sollten, dies sei ein Krankenhaus und nicht der Madison Square Garden. Ich sah hinüber zu Billy. Er saß aufrecht in seinem Bett, und ich konnte erkennen, daß er auszumachen versuchte, was um ihn herum vorging. Er sah verwirrt und ein bißchen ängstlich aus. Ich drehte mich nach Mr. Savo um, aber er lag nicht in seinem Bett.

Der Lärm legte sich ein wenig, aber das Radio plärrte noch immer. Ich konnte es nicht richtig verstehen, weil immer wieder jemand schrie oder in Jubelrufe ausbrach. Der Sprecher redete über Orte wie Caen und Carentan. Er sagte etwas über eine britische Luftlandedivision, die Brückenköpfe einnahm, und über zwei amerikanische Luftlandedivisionen, die feindliche Truppen davon abhielten, auf der Halbinsel Cotentin einzufallen. Keiner der Namen sagte mir etwas, und ich fragte mich, weshalb alle so aufgeregt waren. Es gab ja ständig Nachrichten über den Krieg, aber niemand war je so aufgeregt gewesen, es sei denn, etwas ganz Besonderes hatte sich ereignet. Ich dachte, ich hätte Mr. Savo auf einem der Betten sitzen sehen. Mrs. Carpenter ging zu ihm, und an der Art, wie sie ging, merkte ich, daß sie ärgerlich war. Ich sah Mr. Savo aufstehen und den Gang heraufkommen. Der Sprecher sagte etwas über die Isle of Wight und die Küste der Normandie, und daß Bomber der Royal Air Force die feindlichen Küstenbatterien angriffen und Bomber der United States Air Force die Küstenabwehr attackierten. Plötzlich war mir klar, was geschehen war, und ich bekam Herzklopfen.

Ich sah Mr. Savo auf mein Bett zukommen. Er war wütend, und mit seinem langen, dünnen Gesicht mit der schwarzen Augenklappe sah er aus wie ein Pirat.

»Gehen Sie in Ihr Bett, Mr. Savo«, ahmte er Mrs. Carpenter nach. »Gehen Sie augenblicklich ins Bett. Man könnte meinen, ich läge im Sterben. Jetzt ist nicht die Zeit, im Bett zu liegen.«

»Ist das die Invasion in Europa, Mr. Savo?« fragte ich ihn begierig. Ich war aufgeregt und ein wenig beunruhigt, und ich wünschte, daß die jubelnden Leute endlich leise wären.

Er sah zu mir herab. »Heute ist D-day, Bobby. Denen geben wir's. Und Mr. Savo muß ins Bett.« Dann entdeckte er das tragbare Radio, das mein Vater mir vergangenen Abend gebracht hatte. »Hey, Bobby, ist das *dein* Radio?«

»Ja, richtig«, sagte ich aufgeregt. »Das habe ich völlig vergessen.«

»Haben wir ein Glück.« Er lächelte breit und sah überhaupt nicht mehr aus wie ein Pirat. »Wir stellen es auf den Tisch zwischen unsere Betten und hören uns das an, ja?«

»Ich glaube, Billy will auch zuhören, Mr. Savo.« Ich blickte hinüber zu Billy.

Billy hatte sich umgedreht und starrte in die Richtung, aus der meine Stimme kam. »Hast du da ein Radio, Bobby?« Er schien sehr aufgeregt.

»Es ist hier, Billy. Zwischen unseren Betten.«

»Mein Onkel ist Pilot. Er fliegt große Flugzeuge, die Bomben abwerfen. Kannst du es einschalten?«

»Natürlich, Kleiner.« Mr. Savo schaltete das Radio ein, fand die Station mit demselben Sprecher, der auch aus dem anderen Radio zu hören war, ging in sein Bett und legte sich zurück ins Kissen. Wir drei lagen in unseren Betten und hörten die Nachrichten über die Invasion.

Mrs. Carpenter kam den Gang hoch. Sie war noch immer ein bißchen böse über den Lärm im Zimmer, aber dennoch konnte ich sehen, daß auch sie aufgeregt war. Sie fragte, wie ich mich fühlte.

»Es geht mir gut, Schwester.«

»Das ist sehr gut. Ist das dein Radio?«

»Ja, Schwester. Mein Vater hat es mir gebracht.«

»Wie schön. Du darfst dich ein bißchen aufsetzen, wenn du möchtest.«

»Danke.« Ich war froh, das zu hören. »Darf ich mit meinen Tfillin beten?«

»Mit den Gebetsriemen?«

»Ja, Schwester.«

»Ich habe nichts dagegen. Aber sei vorsichtig wegen deiner Beule am Kopf.«

»Ja, Schwester. Danke.«

Sie warf Mr. Savo einen finsteren Blick zu. »Ich sehe, Sie benehmen sich jetzt, Mr. Savo.«

Mr. Savo sah sie mit seinem linken Auge an und grunzte.

»Man könnte glauben, ich läge im Sterben.«

»Sie sollen unbedingt im Bett bleiben, Mr. Savo.«

Wieder grunzte Mr. Savo.

Sie ging den Gang hinauf.

»Hart wie ein Pfosten im Ring«, grinste Mr. Savo. »Mach es etwas lauter, Bobby. Kann kaum etwas hören.«

Ich lehnte mich hinüber und drehte das Radio lauter. Es tat gut, sich wieder bewegen zu können.

Ich nahm Gebetbuch und Tfillin aus der Nachttischschublade und begann, sie mir umzulegen. Der Kopfriemen drückte gegen die Beule, und ich zuckte zusammen. Sie tat immer noch weh. Ich hatte mir den Handriemen umgebunden und schlug das Gebetbuch auf. Ich sah, daß Mr. Savo mir zuschaute. Dann fiel mir ein, daß ich nicht lesen durfte, und so machte ich das Buch wieder zu. Ich betete alles, was ich auswendig konnte, und versuchte, nicht auf den Radiosprecher zu achten. Ich betete für die Sicherheit aller Soldaten, die an den Stränden kämpften. Als ich mit Beten fertig war, nahm ich die Riemen ab und legte sie zusammen mit dem Gebetbuch zurück in die Schublade.

»Du bist ja ein wirklich religiöses Kerlchen, Bobby«, sagte Mr. Savo zu mir.

Ich wußte nicht, was ich darauf antworten sollte, und so sah ich ihn nur an und nickte.

»Wirst du mal Priester oder sowas?«

»Vielleicht«, sagte ich. »Mein Vater möchte allerdings, daß ich Mathematiker werde.«

»Bist gut in Mathe, was?«

»Ja. Bisher hatte ich immer Einser.«

»Aber du möchtest lieber Priester werden, hm? Ein... Rabbi, so nennt ihr das doch.«

»Manchmal denke ich, ich möchte Rabbi werden. Ich bin mir nicht sicher.«

»Das ist eine gute Sache, Bobby. Diese verrückte Welt braucht solche Leute. Ich hätte Priester werden können. Hatte einmal die Chance. Habe die falsche Wahl getroffen. Statt dessen verkloppe ich jetzt Leute. Schlechte Wahl. Heh, hör dir das an!«

Der Kriegsberichterstatter meldete aufgeregt, deutsche Torpedoboote hätten einen norwegischen Zerstörer angegriffen, und es sehe aus, als würde dieser sinken. Matrosen würden über Bord springen und Rettungsboote hinuntergelassen.

»Die haben was abbekommen«, sagte Mr. Savo grimmig. »Die armen Sch... armen Kerle.«

Der Berichterstatter klang äußerst aufgeregt, während er beschrieb, wie der norwegische Zerstörer sank.

Den Rest des Vormittags tat ich nichts anderes, als Radio zu hören und mit Mr. Savo und Billy über den Krieg zu reden. So gut ich konnte, erklärte ich Billy einige Dinge, die im Moment passierten, und er erzählte mir immer wieder, daß sein Onkel Pilot eines großen Flugzeugs sei, welches Bomben abwerfe. Er fragte mich, ob ich glaubte, daß er sie jetzt abwerfe, um bei der Invasion zu helfen. Ich meinte, daß er das jetzt sicher tue.

Kurz nach dem Mittagessen kam ein Junge, der mit einem Ball spielte, aus einem anderen Krankenzimmer herein. Er war ungefähr sechs Jahre alt, hatte ein dünnes, bleiches Gesicht und ungekämmtes, dunkles Haar, das er sich ständig mit der linken Hand aus den Augen strich, während er im Gehen den Ball mit seiner Rechten vor sich her prellte. Er trug einen hellbraunen Schlafanzug und einen dunkelbraunen Bademantel.

»Armer, kleiner Kerl«, sagte Mr. Savo. »Hat den größten Teil seines Lebens im Krankenzimmer auf der anderen Seite der Eingangshalle verbracht. Sein Magen hat keine Säfte oder sowas.« Er sah dem Jungen zu, wie er den Gang hochkam. »Verkehrte Welt. Verrückt.«

Der Junge stand am Fußende von Mr. Savos Bett und sah sehr schmal und blaß aus. »Heh, Mr. Tony. Möchtest du mit Mickey Ball spielen?«

Mr. Savo erklärte ihm, daß dies kein Tag für Ballspiele sei und daß eine Invasion vor sich gehe. Mickey wußte nicht, was eine Invasion war und fing an zu weinen. »Du hast es versprochen, Mr. Tony. Du hast gesagt, daß du mit dem kleinen Mickey Ball spielst.«

Mr. Savo sah verlegen aus. »Okay, Kleiner. Fang nicht wieder an zu heulen. Aber nur zwei Bälle. Okay?«

»Klar, Mr. Tony«, sagte Mickey, und sein Gesicht glühte. Er warf Mr. Savo den Ball zu, der seine rechte Hand hoch über seinen Kopf strecken mußte, um ihn zu fangen. Er warf ihn leicht zu dem Jungen zurück, der ihn fallen ließ und deshalb unter das Bett krabbelte.

Mrs. Carpenter raste den Gang hoch, sie sah sehr wütend aus.

»Mr. Savo, Sie sind einfach unmöglich.« Sie schrie beinahe.

Mr. Savo saß in seinem Bett, atmete heftig und sagte kein Wort.

»Sie werden sich selbst noch ernstlich krank machen, wenn Sie jetzt nicht diesen Unsinn lassen und ruhig liegenbleiben!«

»Ja, Schwester«, sagte Mr. Savo. Sein Gesicht war blaß. Er legte sich ins Kissen zurück und schloß sein linkes Auge.

Mrs. Carpenter wandte sich dem Jungen zu, der seinen Ball gefunden hatte und Mr. Savo erwartungsvoll ansah.

»Mickey, es gibt kein Ballspiel mehr mit Mr. Savo.«

»Äh, Mrs. Carpenter...«

»Mickey!«

»Ja, Schwester«, sagte Mickey plötzlich folgsam. »Danke für's Fangen, Mr. Tony.«

Mr. Savo lag in seinem Kissen und sagte nichts. Mickey ging den Gang hinauf und prellte seinen Ball vor sich her.

Mrs. Carpenter beugte sich hinunter zu Mr. Savo. »Geht es Ihnen gut?« Sie klang besorgt.

»Ich bin ein bißchen erschöpft«, sagte Mr. Savo, ohne sein Auge zu öffnen.

»Sie hätten doch vorher wissen müssen, daß so etwas nicht gut ist.«

»Tut mir leid, Schwester.«

Mrs. Carpenter ging.

»Hart wie ein Pfosten im Ring«, sagte Mr. Savo. »Aber ein großes Herz.«

Mit geschlossenem Auge lag er ruhig da, und nach einer Weile sah ich, daß er eingeschlafen war.

Der Radiosprecher berichtete gerade etwas über Nachschubprobleme, die mit einer Großinvasion zusammenhingen, als ich Mr. Galanter den Gang heraufkommen sah. Ich stellte das Radio ein wenig leiser. Mr. Galanter kam an mein Bett. Er hatte eine Ausgabe der *New York Times* unter dem Arm, und sein Gesicht war vor Aufregung gerötet.

»Komme kurz mal vorbei, um dir Guten Tag zu sagen, Soldat. Habe gerade Pause, deshalb habe ich nur ein paar Minuten. Hätte dich heute sonst nicht sehen können. Wie geht's uns denn so?«

»Es geht mir viel besser, Mr. Galanter.« Ich war glücklich und stolz, daß er gekommen war, um mich zu besuchen. »Mein Kopf tut gar nicht mehr weh, und dem Handgelenk geht es auch schon viel besser.«

»Das sind gute Nachrichten, Soldat. Großartige Nachrichten. Ist das nicht ein Tag heute? Einer der größten Tage in der Geschichte. Phantastisches Unternehmen.«

»Ja, Sir. Ich habe es die ganze Zeit im Radio verfolgt.«

»Wir können uns gar nicht vorstellen, was da vor sich geht, Soldat. Das ist das Unglaubliche daran. Wahrscheinlich werden dort heute oder morgen mehr als hundertfünfzigtausend Mann landen müssen, und Tausende und Abertausende von Panzern, Artilleriegeschützen, Geländewagen, Räumfahrzeugen und so weiter, und alles an diesen Stränden. Es ist unvorstellbar.«

»Ich habe dem kleinen Billy hier erzählt, daß sie die schweren Bomber ziemlich häufig einsetzen werden. Sein Onkel ist Bomberpilot. Wahrscheinlich sitzt er jetzt gerade im Flugzeug.«

Mr. Galanter sah Billy an, der uns den Kopf zugewandt hatte, und ich sah, daß Mr. Galanter sofort bemerkte, daß er blind war.

»Wie geht's dir, junger Freund?« fragte Mr. Galanter. Seine Stimme klang plötzlich sehr viel weniger aufgeregt.

»Mein Onkel fliegt ein großes Flugzeug, das Bomben abwirft«, sagte Billy. »Sind Sie Flieger?«

Ich sah, wie sich Mr. Galanters Gesicht verkrampfte.

»Mr. Galanter ist mein Sportlehrer auf dem Gymnasium«, erklärte ich Billy.

»Mein Onkel ist schon seit langer Zeit Pilot. Mein Vater sagt, sie müssen sehr viel fliegen, bis sie heimkommen können. Sind Sie verwundet worden oder so was, daß Sie jetzt zu Hause sind, Mr. Galanter?«

Ich sah Mr. Galanter den Jungen anstarren. Sein Mund stand offen, und er fuhr sich mit der Zunge über die Lippen. Er schien sich nicht sehr wohl zu fühlen.

»Konnte nicht Soldat werden«, sagte er, während er Billy anschaute. »Ich habe einen schlechten...« er brach ab. »Ich habe es versucht, aber es ging nicht.«

»Es tut mir leid, das zu hören, Sir.«

»Ja...« sagte Mr. Galanter.

Es war mir peinlich. Mr. Galanters ganze Aufgekratztheit war verflogen. Jetzt stand er da, starrte Billy an und sah aus wie am Boden zerstört. Er tat mir leid, und ich bereute, daß ich Billys Onkel überhaupt erwähnt hatte.

»Ich wünsche deinem Onkel alles Glück der Welt«, sagte Mr. Galanter leise zu Billy.

»Danke, Sir«, sagte Billy.

Mr. Galanter wandte sich mir zu. »Da haben sie ja gute Arbeit geleistet, daß sie den Glassplitter aus deinem Auge herausgeholt haben, Soldat.« Er versuchte, fröhlich zu klingen, aber es gelang ihm nicht besonders gut. »Wann wirst du wieder draußen sein?«

»Mein Vater sagte, in ein paar Tagen.«

»Das ist ja großartig. Du hast Glück gehabt, Junge. Es hätte viel schlimmer kommen können.«

»Ja, Sir.«

Ich fragte mich, ob er von dem Narbengewebe wußte und nicht mit mir darüber sprechen wollte. Ich beschloß, es nicht zu erwähnen. Er sah ein bißchen traurig und unwohl aus, und ich wollte nicht, daß er sich noch unbehaglicher fühlte, als er es schon tat.

»Also, ich muß jetzt zum Unterricht, Soldat. Paß auf dich auf und komm bald wieder raus.«

»Ja, Sir. Danke für alles. Und danke für Ihren Besuch.«

»Ich tu' doch alles für meine Soldaten.«

Ich beobachtete, wie er langsam den Gang hinaufging.

»Zu schade, daß er nicht Soldat werden konnte«, sagte Billy. »Mein Vater ist auch kein Soldat, aber das kommt davon, daß meine Mutter bei dem Unfall ums Leben gekommen ist und sonst niemand da ist, der sich um mich und meine kleine Schwester kümmern kann.«

Ich sah ihn an und schwieg.

»Ich glaube, ich werde jetzt ein bißchen schlafen«, sagte Billy. »Würdest du bitte das Radio ausschalten.«

»Natürlich, Billy.«

Ich sah, wie er die Handflächen unter seinen Kopf auf dem Kissen schob, einfach so dalag und mit leerem Blick an die Decke starrte.

Ich legte mich zurück, und nachdem ich ein paar Minuten über Mr. Galanter nachgedacht hatte, schlief ich ein. Ich träumte von meinem linken Auge und hatte große Angst. Ich dachte, ich könnte das Sonnenlicht durch das geschlossene Lid meines rechten Auges sehen, und ich träumte davon, wie ich gestern nachmittag im Krankenhaus aufgewacht war, und wie die Schwester den Vorhang weggezogen hatte. Aber jetzt verdeckte irgend etwas das Sonnenlicht. Dann war es wieder da, und ich konnte im Schlaf das Licht durch das Lid meines rechten Auges sehen. Dann war es wieder weg, und ich wurde böse auf den, der da mit dem Sonnenlicht spielte. Ich öffnete mein Auge und sah jemanden neben meinem Bett stehen. Wer auch immer das war, er bildete eine Silhouette gegen das Sonnenlicht, und einen Moment lang konnte ich sein Gesicht nicht erkennen. Dann setzte ich mich schnell auf.

»Hallo«, sagte Danny Saunders zaghaft. »Es tut mir leid, wenn ich dich geweckt habe. Die Krankenschwester meinte, ich dürfe hier warten.«

Ich sah ihn erstaunt an. Er war der letzte Mensch auf der Welt, den ich hier im Krankenhaus erwartet hätte.

»Bevor du mir sagst, wie sehr du mich haßt«, sagte er leise, »laß mich dir sagen, daß mir sehr leid tut, was passiert ist.«

Ich starrte ihn an und wußte nicht, was ich sagen sollte. Er trug einen dunklen Anzug, ein weißes Hemd, dessen Kragen offen stand, und ein schwarzes Käppchen. Ich konnte seine Schläfenlocken zu beiden Seiten seines feingeschnittenen Gesichts herunterhängen sehen und auch die Schaufäden, die unter seiner Jacke über der Hose hervorschauten.

»Ich hasse dich nicht«, gelang es mir zu sagen, auch weil ich dachte, es wäre jetzt an der Zeit, irgend etwas zu sagen, selbst wenn es gelogen war.

Er lächelte traurig. »Kann ich mich setzen? Ich habe hier ungefähr fünfzehn Minuten gestanden und gewartet, daß du aufwachst.«

Ich machte eine Art nickende Bewegung oder tat irgend etwas, was er als ein Zeichen der Zustimmung wertete, und er setzte sich auf die Bettkante zu meiner Rechten. Durch die Fenster hinter ihm strömte das Sonnenlicht herein, und über sein Gesicht legten sich Schatten, die die Linien seiner Wangen und seines Kinns betonten. Ich fand, er sah ein bißchen wie Abraham Lincoln aus, bevor er sich einen Bart hatte wachsen lassen – abgesehen von den kleinen sandfarbenen Haarbüscheln auf Kinn und Wange, dem kurzgeschnittenen Haar und den Schläfenlocken. Er schien sich nicht recht wohl zu fühlen und blinzelte nervös mit den Augen.

»Was sagen sie über das Narbengewebe?« fragte er.

Wieder war ich über alle Maßen erstaunt. »Woher weißt du davon?«

»Ich habe deinen Vater gestern abend angerufen. Er hat es mir erzählt.«

»Bis jetzt wissen sie noch gar nichts darüber. Ich könnte auf diesem Auge blind werden.«

Er nickte langsam und schwieg.

»Wie fühlt man sich, wenn man weiß, daß man jemanden auf einem Auge blind gemacht hat?« fragte ich ihn. Ich hatte mich von meiner Überraschung erholt und fühlte, wie die Wut wieder in mir aufstieg.

Er sah mich an. Sein feingeschnittenes Gesicht war ausdruckslos.

»Was möchtest du hören?« Seine Stimme klang nicht wütend, sie war traurig.

»Willst du, daß ich sage, ich fühle mich miserabel? Okay, ich fühle mich miserabel.«

»Ist das alles? Nur miserabel? Wie kannst du nachts noch schlafen?«

Er betrachtete seine Hände. »Ich bin nicht hergekommen, um mit dir zu streiten«, sagte er leise. »Wenn du nur Streit suchst, gehe ich nach Hause.«

»Von mir aus kannst du zur Hölle fahren«, sagte ich. »Und nimm deine ganze Bande hochnäsiger Chassidim gleich mit!«

Er sah mich schweigend an und rührte sich nicht. Er schien nicht böse zu sein, nur traurig. Sein Schweigen machte mich um so wütender, und schließlich sagte ich: »Weshalb, zum Teufel, sitzt du immer noch da? Ich dachte, du wolltest nach Hause gehen!«

»Ich kam, um mit dir zu sprechen«, entgegnete er leise.

»Ich will aber nichts hören«, erklärte ich ihm. »Warum gehst du nicht nach Hause? Geh nach Hause und bereue die Sache mit meinem Auge!«

Er stand langsam auf. Wegen des Sonnenlichts hinter ihm konnte ich sein Gesicht kaum erkennen. Seine Schultern schienen gebeugt zu sein.

»Es tut mir leid«, sagte er leise.

»Ja, ja, darauf wette ich«, erwiderte ich.

Er wollte noch etwas sagen, dann brach er ab, drehte sich um und ging langsam den Gang hinauf. Ich lehnte mich ins Kissen zurück, zitterte ein wenig und war erschrocken über die Wut und den Haß in mir.

»Ein Freund von dir?« hörte ich Mr. Savo fragen.

Ich drehte mich ihm zu. Er lag mit dem Kopf auf dem Kissen.

»Nein«, sagte ich.

»Hat er dich geärgert, oder was? Du hörst dich nicht so gut an, Bobby.«

»Er ist der, der mir den Ball ins Auge geschossen hat.«

Mr. Savos Gesicht hellte sich auf. »Mach keine Witze. Der Klopper persönlich? So, so...!«

»Ich glaube, ich schlafe noch ein bißchen«, sagte ich. Ich fühlte mich bedrückt.

»Ist der einer von diesen total frommen Juden?« fragte Mr. Savo.

»Ja.«

»So einer ist mir schon mal über den Weg gelaufen. Mein Manager hatte so einen Onkel. Ganz frommer Typ. Richtig fanatisch. Hatte aber nie viel mit meinem Manager zu tun. Hat er auch nichts verpaßt. Lausiger Manager.«

Ich war nicht gerade aufgelegt, jetzt eine Unterhaltung zu führen, deshalb blieb ich still. Ich bereute schon ein wenig, daß ich so böse zu Danny Saunders gewesen war.

Ich sah, daß Mr. Savo sich aufsetzte und sein Kartenspiel vom Nachttisch nahm. Er begann, seine Kartenreihen auf die Bettdecke zu legen. Billy schlief. Ich legte mich hin und schloß die Augen, aber schlafen konnte ich nicht.

Ein paar Minuten nach dem Abendessen kam mein Vater. Er sah blaß und abgespannt aus. Als ich ihm von meinem Gespräch mit Danny Saunders erzählte, wurden seine Augen hinter der Brille zornig.

»Du hast etwas Törichtes getan, Reuven«, sagte er streng.

»Denke daran, was der Talmud sagt. Wenn ein Mensch zu dir kommt, um sich zu entschuldigen, weil er dich auf irgendeine Weise verletzt hat, dann solltest du ihn anhören und ihm vergeben.«

»Ich konnte nicht anders, Abba.«

»Haßt du ihn so sehr, daß du solche Dinge zu ihm sagen mußtest?«

»Es tut mir leid«, sagte ich und fühlte mich ganz elend.

Er sah mich an, und ich merkte, daß seine Augen plötzlich traurig wurden. »Ich hatte nicht die Absicht, dich auszuschimpfen«, sagte er.

»Du hast mich nicht ausgeschimpft«, verteidigte ich ihn.

»Was ich dir sagen wollte, Reuven, ist, daß, wenn ein Mensch zu dir kommt, um mit dir zu sprechen, du geduldig sein und ihm zuhören solltest. Besonders, wenn dich dieser Mensch irgendwie verletzt hat. So, und jetzt wollen wir heute abend nicht mehr über Rebbe Saunders' Sohn sprechen. Heute ist ein wichtiger Tag in der Weltgeschichte. Es ist der Anfang vom Ende Hitlers und seiner wahnsinnigen Anhängerschaft. Hast du den Radioreporter auf dem Boot gehört, der die Invasion schilderte?«

Wir sprachen eine Zeitlang über die Invasion. Schließlich ging mein Vater wieder. Ich war niedergeschlagen und böse auf mich selbst, wegen der Dinge, die ich zu Danny Saunders gesagt hatte.

Billys Vater war gekommen, um ihn zu besuchen, und sie redeten leise miteinander. Er warf mir einen kurzen Blick zu und lächelte freundlich. Er war ein gutaussehender Mann, und ich bemerkte, daß eine lange, weiße Narbe auf seiner Stirn parallel zu seinem Haaransatz verlief.

»Billy erzählt mir gerade, daß du sehr nett zu ihm gewesen bist«, sagte er zu mir.

Ich brachte eine Art Nicken auf dem Kissen zustande und versuchte zurückzulächeln.

»Darüber bin ich froh und dankbar«, sagte er. »Billy meint, ob du uns wohl mal anrufst, wenn er aus dem Krankenhaus entlassen ist.«

»Klar«, sagte ich.

»Wir stehen im Telefonbuch. Roger Merrit. Billy sagt, nach seiner Operation, wenn er wieder sehen kann, würde er gerne wissen, wie du aussiehst.«

»Ich werde auf jeden Fall anrufen«, sagte ich.

»Hast du das gehört, Billy?«

»Ja«, sagte Billy fröhlich. »Habe ich dir nicht gesagt, daß er nett ist, Papi?«

Der Mann lächelte mich an, dann wandte er sich wieder Billy zu. Sie setzten ihre leise Unterhaltung fort.

Ich lag im Bett und dachte über all die Dinge nach, die während des Tages geschehen waren, und ich fühlte mich traurig und niedergeschlagen.

Am nächsten Morgen sagte mir Mrs. Carpenter, ich könne aufstehen und ein bißchen umhergehen. Nach dem Frühstück ging ich eine Weile in die Halle hinaus. Durch das Fenster sah ich Leute auf der Straße. Lange stand ich dort und starrte hinaus. Dann ging ich zurück zu meinem Bett und legte mich hin.

Ich sah Mr. Savo aufrecht im Bett sitzen und Karten spielen. Er grinste.

»Wie ist es, wieder auf den Beinen zu sein, Bobby?« fragte er mich.

»Es ist wunderbar, aber ich werde schnell müde.«

»Mach ganz langsam, Kleiner. Dauert 'ne Weile, bis die alten Kräfte wieder da sind.«

Plötzlich schrie einer der Patienten neben einem Radio am anderen Ende des Krankenzimmers auf. Ich beugte mich vor und schaltete mein Radio ein. Der Reporter berichtete gerade über einen Durchbruch an einem der Strände.

»Das wird sie umhaun«, sagte Mr. Savo und grinste breit.

Ich überlegte, wie dieser Strand jetzt wohl aussehen mochte, und vor meinem inneren Auge erschien er übersät mit kaputten Fahrzeugen und toten Soldaten.

Ich verbrachte den Morgen damit, Radio zu hören. Als Mrs. Carpenter kam, fragte ich sie, wie lange ich noch im Krankenhaus bleiben müsse, und sie sagte lächelnd, daß Dr. Snydman das zu entscheiden habe. »Dr. Snydman wird Freitag morgen zu dir kommen«, fügte sie hinzu.

Mittlerweile war ich sehr viel weniger begeistert über die Kriegsnachrichten und sehr viel mehr verärgert darüber, daß ich nicht lesen durfte.

Nachmittags hörte ich mir ein paar Seifenopern im Radio an – *Life can be beautiful, Stella Dallas, Mary Noble, Ma Perkins* –, und was ich hörte, trug noch zu meiner Niedergeschlagenheit bei. Ich beschloß, das Radio auszuschalten und zu schlafen.

»Möchtest du das noch weiter anhören?« fragte ich Billy.

Er antwortete nicht, und ich sah, daß er schlief.

»Schalt es aus«, sagte Mr. Savo. »Wieviel kann ein Mensch eigentlich von diesem Blödsinn ertragen?«

Ich schaltete das Radio ab und legte mich zurück aufs Kissen.

»Wußte nicht, daß man den Leuten so übel mitspielen kann, wie ihnen in den Seifenopern mitgespielt wird«, sagte Mr. Savo. »So, so. Na sieh mal, wer da kommt.«

»Wer?« Ich setzte mich auf.

»Der Superfromme, der dir so übel mitgespielt hat.«

Es war Danny Saunders. Er kam den Gang hoch und stellte sich neben mein Bett. Er trug dieselben Kleider wie am Tag zuvor.

»Wirst du wieder wütend auf mich werden?« sagte er zögernd.

»Nein«, sagte ich.

»Darf ich mich setzen?«

»Ja.«

»Danke«, sagte er und setzte sich rechts auf die Bettkante. Ich sah, daß Mr. Savo ihn einen Moment lang anstarrte und sich dann wieder seinen Karten zuwandte.

»Du warst ziemlich gemein gestern, weißt du«, sagte Danny Saunders.

»Das tut mir leid.« Es überraschte mich, wie froh ich war, ihn zu sehen.

»Es hat mir nicht so viel ausgemacht, daß du wütend warst«, sagte er. »Aber was ich gemein fand, war, daß du nicht mit dir hast reden lassen.«

»Gut. Das war gemein. Es tut mir wirklich leid.«

»Ich bin gekommen, um jetzt mit dir zu reden. Wirst du mich anhören?«

»Klar«, sagte ich.

»Ich habe die ganze Zeit über das Spiel nachgedacht. Ich habe nicht aufgehört, darüber nachzudenken, seit du getroffen wurdest.«

»Ich habe auch darüber nachgedacht«, sagte ich.

»Wann immer ich etwas tue oder sehe, was ich nicht verstehe, denke ich so lange darüber nach, bis ich es verstehen kann.« Er sprach sehr schnell, und ich konnte sehen, daß er angespannt war. »Ich habe lange darüber nachgedacht, aber ich verstehe es immer noch nicht. Ich möchte mit dir darüber reden. Okay?«

»Klar«, sagte ich.

»Weißt du, was ich an dem Spiel nicht verstehe? Ich verstehe nicht, weshalb ich dich umbringen wollte.«

Ich starrte ihn an.

»Das macht mir wirklich zu schaffen.«

»Nun, das hoffe ich«, sagte ich.

»Tu nicht so ironisch, Malter. Ich will jetzt nicht melodramatisch werden, aber ich wollte dich wirklich umbringen.«

»Also, es war ein ziemlich hartes Spiel«, sagte ich. »Geliebt habe ich dich da auch nicht gerade.«

»Ich glaube nicht, daß du überhaupt weißt, wovon ich rede«, sagte er.

»Na, also jetzt hör mal...«

»Nein, hör du zu. Hör einfach, was ich dir sage, ja? Erinnerst du dich an den zweiten Ball, den du geworfen hast?«

»Klar.«

»Erinnerst du dich, daß ich danach vor dem Schlagmal gestanden und dich angeguckt habe?«

»Na klar.« Ich erinnerte mich noch lebhaft an das idiotische Grinsen.

»Also, das war genau der Punkt, an dem ich am liebsten zu dir rübergegangen wäre und dir mit meinem Schläger den Schädel eingeschlagen hätte.«

Ich wußte nicht, was ich sagen sollte.

»Mir ist nur nicht klar, warum ich es nicht getan habe. Ich wollte es tun.«

»Das war vielleicht ein Spiel...« sagte ich. Was er sagte, machte mir ein bißchen Angst.

»Es hatte nichts mit dem Spiel zu tun«, meinte er. »Zumindest glaube ich das. Ihr wart nicht das erste harte Team, gegen das wir gespielt haben. Und wir haben auch vorher schon mal verloren. Aber du hast mich wirklich rasend gemacht, Malter. Ich kann es mir nicht anders erklären. Jedenfalls fühle ich mich besser, jetzt, da ich dir davon erzählt habe.«

»Hör bitte auf, mich Malter zu nennen«, sagte ich.

Er sah mich an. Dann lächelte er verhalten. »Wie soll ich dich denn nennen?«

»Wenn du mich überhaupt anreden willst, dann nenn mich Reuven«, sagte ich. »Malter klingt, als ob du Lehrer wärst oder so jemand.«

»Okay«, sagte er und lächelte wieder. »Dann nenn du mich Danny.«

»Gut«, sagte ich.

»Das war das verrückteste Gefühl, das ich je hatte«, sagte er. »Noch nie habe ich so was empfunden.«

Ich sah ihn an und hatte plötzlich den Eindruck, daß alles um mich herum nicht mehr ganz stimmte. Da war Danny Saunders und saß auf meinem Bett hier im Krankenhaus, in seinen chassidischen Kleidern, und redete davon, daß er mich töten wollte, weil ich einen Ball mit Effet geworfen hatte. Er war wie ein Chasside gekleidet, aber er hörte sich nicht wie einer an. Auch hatte ich ihn gestern noch gehaßt – jetzt nannten wir uns bei unseren Vornamen. Ich saß da und hörte, wie er redete. Ich war schlicht fasziniert davon zuzuhören, was für ein perfektes Englisch da aus dem Munde eines Menschen in chassidischer Kleidung kam. Ich hatte immer gedacht, daß das Englisch der Chassidim zumindest den Anflug eines jiddischen Akzents haben müsse. Die wenigen Male, die ich tatsächlich je mit einem Chassiden gesprochen hatte, hatte dieser immer jiddisch gesprochen. Und hier saß Danny Saunders und redete englisch, und das, was er sagte und vor allem, wie er es sagte, wollte einfach nicht zusammenpassen mit der Art, wie er sich kleidete, mit den Schläfenlocken und den Schaufäden, die unter seiner schwarzen Jacke hervorschauten.

»Du bist ein ziemlich gefährlicher Feldspieler und Werfer«, sagte er und lächelte mich an.

»Du bist auch ziemlich gefährlich«, erwiderte ich. »Wo hast du gelernt, den Ball so zu schlagen?«

»Ich habe geübt«, sagte er. »Du weißt nicht, wie viele Stunden ich damit verbracht habe zu lernen, wie man einen Baseball wirft, fängt und schlägt.«

»Woher hast du nur die Zeit dafür? Ich dachte, Leute wie du würden immer nur den Talmud studieren.«

Er grinste mich an. »Ich habe ein Abkommen mit meinem Vater. Ich studiere jeden Tag mein Quantum Talmud, und für den Rest des Tages läßt er mich in Ruhe.«

»Was ist dein tägliches Quantum Talmud?«

»Zwei Blatt.«

»Zwei Blatt?« Ich starrte ihn an. Das waren vier Seiten Talmud pro Tag. Wenn ich eine Seite am Tag schaffte, war ich schon hocherfreut. »Hast du überhaupt keine Hausaufgaben in den englischen Fächern?«

»Natürlich, aber nicht sehr viel. An unserer Jeschiwa haben wir nicht so viele englische Hausaufgaben.«

»Muß dort jeder zwei Blatt Talmud am Tag vorbereiten und dazu noch seine englischen Hausaufgaben machen?«

»Nicht jeder. Nur ich. Mein Vater will das so.«

»Wie schaffst du das nur? Das ist eine gewaltige Arbeit.«

»Ich habe Glück.« Er grinste mich an. »Ich zeige dir, wie. Was studierst du gerade im Talmud?«

»*Kidduschin*«, sagte ich.

»Auf welcher Seite bist du?«

Ich nannte sie ihm.

»Ich studierte das vor zwei Jahren. Liest es sich so?«

Er gab ungefähr ein Drittel der Seite Wort für Wort wieder, einschließlich der Kommentare und der maimonidischen Gesetzesentscheidungen über die Talmudischen Dispute. Er tat dies kalt und mechanisch, und während ich ihm zuhörte, wurde ich das Gefühl nicht los, eine Art menschlichen Automaten bei der Arbeit zu beobachten. Ich saß da und sperrte Mund und Ohren auf. »Also, das ist ziemlich gut«, brachte ich schließlich heraus.

»Ich habe ein photographisches Gedächtnis. Mein Vater sagt, es ist ein Geschenk Gottes. Ich schaue mir eine Seite aus dem Talmud an und kann sie auswendig. Ich verstehe sie auch. Nach einer Weile wird es allerdings ein bißchen langweilig. Es gibt viele Wiederholungen. Ich kann das auch mit *Ivanhoe.* Hast du *Ivanhoe* gelesen?«

»Klar.«

»Möchtest du was aus *Ivanhoe* hören?«

»Jetzt gibst du aber an«, sagte ich.

Er grinste. »Ich versuche, einen guten Eindruck zu machen.«

»Ich bin beeindruckt«, sagte ich. »Ich komme schon ins Schwitzen, wenn ich mir eine Seite aus dem Talmud merken soll. Willst du Rabbi werden?«

»Ja. Ich werde den Platz meines Vaters einnehmen.«

»Ich werde vielleicht auch Rabbi. Allerdings kein chassidischer Rebbe.«

Er sah mich erstaunt an. »Weshalb willst du denn Rabbi werden?«

»Warum nicht?«

»Es gibt so viel anderes, was du werden könntest.«

»Das ist ja komisch, wie du redest. *Du* wirst doch selber Rabbi.«

»Ich habe keine Wahl. Die Stellung wird vererbt.«

»Das heißt, du würdest nicht Rabbi werden, wenn du die Wahl hättest?«

»Ich glaube nicht.«

»Was würdest du werden?«

»Ich weiß nicht. Vielleicht Psychologe.«

»Psychologe?«

Er nickte.

»Ich bin mir nicht mal ganz sicher, ob ich weiß, was das ist.«

»Er hilft dir zu verstehen, wie ein Mensch im Innern wirklich ist. Ich habe ein paar Bücher darüber gelesen.«

»Geht es da um Freud, Psychoanalyse und solche Sachen?«

»Ja«, sagte er.

Ich wußte selbst recht wenig über Psychoanalyse, aber Danny Saunders in seinen chassidischen Kleidern schien mir so ziemlich der letzte Mensch auf der Welt zu sein, der sich zum Analytiker eignete. Ich stellte mir einen Analytiker immer als einen intellektuellen Menschen vor, mit einem kurzen, spitzen Bart, einem Monokel und deutschem Akzent.

»Was würdest du werden wollen, wenn du kein Rabbi wirst?« fragte Danny Saunders.

»Mathematiker«, sagte ich. »Das möchte mein Vater gerne.«

»Um irgendwo an einer Universität zu unterrichten?«

»Ja.«

»Das ist ein sehr schöner Beruf«, sagte er. Seine blauen Augen sahen einen Moment lang verträumt aus. »Das würde mir gefallen.«

»Ich bin mir allerdings noch nicht sicher, ob ich das tun möchte.«

»Warum nicht?«

»Ich habe irgendwie das Gefühl, als ob ich für die Leute als Rabbi nützlicher wäre. Ich meine, für unsere eigenen Leute. Weißt du, nicht jeder ist so religiös wie du und ich. Ich könnte sie lehren und ihnen helfen, wenn sie in Schwierigkeiten sind. Ich glaube, ich würde daran große Freude haben.«

»Ich nicht, glaube ich. Aber egal, ich *werde* ein Rabbi. Sag mal, wo hast du gelernt, so zu werfen?«

»Auch ich habe geübt.« Ich grinste ihn an.

»Aber du mußt nicht zwei Blatt Talmud am Tag präparieren.«

»Gott sei Dank!«

»Du hast jedenfalls eine gemeine Art zu werfen.«

»Und wie ist es mit deinen Schlägen? Schlägst du immer direkt auf den Werfer?«

»Ja.«

»Wo hast du das gelernt?«

»Ich kann überhaupt nicht anders schlagen. Es hat etwas mit meinen

Augen, meiner Sehfähigkeit, zu tun, und mit der Art, wie ich den Schläger halte. Ich weiß selber nicht genau.«

»Einen Ball so zu schlagen, ist ziemlich mörderisch. Du hast mich beinahe umgebracht.«

»Du hättest dich doch ducken können.«

»Ich hatte keine Chance, mich zu ducken.«

»Doch, hattest du.«

»Es war nicht genug Zeit. Du hast so schnell geschlagen.«

»Aber genug Zeit, deinen Handschuh hochzureißen, hattest du wohl?«

Ich überlegte einen Moment.

»Du wolltest dich nicht ducken.«

»Das stimmt«, sagte ich nach einer Weile.

»Du wolltest dich vor keinem Ball ducken, den ich geschlagen habe. Du mußtest versuchen, ihn unbedingt aufzuhalten.«

»Stimmt.« Ich erinnerte mich an den Bruchteil der Sekunde, als ich den Handschuh vor mein Gesicht brachte. Ich hätte auch zur Seite springen und dem Ball ausweichen können. Ich hatte jedoch nicht im Traum daran gedacht, das zu tun. Ich wollte nicht, daß Danny Saunders mich dazu brachte, eine genauso schlechte Figur zu machen wie Schwartzie.

»Nun, du hast ihn aufgehalten«, sagte Danny Saunders.

Ich grinste ihn an.

»Keine miesen Gefühle mehr?« fragte er mich.

»Keine miesen Gefühle mehr«, sagte ich eifrig. »Ich hoffe nur, daß das Auge heilt.«

»Das hoffe ich auch«, sagte er inbrünstig, »das kannst du mir glauben.«

»Sag mal, wer war eigentlich der Rabbi auf der Bank? Der Trainer oder so was?«

Danny Saunders lachte. »Er ist einer der Lehrer aus der Jeschiwa. Mein Vater schickt ihn immer mit, um sicherzugehen, daß wir uns nicht zu viel mit den Apikorsim abgeben.«

»Das mit den Apikorsim, das hat mich wirklich wütend gemacht. Warum mußtest du dein Team mit so etwas aufstacheln?«

»Das tut mir leid. Es war die einzige Möglichkeit, daß wir überhaupt eine Mannschaft bilden durften. Irgendwie habe ich meinen Vater damit überzeugt, daß ihr die beste Mannschaft in der Gegend seid und daß es unsere Pflicht sei, euch Apikorsim auf dem Gebiet zu schlagen, auf dem ihr am besten seid. Oder mit so etwas Ähnlichem.«

»Mußtest du wirklich so etwas zu deinem Vater sagen?«

»Ja.«

»Was wäre passiert, wenn ihr verloren hättet?«

»Daran möchte ich lieber nicht denken. Du kennst meinen Vater nicht.«

»Also *mußtet* ihr uns praktisch schlagen.«

Er sah mich einen Moment lang an, und ich spürte, daß er über etwas nachdachte.

Seine Augen hatten einen kalten, glasigen Ausdruck. »Das ist richtig«, sagte er schließlich. Es schien, als ob er plötzlich etwas gefunden hätte, wonach er lange Zeit gesucht hatte. »Das ist richtig«, sagte er noch einmal.

»Was hat er denn die ganze Zeit gelesen?«

»Wer?«

»Der Rabbi.«

»Ich weiß nicht. Wahrscheinlich ein Buch über jüdisches Recht oder so.«

»Ich dachte, es wäre vielleicht etwas gewesen, was dein Vater geschrieben hat.«

»Mein Vater schreibt niemals«, sagte Danny. »Er liest viel, aber er schreibt nichts. Er sagt, daß Worte entstellen, was ein Mensch wirklich in seinem Herzen fühlt. Er redet auch nicht gerne. Sicher, er spricht viel, wenn wir zusammen den Talmud studieren. Aber sonst spricht er nicht viel. Einmal sagte er zu mir, er wünsche, daß jeder schweigend sprechen könnte.«

»Schweigend sprechen?«

»Ich verstehe es auch nicht«, sagte Danny schulterzuckend. »Aber das hat er gesagt.«

»Dein Vater muß ein sonderbarer Mann sein.«

Er blickte mich an. »Ja«, sagte er mit demselben kalten, glasigen Ausdruck in seinen Augen. Ich sah, wie er geistesabwesend mit einer seiner Schläfenlocken zu spielen begann. Wir sagten lange nichts. Er schien gedanklich mit irgend etwas beschäftigt zu sein. Schließlich stand er auf. »Es ist spät. Ich werde jetzt besser gehen.«

»Danke für deinen Besuch.«

»Ich komme morgen wieder.«

»Schön.«

Er schien immer noch ganz in Gedanken. Ich beobachtete, wie er langsam den Gang entlangging und die Station verließ.

Ein paar Minuten später kam mein Vater. Er sah schlechter aus als am Tag zuvor. Seine Wangen waren eingefallen, seine Augen gerötet, und sein Gesicht war aschfahl. Er hustete stark und redete mir ein, es sei nur eine Erkältung. Er setzte sich aufs Bett und erzählte, daß er mit Dr. Snydman telefoniert habe. »Er wird sich am Freitagmorgen dein Auge ansehen, und dann wirst du wahrscheinlich nachmittags nach Hause kommen können. Ich werde dich abholen, wenn der Unterricht aus ist.«

»Das ist wunderbar«, sagte ich.

»Du wirst die nächsten zehn Tage noch nicht lesen können. Er versicherte mir aber, daß er dann über das Narbengewebe Bescheid wisse.«

»Ich bin froh, wenn ich wieder aus diesem Krankenhaus draußen bin«, sagte ich. »Heute bin ich ein bißchen umhergegangen und habe die Leute draußen auf der Straße beobachtet.«

Mein Vater schaute mich an, ohne etwas zu sagen.

»Ich wünschte, ich wäre schon draußen«, sagte ich. »Ich beneide alle, daß sie da herumspazieren können. Die wissen gar nicht, was sie für ein Glück haben.«

»Keiner weiß, wie glücklich er eigentlich ist, bis er unglücklich wird«, sagte mein Vater leise. »So ist die Welt eben.«

»Ich freue mich auf zu Hause. Wenigstens muß ich keinen Schabbes hier verbringen.«

»Wir werden einen schönen Schabbes zusammen feiern«, sagte mein Vater. »Einen ruhigen Schabbes, an dem wir miteinander reden können und ungestört sind. Wir werden uns zusammensetzen, Tee trinken und uns unterhalten.« Er hustete kurz und hielt sich das Taschentuch vor den Mund. Er nahm seine Brille ab und rieb sich die Augen. Dann setzte er sie wieder auf, nahm Platz auf meinem Bett und sah mich an. Er schien mir so blaß und müde, als ob ihn all seine Kraft verlassen hätte.

»Ich habe es dir noch nicht erzählt, Abba. Danny Saunders hat mich heute besucht.«

Mein Vater schien gar nicht erstaunt zu sein. »Ah«, sagte er. »Und?«

»Das ist ein netter Kerl. Ich mag ihn.«

»So. Plötzlich magst du ihn also.« Er lächelte. »Was hat er gesagt?«

Ich erzählte ihm alles, an was ich mich von dem Gespräch mit Danny Saunders erinnern konnte. Während ich redete, mußte er einmal husten.

Ich brach ab und sah hilflos zu, wie seine schmale Gestalt vom Husten geschüttelt wurde. Dann wischte er sich Lippen und Augen ab und bedeutete mir fortzufahren. Er hörte mir gespannt zu. Als ich ihm erzählte, daß Danny Saunders mich hatte umbringen wollen, bekam er große Augen, aber er unterbrach mich nicht. Als ich ihm von Danny Saunders' photographischem Gedächtnis erzählte, nickte er, als ob er das schon lange gewußt hätte. Als ich ihm, so gut ich konnte, beschrieb, was wir über unsere Berufsvorstellungen gesagt hatten, lächelte er nachsichtig. Und als ich ihm erklärte, weshalb Danny Saunders seiner Mannschaft hatte sagen müssen, daß sie uns Apikorsim umbringen sollten, sah er mich sonderbar an. In seinen Augen konnte ich den gleichen abwesenden Blick erkennen, den ich zuvor in Danny Saunders' Augen gesehen hatte. Dann nickte mein Vater. »Menschen sind nicht immer das, was sie zu sein scheinen«, sagte er liebevoll. »So ist die Welt eben, Reuven.«

»Morgen kommt er mich wieder besuchen, Abba.«

»Ah«, murmelte mein Vater. Er schwieg einen Moment lang. Dann sagte er ruhig: »Reuven, höre mir zu. Der Talmud sagt, daß der Mensch zwei Dinge tun soll. Das eine ist, er soll sich einen Lehrer suchen. Erinnerst du dich noch an das andere?«

»Einen Freund erwählen«, sagte ich.

»Ja. Weißt du, was ein Freund ist, Reuven? Ein griechischer Philosoph sagte einst: Zwei Menschen sind wahre Freunde, wenn sie wie zwei Körper mit einer Seele sind.«

Ich nickte.

»Reuven, wenn du kannst, dann mache Danny Saunders zu deinem Freund.«

»Ich mag ihn sehr, Abba.«

»Nein. Hör mir zu. Ich rede nicht davon, jemanden zu mögen. Ich rede davon, daß du ihn dir zum Freund machst und daß du ihm erlaubst, daß er dich zu seinem Freund macht. Ich glaube...« Er hielt inne und brach wieder in Husten aus. Der Anfall dauerte lange. Dann saß er still auf dem Bett, seine Hand lag auf seiner Brust, und er atmete schwer. »Mach ihn zu deinem Freund«, sagte er wieder und räusperte sich laut.

»Obwohl er ein Chassid ist?« fragte ich ihn lächelnd.

»Mach ihn zu deinem Freund«, wiederholte mein Vater. »Wir werden sehen.«

»Wie er sich benimmt und wie er spricht, paßt gar nicht zu seiner Kleidung und zu seinem gesamten Aussehen«, sagte ich. »Es ist, als ob zwei verschiedene Menschen in einer Person steckten.« Mein Vater nickte bedächtig, blieb aber stumm.

»Wie geht es deinem kleinen Nachbarn?« fragte er mich.

»Er ist sehr nett. Es gibt eine neue Augenoperationsmethode, die sie bei ihm versuchen werden. Er hatte einen Autounfall, bei dem seine Mutter umgekommen ist.«

Mein Vater betrachtete Billy und schüttelte den Kopf. Er seufzte und stand auf, dann beugte er sich vor und küßte mich auf die Stirn.

»Ich werde dich morgen wieder besuchen. Brauchst du irgend etwas?«

»Nein, Abba.«

»Kannst du mit deinen Tfillin beten?«

»Ja. Aber ich darf nicht lesen. Ich bete auswendig.«

Er lächelte mich an. »Daran hatte ich nicht gedacht, mein Baseballspieler. Bis morgen, Reuven.«

»Ja, Abba.«

Ich sah ihm nach, wie er schnell den Gang hochging.

»War das dein Vater, Kleiner?« hörte ich Mr. Savo fragen.

Ich drehte mich zu ihm um und nickte. Er spielte noch immer Karten.

»Stattlicher Mann. Sehr würdevoll. Was macht er?«

»Er unterrichtet.«

»Ach ja? Das ist wirklich schön, Kleiner. Mein alter Herr hatte einen Verkaufsstand. Das war da unten, in der Nähe der Norfolk Street. Hat wie ein Pferd geackert. Du bist ein glücklicher Junge. Was unterrichtet er denn?«

»Talmud«, sagte ich. »Jüdisches Recht.«

»Im Ernst? An einer jüdischen Schule?«

»Ja«, sagte ich. »An einer High School.«

Mr. Savo runzelte die Stirn wegen einer Karte, die er gerade aus dem Kartenstapel gezogen hatte. »Verdammt«, murmelte er. »Nie hab' ich Glück. So war das schon immer in meinem Leben.« Er schob die Karte unter eine Reihe auf der Bettdecke. »Kleiner, der Klopper und du, ihr habt ja wie ein Herz und eine Seele ausgesehen. Seid ihr jetzt befreundet?«

»Er ist nett«, sagte ich.

»Ja? Also, du solltest bei solchen Typen aufpassen, Kleiner. Paß gut auf, hörst du. Wenn dich einer verkloppt, dann ist mit dem irgendwas nicht in Ordnung. Der alte Tony weiß Bescheid. Paß bloß auf.«

»Es war wirklich ein Versehen«, sagte ich.

»Ja?«

»Ich hätte mich vor dem Ball ducken können.«

Mr. Savo sah mich an. Sein Gesicht war ganz dunkel wegen der Bartstoppeln, und sein linkes Auge schien blutunterlaufen und geschwollen. Die schwarze Augenklappe, die sein rechtes Auge bedeckte, sah wie ein riesiges Muttermal aus. »Jeder, der darauf aus ist, dich zu verkloppen, will nicht, daß du dich duckst, Junge. Das weiß ich genau.«

»Es war wirklich nicht so, Mr. Savo.«

»Klar, Kleiner, natürlich. Der alte Tony mag einfach keine Fanatiker. Das ist alles.«

»Ich glaube nicht, daß er ein Fanatiker ist.«

»Nein? Weshalb läuft er dann in solchen Klamotten herum?«

»Sie tragen alle solche Kleidung. Es gehört zu ihrer Religion.«

»Klar, Kleiner. Aber hör mal zu. Du bist ein guter Junge. Deshalb sage ich dir, nimm dich vor solchen Fanatikern in acht. Das sind die übelsten Klopper.« Er sah auf die Karte in seiner Hand und warf sie vor sich hin. »Lausiges Spiel. Hab' kein Glück.« Er raffte die Karten zusammen, stapelte sie und legte sie auf den Nachttisch. Er lehnte sich ins Kissen zurück. »War'n langer Tag«, murmelte er, wie zu sich selbst. »Als ob man auf einen großen Kampf wartet.« Er schloß sein linkes Auge.

Ich erwachte in der Nacht, lag eine Zeitlang still da und versuchte, mich zu erinnern, wo ich war. Ich sah das gedämpfte blaue Nachtlicht am anderen Ende des Krankenzimmers und atmete tief ein. Ich hörte, wie sich neben mir etwas rührte und drehte meinen Kopf. Der Vorhang um Mr. Savos Bett war zugezogen, und ich bemerkte, daß sich Leute dahinter bewegten. Ich setzte mich auf. Von irgendwoher kam eine Schwester zu mir. »Du gehst sofort wieder schlafen, junger Mann«, befahl sie. »Hast du mich verstanden?« Sie wirkte ärgerlich und nervös. Ich legte mich wieder hin. Kurz darauf war ich eingeschlafen.

Als ich am Morgen aufwachte, war der Vorhang um Mr. Savos Bett noch immer zugezogen. Ich starrte auf den Vorhang. Er war hellbraun und umhüllte das Bett vollständig, so daß nicht einmal die Metallfüße des Bettes zu sehen waren. Ich erinnerte mich an Montagnachmittag, als ich aufgewacht und mein Vorhang zugezogen war und Mrs. Carpenter sich über mich gebeugt hatte; ich fragte mich, was mit Mr. Savo geschehen war. Ich sah Mrs. Carpenter schnell den Gang entlangkommen, in ihren Händen hielt sie ein Metalltablett mit Verbandsmaterial und Instrumenten. Ich richtete mich auf und fragte sie, was mit

Mr. Savo los sei. Sie sah mich ernst an, ihr rundes, fleischiges Gesicht wirkte grimmig: »Mr. Savo wird es bald wieder gutgehen, junger Mann. Aber du kümmerst dich jetzt um deine Angelegenheiten und läßt Mr. Savo in Ruhe.« Sie verschwand hinter dem Vorhang.

Am anderen Ende des Zimmers lief ein Radio, der Sprecher redete über den Krieg. Ich wollte mein Radio nicht einschalten, weil ich fürchtete, es könnte Mr. Savo stören. Ich hörte wieder ein Stöhnen, und dann hielt ich es nicht mehr aus. Ich stand auf und ging ins Badezimmer. Später ging ich im Flur vor dem Krankenzimmer auf und ab und beobachtete die Menschen auf der Straße. Als ich zurückkam, war der Vorhang von Mr. Savos Bett immer noch zugezogen, und Billy war wach.

Ich setzte mich auf mein Bett und sah, daß er seinen Kopf in meine Richtung wandte.

»Bist du das, Bobby?« fragte er.

»Ja«, sagte ich.

»Stimmt irgendwas nicht mit Mr. Savo?«

Ich wunderte mich, daß er davon wußte.

»Ich glaube schon«, antwortete ich. »Sie haben den Vorhang um sein Bett zugezogen, und Mrs. Carpenter ist bei ihm.«

»Nein«, sagte Billy. »Sie ist gerade weggegangen. Ich hatte nach ihm gerufen, und sie hat nur gesagt, daß ich ihn nicht stören darf. Ist es etwas sehr Schlimmes?«

»Ich weiß es nicht. Aber ich denke, wir sollten ein bißchen leiser sprechen, damit wir ihn nicht stören.«

»Stimmt«, sagte Billy mit gesenkter Stimme.

»Ich finde auch, wir sollten heute kein Radio hören, damit wir ihn nicht aufwecken, wenn er schläft.«

Billy nickte eifrig.

Ich nahm meine Tfillin aus dem Nachttisch, setzte mich auf mein Bett und betete lange, hauptsächlich für Mr. Savo.

Ich frühstückte gerade, als ich Dr. Snydman mit Mrs. Carpenter den Gang heraufeilen sah. Er beachtete mich nicht einmal, als er an meinem Bett vorbeikam. Er trug einen dunklen Anzug, und er lächelte nicht. Er ging hinter den Vorhang von Mr. Savos Bett, Mrs. Carpenter folgte ihm. Ich hörte sie leise sprechen, und Mr. Savo stöhnte ein paarmal. Sie waren ziemlich lange dort. Dann kamen sie wieder heraus und gingen den Gang hoch.

Nun hatte ich wirklich Angst um Mr. Savo. Ich bemerkte, daß ich ihn vermißte, auch wie er redete und Karten spielte. Nach dem Frühstück lag ich im Bett und dachte über mein linkes Auge nach. Morgen war Freitag, und Dr. Snydman wollte mich morgens untersuchen. Mir wurde ganz kalt vor Angst. Den ganzen Morgen und Nachmittag über lag ich in meinem Bett, dachte an mein Auge und wurde immer ängstlicher.

An diesem Tag blieb der Vorhang um Mr. Savos Bett zugezogen. Alle paar Minuten trat eine Schwester hinter den Vorhang, blieb eine Weile dort und verschwand dann wieder. Nachmittags wurde das Radio am anderen Ende des Zimmers endlich ausgeschaltet. Ich versuchte zu schlafen, aber es ging nicht. Ich verbrachte die Zeit damit, die Schwestern zu beobachten, die ständig durch den Vorhang von Mr. Savos Bett ein und aus gingen. Als es Zeit für das Abendessen war, fühlte ich mich schrecklich und war so voller Angst, daß ich kaum essen konnte. Ich stocherte im Essen herum und gab das Tablett schließlich fast unberührt zurück.

Dann sah ich Danny den Gang heraufkommen. Er blieb vor meinem Bett stehen. Er trug den dunklen Anzug, das schwarze Käppchen, das weiße Hemd, das am Kragen offen war, und die Schaufäden, die unter seiner Jacke hervorschauten. Mein Gesicht mußte wohl meine Freude über sein Kommen widergespiegelt haben, denn er lächelte freundlich und sagte: »Du machst ein Gesicht, als ob ich der Messias wäre. Ich habe gestern anscheinend einen bleibenden Eindruck hinterlassen.«

Ich grinste ihn an. »Es ist einfach gut, dich zu sehen«, meinte ich. »Wie geht's?«

»Wie geht es dir? Schließlich liegst du im Krankenhaus.«

»Ich bin es leid, wie in einem Käfig eingesperrt zu sein. Ich will hier raus und nach Hause. Heh, wirklich gut, dich zu sehen, du Gauner!«

Er lachte auf. »Ich *muß* wohl der Messias sein. Ein einfacher Chassid würde niemals so von einem Apikoros begrüßt.«

Er stand am Ende des Bettes mit den Händen in den Hosentaschen, sein Gesicht war entspannt. »Wann wirst du entlassen?« fragte er.

Ich sagte es ihm. Dann fiel mir wieder ein, daß Mr. Savo in seinem Bett hinter dem Vorhang lag. »Hör mal«, sagte ich und deutete mit dem Kopf auf den Vorhang. »Laß uns draußen im Flur weiterreden. Ich möchte ihn nicht stören.«

Ich stieg aus dem Bett, zog meinen Bademantel über, und wir gingen zusammen hinaus. Wir setzten uns im Flur auf eine Bank vor einem Fenster. Der Flur war lang und breit. Schwestern, Ärzte, Patienten,

Pfleger und Besucher gingen in den Krankenzimmern ein und aus. Draußen war es noch hell. Danny steckte seine Hände in die Taschen und starrte aus dem Fenster. »Ich bin in diesem Krankenhaus auf die Welt gekommem«, sagte er leise. »Vorgestern war ich zum erstenmal wieder hier, seit ich geboren wurde.«

»Ich bin auch hier geboren«, sagte ich. »Daran habe ich ja noch gar nicht gedacht.«

»Gestern ist es mir wieder eingefallen, als ich mit dem Aufzug hochfuhr.«

»Ich war sogar noch mal hier, als sie mir die Mandeln herausgenommen haben. Hast du deine Mandeln noch?«

»Ja. Ich habe nie Probleme damit gehabt.« Er saß da, die Hände in den Taschen, und starrte aus dem Fenster. »Schau dir das an. Schau dir all die Leute an. Sie sehen aus wie Ameisen. Manchmal habe ich das Gefühl, daß das alles ist, was wir sind – Ameisen. Hast du auch manchmal den Eindruck?«

Seine Stimme war leise, und es lag ein Quentchen Traurigkeit in ihr.

»Manchmal«, sagte ich.

»Ich habe es einmal meinem Vater erzählt.«

»Und was hat er gesagt?«

»Er hat gar nichts gesagt. Ich habe dir doch erzählt, er redet nicht mit mir, außer wenn wir den Talmud studieren. Aber ein paar Tage später, als wir zusammen studierten, sagte er, daß der Mensch von Gott geschaffen wurde und daß Juden eine Aufgabe im Leben zu erfüllen hätten.«

»Was für eine Aufgabe ist das?«

»Gott zu gehorchen.«

»Glaubst du das nicht?«

Er wandte den Blick langsam vom Fenster ab. Ich sah, wie seine tiefblauen Augen mich anstarrten, dann zwinkerte er ein paarmal. »Natürlich glaube ich das«, sagte er leise. Seine Schultern waren nach vorn gebeugt. »Aber manchmal weiß ich nicht genau, was Gott will.«

»Es ist eigenartig, daß gerade du das sagst.«

»Nicht wahr?« sagte er. Er schaute mich an, aber er schien mich überhaupt nicht wahrzunehmen. »Ich habe das bisher noch nie zu jemandem gesagt.« Er schien in einer seltsam niedergedrückten Stimmung zu sein. Ich fing langsam an, mich unwohl zu fühlen. »Ich lese viel«, meinte er. »Ich lese ungefähr sieben oder acht Bücher pro Woche, neben meinen Schulaufgaben. Hast du jemals Darwin oder Huxley gelesen?«

»Ich habe ein bißchen Darwin gelesen«, sagte ich.

»Ich lese in der Bibliothek, damit es mein Vater nicht merkt. Er hat sehr strenge Vorstellungen von dem, was ich lesen soll.«

»Du liest Bücher über Evolution und solche Dinge?«

»Ich lese alles Gute, was ich kriegen kann. Zur Zeit lese ich Hemingway. Du hast sicher von Hemingway gehört.«

»Klar.«

»Hast du eines seiner Bücher gelesen?«

»Ich habe einige seiner Kurzgeschichten gelesen.«

»Ich habe letzte Woche *A Farewell to Arms* ausgelesen. Hemingway ist ein großartiger Schriftsteller. Das Buch handelt vom Ersten Weltkrieg. Da geht es um einen Amerikaner in der italienischen Armee. Er heiratet eine englische Krankenschwester. Nur, er heiratet sie eigentlich nicht richtig. Sie leben zusammen, und sie wird schwanger, und er desertiert dann. Sie flüchten zusammen in die Schweiz, und dann stirbt sie bei der Geburt.«

»Das habe ich nicht gelesen.«

»Er ist wirklich ein großartiger Schriftsteller. Aber du wunderst dich über viele Dinge, wenn du etwas von ihm liest. Da ist zum Beispiel eine Textstelle in diesem Buch, die mit den Ameisen auf einem brennenden Holzscheit. Der Held, dieser Amerikaner, beobachtet die Ameisen, und anstatt das Holzscheit aus dem Feuer zu nehmen und sie somit zu retten, schüttet er Wasser ins Feuer. Das Wasser wird zu Dampf, und es verbrüht einige der Ameisen, die anderen verbrennen einfach auf dem Scheit oder fallen ins Feuer. Es ist eine phantastische Textstelle. Sie zeigt, wie grausam Menschen sein können.«

Die ganze Zeit über, während er sprach, starrte er aus dem Fenster. Ich hatte beinahe das Gefühl, daß er eigentlich gar nicht zu mir, sondern eher mit sich selbst sprach.

»Ich finde es so ermüdend, immer nur den Talmud zu studieren. Ich kenne das Zeug schon auswendig, und nach einer Weile wird es ein bißchen langweilig. Deshalb lese ich alles, was ich in die Finger kriege. Aber ich lese nur, was lesenswert ist, beziehungsweise was die Bibliothekarin mir rät. Ich habe dort einen Mann getroffen, und der schlägt mir fortwährend Bücher vor, die ich lesen soll. Die Bibliothekarin ist komisch. Sie ist eine nette Frau, aber sie starrt mich die ganze Zeit an. Sie wundert sich wahrscheinlich, weshalb jemand wie ich all diese Bücher liest.«

»Ich wundere mich auch ein bißchen«, sagte ich.

»Ich habe es dir doch erklärt. Es wird mir langweilig, immer nur den Talmud zu studieren. Und die englischen Hausaufgaben sind auch nicht allzu aufregend. Ich glaube, daß die Lehrer der englischen Fächer vor meinem Vater Angst haben. Sie haben Angst, sie könnten ihre Stelle verlieren, wenn sie irgend etwas zu Aufregendes oder zu Herausforderndes sagen. Ich weiß nicht. Aber es ist einfach spannend, in der Lage zu sein, all diese Bücher lesen zu können.« Er begann mit seiner rechten Schläfenlocke zu spielen. Er rieb sie sanft mit seiner rechten Hand, zwirbelte sie um seinen Zeigefinger, ließ sie los und zwirbelte sie dann wieder um den Finger. »Das habe ich noch nie jemandem erzählt«, sagte er. »Die ganze Zeit über habe ich mich gefragt, wem ich es eines Tages erzählen würde.« Er starrte zu Boden. Dann sah er zu mir auf und lächelte. Es war ein trauriges Lächeln, aber es schien ihn aus der Stimmung, in der er sich befand, herauszuholen. »Wenn du dich vor dem Ball geduckt hättest, würde ich mich das noch immer fragen«, sagte er und vergrub die Hände wieder in den Taschen.

Ich sagte gar nichts. Ich war immer noch überwältigt von dem, was er mir erzählt hatte. Ich konnte nicht über die Tatsache hinwegkommen, daß dies Danny Saunders war, der Sohn von Rebbe Saunders, dem Zaddik.

»Darf ich dir mal ganz ehrlich was sagen?« fragte ich.

»Klar.«

»Ich bin völlig verwirrt, was dich angeht. Das ist kein Jux oder sowas. Ich bin wirklich ganz durcheinander. Du siehst aus wie ein Chassid, aber du hörst dich nicht wie einer an. Was du sagst, hört sich ganz anders an als das, was mein Vater mir über die Chassidim erzählt hat. Das klingt ja beinahe, als ob du nicht an Gott glaubst.«

Er sah mich an, antwortete aber nicht.

»Wirst du wirklich Rabbi und nimmst einmal den Platz deines Vaters ein?«

»Ja«, sagte er leise.

»Wie kannst du das tun, wenn du nicht an Gott glaubst?«

»Ich glaube an Gott. Ich habe nie gesagt, daß ich nicht an Gott glaube.«

»Aber was du sagst, klingt trotzdem nicht nach einem Chassid«, beharrte ich.

»Wonach klingt es denn dann?«

»Nach einem… einem Apikoros, einem Ungläubigen.«

Er lächelte, sagte aber nichts. Es war ein melancholisches Lächeln, und auch seine blauen Augen schienen traurig. Er schaute wieder aus dem Fenster, und wir saßen lange still da. Aber es war eine Stille, die nicht im geringsten unangenehm war. Schließlich sagte er sehr leise: »Ich muß den Platz meines Vaters einnehmen. Ich habe keine andere Wahl. Diese Position wird vererbt. Ich werde das schon hinkriegen... irgendwie. Es wird schon nicht so schlimm werden, ein Rabbi zu sein. Wenn ich erst einmal Rabbi bin, werden sich meine Leute nicht mehr darum kümmern, was ich lese. Ich werde so eine Art Gott für sie sein. Sie werden mir keine Fragen stellen.«

»Glaubst du, daß du gerne Rabbi sein wirst?«

»Nein«, sagte er.

»Wie kannst du dein Leben damit verbringen, etwas zu tun, was du nicht tun willst?«

»Ich habe keine andere Wahl«, sagte er wieder. »Es ist wie in einer Dynastie. Wenn der Sohn nicht den Platz des Vaters einnimmt, zerfällt die Dynastie. Die Leute erwarten von mir, daß ich ihr Rebbe werde. Seit sechs Generationen stammt ihr Rebbe nun aus meiner Familie. Ich kann sie einfach nicht im Stich lassen. Ich bin... ich bin ein bißchen wie in einer Falle. Ich werde das schon hinkriegen... irgendwie.«

Aber er klang nicht so, als ob er fähig wäre, das irgendwie hinzukriegen. Er wirkte sehr traurig.

Wir saßen noch eine Zeitlang still da und schauten durch das Fenster auf die Menschen unten auf der Straße. Das Sonnenlicht würde bald verschwunden sein, und ich fragte mich, weshalb mein Vater noch nicht gekommen war. Danny wandte sich vom Fenster ab und begann wieder, mit seiner Schläfenlocke zu spielen; er streichelte sie und zwirbelte sie um seinen Zeigefinger. Dann schüttelte er den Kopf und steckte die Hände in die Taschen. Er lehnte sich auf der Bank zurück und sah mich an. »Es ist komisch«, sagte er. »Es ist wirklich komisch. Ich muß Rabbi werden und will es nicht. Und du mußt nicht Rabbi werden und möchtest es gerne. Verkehrte Welt.«

Ich sagte nichts. Ich hatte nur plötzlich das Bild von Mr. Savo vor meinem inneren Auge, wie er in seinem Bett saß und sagte: »Verkehrte Welt. Total verrückt.«

Ich fragte mich, wie es ihm wohl gehe und ob der Vorhang um sein Bett immer noch zugezogen sei.

»Für welche Art Mathematik interessierst du dich?« fragte Danny.

»Am meisten interessiert mich die Logik. Mathematische Logik.«

Er sah verdutzt aus.

»Man sagt auch symbolische oder formale Logik dazu«, ergänzte ich.

»Davon habe ich noch nie gehört«, bekannte er.

»Es ist wirklich etwas ganz Neues. Es begann mit Russell und Whitehead und einem Buch, das sie geschrieben haben: *Principia Mathematica.*«

»Bertrand Russell?«

»Ja, genau.«

»Ich wußte nicht, daß er Mathematiker ist.«

»Oh, gewiß. Er ist ein großer Mathematiker. Und dazu noch ein Logiker.«

»Ich bin sehr schlecht in Mathematik. Um was geht es da? Ich meine, bei der mathematischen Logik.«

»Also, sie versuchen die ganze Mathematik von einfachen, logischen Prinzipien abzuleiten, um damit zu zeigen, daß Mathematik wirklich auf Logik basiert. Es ist ziemlich kompliziert, aber es gefällt mir.«

»Gibt es *darüber* einen Kurs in eurer Schule?«

»Nein. Aber du bist nicht der einzige, der viel liest.«

Für einen Moment sah er mich erstaunt an, dann lachte er.

»Ich lese allerdings keine sieben oder acht Bücher pro Woche, wie du«, sagte ich. »Nur etwa drei oder vier.«

Er lachte wieder. Dann stand er auf und stellte sich vor mich hin. Seine Augen funkelten vor Erregung.

»Ich habe noch nie im Leben was von symbolischer Logik gehört«, sagte er. »Klingt faszinierend. Und du willst Rabbi werden? Wie machen sie das? Ich meine, wie kann man Arithmetik von Logik ableiten? Das verstehe ich nicht…« Er hielt inne und sah mich an. »Was ist los?« fragte er.

»Da ist mein Vater«, sagte ich und stand schnell auf.

Mein Vater war aus dem Aufzug am anderen Ende des Flurs gekommen und ging in Richtung der Krankenzimmer der Augenabteilung. Ich meinte, ich müsse ihm etwas zurufen, um seine Aufmerksamkeit auf uns zu lenken, aber kurz vor dem Eingang sah er uns. Wenn er überrascht war, Danny und mich zusammen zu sehen, so ließ er es sich jedenfalls nicht anmerken. Er verzog keine Miene. Aber als er zu uns herüberkam, sah ich, wie Dannys Gesichtsausdruck sich völlig veränderte. Er ging von Neugier in verlegenes Staunen über. Einen Augenblick lang sah er aus, als wollte er weglaufen. Ich bemerkte, wie nervös und aufgeregt er war, hatte aber keine Zeit, darüber nachzudenken, weil mein Vater schon dastand und uns beide betrachtete. Er trug seinen dunkelgrauen Zweireiher und seinen grauen Hut. Er war um einiges kleiner als Danny und ein bißchen kleiner als ich. Sein Gesicht war noch immer bleich und abgespannt. Er schien außer Atem zu sein und hielt ein Taschentuch in seiner rechten Hand.

»Ich bin spät dran«, sagte er. »Ich hatte Angst, sie würden mich nicht mehr einlassen.« Seine Stimme war rauh und krächzend. »Wir hatten eine Fakultätsversammlung. Wie geht es dir, Reuven?«

»Gut, Abba.«

»Darfst du denn jetzt schon hier im Flur sein?«

»Es ist schon in Ordnung, Abba. Dem Mann neben mir ging es plötzlich nicht gut, und wir wollten ihn nicht stören. Abba, ich möchte dir gerne Danny Saunders vorstellen.«

Ich konnte sehen, wie sich ein leichtes Lächeln um die Mundwinkel meines Vaters bildete. Er begrüßte Danny mit einem Kopfnicken.

»Das ist mein Vater, Danny.«

Danny sagte gar nichts. Er stand nur da und starrte meinen Vater an. Ich sah, wie mein Vater Danny durch seine Nickelbrille beobachtete, während sich sein Mund zu einem Lächeln verzog.

»Ich wußte nicht…« begann Danny und brach ab.

Dann wurde kurze Zeit gar nicht gesprochen, Danny und mein Vater standen nur da und schauten sich an. Ich beobachtete sie die ganze Zeit.

Es war mein Vater, der schließlich das Schweigen brach. Er tat es behutsam und mit warmer Stimme: »Soweit ich sehe, spielst du mit dem gleichen Einsatz Baseball, mit dem du Bücher liest, Danny. Ich hoffe, du gehst mit Büchern nicht so unsanft um wie mit dem Baseball.«

Nun war ich an der Reihe, erstaunt zu sein. »Du kennst Danny?«

»In gewisser Weise schon«, sagte mein Vater und lächelte breit.

»Ich… ich hatte keine Ahnung«, stammelte Danny.

»Woher auch?« fragte mein Vater. »Ich habe dir nie meinen Namen genannt.«

»Sie wußten die ganze Zeit über, wer ich bin?«

»Erst nach der zweiten Woche. Ich habe die Bibliothekarin gefragt. Du hast dich mal als Mitglied beworben, dann aber keine Karte ausgefüllt.«

»Ich hatte Angst.«

»Soviel habe ich verstanden«, sagte mein Vater.

Plötzlich begriff ich, daß es mein Vater gewesen war, der Danny die ganze Zeit über Bücher empfohlen hatte. Mein Vater war der Mann gewesen, den Danny immer in der Bibliothek getroffen hatte!

»Aber du hast mir nie davon erzählt«, sagte ich laut.

Mein Vater schaute mich an. »Was habe ich dir nie erzählt?«

»Du hast mir nie erzählt, daß du Danny in der Bibliothek begegnet bist! Du hast mir nie erzählt, daß du ihm Bücher zum Lesen gibst!«

Mein Vater blickte von mir zu Danny und dann wieder zu mir. »Ah«, meinte er lächelnd. »Ich sehe, du weißt von Danny und der Bibliothek.«

»Ich habe es ihm erzählt«, sagte Danny. Er wirkte nun ein bißchen entspannter, und auch der erstaunte Blick war von seinem Gesicht gewichen.

»Und warum hätte ich dir davon erzählen sollen?« fragte mein Vater. »Ein Junge fragt mich, welche Bücher er lesen sollte. Was gibt es darüber zu erzählen?«

»Aber die ganze Woche über, selbst nach dem Unfall, hast du nie ein Wort gesagt!«

»Ich fand, es war nicht meine Sache, das zu erzählen«, sagte mein Vater ruhig. »Ein Junge kommt in die Bibliothek, geht in den zweiten Stock, in den Raum mit den alten Zeitschriften, schaut sich vorsichtig um, findet einen Tisch hinter einem Bücherschrank, wo ihn beinahe niemand sehen kann, setzt sich hin und liest. Eines Tages bin ich da, und er kommt zu mir herüber, entschuldigt sich, daß er mich bei meiner Arbeit stört, und fragt mich, ob ich ihm ein lesenswertes Buch empfehlen könne. Er kennt mich nicht, und ich kenne ihn nicht. Ich frage ihn, ob er sich eher für Literatur oder für Wissenschaft interessiert, und er sagt mir, er interessiere sich für alles, was lesenswert sei. Ich schlage ihm ein Buch vor, und zwei Stunden später kommt er zurück, bedankt sich und sagt, daß er das Buch ausgelesen habe und ob da noch etwas anderes sei, was ich ihm empfehlen könne. Ich bin ein bißchen erstaunt, und wir setzen uns eine Weile und reden über das Buch, und ich erkenne, daß er das Buch nicht nur gelesen und verstanden, sondern es sich sogar auswendig eingeprägt hat. Ich gebe ihm ein anderes Buch zu lesen, eines, das ein bißchen schwieriger ist, und wieder passiert dasselbe. Er liest es aus, kommt zurück, und wir setzen uns hin und diskutieren über das Buch. Irgendwann frage ich ihn nach seinem Namen, aber dann sehe ich, daß er sehr nervös wird, und so wechsle ich schnell das Thema. Später frage ich die Bibliothekarin, und mir wird alles klar, weil ich schon von anderen Leuten von Rebbe Saunders' Sohn gehört habe. Er interessiert sich sehr für Psychologie, sagt er, und ich empfehle ihm weitere Bücher. Jetzt sind es schon fast zwei Monate, daß ich ihm solche Empfehlungen gebe. Nicht wahr, Danny? Findest du wirklich, Reuven, daß ich dir das hätte erzählen sollen? Es ist Dannys Sache, darüber zu sprechen, nicht meine.«

Mein Vater hustete ein bißchen und wischte sich die Lippen mit dem Taschentuch ab. Wir drei standen eine Weile still da. Danny hatte die Hände in den Hosentaschen und sah zu Boden. Ich war immer noch damit beschäftigt, mein Staunen zu überwinden.

»Ich bin ihnen sehr dankbar, Mr. Malter«, sagte Danny. »Für alles.«

»Da gibt es nichts, wofür du dich bedanken müßtest, Danny«, erwiderte mein Vater. »Du hast mich nach Büchern gefragt, und ich habe dir Vorschläge gemacht. Bald wirst du soweit sein, dir selbst Bücher auszusuchen, ohne daß es der Vorschläge anderer bedarf. Wenn du weiterhin in die Bibliothek gehst, werde ich dir zeigen, wie man eine Bibliographie benutzt.«

»Ich werde kommen«, sagte Danny. »Natürlich werde ich kommen.«

»Das freut mich zu hören«, entgegnete mein Vater lächelnd.

»Ich... ich glaube, ich gehe jetzt lieber. Es ist sehr spät. Ich hoffe, daß die Untersuchung morgen ein gutes Ergebnis bringt, Reuven.«

Ich nickte.

»Ich besuche dich Samstagnachmittag zu Hause. Wo wohnst du?«

Ich sagte es ihm.

»Vielleicht können wir zusammen spazierengehen«, schlug er vor.

»Das fände ich schön«, sagte ich eifrig.

»Also, dann bis Samstag. Auf Wiedersehen, Mr. Malter.«

»Auf Wiedersehen, Danny.«

Er ging langsam den Flur entlang. Wir sahen, wie er vor dem Aufzug stehenblieb und wartete. Dann kam der Aufzug, und er war verschwunden.

Mein Vater hustete in sein Taschentuch. »Ich bin sehr müde«, sagte er. »Ich mußte mich beeilen herzukommen. Wenn du einmal Professor an der Universität bist, solltest du deine Kollegen davon überzeugen, keine so langen Fakultätssitzungen abzuhalten. Ich muß mich setzen.«

Wir setzten uns auf die Bank am Fenster. Draußen war es fast dunkel, und ich konnte kaum noch die Leute auf dem Gehweg erkennen.

»So«, sagte mein Vater. »Wie geht es dir?«

»Ganz gut, Abba. Es ist mir ein bißchen langweilig.«

»Morgen kommst du nach Hause. Dr. Snydman wird dich um zehn untersuchen, und ich hole dich dann um eins ab. Wenn er dich schon früher untersuchen könnte, würde ich dich früher abholen. Aber er hat am frühen Morgen eine Operation, und ich unterrichte ab elf. Also bin ich um eins da.«

»Abba, es geht mir einfach nicht aus dem Kopf, daß du Danny schon so lange kennst. Und ich werde nicht damit fertig, daß er der Sohn von Rebbe Saunders ist.«

»Danny auch nicht«, sagte mein Vater leise.

»Ich verstehe nicht…«

Mein Vater schüttelte den Kopf und wischte meine unbeantwortete Frage mit einer Handbewegung vom Tisch. Er hustete noch einmal und holte dann tief Luft. Wir saßen eine Weile still da. Billys Vater kam aus dem Krankenzimmer. Er ging mit langsamen, schweren Schritten. Ich sah, wie er den Aufzug betrat.

Mein Vater holte wieder tief Luft und erhob sich.

»Reuven, ich muß nach Hause und ins Bett. Ich bin sehr müde. Ich war fast die ganze letzte Nacht wach, um meinen Artikel zu beenden, und jetzt bin ich hierher geeilt, damit ich dich noch nach der Fakultätsversammlung sehen kann… Das war zu viel. Zu viel. Komm, begleite mich zum Aufzug.«

Wir gingen über den Flur und warteten vor der Doppeltür des Aufzugs.

»Wir werden am Schabbes-Tisch darüber sprechen«, sagte mein Vater. Er hatte beinahe keine Stimme mehr. »Das war ja heute ein außergewöhnlicher Tag für dich.«

»Ja, Abba.«

Der Aufzug kam, und die Türen öffneten sich. Drinnen standen Leute. Mein Vater stieg ein und wandte sich zu mir um. »Meine zwei Baseballspieler«, sagte er lächelnd. Die Tür schloß sich über seinem Lächeln.

Ich ging durch den Flur zurück zur Augenabteilung. Ich fühlte mich sehr müde und sah noch immer Danny und meinen Vater vor mir, wie sie darüber sprachen, was in der Bibliothek zwischen ihnen vor sich gegangen war. Als ich zu meinem Bett kam, bemerkte ich, daß nicht nur der Vorhang um Mr. Savos Bett noch zugezogen war, sondern daß jetzt auch der Vorhang um Billys Bett geschlossen war. Ich ging hinüber zu dem verglasten Raum mit dem bläulichen Licht, in dem zwei Schwestern saßen, und fragte sie, was mit Billy los sei.

»Er schläft«, sagte eine der Schwestern.

»Geht es ihm gut?«

»Natürlich. Er wird eine ruhige Nacht haben.«

»Du solltest auch schon im Bett liegen, junger Mann«, sagte die andere Schwester. Ich ging den Gang entlang und legte mich in mein Bett.

Im Zimmer war es ruhig. Nach einer Weile schlief ich ein.

Die Fenster waren erfüllt vom Sonnenlicht. Ich blieb noch eine Weile liegen und starrte die Fenster an. Dann fiel mir ein, daß Freitag war, und ich setzte mich schnell auf. Ich hörte, wie jemand sagte: »Gut, dich wieder zu sehen, Bobby. Wie geht's dir?« Ich drehte mich um. Der Vorhang war nicht mehr zugezogen, und Mr. Savo lag da in seinen Kissen. Sein langes, stoppeliges Gesicht war blaß, und anstelle der schwarzen Augenklappe trug er einen dicken Verband über dem rechten Auge. Aber er grinste mich an, und ich sah, wie er mir mit dem linken Auge zuzwinkerte.

»Hatte 'ne üble Nacht, Kleiner. Das kommt davon, wenn man Ball spielt. Konnte eigentlich nie was daran finden, hinter einem Ball herzurennen.«

»Schön, Sie wiederzusehen, Mr. Savo!«

»Jaah, Kleiner. Das war vielleicht was. Hab dem Doktor 'nen ordentlichen Schrecken eingejagt.«

»Billy und ich haben uns auch Sorgen um Sie gemacht, Mr. Savo.« Ich drehte mich nach Billy um. Sein Bettvorhang war zurückgezogen. Billy war nicht da.

»Vor ungefähr zwei Stunden haben sie ihn rausgebracht. Heute ist 'n großer Tag für ihn. Braver kleiner Kerl. Hat 'ne Menge Mumm. Muß ihm doch eines Tages die versprochenen drei Runden geben.«

Ich starrte auf das leere Bett von Billy.

»Ich muß wirklich langsam machen, Kleiner. Darf nicht zu viel reden. Sonst rückt mir wieder der alte Ringpfosten auf den Leib.«

Er schloß sein Auge und lag still da.

Als ich an diesem Morgen betete, galt jedes Wort Billy. Immer wieder sah ich sein Gesicht vor mir und seine ausdruckslosen Augen. Zum Frühstück aß ich wenig. Bald war es zehn Uhr, und Mrs. Carpenter kam, um mich abzuholen. Mr. Savo lag mit geschlossenem Auge ruhig in seinem Bett.

Das Untersuchungszimmer befand sich ein Stück den Flur hinunter, ein paar Türen vom Aufzug entfernt. Wände und Decken waren weiß, der Fußboden war mit hell- und dunkelbraunen Fliesen ausgelegt. Ein Stuhl mit schwarzem Lederbezug stand vor einer Wand, und überall standen Instrumentenschränke. Links neben dem Stuhl befand sich ein weißer Untersuchungstisch. Rechts vom Stuhl war eine stumpf aussehende Metallstange mit einem waagerechten Metallarm am Boden befestigt. Am Ende des Metallarms war ein optisches Instrument angebracht. Dr. Snydman stand im Zimmer und wartete auf mich. Er sah müde aus, lächelte mir zu, sagte aber nichts. Mrs. Carpenter half mir auf den Untersuchungstisch. Dr. Snydman kam herüber und nahm mir den Verband ab. Mit meinem rechten Auge sah ich zu ihm hoch. Seine Hände arbeiteten sehr routiniert, und ich konnte die Haare auf seinen Fingern sehen.

»Nun, mein Sohn, hör einmal her«, sagte Dr. Snydman. »Dein Auge war die ganze Zeit unter dem Verband geschlossen. Wenn ich den Rest des Verbands abgenommen habe, darfst du es aufmachen. Wir werden den Raum etwas abdunkeln, dann tut es nicht so weh.«

Ich war nervös und bemerkte, daß ich schwitzte. »Ja, Sir«, sagte ich.

Mrs. Carpenter schaltete einige Lampen aus, und ich spürte, wie der Verband abgenommen wurde. Ich spürte es, bevor ich es bewußt wahrnahm; denn plötzlich fühlte ich einen kühlen Luftzug auf dem Auge.

»Öffne jetzt ganz langsam dein Auge, damit du dich an das Licht gewöhnst«, sagte Dr. Snydman.

Ich befolgte seinen Rat, und nach einer kleinen Weile konnte ich das Auge ohne Schwierigkeiten offenhalten. Ich konnte wieder mit beiden Augen sehen.

»Sie können die Lampen jetzt wieder einschalten, Schwester«, sagte Dr. Snydman.

Ich mußte blinzeln, als das Licht heller wurde.

»Jetzt werden wir uns die Sache mal ansehen«, meinte Dr. Snydman, beugte sich vor und betrachtete das Auge durch ein Instrument. Nach einer Weile befahl er mir, das Auge zu schließen, und er befühlte das Lid mit dem Finger.

»Tut das weh?« fragte er.

»Nein, Sir.«

»Setz dich bitte einmal auf diesen Stuhl«, sagte er.

Ich setzte mich auf den Stuhl, und er schaute durch das Instrument an der Metallstange in mein Auge. Schließlich richtete er sich wieder auf, schob das Instrument beiseite und lächelte mich müde an.

»Der junge Mann kann nach Hause gehen, Schwester. Ich will ihn in zehn Tagen noch einmal in meiner Sprechstunde sehen.«

»Ja, Herr Doktor«, sagte Mrs. Carpenter.

Dr. Snydman blickte mich an. »Dein Vater sagte mir, daß du über das Narbengewebe Bescheid weißt.«

»Ja, Sir.«

»Nun, ich glaube, daß alles wieder in Ordnung kommt. Ich bin aber noch nicht ganz sicher, verstehst du, deshalb möchte ich dich noch einmal in meiner Sprechstunde sehen. Aber ich glaube, daß es ausheilt.«

Ich war so glücklich, daß ich beinahe zu weinen anfing.

»Du hast großes Glück gehabt, junger Mann. Geh nach Hause und halte deinen Kopf in Zukunft beim Baseball aus der Schußlinie.«

»Ja, Sir. Haben Sie vielen Dank.«

»Nichts zu danken.«

Als wir wieder draußen im Flur waren, sagte Mrs. Carpenter: »Wir werden erst einmal deinen Vater anrufen. Sind das nicht wunderbare Neuigkeiten?«

»Ja, Schwester.«

»Du hast großes Glück gehabt. Dr. Snydman ist ein großartiger Chirurg.«

»Ich bin ihm sehr dankbar«, sagte ich. »Schwester?«

»Ja?«

»Ist Billys Operation schon vorüber?«

Mrs. Carpenter sah mich an. »Was fragst du? Ja, natürlich. Dr. Snydman hat ihn operiert.«

»Geht es ihm gut?«

»Wir hoffen das Beste, junger Mann. Wir hoffen immer das Beste. Komm jetzt. Wir müssen deinen Vater anrufen und alles für deine Entlassung vorbereiten.«

Mr. Savo wartete schon auf mich. »Na, wie ist es gelaufen, Kleiner?« fragte er.

»Dr. Snydman sagt, er glaubt, daß alles in Ordnung ist. Ich kann nach Hause.«

Mr. Savo grinste. »So ist's recht. Mit Rumliegen in Krankenhäusern kann man keine Karriere machen.«

»Dürfen Sie auch bald nach Hause, Mr. Savo?«

»Bestimmt, Kleiner. In ein paar Tagen vielleicht. Wenn ich nicht noch einmal mit dem kleinen Mickey Ball spielen muß.«

»Dr. Snydman hat Billy operiert«, sagte ich.

»Das hab ich mir gedacht. Großartiger Mann, der Doktor. Hat 'n großes Herz.«

»Ich hoffe, Billy geht es besser.«

»Er wird schon wieder werden, Kleiner. Wichtig ist, daß du rauskommst.«

Ein Krankenpfleger kam mit meinen Kleidern, und ich zog mich an. Ich war aufgeregt und hatte weiche Knie. Nach einer Weile stand ich da, in denselben Kleidern, die ich am Sonntag beim Spiel getragen hatte. Das war vielleicht eine Woche, dachte ich.

Ich saß auf meinem Bett und unterhielt mich mit Mr. Savo. Von meinem Mittagessen brachte ich keinen Bissen hinunter. Nervös und ungeduldig wartete ich auf meinen Vater. Mr. Savo meinte, ich solle mich beruhigen, ich würde ihm sein Essen verderben. Ich saß da und wartete. Endlich sah ich meinen Vater den Gang heraufeilen, und ich sprang auf. Er strahlte über das ganze Gesicht, und seine Augen waren feucht. Er küßte mich auf die Stirn.

»So«, sagte er. »Der Baseballspieler ist bereit, nach Hause zurückzukehren.«

»Hast du gehört, was Dr. Snydman gesagt hat, Abba?«

»Die Schwester hat es mir am Telefon erzählt. Gott sei Dank!«

»Können wir jetzt gehen, Abba?«

»Natürlich. Wir werden nach Hause gehen und uns einen wunderschönen Schabbes machen. Ich will noch schnell deine Sachen auf dem Nachttisch da zusammenpacken.«

Ich schaute zu Mr. Savo, der aufrecht in seinem Bett saß und uns angrinste. »Es war sehr schön, Sie kennengelernt zu haben, Mr. Savo.«

»Dich auch, Kleiner. Dich auch. Und halte in Zukunft beim Baseball deine Birne aus der Schußlinie.«

»Ich hoffe, daß Ihr Auge bald heilt.«

»Das Auge ist weg, Kleiner. Sie mußten es rausnehmen. Das war 'n Schlag. Wollte nicht, daß das blinde kleine Kerlchen was erfährt, deshalb hab ich nichts gesagt.«

»Das tut mir schrecklich leid, Mr. Savo.«

»Klar, Kleiner. Natürlich. Jetzt ist Schluß. Hätte Priester werden sollen. Lausiger Job, das Boxen. Bin froh, daß ich da raus bin. Hätte im Krieg sein können, wenn mich dieser Typ nicht vor Jahren so zusammengeschlagen hätte. Da ist was in meinem Kopf zu Bruch gegangen. Jetzt ist endgültig Schluß. Finito.«

»Auf Wiedersehen, Mr. Savo.«

»Auf Wiedersehen, Kleiner. Viel Glück.«

Ich ging mit meinem Vater aus dem Zimmer, und wir verließen das Krankenhaus.

ZWEITES BUCH

Schweigen ist überall gut, es sei denn, es geht um die Tora.
Der Sohar

Kapitel 5

Wir nahmen ein Taxi, und auf dem Heimweg gab mir mein Vater meine Ersatzbrille mit der Mahnung, erst wieder zu lesen, wenn Dr. Snydman es mir erlaubt hatte. Ich setzte sie auf. Die Welt war mit einem Mal wieder klar erkennbar. Ringsum sah alles hell, frisch und sauber aus, wie an einem frühen Morgen, wenn die Sonne durch die Bäume scheint und alles wie neugeschaffen wirkt. Ich fühlte mich, als ob ich mich lange an einem dunklen Ort aufgehalten hätte und jetzt nach Hause, ins Sonnenlicht zurückkehrte.

Wir wohnten im Erdgeschoß eines zweistöckigen Hauses aus Sandstein, das in einer ruhigen Seitenstraße der geschäftigen Lee Avenue lag. Sandsteinreihenhäuser säumten beide Straßenseiten, und vom Bürgersteig führten breite, hohe Steintreppen zu den Hauseingängen mit ihren Doppeltüren aus Milchglas hinauf. Vor den Häusern standen hohe Platanen, deren Blätter ihren kühlen Schatten auf das Pflaster warfen. Es ging ein leichter Wind, und ich konnte die Blätter über meinem Kopf rascheln hören.

Jedes Haus hatte einen kleinen Vorgarten, der mit Trichterwinden oder Hortensienbüschen bepflanzt war. Der Hortensienbusch – oder Schneeballbusch, wie wir ihn nannten – in unserem Garten schimmerte im Sonnenlicht. Ich starrte ihn an. Ich hatte ihn nie beachtet. Jetzt erschien er mir plötzlich leuchtend und lebendig.

Wir stiegen die breite Steintreppe hoch und gelangten durch die Eingangshalle in den langen Flur, in dem es kühl und dunkel war und eng wie im Gang eines Eisenbahnwaggons. Am Ende des Hausflurs, rechts unterhalb der Treppe, die zu den beiden Stockwerken über uns führte, war unsere Wohnungstür. Mein Vater schloß auf, und wir traten ein.

Es duftete nach Hühnersuppe, und kaum war ich zwei, drei Schritte in der Wohnung, kam auch schon Manya, unsere russische Haushälterin, aus der Küche gestürzt, in ihrer langen Schürze, mit ihren übergroßen Schuhen und mit den dunklen Haarsträhnen, die ihr aus dem Haarknoten ins Gesicht fielen. Sie schloß mich in ihre starken Arme, preßte mich an sich, als wäre ich ein Federgewicht, und herzte mich so stürmisch, daß mir die Luft wegblieb. Sie drückte mir einen feuchten Kuß auf die Stirn, hielt mich im Abstand einer Armlänge fest und fing an, ukrainisch draufloszuplappern. Was sie sagte, konnte ich nicht verstehen, aber ich sah, daß ihre Augen feucht waren und sie sich auf die Lippen biß, um nicht zu weinen. Schließlich gab sie mich frei, und ich stand da, lächelte und versuchte, wieder zu Atem zu kommen, während mein Vater mit ihr redete.

»Hast du Hunger, Reuven?« fragte er.

»Ich bin am Verhungern«, sagte ich.

»Das Mittagessen steht auf dem Tisch. Wir werden zusammen essen. Anschließend kannst du dich ein bißchen auf die Veranda legen und ausruhen, während ich meinen Artikel zu Ende tippe.«

Das Mittagessen entpuppte sich als opulentes Mahl: Es gab eine dicke Hühnersuppe, frisches Roggenbrot, Zwiebelbrötchen, Bagels, Schmelzkäse, Rühreier, geräucherten Lachs und Schokoladenpudding. Mein Vater und ich aßen, ohne zu sprechen, während Manya wie eine Bärenmutter über uns wachte. Anschließend ging mein Vater in sein Arbeitszimmer, und ich spazierte langsam durch unsere Wohnung. Hier hatte ich mein ganzes Leben verbracht, aber nie hatte ich die Wohnung wirklich wahrgenommen, bevor ich an diesem Freitag nachmittag durch die Zimmer schlenderte.

Ich kam aus der Küche, blieb einen Moment lang stehen und musterte die Streifen des grauen Teppichs, der im Flur lag. Ich wandte mich nach links und ging langsam den Flur hinunter, kam am Badezimmer vorbei, am Kleiderständer zu meiner Linken, am Telefon und an den Bildern von Herzl, Bialik und Chaim Weizmann, die rechts an der Wand hingen. Dann ging ich in mein Zimmer. Es war ein langer, relativ schmaler Raum, mit einem Bett an der rechten Wand, einem Bücherregal an der linken, zwei Kleiderschränken in der Nähe der Tür sowie einem Schreibtisch und einem Stuhl, die ein wenig von der Wand weggerückt waren, die der Tür gegenüberlag. Links vom Schreibtisch, neben der Bücherwand, war ein Fenster, aus dem man auf das Gäßchen und den Garten sehen konnte. Das Zimmer war frisch geputzt, das Bett sorgfältig gemacht, eine grünbraune Tagesdecke lag darauf, und auf dem Tisch waren meine Schulbücher fein säuberlich aufgestapelt. Jemand hatte sie nach dem Spiel zu mir nach Hause gebracht, und da lagen sie nun auf meinem Tisch, als ob ich nie fortgewesen wäre. Ich ging zum Fenster und starrte auf das Gäßchen hinaus. Ich konnte eine Katze im Schatten unserer Hauswand liegen sehen und dahinter den Rasen unseres Gartens mit dem Götterbaum, der in der Sonne lag. Ich wandte mich ab, setzte mich auf den Fenstersims, und mein Blick fiel auf die Karten der Kriegsschauplätze aus der *New York Times*, die ich an die Wand über mein Bett gepinnt hatte. Es waren Karten der Feldzüge in Nordafrika, Sizilien und Italien. Jetzt mußte ich wohl noch eine Europakarte hinzufügen. Über den Karten hing ein großes Bild von Franklin Delano Roosevelt, das ich aus dem Sonntagsmagazin der *New York Times* ausgeschnitten hatte, und daneben eine Photographie von Albert Einstein, die ich vor Jahren einer Ausgabe des *Junior Scholastic* entnommen hatte. Ich betrachtete meinen Schreibtisch. Meine Füllfederhalter und Stifte steckten ordentlich in der Halterung neben meiner Lampe, und oben auf einem Stapel Zeitungen lag die neueste Ausgabe des Radiomagazins *WQXR Bulletin*. Ich erinnerte mich, daß ich am Sonntag abend eine Tschaikovsky-Symphonie hatte hören wollen, an dem Sonntag, an dem das Spiel stattgefunden hatte, von dem ich so sicher gewesen war, daß wir es gewinnen würden.

Am Kopfende des Bettes war die Tür, die zum Arbeitszimmer meines Vaters führte. Sie war geschlossen, und ich konnte dahinter meinen Vater an seiner Schreibmaschine arbeiten hören. Um ins Wohnzimmer zu gelangen, gab es keine andere Möglichkeit, als durch das Arbeitszimmer zu gehen, und so ging ich um meinen Schreibtisch herum, öffnete die Tür, trat ein und schloß sie leise hinter mir.

Das Arbeitszimmer meines Vaters war genauso groß wie mein Zimmer, aber es hatte keine Fenster. Entlang der Wand an der Tür reihten sich zimmerhohe Bücherregale. Gegenüber befanden sich hohe Glastüren mit Vorhängen, die von zwei großen ionischen Säulen eingerahmt wurden. Der Rest dieser Wand war ebenso mit Bücherregalen zugestellt wie die rechts daran angrenzende Wand. Der Schreibtisch meines Vaters stand vor der Außenwand, an fast der gleichen Stelle, an der ich auch meinen eigenen Schreibtisch stehen hatte. Aber er war ein gutes Stück größer als meiner, aus dunklem, polierten Holz, hatte tiefe Schubladen, und eine breite, grüne, ledergefaßte Schreibunterlage bedeckte fast die ganze Oberfläche. Diese war jetzt mit Papieren übersät, und mein Vater war eifrig an seiner alten Underwood-Schreibmaschine beschäftigt. Sein Arbeitszimmer war der dunkelste Raum der Wohnung, weil es keine

Fenster hatte, und mein Vater arbeitete stets unter der Schreibtischlampe, die den Schreibtisch und seine Umgebung in gelbes Licht tauchte. Jetzt saß er da, sein schwarzes Käppchen auf dem Kopf, und bearbeitete mit den Zeigefingern die Schreibmaschine; ein schmaler, zerbrechlicher Mann in den Fünfzigern, mit grauem Haar, eingefallenen Wangen und Brille. Ich sah ihn an, und plötzlich wurde mir bewußt, daß er nicht ein einziges Mal gehustet hatte, seit er mich aus dem Krankenhaus abgeholt hatte. Er warf mir einen flüchtigen Blick zu, runzelte die Stirn, dann machte er sich wieder an seine Arbeit. Er mochte nicht gestört werden, wenn er an seinem Schreibtisch saß, und ich ging leise über den grauen Teppich, der den Boden bedeckte, durch die hohen Glastüren ins Wohnzimmer.

Das Sonnenlicht strömte durch die drei großen, der Straße zugewandten Fenster und überzog den grauen Teppich, die Chaiselongue, die Stühle und die Beistelltischchen, den polierten Couchtisch mit der Glasplatte und die weißen Wände mit Gold. Einen Augenblick lang stand ich neben dem Sofa und blinzelte mit den Augen, die mir immer noch etwas weh taten, wenn ich aus der Dunkelheit des Arbeitszimmers meines Vaters in die strahlende Helligkeit unseres Wohnzimmers kam.

Die Fenster waren geöffnet, und ich konnte Kinder auf der Straße spielen hören. Eine warme Brise wehte ins Zimmer und hob die Spitzenvorhänge vor den Fenstern.

Lange blieb ich in diesem Zimmer stehen, beobachtete das Sonnenlicht und lauschte auf die Geräusche, die von der Straße hereindrangen. Ich stand da, genoß das Zimmer, die Sonne und die Geräusche und dachte an das lange Krankenzimmer mit dem breiten Mittelgang, den zwei Bettreihen und dem kleinen Mickey, der den Ball prellte und auf jemanden hoffte, der mit ihm spielen wollte. Ich fragte mich, ob der kleine Mickey wohl jemals gesehen hatte, wie das Sonnenlicht durch die Fenster einer Vorderhauswohnung fällt.

Schließlich drehte ich mich um, ging durch die Wohnung und trat durch die Tür, die vom Schlafzimmer meines Vaters auf die Holzveranda an der Hausrückseite führte. Ich setzte mich in den Liegestuhl im Schatten der Veranda und sah hinaus in den Garten. Irgendwie hatte sich alles verändert. Ich hatte fünf Tage im Krankenhaus gelegen, und die Welt um mich herum erschien mir klarer konturiert und voll von pulsierendem Leben. Ich lehnte mich zurück und verschränkte die Handflächen hinter dem Kopf. Ich dachte zurück an das Baseballspiel und fragte mich, ob es tatsächlich erst letzten Sonntag stattgefunden hatte, erst vor fünf Tagen? Ich spürte, daß sich mir eine neue Welt aufgetan hatte, daß Splitter meines alten Selbst auf dem schwarzen Schulhofasphalt bei meinen zerbrochenen Brillengläsern zurückgeblieben waren. Ich hörte das Geschrei der Kinder auf der Straße und das Klappern der Schreibmaschine meines Vaters. Mir fiel ein, daß Danny mich morgen besuchen kommen wollte. Ich lag ganz ruhig in dem Liegestuhl und dachte lange über Danny nach.

Kapitel 6

Als wir an diesem Abend, nachdem das Schabbesmahl vorüber und Manya bis zum nächsten Morgen gegangen war, am Küchentisch saßen, beantwortete mein Vater einige meiner Fragen über Danny Saunders.

Es war ein warmer Abend, und das Fenster zwischen dem Herd und der Spüle war geöffnet. Ein sanftes Lüftchen wehte in die Küche, bewegte leicht die gekräuselten Vorhänge und trug den Duft von Gras, Blumen und Orangenblüten herein. In unseren Schabbeskleidern saßen wir am Tisch, mein Vater schlürfte sein zweites Glas Tee, beide waren wir ein wenig müde und schläfrig von dem üppigen Essen. Das Gesicht meines Vaters hatte nun Farbe angenommen, sein Husten war verschwunden. Ich sah ihm zu, wie er seinen Tee schlürfte, und horchte auf das sanfte Rascheln der Vorhänge, die sich durch das Lüftchen hin und her bewegten. Manya hatte schnell noch das Geschirr gespült, nachdem wir das Dankgebet gesungen hatten, und nun saßen wir alleine da, eingehüllt von der Wärme einer Juninacht, von den Erinnerungen an die vergangene Woche und von der sanften Besinnlichkeit des Schabbes.

Dann fragte ich meinen Vater nach Danny. Er hielt das Teeglas in seinen Händen, der Boden des Glases ruhte auf seiner linken Handfläche, seine rechte Hand umfaßte das Glas. Er stellte das Glas auf den Tisch, auf dem ein weißes Tischtuch lag, sah mich an und lächelte. Eine Zeitlang saß er still da, und ich wußte, daß seine Antwort lange dauern würde. Immer dann, wenn er nicht sofort eine meiner Fragen beantwortete, wurde es eine sehr langwierige Antwort. Ich konnte sehen, wie er sie in Gedanken ordnete, so daß sie sorgfältig gegliedert war. Als er schließlich sprach, war seine Stimme sanft, und er redete langsam.

Er sagte mir, damit ich es verstünde, müsse er sehr weit in der Geschichte unseres Volkes zurückgehen. Er fragte mich, ob ich die Geduld hätte, dazusitzen und still zuzuhören, und ich nickte. Er lehnte sich in seinem Stuhl zurück und begann zu sprechen.

Ich wisse genug über die jüdische Geschichte, sagte er, so daß er nicht ganz am Anfang beginnen müsse. Statt dessen werde er mit dem Teil der Geschichte beginnen, den ich noch nicht in der Schule durchgenommen hätte, nämlich mit den Jahrhunderten des Schreckens, die unser Volk in Polen durchlebt habe. Es sei nämlich eigentlich in Polen, oder, genauer gesagt, in den slawischen Ländern Osteuropas, wo Dannys Seele geboren sei.

»Polen unterschied sich von den anderen Ländern Europas, Reuven. Tatsächlich ermutigte Polen die Juden, ins Land zu kommen, dort zu leben und ein Teil ihres Volkes zu sein. Dies war im dreizehnten Jahrhundert, zu einer Zeit, als die Juden in Westeuropa, besonders in Deutschland, schrecklichen Verfolgungen ausgesetzt waren. Schon vor diesem Jahrhundert hatten Juden in Polen gelebt, aber sie waren keine sehr große Gemeinschaft. Warum wollte Polen die Juden, während fast jedes andere Land sie verfolgte? Weil Polen ein sehr armes Land war, mit einer bankrotten Aristokratie und einem unterdrückten Bauernstand. Die Adligen der Oberschicht hatten mit Arbeit nichts im Sinn, aber statt dessen gelang es ihnen, von dem zu überleben, was sie aus der Arbeit der Leibeigenen herauspressen konnten. Polen brauchte Menschen, die seine Wirtschaft voranbrachten, seine Verhältnisse ordneten und es wieder zum Leben erweckten. Die Juden hatten den Ruf, diese Fähigkeiten zu besitzen, und deshalb waren die polnischen Adligen darauf erpicht, daß sich Juden in ihrem Land niederließen. Zu Tausenden kamen sie aus Westeuropa, besonders aus Deutschland. Sie verwalteten die Güter der Adligen, zogen die Steuern ein, förderten die polnische Industrie und regten den Handel an. Polen wurde eine Art jüdisches Utopia.

Aber die Juden erlangten nicht nur wirtschaftlichen Reichtum.

Sie gründeten auch viele bedeutende Lehranstalten im ganzen Land. Jede Gemeinde hatte ihren Talmudgelehrten, und gegen Ende des sechzehnten Jahrhunderts waren die jüdischen Akademien in Polen zu geistigen Zentren des gesamten europäischen Judentums geworden.

Und dann geschah eine große Tragödie, Reuven. Es war eine Tragödie, wie sie oft jemandem passiert, der als Prellbock dient. Die Juden halfen zwar dem Adelsstand, aber indem sie das taten, indem sie die Steuern von Leibeigenen und Bauern eintrieben, zogen sie allmählich den Haß dieser unterdrückten Klassen auf sich selbst. Und schließlich entlud sich der Haß in Gewalt. Im Grenzland östlich der Ukraine, in Rußland, gab es eine Volksgemeinschaft von Kosaken, die Mitglieder der griechisch-orthodoxen Kirche waren. Dieses Volk gehörte zu Polen, und die polnischen Adligen, die Katholiken waren, behandelten die dort lebenden Kosaken grausam und verachteten sie. Sie besteuerten nicht nur Land und Vieh der Kosaken, sondern auch deren Kirchen und religiöse Bräuche. Und wer trieb diese Steuern ein? Die Juden. Wer war im Besitz der Schlüssel für die Kirchen der Kosaken? Die Juden. Zu wem mußten die Kosaken gehen, wenn sie eine Taufe vornehmen wollten oder eine Hochzeit oder eine Beerdigung? Zu den Juden, die allesamt im Namen der polnischen Adligen handelten.

Es geschah lange nichts, weil die Kosaken, genauso wie die polnischen Bauern, vor den polnischen Adligen Angst hatten. Aber im Jahre 1648 wurde ein Mann namens Bogdan Chmelnizki Anführer der Kosaken, und es kam zu einem Aufstand in Polen. Die Juden wurden Opfer der polnischen Bauern, die sie haßten, und der Kosaken, die sie ebenfalls haßten.

Die Revolution dauerte zehn Jahre, und in diesem Zeitraum wurden etwa siebenhundert jüdische Gemeinden ausgerottet und ungefähr hunderttausend Juden erschlagen. Die große jüdische Gemeinschaft Polens war beinahe vollkommen vernichtet, als die Grausamkeiten vorüber waren.«

Mein Vater unterbrach für eine Weile. Die Vorhänge bewegten sich leicht in der kühlen Nachtluft. Als er weitersprach, klang seine leise Stimme gedrückt und angespannt.

»Reuven, was konnte unser Volk zu Gott sagen während des Chmelnizki-Aufstandes? Sie konnten Ihm nicht danken für das Blutbad, das vor ihren Augen geschah, und sie wollten Seine Existenz nicht verleugnen. Deshalb glaubten viele von ihnen, daß nun der Messias kommen würde. Erinnerst du dich, Reuven, daß jene Juden, die an den Messias glauben, auch davon überzeugt sind, daß kurz vor seinem Kommen eine Zeit großen Unheils einsetzen wird? Gerade, wenn das Leben anscheinend keinen Sinn mehr hat, gerade dann ist es notwendig, einen neuen Sinn zu finden. Und so begannen Tausende und Abertausende Juden, sowohl in Ost- als auch in Westeuropa, die Katastrophe des Chmelnizki-Aufstandes als ein Vorzeichen für das Kommen des Messias zu betrachten. Sie beteten und fasteten und taten Buße – alles, um sein Kommen zu beschleunigen. Und er kam. Sein Name war Sabbatai Zwi. Er gab sich ungefähr zum selben Zeitpunkt zu erkennen, als die Massaker begannen. Über die Hälfte aller Juden wurden seine Anhänger. Als sich Jahre später herausstellte, daß er ein Schwindler war, kannst du dir vorstellen, was das für Auswirkungen hatte. Der Chmelnizki-Aufstand war ein physisches Desaster; aber der falsche Messias war eine geistige Katastrophe.

Wir sind wie jedes andere Volk auch, Reuven. Wir überleben auch keine Katastrophen dadurch, daß wir uns an unsichtbare Mächte wenden. Wir lassen uns genauso leicht erniedrigen, wie jedes andere Volk auch. Und genau das passierte mit den polnischen Juden. Im achtzehnten Jahrhundert waren sie zu einem erniedrigten Volk geworden. Die jüdische Gelehrsamkeit war tot. An ihre Stelle traten leere Diskussionen über Dinge, die in keinem tatsächlichen Zusammenhang mit den verzweifelten Bedürfnissen des gewöhnlichen jüdischen Volkes standen. Pilpul werden diese Diskussionen genannt – leere, unsinnige Streitgespräche über winzige Details des Talmud, die überhaupt keine Beziehung zum wirklichen Leben haben. Jüdische Gelehrte beschäftigten sich damit, anderen jüdischen Gelehrten zu zeigen, wieviel sie wußten, mit wievielen Texten sie umgehen konnten. Sie waren nicht im mindesten daran interessiert, die jüdische Masse zu lehren, ihnen Wissen beizubringen und die Menschen geistig zu fördern. Und somit errichteten sie eine hohe Mauer zwischen den Gelehrten und dem Volk. Es war auch eine Zeit großen Aberglaubens. Unser Volk glaubte, daß überall Dämonen und Geister waren, die den Juden quälten, seinen Körper folterten und seine Seele in Angst und Schrecken versetzten. Diese Ängste betrafen alle Juden, aber am meisten die ungebildete Masse. Der Gelehrte hatte zumindest noch sein Pilpul, das ihn am Leben hielt.

Nun, Reuven, wenn überall Kräfte am Werk sind, die nur darauf aus sind, dir Leid zuzufügen, womit kannst du dir dann selber helfen? Natürlich versuchst du, diese Kräfte zu zerstören. Aber das Volk der Juden glaubte nicht daran, daß es die Macht hätte, so etwas zu tun. Man dachte, daß nur sehr erfahrene Leute solche Macht besäßen. Und so tauchten plötzlich Juden auf, die behaupteten, Experten auf dem Gebiet der Geister- und Dämonenvertreibung zu sein. Diese Männer wurden als Heilige betrachtet, und sie wurden sehr berühmt in Polen. Sie behaupteten, ihre Macht entstamme ihrer Fähigkeit, die verschiedenen Buchstaben handzuhaben, mit deren Hilfe man die mystischen Namen Gottes entziffern konnte. Deshalb wurden sie Baal-schem genannt – Herr des Namens. Um böse Geister zu vertreiben, beschrifteten sie Zauberamulette, verschrieben Medizin, führten wilde Tänze auf, bei denen sie Gebetsmantel und Gebetsriemen, Tallis und Tfillin, über weißen Roben trugen; sie verwendeten schwarze Kerzen, bliesen das Widderhorn, das Schofar, zitierten Psalmen, schrien, flehten, drohten…, sie taten alles, um den bösen Geist aus einem Menschen zu vertreiben, der beispielsweise krank war, oder aus einer Mutter, die ein Kind bekam. Auf solch ein geistiges Niveau war unser Volk im achtzehnten Jahrhundert in Polen gesunken. Und hier, Reuven, hier beginnt nun wirklich meine Antwort auf deine Frage nach Rebbe Saunders' Sohn.«

Mein Vater hielt eine kleine Weile inne und trank seinen Tee aus. Dann schaute er mich an und lächelte: »Bist du müde, Reuven?«

»Nein, Abba.«

»Klinge ich sehr nach einem Lehrer?«

»Es macht mir nichts aus, wenn du dich wie ein Lehrer anhörst«, sagte ich.

»Das ist keine Unterrichtsstunde«, meinte er. »Ich werde dir hinterher keine Fragen stellen.«

»Ich möchte gerne, daß du fortfährst«, sagte ich.

Er nickte und lächelte wieder. »Später möchte ich noch etwas Tee«, sagte er. »Jetzt laß mich dir von einem Manne erzählen, der in jenem Jahrhundert geboren wurde, und ich denke, du wirst bald deine Antwort haben.

Es gibt viele Legenden über seine Geburt, aber ich bin nicht daran interessiert, dir Legenden zu erzählen. Er wurde um das Jahr 1700 in Polen geboren. Sein Name war Israel. Seine Eltern waren sehr arm und ungebildet, und beide starben, als er noch ein Kind war. Die Leute im Dorf kümmerten sich um ihn und schickten ihn zur Schule. Aber er mochte die Schule nicht, und wann immer er konnte, büchste er aus in die Wälder, wo er unter Bäumen spazierte, Blumen betrachtete, an einem Bache saß, dem Gesang der Vögel und dem Geräusch des Windes in den Blättern zuhörte. So oft ihn seine Lehrer zurückholten, so oft rannte er in diese Wälder, und nach einer Weile gaben sie auf und ließen ihn in Ruhe. Als er dreizehn war, wurde er Gehilfe eines Schullehrers, aber anstatt dem Lehrer beim Unterrichten der kleinen Kinder zu helfen, nahm er auch sie mit in die Wälder, wo sie sangen oder sich still irgendwo aufhielten, um den Vögeln in den Bäumen zuzuhören. Als er älter war, wurde er Diener in der Synagoge im Dorf. Den ganzen Tag saß er da, lauschte den gelehrten Diskussionen, die innerhalb der Mauern der Synagoge stattfanden, und des Nachts, wenn alle schliefen, nahm er die heiligen Bücher zur Hand und studierte sie sorgfältig. Aber es war nicht der Talmud, den er studierte, es war die Kabbala, die Bücher der jüdischen Mystik. Die Rabbis hatten das Studium der Kabbala verboten, und so mußte Israel im geheimen studieren. Schließlich heiratete er, aber man weiß fast gar nichts über seine Ehefrau. Sie starb bald darauf, und Israel, jetzt ein erwachsener Mann, wurde Lehrer in einer Schule. Er konnte wunderbar mit Kindern umgehen, und er hatte einen sehr guten Ruf als Lehrer. Er war ein netter und freundlicher Mensch, ehrlich und natürlich, und oft kamen die Leute zu ihm und baten ihn, ihnen beim Schlichten eines Streits behilflich zu sein. Er wurde bald als ein weiser und heiliger Mann betrachtet. Eines Tages kam der Vater von Rabbi Abraham Gerschon aus der Stadt Brody zu ihm und bat ihn um seine Hilfe bei der Schlichtung einer geschäftlichen Auseinandersetzung, die er mit einem anderen Manne hatte.

Er war so von Israel beeindruckt, daß er ihm seine Tochter Hannah zur Frau anbot. Israel war einverstanden, aber er bat darum, die Verlobungspapiere vorläufig an einem geheimen Ort aufzubewahren. Und dann geschah etwas Besonderes. Hannahs Vater starb, und Israel reiste nach Brody zum Hause des großen Rabbi Abraham Gerschon, Hannahs Bruder, um seine Braut abzuholen. Er trug die Kleider eines Bauern, zerrissene Stiefel und ein ganz einfaches Gewand, und du kannst dir vorstellen, wie bestürzt der Rabbi war, als er das Verlobungsversprechen in Israels Händen sah. Sollte seine Schwester einen Bauern heiraten? Welch Schimpf und Schande brächte das über den Namen der Familie! Er versuchte, seine Schwester zur Ablehnung der väterlichen Wahl zu überreden, aber irgendwie sah Hannah etwas in Israel, was der gute Rabbi von Brody nicht sah, und sie lehnte den Vorschlag des Bruders ab. Nach ihrer Heirat bemühte sich Rabbi Abraham Gerschon, die Bildung seines Schwagers zu verbessern. Er fing an, ihn den Talmud zu lehren, aber Israel schien sehr desinteressiert am Talmud. Er machte ihn zu seinem Kutscher, aber auch dafür war er nicht geeignet. Schließlich gab der Rabbi auf und befahl seiner Schwester und seinem Schwager, Brody zu verlassen, um keine Schande über seinen guten Namen zu bringen, und so verließen sie die Stadt.

Und jetzt wirst du bald eine Antwort auf deine Frage erhalten, Reuven. Es tut mir leid, daß es so lange dauert.«

»Bitte mach weiter, Abba.«

»Einverstanden. Israel und seine Frau verließen Brody und ließen sich in den Karpaten nieder, in einem Dorf nahe Brody. Sie waren sehr arm, aber sehr glücklich. Israel bestritt ihren Lebensunterhalt, indem er den Kalk verkaufte, den sie in den Bergen abbauten. Die Karpaten sind schön, und Israel baute ein kleines Haus und verbrachte Tage alleine dort, wo er betete, träumte und zu den großen Bergen sang. Häufig blieb er die ganze Woche über alleine und kehrte nur am Schabbes zu seiner Frau Hannah zurück. Sie muß schrecklich unter ihrer Armut gelitten haben, aber sie glaubte an ihn und war ihm treu ergeben.

Reuven, es war in diesen Bergen, wo Israel den Chassidismus ins Leben rief. Viele Jahre hielt er sich dort auf, dachte nach, meditierte, sang seine eigenartigen Lieder, hörte den Vögeln zu, lernte von Bauersfrauen mit Gräsern und Kräutern Krankheiten zu heilen, Amulette zu schreiben und böse Geister zu vertreiben. Die Leute aus dem Dorf verehrten ihn, und bald breitete sich sein Ruf als ein Heiliger in ganz Polen aus. Es bildeten sich Legenden um ihn. Er war noch nicht vierzig, und es gab schon Legenden über ihn. Du kannst dir vorstellen, was für ein Mensch er gewesen sein muß.

Sein Schwager, Rabbi Abraham Gerschon, bereute schließlich seine Grausamkeit und bat Israel und Hannah, nach Brody zurückzukehren. Er erwarb eine Schänke für sie, aber es war Hannah, die sie tatsächlich betrieb, während Israel in den Wäldern und Feldern in der Nähe Brodys umherwanderte und meditierte. Schließlich fing er an zu reisen und wurde ein Baal-schem. Er war gütig, fromm und gottesfürchtig, und er schien den Menschen nicht wegen des Geldes, das sie ihm bezahlten, helfen zu wollen, sondern aus echter Nächstenliebe. Und so kam es, daß sie ihn den Baal-schem Tow nannten – den gütigen und guten Herrn des Namens. Er ging unter die Leute und sprach mit ihnen über Gott und Seine Tora in einer einfachen Sprache, die sie leicht verstehen konnten. Er lehrte sie, daß der Sinn des Menschen darin bestehe, sein Leben heilig zu machen – jeden Bestandteil seines Lebens: Essen, Trinken, Beten, Schlafen. Gott sei überall, sagte er ihnen, und wenn es manchmal scheine, als ob Er vor uns verborgen sei, dann nur deshalb, weil wir noch nicht gelernt hätten, richtig nach Ihm zu suchen. Das Böse sei wie eine harte Schale. Unter dieser Schale verberge sich der göttliche Funke, das Gute. Wie dringen wir in diese Schale ein? Durch aufrichtiges und ehrliches Beten, durch Glücklichsein und dadurch, daß wir alle Menschen lieben. Der Baal-schem Tow – seine Anhänger kürzten später seinen Namen ab und nannten ihn den Bescht – glaubte daran, daß kein Mensch so sündhaft sei, daß er nicht durch Liebe und Verständnis geläutert werden könne. Auch glaubte er – und dadurch lud er den Zorn der gelehrten Rabbis auf sich –, daß das Studium des Talmud nicht sehr wichtig sei, daß es keiner festgesetzten Zeiten für das Gebet bedürfe und daß Gott durch ein aufrichtiges Herz, durch Freude, Tanzen und Singen verehrt werden könne. Mit anderen Worten, Reuven, er lehnte jegliche gewohnheitsmäßige Ausübung von Religion ab. Was er lehrte, war nichts Neues. Du wirst all das in der Bibel, dem Talmud und der Kabbala finden. Aber er verlieh dem Ganzen eine besondere Bedeutung und lehrte zu einer entscheidenden Zeit, als die Menschen für solch eine Art Lehre mehr als empfänglich waren. Und diese Menschen hörten ihm zu und liebten ihn. Viele große Rabbis kamen, um ihn zu verspotten, und gingen, überzeugt von seinem Denken. Als er starb, gründeten seine Anhänger ihre eigenen Synagogen. Vor dem Ende jenes Jahrhunderts waren ungefähr die Hälfte der osteuropäischen Juden Chassidim, Fromme, so wurden seine Anhänger genannt. So groß war das Bedürfnis der Massen nach einer neuen Art, sich Gott zu nähern.

In jenem Jahrhundert wurde noch ein anderer Mann geboren, Rabbi Elija von Wilna, ein großer Talmudist, ein Genie und ein scharfer Gegner des Chassidismus. Aber selbst seine Gegnerschaft konnte dem Anwachsen des Chassidismus keinen Einhalt gebieten. Er blühte auf und wurde eine berühmte religiöse Bewegung innerhalb der jüdischen Welt. Lange Zeit herrschte schreckliche Verbitterung zwischen den Mitnaggedim, den Gegnern des Chassidismus, und den Anhängern des Bescht. Wenn zum Beispiel der Sohn eines Chassid die Tochter eines Mitnagged heiratete, sprachen beide Väter das Kaddisch über ihre Kinder, als ob sie diese für tot und begraben hielten. So groß war die Verbitterung.

Die Chassidim hatten große Führer – Zaddikim wurden sie genannt, die Gerechten. Jede chassidische Gemeinde hatte ihren eigenen Zaddik, seine Anhänger kamen mit all ihren Problemen zu ihm, und er gab ihnen Ratschläge. Sie folgten blind diesen Führern. Die Chassidim glaubten, daß der Zaddik eine übermenschliche Verbindung zwischen Gott und ihnen knüpfe. Jede seiner Handlungen, jedes seiner Worte war heilig. Selbst das Essen, das er berührte, wurde heilig. Beispielsweise sammelten sie die Essensreste, die er auf seinem Teller gelassen hatte, ein und aßen sie, denn das Essen war durch seine Berührung heilig geworden, und sie wollten einen Teil seiner Heiligkeit in sich selbst haben. Eine Zeitlang waren die Zaddikim fromme und gütige Seelen, wie der Bescht selbst. Aber im folgenden Jahrhundert begann die Bewegung zu verkommen. Viele Stellungen der Zaddikim wurden erblich und gingen automatisch vom Vater auf den Sohn über, sogar wenn sich der Sohn nicht zum Führer eignete. Viele Zaddikim lebten wie orientalische Herrscher. Einige waren ausgemachte Schwindler und beuteten ihre Leute fürchterlich aus. Andere waren sehr aufrichtig, und ein paar waren sogar große Talmudgelehrte. Für manche chassidische Sekten wurde der Talmud so wichtig, wie er es zu Zeiten vor dem Bescht gewesen war. Weltliche Literatur war verboten, und die Chassidim lebten abgeschlossen vom Rest der Welt. Alles, was nicht jüdisch oder chassidisch war, war verboten. Ihr Leben erstarrte. Beispielsweise sind die Kleider, die sie heute tragen, die polnische Tracht, die sie vor Hunderten von Jahren trugen. Auch ihre Bräuche und ihre Lehren sind dieselben, wie vor Hunderten von Jahren. Aber nicht alle chassidischen Gemeinschaften sind gleich, Reuven. Die Chassidim aus Rußland, Deutschland, Polen und Ungarn unterscheiden sich voneinander. Nicht sehr, aber sie sind verschieden. Es gibt sogar Chassidim, die glauben, daß sich ihre Führer den gleichen Leiden wie das jüdische Volk aussetzen sollten. Bist du erstaunt? Aber es ist wahr. Sie glauben, daß ihr Leid unerträglich sei, wenn nicht ihre Führer irgendwie dieses Leid in sich aufnähmen. Ein eigenartiger Glaube, aber ein sehr wichtiger Glaube, was sie betrifft.

Reuven, Rebbe Saunders ist ein großer Talmudgelehrter und ein großer Zaddik. Er hat den Ruf, geistige Brillanz und Mitgefühl zu besitzen. Es wird gesagt, er glaube, daß die Seele so wichtig sei wie der Geist, wenn nicht noch wichtiger. Er hat seine Stellung von seinem Vater geerbt. Wenn er stirbt, wird die Position automatisch auf Danny übergehen.«

Mein Vater hielt inne, sah mich lächelnd an und sagte: »Bist du noch nicht eingeschlafen, Reuven?«

»Nein, Abba.«

»Du bist ein sehr geduldiger Schüler. Ich denke, ich werde noch ein Glas Tee trinken. Meine Kehle ist etwas trocken.«

Ich nahm sein Glas, goß etwas von dem stark gebrühten Teesud aus der Kanne hinein, schüttete Wasser aus dem Kessel nach und brachte es ihm. Er schob sich einen Würfel Zucker zwischen die Zähne und nippte langsam am Glas, während er den Tee durch den vollgesaugten Zuckerwürfel sog. Dann stellte er das Glas ab.

»Tee ist ein Segen«, sagte er lächelnd. »Besonders für einen Lehrer, der immer langwierige Antworten auf kurze Fragen geben muß.«

Ich lächelte ihm zu und wartete geduldig.

»Gut, einverstanden«, meinte mein Vater. »Ich sehe, du möchtest, daß ich fortfahre. Jetzt werde ich dir noch eine Geschichte erzählen, auch eine wahre Geschichte, über einen jüdischen Jungen, der in der zweiten Hälfte des achtzehnten Jahrhunderts in Polen lebte. Während ich erzähle, denke an Rebbe Saunders' Sohn, und du wirst deine Antwort erhalten.

Reuven, dieser Junge war hochbegabt, wirklich ein Genie. Sein Name war Salomon, und später änderte er seinen langen polnischen Namen in Maimon. Als er jung war, bemerkte er, daß der Talmud nicht seine Wissensbegierde zu stillen vermochte. Sein Verstand ließ ihn nicht ruhen. Er wollte wissen, was in der Welt um ihn herum geschah. Deutsch war damals eine bedeutende Wissenschafts- und Kultursprache, und er beschloß, sich Deutsch beizubringen, um es lesen zu können. Aber selbst nachdem er die deutsche Sprache gelernt hatte, war er nicht zufrieden, denn das Lesen von weltlicher Literatur war verboten. Im Alter von fünfundzwanzig Jahren verließ er schließlich Frau und Kind, und unter vielen widrigen Umständen gelangte er nach Berlin, wo er sich einer Gruppe von Philosophen anschloß, dort Aristoteles, Maimonides, Spinoza, Leibniz, Hume und Kant las und anfing, philosophische Bücher zu verfassen. Es ist erstaunlich, daß er fähig war, komplizierte philosophische Abhandlungen mit solcher Leichtigkeit zu verschlingen. Er hatte einen großartigen Verstand, aber dieser ließ ihn nie zur Ruhe kommen. Er zog von einer Stadt zur anderen, ließ sich nie irgendwo nieder, war niemals zufrieden, und schließlich starb er mit siebenundvierzig Jahren auf dem Landgut eines gutmütigen Christen, der ihn in Freundschaft aufgenommen hatte.

Reuven, Rebbe Saunders' Sohn besitzt einen Verstand wie Salomon Maimon, vielleicht sogar noch einen größeren. Und Rebbe Saunders' Sohn lebt nicht in Polen. Amerika ist ein freies Land. Da gibt es keine Mauern, die Juden aufhalten. Ist es da so verwunderlich, daß er die Vorschriften seines Vaters übertritt und verbotene Bücher liest? Er kann nichts dafür. Es ist unglaublich, was er in diesen vergangenen paar Monaten gelesen hat. Du bist ein ausgezeichneter Schüler. Ich sage dir das jetzt und bin sehr stolz dabei. Aber er ist ein Phänomen. Jede Generation bringt nur einen einzigen solchen Verstand hervor.

Reuven, höre jetzt gut zu, was ich dir sagen werde. Rebbe Saunders' Sohn ist ein innerlich furchtbar zerrissener und einsamer Junge. Es gibt buchstäblich niemanden auf der Welt, mit dem er sprechen kann. Er braucht einen Freund. Der Unfall mit dem Baseball hat ihn eng mit dir verbunden, und er hat bereits in dir jemanden erkannt, mit dem er ohne Angst sprechen kann. Ich bin deshalb sehr stolz auf dich. Er hätte dir niemals von seinen Besuchen in der Bibliothek erzählt, wenn er einen Augenblick lang geglaubt hätte, daß du seine Worte nicht geheimhalten würdest. Und ich möchte, daß du ihn dein Freund sein läßt und du dich ihm zum Freund gibst. Ich bin sicher, du und Rebbe Saunders' Sohn könnt euch gegenseitig in solch einer Freundschaft helfen. Ich kenne dich, und ich kenne ihn. Und ich weiß, was ich sage. Reuven, und jetzt ist der Unterricht zu Ende. Ich werde meinen Tee austrinken, und dann gehen wir zu Bett. Was war das nur für ein Unterrricht! Möchtest du etwas Tee?«

»Nein, Abba.«

Wir saßen da, ohne zu reden, während mein Vater an seinem Glas nippte.

Schließlich sagte er: »Du bist sehr schweigsam.«

»Es fing alles mit einem dummen Baseballspiel an«, sagte ich. »Ich kann es nicht glauben.«

»Reuven, je älter du wirst, desto häufiger wirst du entdecken, daß die wichtigsten Dinge, die dir passieren, häufig das Ergebnis von dummen Sachen sind, wie du sie nennst – ›gewöhnliche Dinge‹ ist ein passenderer Ausdruck dafür. So ist das Leben.«

Ich schüttelte den Kopf. »Ich kann es nicht glauben«, wiederholte ich. »Diese ganze Woche war wie aus einer anderen Welt. Das Krankenhaus, die Leute, die ich dort traf, Mr. Savo, der kleine Mickey, Billy – alles wegen eines Ballspiels.«

Mein Vater schlürfte seinen Tee und schaute mich über den Rand des Glases an. Er sagte nichts, aber sein Blick war fest auf mich gerichtet.

»Ich verstehe das nicht«, sagte ich. »Wochen über Wochen gehen vorbei, ein Schabbes folgt auf den anderen, und ich bin derselbe, nichts tut sich, und eines Tages passiert plötzlich etwas, und alles sieht ganz anders aus.«

»Anders. Wie meinst du das, anders?«

Ich erzählte ihm, wie ich mich an jenem Nachmittag gefühlt hatte, als ich vom Krankenhaus nach Hause gekommen war. Er hörte still zu, während er seinen Tee schlürfte. Als ich fertig war, sah ich, daß er lächelte. Er stellte das Glas ab, seufzte und sagte: »Reuven, es ist eine Tragödie, daß deine Mutter nicht mehr lebt, um…« Er brach ab, seine Stimme versagte. Für eine Weile blieb er stumm. Dann blickte er auf die Uhr auf dem Regal über dem Küchenschrank. »Es ist sehr spät«, sagte er. »Wir werden morgen noch weiterreden.«

»Ja, Abba.«

»Reuven…«

»Ja?«

»Laß nur. Geh schlafen. Ich werde hier noch eine Weile sitzen und noch ein Glas Tee trinken.«

Ich ging, und er saß am Küchentisch und starrte auf das weiße Tischtuch.

Kapitel 7

Am nächsten Tag traf ich Dannys Vater.

Mein Vater und ich standen früh auf, damit wir um acht Uhr dreißig in unserer Synagoge sein konnten. Manya kam kurz vor acht und servierte uns ein leichtes Frühstück. Dann machten mein Vater und ich uns auf den Weg zu der Synagoge, die drei Häuserblocks entfernt lag. Es war ein herrlicher Tag, und ich war glücklich, endlich einmal wieder draußen zu sein. Es war wunderbar, nicht mehr in diesem Krankenhaus liegen zu müssen und wieder die Leute und den Verkehr zu beobachten. Mein Vater und ich genossen jeden Schabbes unseren gemeinsamen Spaziergang zur Synagoge, wenn es nicht regnete oder zu kalt war.

Es gab viele Synagogen in Williamsburg. Jede chassidische Sekte hatte ihr eigenes Bethaus – Schtiblach genannt –, die meisten waren schlecht beleuchtet, die Räume rochen ein wenig muffig, weil die Fenster fast immer geschlossen blieben, und sie waren vollgestopft mit viel zu vielen Bänken und Stühlen. Es gab auch Synagogen, in denen die Juden beteten, die keine Chassidim waren. Die Synagoge, in der mein Vater und ich beteten, war früher einmal ein großes Lebensmittelgeschäft gewesen. Sie befand sich in der Lee Avenue. Die untere Hälfte des ehemaligen Schaufensters war mit einem Vorhang abgedunkelt, aber durch die freie obere Hälfte schien die Sonne herein, und ich liebte es, am Schabbesmorgen dort zu sitzen und zu beten, während goldene Sonnenstrahlen auf den aufgeschlagenen Seiten meines Gebetbuches reflektierten.

Die Synagoge wurde hauptsächlich von Männern besucht, die einem ähnlichen Beruf nachgingen wie mein Vater; es waren Lehrer aus meiner Jeschiwa und andere Gebildete, die unter dem Einfluß der jüdischen Aufklärung in Europa standen und dem Chassidismus gegenüber eine offene und starke Abneigung hegten. Auch viele Schüler aus meiner Jeschiwa beteten dort, und es war schön, am Schabbesmorgen mit ihnen zusammenzusein.

Als mein Vater und ich an jenem Morgen die Synagoge betraten, hatte der Gottesdienst gerade begonnen. Wir setzten uns, ein paar Reihen vom Fenster entfernt, auf unsere angestammten Plätze und stimmten in das Gebet ein. Ich sah Davey Cantor hereinkommen. Er nickte mir zu, schaute düster hinter seiner Brille hervor und nahm seinen Platz ein. Die Gebete gingen langsam voran. Der Vorbeter am Pult hatte eine wohlklingende Stimme und wartete immer, bis jedermann seinen Gebetsabschnitt beendet hatte, bevor er die Psalmen zu singen begann. Während der »Stillen Verehrung« warf ich meinem Vater einen flüchtigen Blick zu. Er stand da mit seinem langen Gebetsschal, dessen Silberschmuck im Sonnenlicht glänzte und dessen Schaufäden beinahe den Boden berührten. Seine Augen waren geschlossen – er betete immer auswendig, außer an einem Festtag oder einem hohen Feiertag –, und er wiegte seinen Körper leicht vor und zurück, während sein Mund leise die Gebete murmelte. Ich trug keinen Gebetsschal; dazu waren nur verheiratete Erwachsene berechtigt, auch solche, die einmal verheiratet gewesen waren.

Während der Toralesung, die der »Stillen Verehrung« folgt, war ich einer der acht Männer, die zum Pult gerufen wurden, um den Segen über die Tora zu sprechen. Ich stand dort und hörte aufmerksam dem Vorbeter zu, der die Worte von der Torarolle ablas. Nachdem er geendet hatte, trug ich den zweiten Segensspruch vor und dann das Dankgebet, das gesprochen wird, wenn Gott ein schweres Unheil verhütet hat. Während ich vom Pult wegtrat und zu meinem Platz zurückging, fragte ich mich, welches Gebet ich wohl verrichtet hätte, falls überhaupt, wenn ich mein linkes Augenlicht verloren hätte. Ich fragte mich, welches Gebet wohl Mr. Savo wählen würde, wenn er Jude wäre. Den restlichen Gottesdienst über mußte ich ständig an Mr. Savo und Billy denken.

Als wir nach Hause kamen, stand das Mittagessen schon auf dem Tisch, und Manya häufte in einem fort mehr auf meinen Teller und drängte mich zu essen. Für jemanden, der gerade aus dem Krankenhaus entlassen worden sei, sei reichliches Essen unbedingt nötig, bemerkte sie in ihrem gebrochenen Englisch. Mein Vater sprach über meine Arbeit in der Schule. Er sagte, ich solle darauf achten, solange nicht zu lesen, bis mir Dr. Snydman ausdrücklich die Erlaubnis dazu erteilt habe, aber es sei bestimmt kein Fehler, wenn ich am Unterricht teilnähme und zuhörte. Vielleicht könne er mir beim Lernen behilflich sein. Vielleicht würde er mir vorlesen. Wir könnten es versuchen und dann weitersehen. Nach dem Dankgebet legte sich mein Vater auf sein Bett, um eine Weile zu ruhen, und ich setzte mich auf die Veranda und betrachtete das Sonnenlicht auf den Blumen und dem Götterbaum. So saß ich ungefähr eine Stunde, bis mein Vater zu mir herauskam und mir mitteilte, er sei mit einem Kollegen verabredet. Ich legte mich im Liegestuhl zurück und sah zum Himmel hinauf. Er war tiefblau und wolkenlos, und ich hatte das Gefühl, ihn beinahe berühren zu können. Das ist die Farbe von Dannys Augen, dachte ich. Er ist so blau wie

Dannys Augen. Was für eine Farbe haben Billys Augen, fragte ich mich. Ich glaube, sie sind auch blau. Die Augen von Danny und die von Billy sind blau. Aber eines der beiden Augenpaare ist blind. Vielleicht sind sie jetzt gar nicht mehr blind, überlegte ich. Vielleicht sind jetzt beide Augenpaare heil. Und während ich über Dannys und Billys Augen sinnierte, schlief ich ein.

Es war ein ganz leichter, traumloser Halbschlaf, bei dem man sich erholt, der aber die Wahrnehmung der Welt nicht völlig ausblendet. Ich spürte den warmen Wind und roch das frisch geschnittene Gras, ein Vogel wippte auf einem Ast des Götterbaumes und sang, bis er davonflog. Irgendwie wußte ich, wo dieser Vogel war, obwohl ich meine Augen nicht öffnete. Kinder spielten auf der Straße, einmal bellte ein Hund und Bremsen quietschten. In der Nähe spielte jemand Klavier, und die Musik drang leise in mein Bewußtsein und verlor sich dann wieder, wie Flut und Ebbe an der Küste des Meeres. Beinahe erkannte ich die Melodie, aber ich war mir nicht ganz sicher; sie entzog sich meinem Zugriff wie ein kühler, seidenweicher Wind. Ich hörte eine Tür auf- und zugehen, Schritte auf Holz, dann wieder Stille, und ich wußte, daß jemand die Veranda betreten hatte, aber ich wollte meine Augen nicht öffnen. Ich wollte aus diesem Dämmerschlaf mit seinen Düften und Geräuschen und der sanft dahinfließenden Musik nicht auftauchen. Jemand stand auf der Veranda und schaute mich an. Ich spürte den Blick. Ich spürte, wie er langsam meinen Schlummer vertrieb, schließlich öffnete ich die Augen, und da stand Danny vor dem Liegestuhl, die Arme vor der Brust gekreuzt. Er schnalzte mit der Zunge und schüttelte den Kopf.

»Du schläfst wie ein kleines Kind«, sagte er. »Tut mir leid, daß ich dich geweckt habe.«

Ich gähnte, streckte mich und setzte mich im Liegestuhl auf. »Das war herrlich«, sagte ich und gähnte noch einmal. »Wieviel Uhr ist es?«

»Nach fünf, Schlafmütze. Ich habe hier zehn Minuten gewartet, bis du aufgewacht bist.«

»Ich habe fast drei Stunden geschlafen«, sagte ich. »Das war ein Schläfchen.«

Er schnalzte wieder mit der Zunge und schüttelte den Kopf. »Was ist das denn für ein Innenfeld?« imitierte er Mr. Galanter. »Wie sollen wir das Innenfeld geschlossen halten, wenn du schläfst, Malter?«

Ich lachte und stand auf.

»Wo willst du hingehen?« fragte er.

»Das ist mir gleich.«

»Ich dachte, wir gehen zur Synagoge meines Vaters. Er möchte dich kennenlernen.«

»Wo ist das?« erkundigte ich mich.

»Fünf Häuserblocks von hier.«

»Ist mein Vater drinnen?«

»Ich habe ihn nicht gesehen. Eure Hausangestellte hat mich hereingelassen. Willst du nicht mitkommen?«

»Natürlich«, sagte ich. »Ich möchte mich nur waschen und einen Schlips und ein Jackett anziehen. Ich habe nämlich keinen Kaftan, weißt du.«

Er grinste mich an. »Die Kleiderordnung gilt nur für Mitglieder der Glaubensgemeinschaft«, sagte er.

»In Ordnung, Mitglied der Glaubensgemeinschaft. Komm mit herein.«

Ich wusch mich, zog mich an, sagte Manya Bescheid, daß sie meinem Vater, wenn er nach Hause komme, sagen solle, wo ich hingegangen sei, dann verließen wir das Haus.

»Weshalb will mich dein Vater kennenlernen?« fragte ich Danny, als wir die Steintreppe zur Straße hinuntergingen.

»Er will dich kennenlernen. Ich habe ihm erzählt, daß wir Freunde sind.«

Wir bogen in die Straße ein, die in Richtung Lee Avenue führte.

»Er muß immer mit meinen Freunden einverstanden sein«, sagte Danny. »Besonders, wenn sie nicht zu unserer Gemeinde gehören. Stört es dich, daß ich ihm gesagt habe, daß wir Freunde sind?«

»Nein.«

»Ich glaube nämlich, daß wir wirklich welche sind«, fügte Danny hinzu. Ich äußerte mich nicht. Wir gingen bis zur Ecke, dann bogen wir rechts zur Lee Avenue ab. Es war eine verkehrsreiche Straße und überfüllt mit Menschen. Ich fragte mich, was meine Klassenkameraden wohl denken würden, wenn sie mich jetzt mit Danny zusammen sehen würden. Es würde auf jeden Fall zum Gesprächsthema in der Nachbarschaft werden. Nun, früher oder später würden sie mich sowieso mit ihm sehen.

Danny blickte mich an, und sein scharfgeschnittenes Gesicht hatte einen ernsten Ausdruck.

»Hast du keine Geschwister?« fragte er.

»Nein, meine Mutter starb kurz nach meiner Geburt.«

»Das tut mir leid.«

»Und du?«

»Ich habe einen Bruder und eine Schwester. Meine Schwester ist vierzehn, mein Bruder acht. Ich werde sechzehn.«

»Ich auch«, sagte ich.

Wir stellten fest, daß wir im selben Jahr geboren waren, mit nur zwei Tagen Abstand.

»Die ganzen Jahre über hast du fünf Häuserblocks von mir entfernt gewohnt, und ich kenne dich nicht einmal vom Sehen«, sagte ich.

»Wir bleiben ziemlich unter uns. Mein Vater möchte nicht, daß wir uns unter die Leute von außerhalb mischen.«

»Ich hoffe, es macht dir nichts aus, daß ich das sage, aber dein Vater scheint ja ein richtiger Tyrann zu sein.«

Danny widersprach nicht. »Er ist ein sehr eigenwilliger Mensch. Wenn er über etwas entschieden hat, dann war's das und Punktum.«

»Hat er keine Einwände, daß du dich mit einem Apikoros wie mir abgibst?«

»Deshalb will er dich ja kennenlernen.«

»Ich dachte, du hättest gesagt, dein Vater spricht nie mit dir.«

»Tut er auch nicht. Außer, wenn wir den Talmud studieren. Aber diesmal hat er's getan. Ich habe genug Mut aufgebracht, ihm von dir zu erzählen, und er sagte, ich solle dich heute mitbringen. Das war der längste Satz, den er seit Jahren zu mir gesagt hat. Abgesehen von damals, als ich ihn überzeugen mußte, daß wir eine Baseballmannschaft brauchen.«

»Ich könnte es nicht ertragen, wenn mein Vater nicht mit mir reden würde.«

»Das ist nicht angenehm«, sagte Danny sehr leise. »Aber er ist ein großartiger Mann. Du wirst es sehen, wenn du ihn kennenlernst.«

»Wird dein Bruder auch Rabbi?«

Danny warf mir einen merkwürdigen Blick zu. »Warum fragst du das?«

»Ich will es einfach nur wissen. Wird er Rabbi?«

»Ich weiß es nicht. Vielleicht.« Seine Stimme hatte einen eigenartigen, fast sehnsüchtigen Klang. Ich beschloß, nicht weiter auf diesem Thema zu bestehen. Er sprach wieder von seinem Vater.

»Er ist wirklich ein großartiger Mann, mein Vater. Er rettete seine Gemeinde. Nach dem Ersten Weltkrieg brachte er sie alle herüber nach Amerika.«

»Ich habe nie etwas davon gehört«, sagte ich.

»Das ist richtig«, meinte er und erzählte mir von der Jugend seines Vaters in Rußland. Ich hörte ihm mit wachsendem Erstaunen zu.

Dannys Großvater war ein bekannter chassidischer Rebbe in einer kleinen Stadt im Süden Rußlands gewesen, und sein Vater war der jüngere von zwei Söhnen. Der erstgeborene Sohn sollte gemäß der Erbfolge die Stellung seines Vaters als Rebbe antreten, aber während seiner Studienzeit in Odessa verschwand er plötzlich. Manche sagten, er sei von Kosaken ermordet worden. Eine Zeitlang ging sogar das Gerücht um, er sei zum Christentum übergetreten und nach Frankreich ausgewandert. Der zweite Sohn wurde im Alter von siebzehn Jahren ordiniert, und schon mit zwanzig stand er im Ruf, ein bedeutender Talmudgelehrter zu sein. Als sein Vater starb, erbte er dessen Stellung. Er war damals gerade einundzwanzig Jahre alt.

Während der Jahre, in denen Rußland am Ersten Weltkrieg teilnahm, blieb er Rebbe seiner Gemeinde. Im Herbst 1917, eine Woche vor der Revolution der Bolschewiken, schenkte ihm seine junge Frau das zweite Kind, einen Sohn. Zwei Monate später wurden seine Frau, sein Sohn und seine achtzehn Monate alte Tochter von einer Bande marodierender Kosaken erschossen. Es war eine der vielen Banditenhorden, die sich in Rußland während der chaotischen Zeit nach der Revolution herumtrieben. Er selbst wurde für tot gehalten und mit einer Pistolenkugel in der Brust und einer Säbelwunde im Unterleib zurückgelassen. Einen halben Tag lang lag er bewußtlos neben seiner toten Frau und seinen Kindern, dann schleppte ihn ein russischer Bauer, der sich um den Ofen in der Synagoge kümmerte und dort den Boden wischte, in seine Hütte, wo er die Kugel entfernte, seine Wunden auswusch und ihn ans Bett fesselte, damit er nicht während der folgenden Tage und Nächte, in denen er vor Fieber zitterte und im Delirium schrie, herausfallen konnte.

Die Synagoge war niedergebrannt worden. Der Schrein war nur noch ein Stück verkohltes Holz, die vier Torarollen schwarz versengt, und die heiligen Bücher waren Haufen grauer Asche, die der Wind verwehte. Von den einhundertachtzehn jüdischen Familien der Gemeinde hatten nur dreiundvierzig überlebt.

Als man entdeckte, daß der Rebbe nicht gestorben war, sondern daß ihn ein russischer Bauer versorgte, wurde er in das unbeschädigte Haus einer jüdischen Familie gebracht und gesund gepflegt. Den Winter verbrachte er damit, von seinen Wunden zu genesen. In jenem Winter unterzeichneten die Bolschewiken mit Deutschland den Friedensvertrag von Brest-Litowsk, und Rußland zog sich aus dem Krieg zurück. Das Chaos im Land nahm immer noch zu, und das Dorf wurde viermal von Kosaken überfallen. Aber vor jedem Überfall wurden die Juden von freundlich gesinnten Bauern gewarnt und in den Wäldern oder Hütten versteckt. Im Frühling verkündete der Rebbe seinen Leuten, daß sie von Rußland genug hätten, daß Rußland Esau und Edom sei, das Land des Satans und des Todesengels. Sie würden zusammen nach Amerika auswandern und ihre Gemeinde neu aufbauen.

Acht Tage später gingen sie fort. Sie bahnten sich ihren Weg durch Rußland, Österreich, Frankreich, Belgien und England durch Schmiergelder und indem sie Handel trieben. Nach fünf Monaten kamen sie in New York City an. Auf Ellis Island wurde der Rebbe nach seinem Namen gefragt, und er gab ihn mit Senders an. Auf den offiziellen Unterlagen wurde Senders zu Saunders. Nach der obligatorischen Quarantäne bekamen sie die Erlaubnis, die Insel zu verlassen, und jüdische Wohlfahrtspfleger halfen ihnen, sich im Stadtviertel Williamsburg in Brooklyn niederzulassen. Drei Jahre später heiratete der Rebbe noch einmal, und 1929, zwei Tage vor dem Schwarzen Freitag an der New Yorker Börse, kam Danny im Brooklyn Memorial Hospital auf die Welt. Achtzehn Monate danach wurde seine Schwester geboren, und fünfeinhalb Jahre nach deren Geburt wurde sein Bruder im selben Krankenhaus mit einem Kaiserschnitt zur Welt gebracht.

»Sie sind ihm alle gefolgt?« fragte ich. »Einfach so?«

»Natürlich. Sie wären ihm überallhin gefolgt.«

»Das verstehe ich nicht. Ich wußte nicht, daß ein Rebbe solch eine Macht besitzt.«

»Er ist mehr als ein Rebbe«, sagte Danny. »Er ist ein Zaddik.«

»Mein Vater hat mir letzte Nacht über den Chassidismus erzählt. Er sagte, es sei eine gute Lehre gewesen, bis einer der Zaddikim angefangen habe, seine Anhänger auszunutzen. Er sprach nicht gerade sehr positiv darüber.«

»Es hängt vom jeweiligen Standpunkt ab«, sagte Danny sehr leise.

»Ich kann nicht verstehen, daß Juden irgendeinem Menschen so blind folgen können.«

»Er ist nicht einfach irgendein Mensch.«

»Ist er ein Gott?«

»So etwas Ähnliches. Er ist eine Art Bote Gottes, ein Mittler zwischen seinen Anhängern und Gott.«

»Ich verstehe das nicht. Das hört sich fast an wie Katholizismus.«

»So ist es eben«, sagte Danny. »Ob du es nun verstehst oder nicht.«
»Ich will dich nicht beleidigen oder so. Ich will nur ehrlich sein.«
»Ich möchte, daß du ehrlich bist«, sagte Danny.
Wir gingen wortlos weiter.

Einen Häuserblock hinter der Synagoge, in der mein Vater und ich unsere Gebete verrichteten, bogen wir rechts in eine schmale Straße ein, in der Sandsteinhäuser und Platanen eng beieinander standen. Sie war ein genaues Abbild der Straße, in der ich wohnte, nur um einiges älter und nicht so gepflegt, und es gab nur wenige Hortensienbüsche oder Trichterwinden in den Vorgärten. Die Platanen bildeten einen dichten, ineinander verschlungenen Laubengang, der die Sonne abhielt. Die Steingeländer der Außentreppen waren angeschlagen, ihre Oberflächen fleckig, die Kanten der Steinstufen waren abgetreten und glatt von Jahren der Abnutzung. Katzen umstrichen die Abfalleimer, die vor einigen Häusern standen, und die Bürgersteige waren übersät von alten Zeitungen, Eis- und Bonbonpapier, alten Pappkartons und zerrissenen Papiertüten. Frauen in langärmeligen Kleidern und mit Kopftüchern, manche mit Säuglingen auf dem Arm, andere hochschwanger, saßen auf den steinernen Treppenstufen und sprachen laut auf jiddisch. Die Straße hallte wider vom Lärm der spielenden Kinder, die ständig in Bewegung schienen, schnell den Autos auswichen, Treppen hinauf und hinunter rannten, hinter Katzen herjagten, auf Bäume stiegen, auf den Geländern balancierten, ausgelassen Fangen spielten – alle mit Schaufäden und Schläfenlocken, die wild in der Luft tanzten und um sie herumwirbelten. Wir gingen nun schneller unter dem dunklen Dach der Platanen, und ein großer, kräftiger Mann, mit schwarzem Bart und schwarzem Kaftan, ging neben mir, rempelte mich an, um nicht mit einer Frau zusammenzustoßen, und ging ohne ein Wort an mir vorbei. Das Gewimmel der herumrennenden Kinder, das Geschwätz der Frauen in ihrer langärmligen Tracht, die verwohnten alten Gebäude und schmutzigen Treppengeländer, die Abfalleimer und die herumstreunenden Katzen, all das vermittelte mir ein Gefühl, als ob ich plötzlich und ohne es zu merken die Schwelle zu einer anderen Welt überschritten hätte, und einen Augenblick lang bereute ich, daß ich mich von Danny in seine Welt hatte bringen lassen.

Wir gingen auf eine Gruppe von etwa dreißig, in schwarze Kaftane gekleidetete Männer zu, die vor einem zweistöckigen Sandsteinhaus am Ende der Straße standen. Sie bildeten eine undurchdringliche Mauer. Ich wollte mich nicht durch sie hindurchdrängen und verlangsamte deshalb meine Schritte. Aber Danny faßte mit der linken Hand meinen Arm und klopfte mit der rechten einem Mann auf die Schulter, der am äußeren Rand der Gruppe stand. Der Mann wandte sich um und drehte uns seinen Oberkörper zu. Er war mittleren Alters, sein dunkler Bart von grauen Strähnen durchzogen, und seine dichten Augenbrauen schoben sich zu einem verärgerten Stirnrunzeln zusammen. Dann sah ich, wie seine Augen sich weiteten. Er verbeugte sich leicht und wich zurück, und wie der Wind ging ein Raunen durch die Menge, sie teilte sich, und Danny und ich gingen mitten durch sie hindurch, während Danny mich am Arm hielt und mit dem Kopf nickend die jiddischen Begrüßungen beantwortete, die die Leute leise murmelten, als er an ihnen vorüberging. Es war, als ob ein Meer schwarzer, gefrorener Wellen von einer Sense durchteilt worden wäre, als hätte sich plötzlich ein Pfad aufgetan, gesäumt von harten, schwarzen Wänden. Ich sah Köpfe mit schwarzen und grauen Bärten sich vor Danny verneigen, und dunkle, hochgezogene Augenbrauen drückten ihre Verwunderung aus über mich und die Art, wie Danny mich am Arm hielt. Als wir das Spalier fast zur Hälfte passiert hatten, gingen wir langsamer. Dannys Fingerspitzen lagen genau über dem Ellbogen auf meinem Oberarm. Ich fühlte mich nackt und schwach, wie ein Eindringling, und meine Augen, die nach irgend etwas Ausschau hielten, nur um nicht direkt in die bärtigen Gesichter blicken zu müssen, fanden schließlich Halt auf dem Bürgersteig zu meinen Füßen. Und weil ich etwas anderes, als die jiddisch gemurmelten Begrüßungen hören wollte, begann ich, dem metallischen Klang nachzuhorchen, den die Beschläge an Dannys Schuhen auf den Zementplatten hervorriefen. Es schien mir ein besonders scharfer, unnatürlich lauter Klang zu sein, meine Ohren klammerten sich an ihn, und ich konnte ihn klar und deutlich vernehmen, während wir weitergingen. Das sanfte Kratzen des Schuhs und das metallische Klicken der Beschläge – ich konzentrierte mich darauf, als wir die Steinstufen der Treppe hinaufstiegen, die in das Sandsteinhaus führte, vor dem die Menge stand. Die Beschläge schlugen gegen die steinernen Stufen, dann gegen den oberen Treppenabsatz vor der Schwingtür – und ich erinnerte mich an den alten Mann, den ich oft durch die Lee Avenue hatte gehen sehen, wie er sich vorsichtig durch die geschäftige Straße bewegte und immer wieder den Boden mit seinem metallbeschlagenen Stock abklopfte, der ihm seine Augen ersetzte, die er in einem Schützengraben während eines deutschen Gasangriffs im Ersten Weltkrieg verloren hatte.

Die Eingangshalle des Sandsteinhauses war voll von Männern im schwarzen Kaftan, und auch dort bildete sich plötzlich ein Pfad, und es gab noch mehr murmelnde Begrüßungen und fragende Blicke; dann traten Danny und ich durch eine Tür, die rechts von uns offenstand, und wir waren in der Synagoge.

Es war ein großer Raum, und er sah aus, als hätte er genau die gleiche Größe wie die Wohnung, in der mein Vater und ich wohnten. Was zu Hause das Schlafzimmer meines Vaters war, war hier der Teil der Synagoge, der den Schrein enthielt, das Ewige Licht, einen achtarmigen Leuchter, ein kleines Pult rechts des Schreins und ein großes Pult, das sich ungefähr drei Meter vor dem Schrein befand. Die zwei Pulte und der Schrein waren mit rotem Samt bedeckt. Was zu Hause bei uns Küche, Flur, Badezimmer, mein Schlafzimmer, das Arbeitszimmer meines Vaters und unser Wohnzimmer waren, bildete hier den Bereich der Synagoge, in dem die Gläubigen saßen. Jeder Sitzplatz bestand aus einem Stuhl mit Pultständer und einer schrägen Ablage, deren Unterkante eine hölzerne Leiste bildete, damit nichts zu Boden fallen konnte. Die Sitzplätze reichten bis auf etwa sechs Meter an die hintere Wand der Synagoge heran, der Wand gegenüber des Schreins. Ein kleiner Teil der Synagoge, in der Nähe der oberen Tür zur Eingangshalle, war mit einem weißem Musselinvorhang abgeteilt. Dies war der Bereich der Frauen. Dort standen wenige Reihen mit Holzstühlen. Der restliche Teil der Synagoge, in dem keine Stühle standen, war mit langen Tischen und Bänken bestückt. Durch die Mitte der Synagoge verlief ein schmaler Gang bis zum großen Pult. Die Wände waren weiß gestrichen. Der Holzboden war dunkelbraun. Die drei hinteren Fenster waren mit schwarzen Samtvorhängen versehen. Die Decke war weiß, und nackte Glühbirnen, die an schwarzen Kabeln herabhingen, durchfluteten den Raum mit einem grellen Licht.

Wir blieben einen Moment hinter der Tür bei einem der Tische stehen. Ständig gingen Männer ein und aus. Manche blieben in der Eingangshalle, um sich zu unterhalten, andere nahmen ihre Plätze ein. Einige Plätze waren von Männern besetzt, die den Talmud studierten, im Buch der Psalmen lasen oder jiddisch miteinander plauderten. Die Bänke an den Tischen waren leer, und auf den mit weißen Tüchern gedeckten Tischen befanden sich Pappbecher, Holzgabeln und -löffel und Pappteller, die mit eingelegtem Hering und Zwiebeln, Tomaten, Gefillte Fisch, Schabbesbroten – geflochtene Brotzöpfe, die Challa genannt werden –, Thunfisch, Lachs und hartgekochten Eiern gefüllt waren. Am Ende des Tisches, in der Nähe des Fensters, stand ein brauner, lederbezogener Stuhl. Auf dem Tisch vor dem Stuhl waren ein Krug, ein Handtuch, eine Schale und ein großer Teller, der mit einem Schabbestuch abgedeckt war, einem weißen Seidentuch, auf dem in Gold das hebräische Wort für Schabbes eingestickt war. Ein langes, gezacktes Silbermesser lag neben dem Teller.

Ein großer, schwergewichtiger Junge trat in die Tür, nickte Danny zu, dann bemerkte er mich und starrte mich an. Ich erkannte sofort Dov Shlomowitz, den Spieler aus Dannys Mannschaft, der am zweiten Laufmal in mich hineingerannt war und mich umgeworfen hatte. Er schien etwas zu Danny sagen zu wollen, dann besann er sich anders, wandte sich steif ab, ging den engen Gang entlang und fand einen Sitzplatz. Als er auf seinem Platz saß, warf er uns einmal einen Blick über die Schulter zu, dann schlug er ein Buch auf seinem Pult auf und fing an, seinen Oberkörper vor- und zurückzuwiegen. Ich blickte Danny an und brachte ein etwas verunglücktes Lächeln zustande. »Ich komme mir wie ein von Indianern umzingelter Cowboy vor«, flüsterte ich ihm zu.

Danny grinste mich beruhigend an und ließ meinen Arm los.

»Du bist in den heiligen Hallen«, meinte er. »Daran muß man sich erst gewöhnen.«

»Das vorhin, dort draußen, das war wie die Durchquerung des Roten Meeres«, sagte ich. »Wie hast du das gemacht?«

»Ich bin der Sohn meines Vaters, erinnerst du dich? Ich bin der Erbe der Dynastie. Gebot Nummer eins in unserem Katechismus: Behandle den Sohn, wie du den Vater behandeln würdest, denn eines Tages wird der Sohn der Vater sein.«

»Das hört sich geradeso an, als ob du ein Mitnagged wärst«, sagte ich und brachte ein weiteres hilfloses Lächeln zustande.

»Nein, überhaupt nicht«, widersprach er. »Ich höre mich an wie jemand, der zu viel liest. Komm jetzt. Wir sitzen ganz vorne. Mein Vater wird bald unten sein.«

»Wohnt ihr in diesem Haus?«

»Wir haben die oberen beiden Stockwerke. Das ist die praktischste Lösung. Beeil dich. Gleich kommen sie alle herein.«

Die Menge in der Eingangshalle und vor dem Gebäude begann nun hereinzuströmen. Danny und ich gingen den Gang entlang. Er führte mich zur vordersten Stuhlreihe, die rechts des großen Pults und genau hinter dem kleinen Pult aufgestellt war. Danny setzte sich auf den zweiten, ich mich auf den dritten Stuhl. Ich nahm an, daß der erste Stuhl für seinen Vater bestimmt war.

Die Menge kam schnell herein, und bald war die Synagoge erfüllt von dem Klang schlurfender Schuhe, vom Rücken der Stühle und von lauten jiddischen Stimmen. Ich hörte kein Englisch, nur Jiddisch. Von meinem Stuhl aus warf ich einen flüchtigen Blick zu Dov Shlomowitz hinüber, und er starrte zurück; auf seinem groben Gesicht stand ein Ausdruck von Erstaunen und Feindseligkeit, und plötzlich wurde mir klar, daß Danny wegen unserer Freundschaft wahrscheinlich genauso viele Probleme mit seinen Freunden haben würde wie ich mit meinen. Vielleicht weniger, dachte ich. Ich bin nicht der Sohn eines Zaddik. Für mich tritt niemand beiseite. Dov Shlomowitz schaute weg, aber ich sah andere in der überfüllten Synagoge, die mich ebenfalls anstarrten, und ich blickte nieder auf das abgenutzte Gebetbuch auf meiner Ablage, und wieder fühlte ich mich zur Schau gestellt, nackt und sehr allein.

Zwei graubärtige alte Männer kamen zu Danny herüber, respektvoll stand er auf. Sie erzählten ihm, sie hätten sich über einen Abschnitt aus dem Talmud gestritten, jeder habe ihn anders ausgelegt, und sie fragten sich, wer recht gehabt hätte. Sie nannten die Stelle, und Danny, der sofort Traktat und Seite erkannt hatte, nickte, und Wort für Wort wiederholte er routiniert und mechanisch den Abschnitt, gab seine eigene Auslegung wieder und zitierte gleichzeitig die Interpretationen von einer Anzahl mittelalterlicher Kommentatoren wie Me'iri, Raschba und Maharscha. Das sei eine schwierige Stelle, sagte er gestikulierend, und der Daumen seiner rechten Hand beschrieb große Kreise, während er bestimmte Schlüsselstellen der Interpretation hervorhob. Beide Männer hätten recht gehabt; der eine hätte, ohne es zu wissen, die Interpretation des Me'iri vertreten, der andere die des Raschba. Die Männer lächelten und gingen zufriedengestellt. Danny setzte sich.

»Das ist eine schwierige Stelle«, sagte er. »Ich werde nicht schlau daraus. Dein Vater würde wahrscheinlich sagen, daß der Text total entstellt ist.« Er sprach leise und grinste. »Ich habe ein paar von den Artikeln deines Vaters gelesen. Habe sie heimlich vom Schreibtisch meines Vaters genommen. Der eine über den Abschnitt aus dem Kidduschin, wo es um den König geht, ist sehr gut. Er ist voll von wirklich apikorsischem Zeug.«

Ich nickte und versuchte erneut zu lächeln. Mein Vater hatte mir diesen Artikel vorgelesen, bevor er ihn an den Verleger geschickt hatte.

Er hatte während des letzten Jahres angefangen, mir seine Artikel vorzulesen, und verbrachte viel Zeit damit, sie mir zu erklären.

Der Lärm in der Synagoge war inzwischen sehr groß, fast tumultartig geworden, der Raum schien vom Stühlerücken und den lauten Gesprächen der Männer zu dröhnen. Ein paar Kinder rannten lachend und schreiend den Gang hinauf und hinunter, und eine Anzahl junger Männer tummelte sich laut redend und gestikulierend in der Nähe der Tür. Einen Augenblick lang hatte ich das Gefühl, ich wäre in einen Karnevalsumzug geraten, wie ich ihn neulich in einem Film gesehen hatte, mit seiner drängelnden, lärmenden Menge und mit schreienden und winkenden Ausrufern und Straßenhändlern.

Still saß ich da und fixierte mein Gebetbuch. Ich öffnete es und schlug die Seite mit dem Nachmittagsgottesdienst auf. Die Buchseiten waren alt und vergilbt, mit ausgefransten Rändern und Eselsohren. Ich saß da, sah auf die Seite mit dem ersten Psalm des Gottesdienstes und dachte an das fast neue Gebetbuch, das ich heute morgen in Händen gehalten hatte. Ich spürte, wie Danny mich verstohlen mit dem Ellbogen anstieß, und schaute auf.

»Mein Vater kommt«, sagte er. Seine Stimme war leise und ein wenig unnatürlich, wie mir schien.

Der Lärm in der Synagoge hörte so urplötzlich auf, daß ich den Eindruck hatte, als ob mir von einem Moment auf den anderen plötzlich die Luft abgedreht worden wäre. Er ebbte in einer Welle ab, die am Ende der Synagoge begann und bei den Stühlen in der Nähe des Pultes auslief. Ich hörte kein Signal oder daß jemand um Ruhe gebeten hätte; der Lärm hörte einfach auf, war abgeschnitten, als ob jemand die Tür zu einem Zimmer voll spielender Kinder zugeworfen hätte. Die Stille, die folgte, barg eine eigenartige Stimmung in sich: Sie war voller Erwartung, Ungeduld, Liebe und Ehrfurcht.

Ein Mann kam, ein Kind im Schlepptau, langsam den schmalen Gang herauf. Der Mann war groß und trug einen schwarzen Seidenkaftan und einen pelzbesetzten, schwarzen Hut. Als er die einzelnen Sitzreihen abschritt, erhoben sich die Männer, verbeugten sich leicht und setzten sich wieder. Einige beugten sich vor, um ihn zu berühren. Er beantwortete die murmelnden Begrüßungsworte, die von den Sitzplätzen aus an ihn gerichtet wurden, mit einem Kopfnicken, wobei sich sein langer schwarzer Bart vor- und zurückbewegte und die Schläfenlokken mitschwangen. Er ging langsam, die Hände auf dem Rücken verschränkt, und als er näher kam, konnte ich sehen, daß der Teil des

Gesichtes, der nicht durch den Bart verdeckt war, aussah wie aus Stein gemeißelt: Die Nase war scharf geschnitten und spitz, die Wangenknochen standen kantig hervor, die Lippen waren voll, die von Falten durchzogene Stirn wirkte wie bearbeiteter Marmor, die Augenhöhlen lagen tief, und die buschigen schwarzen Augenbrauen waren nur durch eine keilförmige Falte getrennt, die wie eine in einen nackten Acker gepflügte Furche aussah. In den dunklen Augen spielten nadelspitze, weiße Lichter und ließen sie glitzern wie schwarze Steine im Sonnenlicht. Bis auf Haar und Augenfarbe war Dannys Gesicht das genaue Spiegelbild seines Vaters. Das Kind, das ihm folgte und sich mit der rechten Hand an seinem Kaftan festhielt, wirkte wie eine zarte Miniatur des Mannes, trug den gleichen Kaftan, den gleichen pelzbesetzten Hut, hatte das gleiche Gesicht und die gleiche Haarfarbe, nur der Bart fehlte, und ich erkannte, daß es Dannys Bruder war. Ich warf Danny einen flüchtigen Blick zu und sah ihn mit ausdruckslosem Gesicht vor sich hinstarren. Ich sah, wie die Augen der Gemeindemitglieder dem Manne folgten, während er langsam, kopfnickend, die Hände auf dem Rücken verschränkt den Gang entlangging und dann seine Augen auf Danny und mich richtete, als er bei uns angekommen war. Schnell stand Danny auf, ich tat es ihm gleich, und da standen wir und warteten, während die dunklen Augen des Mannes über mein Gesicht glitten – wie eine Hand konnte ich sie über mein Gesicht streichen fühlen – und sich schließlich auf mein linkes Auge hefteten. Plötzlich tauchte der zärtliche Blick meines Vaters, mit dem er mich durch seine Nickelbrille ansah, vor meinem inneren Auge auf, aber die Vision verblaßte rasch wieder, denn Danny stellte mich Rebbe Saunders vor.

»Das ist Reuven Malter«, sagte er leise auf jiddisch.

Rebbe Saunders starrte immer noch auf mein linkes Auge. Ich fühlte mich nackt unter diesem starren Blick, und er mußte mein Unbehagen bemerkt haben, denn ganz plötzlich reichte er mir seine Hand. Während meine Hand nach oben ging, um seine zu ergreifen, bemerkte ich, daß er mir gar nicht die Hand, sondern nur die Finger entgegenstreckte. Ich hielt sie kurz fest – sie waren trocken und schlaff –, dann ließ ich meine Hand wieder fallen.

»Du bist der Sohn von David Malter?« fragte mich Rebbe Saunders auf jiddisch. Seine Stimme war tief und nasal wie Dannys Stimme, und seine Worte klangen beinahe wie eine Anklage.

Ich nickte. Im selben Moment überlegte ich verwirrt und verzweifelt, ob ich ihm auf jiddisch oder englisch antworten sollte. Ich fragte mich, ob er Englisch verstand. Mein Jiddisch war sehr mäßig. Ich faßte den Entschluß, ihm englisch zu antworten.

»Dein Auge«, fragte Rebbe Saunders auf jiddisch. »Ist es verheilt?«

»Ja, gut«, antwortete ich auf englisch. Meine Stimme hörte sich ein bißchen heiser an, und ich schluckte. Ich blickte vorsichtig zu den schweigenden Gemeindemitgliedern. Ihre Blicke waren fest auf uns gerichtet.

Rebbe Saunders schaute mich einen Moment lang an, und ich sah die dunklen Augen zwinkern, wie Jalousien klappten die Lider auf und zu. Als er weitersprach, redete er immer noch jiddisch.

»Der Arzt, der Professor, der dich operiert hat, hat er gesagt, daß dein Auge verheilt ist?«

»Er möchte mich in ein paar Tagen nochmal sehen. Aber er sagte, daß das Auge in Ordnung ist.«

Ich sah, wie er leicht mit dem Kopf nickte und wie der Bart sich bewegte. Das Licht der nackten Glühbirnen an der Decke schimmerte auf seinem Seidenkaftan.

»Sag mir, kannst du gut rechnen? Mein Sohn hat mir erzählt, daß du sehr gut in Mathematik bist.«

Ich nickte.

»So. Wir werden sehen. Und du kannst Hebräisch. Ein Sohn von David Malter kann sicherlich Hebräisch.«

Ich nickte wieder.

»Wir werden sehen«, sagte Rebbe Saunders.

Aus den Augenwinkeln heraus beobachtete ich Danny und sah, wie er mit ausdruckslosem Gesicht zu Boden schaute. Das Kind stand etwas hinter Rebbe Saunders und starrte mit offenem Mund zu uns hoch.

»Nu«, sagte Rebbe Saunders, »später werden wir weiterreden. Ich möchte den Freund meines Sohnes kennenlernen. Besonders den Sohn von David Malter.« Dann ging er an uns vorbei und stellte sich, mit dem Rücken zur Gemeinde, vor das kleine Pult. Der kleine Junge hielt sich noch immer an seinem Kaftan fest.

Danny und ich setzten uns. Ein Flüstern ging durch die Reihen, Papier raschelte, als die Gebetbücher aufgeblättert wurden. Ein graubärtiger alter Mann ging zum großen Pult, legte sich einen Gebetsschal um und eröffnete den Gottesdienst.

Der alte Mann hatte eine schwache Stimme, und ich konnte sie aus dem Murmeln der Gläubigen kaum heraushören. Rebbe Saunders stand mit dem Rücken zur Gemeinde, wiegte seinen Körper vor und zurück, klatschte ab und zu in die Hände, und das Kind stand zu seiner Rechten, wiegte sich gleichfalls vor und zurück, wobei es den Vater offensichtlich nachahmte. Während des gesamten Gottesdienstes stand Rebbe Saunders so mit seinem Rücken zur Gemeinde, nahm manchmal seinen Kopf in den Nacken und blickte hoch zur Decke oder hob die Hände, um seine Augen zu bedecken. Er drehte sich nur um, als die Torarolle aus dem Schrein genommen und vorgelesen wurde.

Der Gottesdienst endete mit dem Kaddisch, und dann ging Rebbe Saunders langsam über den Gang zurück, das Kind im Schlepptau, das sich noch immer am Kaftan des Vaters festhielt. Als das Kind an mir vorüberging, bemerkte ich, daß seine Augen übergroß waren und sein Gesicht totenblaß.

Danny stieß mich mit dem Ellbogen an und deutete mit dem Kopf in Richtung des rückwärtigen Teils der Synagoge. Er stand auf, und wir beide folgten Rebbe Saunders den Gang hinauf. Ich konnte die Augen der Gemeindemitglieder erst auf mein Gesicht gerichtet sehen und dann in meinem Rücken spüren. Rebbe Saunders ging auf den lederbezogenen Stuhl am Tisch in der Nähe des letzten Fensters zu und setzte sich. Das Kind nahm auf der Bank zu seiner Linken Platz. Danny führte mich zum Tisch und setzte sich auf die Bank zur Rechten seines Vaters. Er bedeutete mir, mich neben ihn zu setzen, was ich auch tat. Die Gläubigen erhoben sich und begaben sich in den hinteren Teil der Synagoge. So abrupt, wie sie begonnen hatte, war die Stille plötzlich wie weggeblasen, und jemand fing an, ein Lied zu singen, andere nahmen es auf und klatschten im Takt der Melodie. Die Menschen gingen einer nach dem anderen zur Tür hinaus – wahrscheinlich um sich die Hände zu waschen –, doch bald kamen sie wieder herein und nahmen ihre Plätze an den Tischen ein; es gab viel Lärm, als die Bänke hin und her geschoben wurden. Das Singen hatte aufgehört. Unser Tisch füllte sich rasch, überwiegend mit älteren Männern.

Rebbe Saunders stand auf, goß Wasser aus dem Krug über seine Hände, das Wasser ergoß sich in die Schale, dann trocknete er sich die Hände ab, entfernte das weiße Seidendeckchen, welches das Challa bedeckte, sprach den Segen über das Brot, schnitt eine Scheibe Brot ab, verspeiste sie und setzte sich. Danny stand auf, wusch sich die Hände, schnitt zwei Scheiben vom Brot ab, reichte mir die eine, behielt die andere, sprach den Segen, aß und setzte sich wieder. Er gab den Krug an mich weiter, ich wiederholte das Ritual, blieb aber sitzen dabei. Dann schnitt Danny den Rest des Challa in kleine Stücke, gab ein

Stück seinem Bruder und reichte den Teller einem alten Mann, der neben mir saß. Die Brotstücke, nach denen die Männer am Tisch griffen, waren schnell verschwunden. Rebbe Saunders tat sich etwas Salat und Fisch auf den Teller und aß ein kleines Stück von dem Fisch, den er zwischen den Fingern hielt. Ein Mann von einem der anderen Tische kam herüber und nahm sich den Teller. Danny füllte einen weiteren Teller für seinen Vater. Rebbe Saunders aß langsam und wortlos.

Ich war nicht sehr hungrig, probierte aber etwas, um niemanden zu beleidigen. Während des Essens spürte ich des öfteren, mehr als ich es sah, wie Rebbe Saunders' Blick auf mein Gesicht geheftet war. Danny schwieg. Sein kleiner Bruder stocherte in seinem Essen herum und aß kaum etwas. Sein Gesicht und seine Hände waren beinahe ebenso bleich wie das Tischtuch. Die Haut spannte sich über den Knochen, und die Venen traten als blaue Linien in seinem Gesicht und auf seinen Händen hervor. Still saß er da; einmal, als er versuchte, in der Nase zu bohren, bemerkte er den Blick seines Vaters und hielt mit zitternder Unterlippe inne. Er beugte sich über seinen Teller und spielte mit seinen dünnen Fingerchen an einer Tomatenscheibe herum.

Während der gesamten Mahlzeit sprachen Danny und ich kein Wort miteinander. Einmal schaute ich auf und sah, wie sein Vater mich mit seinen schwarzen Augen unter den dichten Augenbrauen musterte. Ich schaute weg; ich hatte das Gefühl, als ob man mir die Haut abgezogen und mein Inneres photographiert hätte.

Jemand begann, Atah ächad, eines der Gebete des Nachmittagsgottesdienstes, zu singen. Die Mahlzeit war vorüber, und die Männer fingen an, sich langsam im Rhythmus der Musik hin und her zu wiegen. Der Gesang erfüllte die ganze Synagoge. Rebbe Saunders lehnte sich in seinem Lederstuhl zurück und sang ebenfalls; und dann sang auch Danny. Ich kannte die Melodie und fiel mit ein, zuerst zögernd, dann lauter, und wiegte meinen Körper wie sie. Nach diesem Lied wurde ein zweites angestimmt, eine einfache, temporeiche Melodie, zu der es keinen Text gab und nur die Silben »Tschiribim, Tschiribam« gesungen wurden. Das Vor und Zurück der Körper wurde jetzt schneller, und man klatschte rhythmisch in die Hände. Ein Lied folgte dem anderen, und ich spürte, wie ich mich langsam entspannte, während ich mitsang. Ich bemerkte, daß mir die meisten Melodien bekannt waren, besonders die langsamen, traurigen, die dazu dienen, die Sänger über das Ende des Schabbes hinwegzutrösten, und auch die Lieder, die ich nicht kannte, konnte ich leicht mitsingen, denn die Grundmelodie war fast immer dieselbe. Nach einer gewissen Zeit sang ich laut mit, wiegte mich vor und zurück und klatschte, und als ich sah, daß Rebbe Saunders mich beobachtete, bemerkte ich ein schwaches Lächeln auf seinen Lippen. Ich lächelte Danny an, er lächelte mich an, und da saßen wir, ungefähr eine halbe Stunde lang, sangen, wiegten uns, klatschten, und ich fühlte mich leicht und glücklich und völlig ungezwungen. Soweit ich es beurteilen konnte, war Rebbe Saunders' kleiner Sohn der einzige in der Synagoge, der nicht mitsang. Er saß da, stocherte mit seiner dünnen, durchsichtigen Hand in seinem Essen herum und spielte mit der Tomatenscheibe auf seinem Pappteller. Das Singen ging immer weiter – dann plötzlich verstummte es. Ich blickte mich vorsichtig um, um zu sehen, was passiert war, aber alle saßen ganz ruhig da und schauten zu unserem Tisch herüber. Rebbe Saunders wusch sich noch einmal die Hände, und die anderen schütteten sich das restliche Wasser aus ihren Pappbechern über die Hände. Der Anfangspsalm des Dankgebets wurde gemeinsam gesungen, und dann begann Rebbe Saunders mit dem Segen. Er psalmodierte mit geschlossenen Augen und wiegte sich leicht in seinem Lederstuhl vor und zurück. Nach den Eröffnungszeilen betete jeder leise für sich mit, und ich sah, wie Danny sich vorbeugte, seine Ellbogen auf den Tisch stützte, mit der rechten Hand seine Augen bedeckte und die Worte leise vor sich hin sprach. Dann war das Gebet beendet, und eine lange, intensive Stille folgte, in der alle reglos warteten und sämtliche Blicke auf Rebbe Saunders gerichtet waren, der mit geschlossenen Augen, sich leicht vor und zurück wiegend, auf seinem Stuhl saß. Danny nahm die Ellbogen vom Tisch und setzte sich aufrecht. Mit ausdruckslosem Gesicht starrte er auf seinen Teller und verharrte, wie mir schien, in der gleichen bewegungslosen Anspannung wie ein Soldat, der sich kurz vor dem Sprung aus der Deckung in den offenen Kampf befindet.

Alles wartete, niemand rührte sich, niemand hustete, nicht einmal ein Atemzug war zu hören. Die Stille wurde zu einer unwirklichen Stille, und plötzlich war sie von einem ganz eigenartigen Geräusch erfüllt, dem Geräusch zu langen Schweigens. Auch das Kind starrte nun seinen Vater an, mit Augen, die sich wie schwarze Steine von der kalten Blässe seines blaugeäderten Gesichts abhoben.

Und dann fing Rebbe Saunders an zu sprechen.

In seinem Lederstuhl wiegte er sich mit geschlossenen Augen, seine linke Hand ruhte in der Beuge seines rechten Ellbogens, mit den

Fingern der rechten strich er sich durch den schwarzen Bart, und ich konnte sehen, daß sich an den Tischen alle vorbeugten, ihn mit leicht geöffnetem Mund anstarrten; manche der älteren Männer formten die Hand hinter dem Ohr zu einer Muschel, um seinen Worten zu lauschen. Er begann mit leiser Stimme, seine Worte kamen ihm nur langsam, in einem Singsang, über die Lippen:

»Der große und heilige Rabban Gamaliel lehrte uns folgendes: ›Tue Seinen Willen wie deinen Willen, damit Er deinen Willen tue wie Seinen Willen. Vernichte deinen Willen vor Seinem Willen, damit Er den Willen anderer vernichte vor deinem Willen.‹ Was bedeutet dies? Es bedeutet, wenn wir tun, was der Herr der Welt wünscht, dann tut Er, was wir wünschen. Eine Frage stellt sich dabei sofort von selbst. Was bedeutet es, wenn wir sagen, daß der Herr der Welt tun wird, was wir wünschen? Schließlich ist Er der Herr der Welt, der Schöpfer von Himmel und Erde, der König der Könige. Und was sind wir? Sagen wir nicht jeden Tag: ›Sind nicht all die Mächtigen nichts vor Dir, die Berühmten, als ob sie nie gewesen, die Weisen, wie ohne Wissen, und die Verständigen wie ohne Einsicht?‹ Was sind wir, daß der Herr der Welt unseren Willen geschehen ließe?«

Rebbe Saunders hielt inne, und ich sah, daß zwei der alten Männer, die an unserem Tisch saßen, sich anschauten und nickten. Er wiegte sich in seinem Lederstuhl, seine Finger strichen den Bart, und er sprach mit leiser, psalmodierender Stimme weiter.

»Alle Menschen kommen auf dieselbe Weise zur Welt. Unter Schmerzen werden wir geboren, denn es steht geschrieben: ›Mit Schmerzen sollst du Kinder gebären.‹ Nackt werden wir geboren und ohne Kraft. Wie Staub werden wir geboren. Und wie Staub kann das Kind hin- und hergeweht werden, wie Staub ist sein Leben, wie Staub ist seine Kraft. Und wie Staub sind viele, ihr ganzes Leben über, bis sie im Staub begraben werden, an einem Ort von Würmern und Maden. Wird der Herr der Welt dem Willen eines Menschen gehorchen, dessen Leben aus Staub ist? Was lehrt uns der große und heilige Rabban Gamaliel da?« Und langsam erhob sich seine Stimme. »Was will er uns damit sagen? Was bedeutet es zu sagen, der Herr der Welt wird unseren Willen tun? Den Willen von Menschen, die Staub sind und bleiben? Niemals! Den Willen von was für Menschen dann? Wir müssen sagen, den Willen von Menschen, die *nicht* Staub sind und bleiben. Aber wie können wir uns über den Staub erheben? Hört! Hört mir zu! Denn dies ist eine bedeutende Sache, die uns die Rabbiner lehren.«

Er hielt wieder inne, und ich sah, wie Danny ihm einen flüchtigen Blick zuwarf, dann starrte er wieder auf seinen Pappteller.

»Rabbi Chalaphta, Sohn von Dosa, lehrt uns: ›Wo zehn Leute beisammensitzen und sich mit der Weisung – der Tora – befassen, da weilt die Einwohnung – Gottes Geist – mitten unter ihnen, weil es heißt, *Gott steht in der Gottesgemeinde.* Und woher wissen wir, daß dies sogar schon für fünf gilt? Weil es heißt, *Seine Schar gründet Er auf Erden.* Und woher wissen wir, daß dies sogar schon für drei gilt? Weil es heißt, *Inmitten der Richter richtet Er.* Und woher wissen wir, daß dies schon sogar für zwei gilt? Weil es heißt, *Da redeten, die den Herrn fürchten, einer mit dem anderen, der Herr aber merkte auf und Er hörte.* Und woher wissen wir, daß dies schon sogar für einen gilt? Weil es heißt, *An jedem Ort, da ich meines Namens gedenken lasse, will ich zu dir kommen und dich segnen.*‹ Hört! Hört auf diese große Lehre. Eine Gottesgemeinde besteht aus zehn. Es ist nichts Neues, daß Gottes Geist unter zehn weilt. Eine Schar sind fünf. Es ist ebenfalls nicht neu, daß Gottes Geist unter fünfen weilt. Der Richter sind drei. Wenn Gottes Geist nicht unter Richtern weilte, gäbe es keine Gerechtigkeit auf der Welt. Auch das ist also nicht neu. Daß Gottes Geist selbst unter zweien weilt, ist auch nicht schwer zu begreifen. Aber, daß Gottes Geist in einem einzigen weilt! In einem! Sogar in einem allein! Das ist schon eine bedeutende Sache. Sogar in einem einzigen! Wenn ein Mann die Tora studiert, ist der Geist Gottes in ihm. Wenn ein Mann die Tora studiert, ist der Herr der Welt schon in der Welt. Eine bedeutende Sache! Und den Herrn der Welt in die Welt zu bringen, bedeutet gleichsam, sich selbst über den Staub zu erheben. Die Tora erhebt uns über den Staub! Die Tora gibt uns Kraft! Die Tora hüllt uns ein! Die Tora bringt uns Gottes Geist!«

Der Singsang war plötzlich aus seiner Stimme verschwunden. Er sprach nun klar und laut, seine Worte drangen schmetternd durch die furchtbare Stille in der Synagoge.

»Aber die Tora zu studieren ist keine so einfache Sache. Die Tora ist eine Aufgabe, die Tag und Nacht ausfüllt. Sie ist eine gefährliche Aufgabe. Lehrt uns nicht Rabbi Me'ir, ›Wer des Wegs geht und lernt, sein Lernen aber unterbricht und sagt: *Wie herrlich ist dieser Baum, wie herrlich ist dieser Furchenacker*, dem läßt es die Schrift gelten, als ob er sein Leben verwirkt habe?‹«

Ich sah, wie Danny kurz zu seinem Vater aufblickte, dann senkte er den Blick. Er sank etwas in sich zusammen, ein Lächeln spielte um seinen Mund, und ich glaubte, ich hätte ihn sogar leise seufzen gehört.

»Er hat sein Leben verwirkt! Sein Leben! So bedeutend ist das Studium der Tora. Und jetzt hört! Hört diese Worte. Wessen Aufgabe ist es, die Tora zu studieren? Von wem fordert der Herr der Welt ›Ihr sollt Tag und Nacht über ihr sinnen‹? Fordert er das von der Welt? Nein! Was weiß die Welt von der Tora? Die Welt ist Esau! Die Welt ist Amalek! Die Welt, das sind die Kosaken! Die Welt ist Hitler, sein Name und sein Angedenken seien für immer ausgelöscht! Von wem fordert Er es dann? Von dem Volk Israel! *Uns* wurde befohlen, Seine Tora zu studieren! *Uns* wurde befohlen, im Licht des göttlichen Geistes zu sitzen. Zu diesem Zwecke sind wir geschaffen worden! Lehrt uns nicht der große und heilige Rabbi Jochanan, Sakkais Sohn, ›Wenn du viel Weisung – Tora – gelernt hast, so halte dir es nicht selbst zugute, denn dazu wurdest du gebildet‹? Nicht die Welt, sondern das Volk Israel! Das Volk Israel muß Seine Tora studieren!«

Seine Stimme erhob sich mächtig über die Stille. Ich bemerkte, wie mir der Atem stockte und das Herz in den Ohren pochte. Ich konnte meinen Blick nicht von seinem Gesicht losreißen, das jetzt vor Leben sprühte, und nicht von seinen Augen, die von einem dunklen Feuer erfüllt waren. Er schlug mit der Hand auf den Tisch, und ich spürte, wie ich vor Angst erstarrte. Auch Danny beobachtete ihn jetzt, und sein kleiner Bruder starrte ihn an wie in Trance, mit offenem Mund und glänzenden Augen.

»Die Welt tötet uns! Die Welt reißt uns die Haut vom Leib und wirft uns in die Flammen! Die Welt treibt Spott mit der Tora! Und wenn sie uns nicht tötet, führt sie uns in Versuchung! Sie führt uns in die Irre! Sie verdirbt uns! Sie verleitet uns dazu, uns an ihrer Häßlichkeit, ihrer Unreinheit, ihrer Abscheulichkeit zu beteiligen! Die Welt ist Amalek! Es ist nicht die Welt, die aufgefordert ist, die Tora zu studieren, sondern das Volk Israel! Hört! Hört diese bedeutende Lehre!« Plötzlich wurde seine Stimme leiser, ruhiger, vertraulicher. »Es steht geschrieben: ›Die hiesige Welt gleicht einer Vorhalle zu der kommenden Welt. Bereite dich in der Vorhalle, damit du in den Festsaal eintreten kannst.‹ Die Bedeutung ist klar: Die Vorhalle ist diese Welt, und die Festhalle ist die kommende Welt. Hört! In der Gematrie entsprechen die Worte ›diese Welt‹ dem Zahlenwert einhundertdreiundsechzig und die Worte ›kommende Welt‹ sind zusammengerechnet einhundertvierundfünfzig. Die Differenz zwischen ›diese Welt‹ und ›kommende Welt‹ ist neun. Neun ist die Hälfte von achtzehn. Achtzehn ist ›chai‹, Leben. In dieser Welt gibt es nur die Hälfte des Lebens. Nur zur Hälfte leben wir in dieser Welt! Wir sind erst halb lebendig!«

Ein Flüstern ging durch die Menge an den Tischen, und ich konnte sehen, wie die Männer mit den Köpfen nickten und lächelten. Sie hatten offensichtlich auf die Gematrie gewartet und waren gespannt darauf, mehr zu hören. Einer meiner Lehrer hatte mir die Gematrie erklärt. Danach entspricht jeder Buchstabe des hebräischen Alphabets einer Zahl, so daß jedes hebräische Wort sich zu einem bestimmten Zahlenwert zusammenrechnen läßt. Das hebräische Wort für »diese Welt« ist »Olam hasseh«, und rechnet man die Zahlenwerte der Buchstaben zusammen, ergibt sich ein Wortwert von einhundertdreiundsechzig. Ich hatte schon öfter Leuten zugehört, die Gematrien gebildet hatten, und es hatte mir Spaß gemacht, denn manchmal waren ihre Schlußfolgerungen genial und einleuchtend. Langsam entspannte ich mich wieder und hörte aufmerksam zu.

»Jetzt hört mich an! Hört! Wie können wir unser Leben erfüllen? Wie können wir unser Leben so erfüllen, daß wir achtzehn erreichen, das Leben, und nicht neun, nur die Hälfte des Lebens? Rabbi Josua, der Sohn von Levi, lehrt uns: ›Es heißt, daß jeder, der sich nicht mit der Tora abmüht, sich Gottes Tadel zuzieht.‹ Er ist ein Nossuf, ein Mensch, den der Herr der Welt haßt! Ein rechtschaffener Mann, ein Zaddik, studiert die Tora, denn es steht geschrieben: ›Denn seine Wonne liegt in der Tora Gottes, und über Seiner Tora sinnt er Tag und Nacht.‹ In der Gematrie bedeutet das Wort ›Nossuf‹ einhundertdreiundvierzig und ›Zaddik‹ zweihundertundvier. Was ist die Differenz zwischen ›Nossuf‹ und ›Zaddik‹? Einundsechzig. Wem widmet ein Zaddik sein Leben? Dem Herrn der Welt widmet er es! La-el, Gott! Das Wort ›La-el‹ hat die Summe einundsechzig! Es ist ein Leben, das Gott gewidmet ist; das ist es, was die Differenz, den Unterschied, zwischen dem Nossuf und dem Zaddik ausmacht!«

Wieder ging ein zustimmendes Gemurmel durch die Menge. Rebbe Saunders versteht sehr viel von der Gematrie, dachte ich. Es machte mir jetzt richtig Vergnügen, ihm zuzuhören.

»Und jetzt hört mir noch weiter zu! In der Gematrie hat das Wort ›Traklin‹, Halle, die Festhalle, gemeint ist die kommende Welt, den Wert einhundertneunundneunzig, und ›Prossdor‹, die Vorhalle, gemeint ist diese unsere Welt, hat den Wert einhundertvierzehn. Ein rechtschaffener Mann hat den Wert zweihundertundvier. Jetzt hört mir zu! Ein rechtschaffener Mann ist, so sagen wir, zweihundertundvier. Ein rechtschaffener Mann lebt nach der Tora. Tora ist ›Majim‹, Wasser; die großen und heiligen Rabbiner vergleichen die Tora immer mit dem

Wasser. Das Wort ›Majim‹ besitzt den Wert neunzig. Ziehen wir ›Majim‹ von ›Zaddik‹ ab, so erhalten wir ebenfalls einhundertvierzehn. Daraus lernen wir, daß ein rechtschaffener Mann, der sich der Tora entzieht, sich auch der kommenden Welt entzieht!«

Diesmal gab es ein lautes, freudiges Gemurmel, und die Männer nickten und strahlten. Einige stießen sich gegenseitig mit dem Ellbogen an, um ihr Wohlgefallen zu bezeugen. Diese Beweisführung war in der Tat schlagend. Ich begann, noch einmal darüber nachzudenken.

»Wir sehen, daß es nur ein halbes Leben gibt ohne die Tora. Wir sehen, daß wir Staub sind ohne die Tora. Wir sehen, daß wir Scheusale sind ohne die Tora.« Dies sagte er leise, beinahe, als wäre es eine Litanei. Er hatte die Augen noch immer geöffnet und richtete sie nun direkt auf Danny. »Wenn wir die Tora studieren, *dann* hört der Herr der Welt zu. *Dann* hört er unsere Worte. *Dann* wird er unsere Wünsche erfüllen. Denn der Herr der Welt verspricht jenen Kraft, die sich ausschließlich mit der Tora beschäftigen, denn es steht geschrieben: ›Mögest du Kraft erlangen‹, und Er verspricht die Verlängerung des Lebens, denn es steht geschrieben: ›Mögen sich deine Tage verlängern.‹ Möge die Tora eine immer sprudelnde Quelle sein, für alle, die aus ihr trinken, und möge sie den Messias unverzüglich und noch zu unseren Lebzeiten zu uns bringen. Amen!«

Im Chor antworteten alle mit einem lauten Amen.

Ich saß auf meinem Platz, und Rebbe Saunders blickte zuerst Danny an, dann mich. Ich fühlte mich völlig ungezwungen, lächelte ein wenig keck und nickte, um zu zeigen, daß mir seine Worte gefallen hatten – wenigstens die Gematrie; mit seiner Meinung, daß die Welt verdorben sei, stimmte ich überhaupt nicht überein. Albert Einstein ist ein Teil dieser Welt, sagte ich mir. Präsident Roosevelt ist ein Teil dieser Welt. Die Millionen Soldaten, die gegen Hitler kämpfen, sind ein Teil dieser Welt.

Ich nahm an, das Essen sei jetzt beendet und wir würden mit dem Abendgottesdienst beginnen, und wäre beinahe schon von meinem Platz aufgestanden, als ich bemerkte, daß wieder eine gespannte Stille unter den Männern an den Tischen herrschte. Ich blieb ruhig sitzen und sah mich um. Alle Blicke schienen auf Danny gerichtet. Er saß da, reglos und ohne einen Ton von sich zu geben, lächelte sanft, und seine Finger spielten mit dem Rand seines Papptellers.

Rebbe Saunders lehnte sich in seinen Lederstuhl zurück und verschränkte die Arme vor der Brust. Der kleine Junge stocherte wieder in der Tomate herum und warf mit seinen dunklen Augen einen flüchtigen Blick auf Danny. Dann wickelte er eine Schläfenlocke um seinen Finger und leckte sich blitzschnell über die Lippen. Ich fragte mich, was nun passieren werde.

Rebbe Saunders seufzte laut und nickte Danny zu. »Nu, Daniel, hast du etwas zu sagen?« Seine Stimme war leise, fast zärtlich.

Ich sah, wie Danny nickte.

»Nu, was hast du zu sagen?«

»Es steht geschrieben im Namen von Rabbi Jaakow, nicht Rabbi Me'ir«, sagte Danny leise auf jiddisch.

Die Gemeinde raunte zustimmend. Ich schaute mich schnell um. Alle Blicke waren auf Danny gerichtet.

Rebbe Saunders lächelte verhalten. Er nickte, und der lange schwarze Bart hob und senkte sich vor seiner Brust. Dann sah ich, wie er seine buschigen schwarzen Augenbrauen hochzog und die Lider sich halb über die Augen senkten. Er beugte sich leicht vor, die Arme noch immer über der Brust verschränkt.

»Und mehr, mehr hast du nicht zu sagen?« fragte er sehr leise.

Danny schüttelte den Kopf – ein bißchen zögernd, fand ich.

»So«, sagte Rebbe Saunders und lehnte sich in seinem Lederstuhl zurück. »Weiter gibt es also nichts zu sagen.«

Ich beobachtete die beiden und fragte mich, was da vor sich ging. Was war das nur mit Rabbi Jaakow und Rabbi Me'ir?

»Das Zitat stammt von Rabbi Jaakow und nicht von Rabbi Me'ir«, wiederholte Danny. »Rabbi Jaakow, nicht Rabbi Me'ir, sagte: ›Wer des Weges geht und lernt, sein Lernen aber unterbricht und…‹«

»Gut«, unterbrach Rebbe Saunders leise. »Die Worte stammen von Rabbi Jaakow. Gut. Du hast es gemerkt. Sehr gut. Und wo findet man sie?«

»In Pirke Awos«, sagte Danny. Er gab die Quelle aus dem Talmud an. Viele der Zitate, die Rebbe Saunders angeführt hatte, stammten aus Pirke Awos – oder Pirke Awot, wie mein Vater mich gelehrt hatte, sie auszusprechen, nämlich mit der sephardischen und nicht mit der aschkenasischen Aussprache und Schreibweise des hebräischen Buchstaben »tof«. Ich hatte die Zitate gleich erkannt. Pirke Awot ist eine Sammlung rabbinischer Glaubensgrundsätze, und ein Kapitel dieser Sammlung wird von vielen Juden an jedem Schabbes zwischen Pessach und dem jüdischen Neujahr studiert.

»Nu«, sagte Rebbe Saunders lächelnd. »Wie könntest du das auch nicht wissen? Natürlich. Gut. Sehr gut. Jetzt sag mir…«

Während ich dasaß und zuhörte, was sich zwischen Danny und seinem Vater abspielte, wurde mir langsam klar, wovon ich Zeuge wurde. In vielen jüdischen Familien, besonders in solchen mit Jeschiwa-Schülern und wo der Vater gebildet ist, gibt es einen alten Brauch, der am Schabbesnachmittag gepflegt wird: Der Vater befragt den Sohn darüber, was er in der vergangenen Woche in der Schule gelernt hat. Ich wurde Zeuge einer Art öffentlichen Prüfung, einer sehr seltsamen, fast grotesken Prüfung allerdings; es war mehr ein Wettstreit als eine Prüfung, denn Rebbe Saunders beschränkte seine Fragen nicht auf das, was Danny während der Woche gelernt hatte, sondern streifte fast alle wichtigen Traktate des Talmud, und Danny mußte offensichtlich die passenden Antworten dazu finden. Rebbe Saunders fragte, wo es sonst noch im Talmud eine Aussage gebe, über jemanden, der sein Lernen unterbreche, und Danny beantwortete die Frage mit souveräner Miene. Der Rebbe fragte, was ein bestimmter mittelalterlicher Kommentator zu dieser Aussage angemerkt habe, und Danny antwortete. Nun griff er aus dieser Antwort einen winzigen Nebenaspekt heraus und fragte, wer damit auf völlig entgegengesetzte Weise verfahren sei, und Danny antwortete. Er fragte, ob Danny mit jener Auslegung einverstanden sei, und Danny sagte nein, das sei er nicht, er stimme mit einem anderen mittelalterlichen Kommentator überein, der eine andere Interpretation gegeben habe. Sein Vater fragte, wie der Kommentator solch eine Interpretation anbieten könne, wenn er doch in einem anderen Abschnitt des Talmud genau das Gegenteil geäußert habe, und Danny, dessen Finger noch immer mit dem Rand des Papptellers spielten, erläuterte ruhig und gelassen den Unterschied zwischen den entgegengesetzten Standpunkten, indem er zwei andere Quellen nannte, in denen einer der Standpunkte sich in einem etwas anderen Zusammenhang darstellte und dadurch den Widerspruch aufhob. Eine der beiden Quellen enthielt einen Vers aus der Bibel, und sein Vater fragte, wer sonst noch ein Gesetz auf diesen Vers gegründet habe. Danny zitierte einen kurzen Abschnitt aus dem Traktat *Sanhedrin*, daraufhin zitierte sein Vater einen Abschnitt aus *Joma*, der der Stelle aus *Sanhedrin* widersprach, und Danny antwortete mit einem Abschnitt aus *Gittin*, der den Widerspruch auflöste. Sein Vater stellte die Gültigkeit seiner Interpretation aus *Gittin* in Frage, indem er einen Kommentar aus einem Abschnitt zitierte, der mit Dannys Interpretation nicht übereinstimmte, und Danny antwortete, dieser Kommentar sei schwer zu verstehen – er sage nicht, der Kommentar sei falsch, sondern nur, er sei schwer zu verstehen –, weil ein entsprechender Abschnitt in *Nedarim* seine Interpretation ganz klar bestätige.

Und derart ging es in einem fort, bis ich schließlich den Faden, der alles zusammenhielt, verlor und einfach nur dasaß und staunend dieser großen Gedächtnisleistung zuhörte, deren Zeuge ich war. Sowohl Danny als auch sein Vater sprachen ruhig, und Rebbe Saunders nickte jedesmal zustimmend, wenn Danny antwortete. Dannys Bruder saß da und starrte sie mit offenem Mund an, verlor schließlich das Interesse an der Sache und aß noch ein wenig von dem, was auf seinem Teller lag. Einmal wollte er wohl in der Nase bohren, ließ es aber sofort wieder sein. Die Männer an den Tischen beobachteten das Ganze wie in Ekstase, und ihre Gesichter glühten vor Stolz. Dies war fast wie das Pilpul, von dem mir mein Vater erzählt hatte, es war aber kein wirkliches Pilpul, weil Danny und sein Vater nicht die Texte verdrehten, sondern vielmehr an »b'kiut« interessiert schienen, an aufrichtiger Erkenntnis und verständlichen Auslegungen der Talmudstellen und Kommentare, die sie diskutierten. Dies ging noch lange so weiter. Dann setzte sich Rebbe Saunders zurück und schwieg.

Die Prüfung, oder besser: der Wettstreit, war offensichtlich zu Ende, und Rebbe Saunders lächelte seinen Sohn an. Ganz leise sagte er: »Gut. Sehr gut. Es gibt keinen Widerspruch. Aber sag mir, hast du dem, was ich vorher gesagt habe, nichts hinzuzufügen?«

Danny saß plötzlich ganz aufrecht. Rebbe Saunders fragte noch einmal: »Nichts? Hast du nichts mehr zu sagen?«

Danny schüttelte zögernd den Kopf.

»Wirklich nichts mehr zu sagen?« insistierte Rebbe Saunders mit einem kalten, distanzierten Unterton in der Stimme. Er hatte aufgehört zu lächeln.

Ich sah, daß Dannys Körper sich wieder anspannte wie zu Beginn, als sein Vater angefangen hatte zu sprechen. Die Leichtigkeit und Selbstsicherheit, die er während des Talmuddisputs zur Schau getragen hatte, war verschwunden.

»So«, sagte Rebbe Saunders. »Nichts mehr also. Nu, was soll ich sagen?«

»Ich habe nicht gehört...«

»Du hast nicht gehört, du hast nicht gehört. Du hast den ersten Fehler gehört, und dann hast du nicht mehr zugehört. Natürlich hast du nichts gehört. Wie kannst du etwas hören, wenn du nicht zugehört hast?« Er sagte es leise und gar nicht ärgerlich.

Dannys Gesicht war starr. Die Menge schwieg. Ich schaute Danny an. Lange saß er ganz still da, und dann sah ich, wie seine Mundwinkel sich zu einem verkrampften Grinsen verzogen. Ich spürte ein Kribbeln im Nacken und hätte beinahe laut aufgeschrien. Ich starrte ihn an, dann wandte ich mich schnell ab.

Rebbe Saunders blickte seinen Sohn an. Dann hefteten sich seine Augen auf mich. Ich konnte seinen Blick förmlich spüren. Eine lange, düstere Stille trat ein. Danny saß steif da, starrte unablässig auf seinen Teller und grinste. Rebbe Saunders fing an, mit seiner rechten Schläfenlocke zu spielen. Er zog daran, wickelte sie um seinen Zeigefinger, ließ sie los und begann von vorne, und die ganze Zeit über schaute er mich an. Schließlich seufzte er laut, schüttelte den Kopf und legte seine Hände auf den Tisch.

»Nu«, sagte er. »Es ist möglich, daß ich unrecht habe. Schließlich ist mein Sohn kein Rechenkünstler. Er ist sehr begabt, aber für das Rechnen hat er keine Begabung. Aber wir haben einen Rechenkünstler unter uns. Der Sohn von David Malter ist bei uns. Das ist ein Rechenkünstler.« Er sah mich geradewegs an, und ich spürte, wie mein Herz pochte und mir das Blut aus dem Gesicht wich.

»Reuven«, sagte Rebbe Saunders und sah mich an. »Hast du nichts zu sagen?«

Ich fühlte mich unfähig zu sprechen. Was denn sagen? Von den Dingen, über die er und Danny gesprochen hatten, hatte ich nicht die leiseste Ahnung.

»Hast du meine kleine Rede gehört?« fragte mich Rebbe Saunders sanft.

Ich spürte seine Augen auf mir ruhen und starrte vor mich hin auf den Tisch. Diese Augen brannten wie Feuer auf meinem Gesicht.

»Hat dir die Gematrie gefallen, Reuven?« fragte Rebbe Saunders mit sanfter Stimme.

Ich sah auf und nickte. Danny hatte sich nicht gerührt. Er saß einfach nur da und grinste. Sein kleiner Bruder spielte wieder mit der Tomate. Und die Männer an den Tischen schwiegen und starrten jetzt zu mir herüber.

»Ich bin sehr froh, daß dir die Gematrie gefallen hat«, sagte Rebbe Saunders freundlich. »Welches Beispiel hat dir denn besonders gut gefallen?«

Mit stockender und heiserer Stimme hörte ich mich sagen: »Sie waren alle sehr gut.«

Rebbe Saunders zog die Augenbrauen hoch. »Alle?« meinte er. »Das ist freundlich gesagt. Sie waren alle sehr gut. Reuven, waren wirklich *alle* sehr gut?«

Ich spürte, daß sich Danny rührte. Ich sah, daß er den Kopf bewegte. Er grinste nicht mehr. Er warf mir einen kurzen Blick zu, dann starrte er wieder auf seinen Pappteller.

Ich schaute Rebbe Saunders an. »Nein«, hörte ich mich sagen. »Nicht alle waren gut.«

Die Männer am Tisch wurden unruhig. Rebbe Saunders lehnte sich in seinen Lederstuhl zurück.

Er sagte ruhig: »Nu, Reuven, sag mir, welche nicht gut waren.«

»Eine der Gematrien war falsch«, entgegnete ich. Ich fürchtete, die Welt würde über mir zusammenbrechen, als ich das sagte. Ich, ein fünfzehnjähriger Junge, wagte es, mich hier hinzusetzen und Rebbe Saunders zu sagen, er habe sich geirrt! Aber nichts passierte. Wieder wurde es unruhig an den Tischen, aber es passierte immer noch nichts. Statt dessen begann Rebbe Saunders, offen und warmherzig zu lächeln.

»Und welche war das?« fragte er mich sanft.

»Die Summe für *Prossdor* ist fünfhundertunddrei, nicht fünfhundertdreizehn«, antwortete ich.

»Gut. Sehr gut«, sagte Rebbe Saunders lächelnd und nickte. Sein schwarzer Bart auf der Brust hob und senkte sich, und seine Schläfenlocken schwangen vor und zurück. »Sehr gut, Reuven. Die Summe von *Prossdor* beträgt fünfhundertunddrei. Sehr gut.« Er sah mich lächelnd an, das Weiß seiner Zähne schimmerte durch seinen Bart hindurch, und ich hatte fast den Eindruck, als ob sich ein Schleier über seine Augen gelegt hätte. Ein lautes Gemurmel ging durch die Menge, und Danny sank in sich zusammen, als die Spannung von ihm wich. Überraschung und Erleichterung standen ihm ins Gesicht geschrieben, als er mich kurz anblickte, und mit Erstaunen stellte ich fest, daß auch ich eine Prüfung bestanden hatte.

»Nu, sprecht das Kaddisch!« forderte Rebbe Saunders die Männer an den Tischen auf.

Ein alter Mann erhob sich und sprach das Gebet. Dann begaben sich die Gemeindemitglieder zum Abendgottesdienst in den vorderen Teil der Synagoge.

Danny und ich redeten während des Gottesdienstes nicht miteinander. Ich betete zwar, aber ich wußte nicht, was ich eigentlich sagte. In Gedanken ging ich immer wieder durch, was bei Tisch passiert war. Ich konnte es kaum glauben. Ich konnte einfach nicht fassen, daß Danny solch eine Prozedur jede Woche durchzustehen hatte und daß ich selbst heute etwas ganz Ähnliches zu bestehen gehabt hatte.

Rebbe Saunders' Anhängern hatte mein Beitrag offensichtlich gefallen, denn ich sah, daß sie mich nicht länger skeptisch anstarrten, sondern mir bewundernde Blicke zuwarfen. Einer von ihnen, ein alter Mann mit weißem Bart, der in meiner Reihe saß, nickte mir sogar zu und lächelte. In seinen Augenwinkeln kräuselten sich die Fältchen. Zweifellos hatte ich die Prüfung bestanden. Was für eine lächerliche Art dies war, Bewunderung und Freundschaft zu erlangen!

Der Abendgottesdienst ging schnell vorüber, und danach sang einer der jüngeren Männer die Hawdala, das Gebet, das das Ende des Schabbes anzeigt. Dannys Bruder hielt eine geflochtene Kerze, und seine Hand zitterte ein bißchen, als das geschmolzene Wachs auf seine Finger tropfte. Dann wünschten die Gemeindemitglieder sich gegenseitig und Rebbe Saunders »Gut Woch« und verließen langsam die Synagoge. Es war spät, und ich dachte daran, daß mein Vater sich wahrscheinlich schon Sorgen um mich machte, blieb aber stehen und wartete, bis das letzte Gemeindemitglied gegangen und die Synagoge leer war – bis auf mich, Danny, Rebbe Saunders und den kleinen Jungen. Ohne die vielen Männer mit den schwarzen Hüten, den schwarzen Bärten und den schwarzen Kaftanen erschien mir die Synagoge plötzlich sehr klein.

Rebbe Saunders strich sich durch den Bart und schaute Danny und mich an. Er lehnte seinen Ellbogen auf das große Pult, strich sich erneut durch den Bart und begann, mit einer Schläfenlocke zu spielen. Er seufzte und schüttelte bedächtig den Kopf. Seine Augen waren feucht, und er schien bedrückt.

»Reuven, du bist ein kluger Kopf«, sagte er leise auf jiddisch. »Ich bin froh, daß dich mein Daniel zu seinem Freund gewählt hat. Mein Sohn hat viele Freunde, aber von keinem spricht er so, wie von dir.«

Ich hörte zu und schwieg. Seine Stimme war sanft, beinahe zärtlich. Er wirkte jetzt so ganz anders als bei Tisch. Ich blickte Danny an. Dieser sah seinen Vater an, die Anspannung war aus seinem Gesicht gewichen.

Rebbe Saunders verschränkte seine Hände auf dem Rücken.

»Ich habe von deinem Vater gehört«, sagte er leise zu mir. »Es erstaunt mich nicht, daß du so klug bist. Dein Vater ist ein großer Gelehrter. Aber, was er schreibt, oh, was er schreibt!« Er schüttelte den Kopf. »Ich mache mir Sorgen um den Freund meines Sohnes, besonders, wenn dieser Freund der Sohn von David Malter ist. Ach, was dein Vater schreibt. Textkritik. Wissenschaftliche Kritik. Ach! Deshalb mache ich mir Sorgen, wenn mein Sohn mir erzählt, daß du nun sein Freund bist. Der Sohn von David Malter soll der Freund von meinem Daniel sein? Aber dein Vater befolgt ja die Gebote, und du hast seine geistigen Fähigkeiten, und deshalb bin ich glücklich, daß ihr Freunde seid. Es ist gut, daß mein Daniel einen Freund hat. Ich habe sehr viele Verpflichtungen, ich kann nicht immer mit ihm sprechen.« Ich sah Danny zu Boden starren, sein Gesicht verhärtete sich. »Es ist gut, daß er einen Freund gewonnen hat. Daß sein Freund ihm nur nicht etwa wissenschaftliche Kritik beibringt.« Rebbe Saunders blickte mich mit dunklen, ernsten Augen an. »Glaubst du, es ist eine einfache Sache, ein Freund zu sein? Wenn du ein echter Freund bist, wirst du bald merken, daß dem nicht so ist. Wir werden sehen. Nu, es ist spät, und dein Vater wird sich sicher schon Sorgen machen, daß du so lange weg bist. Gut Woch, Reuven. Und komm wieder zu uns zum Beten. Es wird keine Fehler mehr in der Gematrie geben.«

Er lächelte jetzt warm und freundlich, Fältchen umspielten seine Augenwinkel, und die harten Züge in seinem Gesicht waren fast verschwunden. Dann reichte er mir die Hand, die ganze Hand diesmal, nicht nur die Finger, ich ergriff sie, und lange hielt er meine Hand fest. Ich hatte beinahe das Gefühl, er wollte mich umarmen. Schließlich lösten sich unsere Hände, und er ging langsam, die Hände auf dem Rücken verschränkt, den Gang hinauf, die große Gestalt ein wenig vornübergebeugt, und ich fand, ein wenig majestätisch. Sein kleiner Sohn, der sich an seinem Kaftan festhielt, trippelte hinterher.

Danny und ich blieben allein in der Synagoge zurück. Plötzlich wurde mir bewußt, daß, abgesehen von dem Wettstreit über den Talmud, den ganzen Abend über nicht ein einziges Wort zwischen ihm und seinem Vater gewechselt worden war.

»Ich werde dich ein Stück nach Hause begleiten«, erbot sich Danny, und wir gingen aus dem Sandsteinhaus hinaus, die Treppe auf die Straße hinunter. Deutlich hörte ich die Beschläge seiner Schuhe, erst auf den steinernen Stufen, dann auf den Zementplatten des Bürgersteigs.

Die Nacht war kühl, und eine leichte Brise wehte durch die Platanen und bewegte sanft ihre Blätter. Schweigend gingen wir bis zur Lee Avenue, dann bogen wir links ab. Ich ging schnell, und Danny hielt mit meinem Tempo Schritt. Während wir die Lee Avenue hinuntergingen, sagte Danny leise: »Ich weiß, was du denkst. Du glaubst, er ist ein Tyrann.«

Ich schüttelte den Kopf. »Ich weiß nicht, was ich denken soll. Erst ist er ein Tyrann, dann wieder ist er nett und freundlich. Ich weiß nicht, was ich denken soll.«

»Er hat so viel im Kopf«, sagte Danny. »Er ist ein ziemlich komplizierter Mensch.«

»Mußt du jedesmal so etwas durchmachen wie heute bei Tisch?«

»Oh, natürlich. Das macht mir nichts aus. Es macht mir sogar ein bißchen Spaß.«

»Ich habe noch nie in meinem Leben so etwas erlebt.«

»Das ist in unserer Familie Tradition«, erklärte Danny. »Der Vater meines Vaters hat es mit ihm auch schon so gemacht. Diese Tradition reicht weit zurück.«

»Mich würde das vor Angst krank machen.«

»So schlimm ist es nicht. Das schlimmste ist das Warten darauf, daß er einen Fehler macht. Danach ist es kein Problem. Aber die Fehler sind wirklich nicht sehr schwer zu finden. Er macht nur solche, von denen er weiß, daß ich sie herausfinden kann. Es ist fast eine Art Spiel.«

»Das ist vielleicht ein seltsames Spiel!«

»Bei dem zweiten Fehler heute abend war ich nicht auf der Hut. Aber er hat ihn eigentlich auch für dich gemacht. Es war toll, daß du ihn bemerkt hast. Er wußte, daß ich ihn nicht merken würde. Er wollte mich nur ertappen, um mir zu beweisen, daß ich nicht zugehört habe. Er hatte recht. Ich habe wirklich nicht zugehört. Aber ich hätte den Fehler auch nicht bemerkt, wenn ich zugehört hätte. Ich bin nicht gut in Mathe. Für alles habe ich ein photographisches Gedächtnis, außer für Mathe. Mathe kann man nicht photographisch im Gedächtnis speichern. Dafür muß man begabt sein.«

»Ich will dir lieber nicht sagen, was ich von diesem Spiel halte«, ereiferte ich mich. »Was passiert, wenn du einen Fehler überhörst?«

»Ich habe seit Jahren keinen Fehler überhört.«

»Was passiert, wenn du doch einen überhörst?«

Einen Moment lang schwieg er. »Eine Zeitlang ist es unangenehm«, sagte er leise. »Aber dann macht er einen Scherz oder so, und wir diskutieren weiter über den Talmud.«

»Was für ein Spiel!« sagte ich. »Und vor all diesen Leuten!«

»Sie lieben es«, sagte Danny. »Sie sind ganz stolz darauf, uns so zu erleben. Sie hören es liebend gern, wenn so über den Talmud diskutiert wird. Hast du ihre Gesichter gesehen?«

»Ich habe sie gesehen«, erwiderte ich. »Wie hätte ich sie übersehen können? Baut dein Vater immer Gematrien in seine Rede ein?«

»Nicht immer. Eigentlich nur selten. Die Leute mögen es besonders und warten darauf. Aber er macht es selten. Ich glaube, heute Abend tat er es nur, weil du da warst.«

»Er versteht etwas davon. Soviel kann ich sagen.«

»Er war nicht besonders gut in Form heute abend. Manches war ein bißchen weit hergeholt. Vor ein paar Monaten war er phantastisch. Da hat er es mit talmudischen Gesetzen gemacht. Er war wirklich toll.«

»Ich fand, er war heute abend auch nicht schlecht.«

»Also, er war nicht gerade gut. Er fühlte sich nicht besonders. Er macht sich Sorgen um meinen Bruder.«

»Was ist mit deinem Bruder?«

»Ich weiß es nicht. Sie sprechen nicht darüber. Irgend etwas mit seinem Blut. Er ist jetzt schon seit ein paar Jahren krank.«

»Das tut mir leid, Danny.«

»Er wird schon wieder gesund werden. Ein ziemlich guter Arzt kümmert sich um ihn. Es wird schon wieder werden.« Seine Stimme hatte den gleichen Klang, den sie gehabt hatte, als wir heute zur Synagoge gegangen waren und er über seinen Bruder gesprochen hatte. In ihr lag Hoffnung, Ungeduld, die beinahe sehnsüchtige Erwartung, daß etwas geschehen möge. Danny muß seinen kleinen Bruder wohl sehr lieben, dachte ich, obwohl ich mich nicht erinnern konnte, daß er mit ihm gesprochen hatte während der ganzen Zeit, in der sie zusammen gewesen waren.

»Auf jeden Fall wird dieses Spiel, wie du es nennst, aufhören, sobald ich bei Rav Gershenson studiere.«

»Bei wem?«

»Rav Gershenson. Er ist ein berühmter Gelehrter. Am Hirsch College. Er lehrt dort Talmud. Mein Vater sagt, wenn ich alt genug bin, um bei Rav Gershenson zu studieren, dann bin ich alt genug, daß er sich keine Gedanken mehr darum machen muß, ob ich ihn bei Fehlern ertappe oder nicht. Dann werden wir nur noch die Talmuddiskussionen haben. Darauf freue ich mich.«

Ich konnte meine Freude nur schwer zügeln. Das Samson Raphael Hirsch Seminary and College war die einzige Jeschiwa in den Vereinigten Staaten, die eine weltliche Collegeausbildung anbot. Sie stand an der Bedford Avenue, ein paar Häuserblocks entfernt vom Eastern Parkway. Mein Vater hatte mir einmal erzählt, daß sie in den frühen zwanziger Jahren von einer Gemeinschaft orthodoxer Juden gebaut worden war, die ihren Söhne sowohl eine jüdische als auch eine weltliche Erziehung vermitteln wollten. Das College hatte einen ausgezeichneten Ruf, und der rabbinischen Fakultät gehörten einige der berühmtesten Talmudisten der Vereinigten Staaten an. Eine rabbinische Ordination von dieser Talmudfakultät wurde als die höchste aller orthodox-jüdischen Ehren angesehen. Für meinen Vater und mich stand von vornherein fest, daß ich nach der High School dorthin gehen würde, um meinen Collegeabschluß zu machen. Als ich Danny davon erzählte, begann sein Gesicht zu strahlen.

»Also, das ist wunderbar!« freute er sich. »Schön, das zu hören. Das ist wirklich wunderbar!«

»Dann gehen wir auf dasselbe College«, sagte ich. »Wirst du auch den Bachelor of Arts machen?«

»Klar. Das muß man. Sie lassen dich dort nicht einfach nur Talmud studieren. Ich werde im Hauptfach Psychologie belegen.«

Wir waren an der Ecke angelangt, wo die Synagoge stand, in der mein Vater und ich beteten. Danny blieb stehen.

»Ich muß zurück«, sagte er. »Ich hab' noch Hausaufgaben zu machen.«

»Ich werde morgen nachmittag bei dir vorbeischauen.«

»Morgen nachmittag werde ich wahrscheinlich in der Bibliothek sein und etwas über Psychologie lesen. Warum kommst du nicht dorthin?«

»Ich darf doch noch nicht lesen.«

»Stimmt ja«, lächelte Danny. »Ich hab's vergessen, daß du dich nicht geduckt hast.«

»Ich komme trotzdem rüber. Ich werde mich hinsetzen und nachdenken, während du liest.«

»Wunderbar. Ich will dir gerne beim Nachdenken zusehen.«

»Also weißt du, auch ein Mitnagged kann nachdenken«, sagte ich.

Danny lachte. »Dann bis morgen.«

»Gut«, sagte ich und schaute ihm nach, als er ging, groß und schmal in seinem schwarzen Kaftan und mit dem schwarzen Hut. Ich eilte nach Hause und betrat die Wohnung, als mein Vater gerade begann, eine Telefonnummer zu wählen. Er legte den Hörer auf und sah mich an.

»Weißt du, wie spät es ist?« fragte er.

»Ist es sehr spät?« Ich schaute flüchtig auf meine Uhr. Es war fast halb elf. »Es tut mir leid, Abba. Ich konnte nicht einfach rausgehen.«

»Warst du die ganze Zeit über in Rebbe Saunders Synagoge?«

»Ja.«

»Das nächste Mal, wenn du so spät heimkommst, rufst du vorher an, ja? Ich war soweit, Rebbe Saunders anzurufen, um zu erfahren, ob etwas passiert ist. Komm in die Küche und setz dich. Weshalb siehst du so aufgeregt aus? Setz dich hin. Ich mache uns Tee. Hast du gegessen? Was ist passiert, daß du solange weg warst?«

Ich setzte mich an den Küchentisch und schilderte meinem Vater nach und nach alles, was sich in Rebbe Saunders' Synagoge ereignet hatte. Er trank seinen Tee in kleinen Schlucken und hörte ruhig zu. Als ich ihm von der Gematrie berichtete, verzog er das Gesicht. Mein Vater hielt nicht sehr viel von Gematrie. Er hatte sie einmal eine sinnlose Zahlenspielerei genannt und gesagt, daß man alles mögliche damit beweisen könne; man brauche die Buchstaben nur so geschickt herumzuschieben, bis die Werte herauskämen, die man haben wolle. So saß er nun da, nippte an seinem Tee und verzog das Gesicht, während ich rückblickend noch einmal Rebbe Saunders' Gematrien wiedergab. Als ich ihm dann erzählte, was danach passiert war, verzog er das Gesicht nicht mehr. Er hörte aufmerksam zu, nickte ab und zu und trank seinen Tee. Und als ich erzählte, daß mich Rebbe Saunders nach der falschen Gematrie gefragt hatte, zeichnete sich Erstaunen in seinem Gesicht ab, und er stellte sein Glas auf den Tisch. Dann berichtete ich ihm, was mir Rebbe Saunders nach der Hawdala gesagt hatte und was Danny und ich auf dem Heimweg gesprochen hatten, und er lächelte stolz und nickte, um seine Freude darüber auszudrücken.

»Na, da hast du ja einen eindrucksvollen Tag hinter dir, Reuven«, sagte mein Vater und nahm einen Schluck Tee.

»Es war ein Erlebnis, Abba! Wie Danny die Fragen seines Vaters vor allen Leuten beantworten mußte. Ich fand das schrecklich.«

Mein Vater schüttelte den Kopf. »Es ist nicht schrecklich, Reuven. Nicht für Danny, nicht für seinen Vater und auch nicht für die Leute, die zuhören. Diese Art, den Talmud zu diskutieren, hat eine lange Tradition. Ich habe es häufig bei berühmten Rabbinern mitangesehen. Aber so machen es nicht nur die Rabbiner. Als Kant Professor wurde, mußte er einer alten Tradition folgen und öffentlich über ein philosophisches Thema diskutieren. Eines Tages, wenn du als Professor an einer Universität deine Antrittsvorlesung hältst, wirst du auch die Fragen deiner Kollegen beantworten müssen. Es ist ein Bestandteil von Dannys Ausbildung.«

»Aber so in aller Öffentlichkeit, Abba!«

»Ja, Reuven. In aller Öffentlichkeit. Wie sonst könnten sich die Anhänger von Rebbe Saunders davon überzeugen, daß Danny begabt ist für den Talmud?«

»Es erschien mir so grausam.«

Mein Vater nickte. »Es ist ein bißchen grausam, Reuven. Aber so ist eben die Welt. Wenn jemand einen Beitrag zu leisten hat, muß er ihn in aller Öffentlichkeit leisten. Wenn das Lernen nicht in der Öffentlichkeit geschieht, ist es verschwendete Zeit. Aber die Geschichte mit den Fehlern höre ich zum ersten Mal. Das ist etwas Neues. Das ist bestimmt Rebbe Saunders' Erfindung. Ich bin mir allerdings nicht sicher, ob ich sie gut finde. Nein, ich glaube, sie gefällt mir überhaupt nicht.«

»Danny meinte, die Fehler seien immer leicht zu finden.«

»Vielleicht«, sagte mein Vater. »Ein Mann kann tun, was immer er möchte, um das Wissen seines Sohnes zu prüfen. Aber es gibt andere Wege als den von Rebbe Saunders. In jedem Fall, Reuven, ist es ein gutes Training für Danny. Mit solchen Dingen wird er sein Leben lang zu tun haben.«

»Rebbe Saunders ist ein sehr komplizierter Mann, Abba. Ich werde aus ihm nicht schlau. Einmal ist er harsch und zornig, das andere Mal ist er sanft und freundlich. Ich verstehe ihn nicht.«

»Rebbe Saunders ist ein bedeutender Mann, Reuven. Bedeutende Männer sind immer schwer zu begreifen. Er trägt die Last vieler Menschen auf seinen Schultern. Ich mag seinen Chassidismus nicht besonders, aber es ist keine einfache Aufgabe, Menschen zu führen. Rebbe Saunders ist kein Schwindler. Er wäre ein bedeutender Mann, auch wenn er nicht diesen Posten von seinem Vater geerbt hätte. Es ist schade, daß er seine geistigen Fähigkeiten ausschließlich dem Talmud widmet. Wenn er kein Zaddik wäre, könnte er viel für die Welt tun. Aber er lebt nur in seiner eigenen Welt. Das ist wirklich sehr schade. Danny wird auf dieselbe Art leben, wenn er den Platz seines Vaters einnimmt. Es ist eine Schande, daß eine geistige Begabung, wie Danny sie besitzt, von der Welt ausgeschlossen bleiben wird.«

Mein Vater nahm wieder einen Schluck Tee, und wir saßen eine Zeitlang da, ohne weiterzureden.

»Ich bin sehr stolz darauf, wie du dich heute verhalten hast«, sagte mein Vater und blickte mich über den Rand seiner Brille an. »Es freut mich, daß Rebbe Saunders zuläßt, daß du Dannys Freund bist. Ich hatte mir wegen Rebbe Saunders Sorgen gemacht.«

»Es tut mir furchtbar leid, Abba, daß ich so spät heimgekommen bin.«

Mein Vater nickte. »Ich bin dir nicht böse«, meinte er. »Aber das nächste Mal, wenn es spät wird, rufst du an, einverstanden?«

»Ja, Abba.«

Mein Vater sah kurz auf die Uhr, die auf dem Regal über dem Kühlschrank stand. »Reuven, es ist spät, und morgen gehst du wieder zur Schule. Du solltest jetzt ins Bett gehen.«

»Ja, Abba.«

»Denk daran, du darfst nicht lesen. Ich werde dir abends vorlesen, und wir werden dann sehen, ob du so lernen kannst. Aber du darfst nicht selber lesen.«

»Ja, Abba. Gute Nacht.«

Ich ließ ihn am Küchentisch zurück über seinem Glas Tee und ging zu Bett. Lange lag ich wach, bevor ich einschlafen konnte.

Kapitel 8

Als ich am nächsten Morgen wieder zur Schule ging, stellte ich fest, daß ich zu einem Helden geworden war, und während der fünfzehnminütigen Pause am Vormittag versammelten sich meine Freunde und auch ein paar Jungen, die ich nicht kannte, um mich herum, wollten wissen, wie es mir gehe, und sagten mir, wie gut ich gespielt hätte. Kurz vor Ende der Pause ging ich zum Wurfmal hinüber und stellte mich genau auf den Fleck, wo ich von dem Ball getroffen worden war. Ich schaute – versuchte es zumindest, denn der Platz war voller Schüler – zum Schlagmal hinüber und stellte mir vor, wie Danny dort gestanden und mich angegrinst hatte. Ich erinnerte mich daran, daß er auch gestern so gegrinst hatte, und ich schloß einen Augenblick lang die Augen, ging dann zu dem Schutzzaun hinter dem Schlagmal und blieb dort stehen. Die Bank, auf der der junge Rabbi gesessen hatte, stand immer noch da, und ich starrte sie einen Moment lang an. Es erschien mir undenkbar, daß das Baseballspiel erst vor einer Woche stattgefunden hatte. So viel war geschehen, und alles sah völlig anders aus.

Sidney Goldberg kam zu mir herüber und fing an, über das Spiel zu reden, und dann gesellte sich auch Davey Cantor zu uns und gab seine Meinung über »diese Mörder« zum besten. Ich nickte zu allem, was sie sagten, ohne richtig zuzuhören. Es erschien mir albern, wie sie die ganze Zeit über das Spiel redeten; was sie sagten, hörte sich so kindisch an, und ich ärgerte mich ein bißchen, als Davey Cantor anfing, über »diesen eingebildeten Danny Saunders« zu reden, aber ich sagte nichts dazu.

Ich kam um zwei Uhr aus der Schule und fuhr mit der Straßenbahn zur öffentlichen Bibliothek, wo ich mit Danny verabredet war. Die Bibliothek war ein riesiges, zweistöckiges Sandsteingebäude, mit mächtigen ionischen Säulen. In den Stein über ihren vier gläsernen Eingangstüren waren die Worte eingemeißelt: SCHÖNHEIT IST WAHRHEIT, WAHRHEIT SCHÖNHEIT, DAS IST ALLES, WAS WIR WISSEN AUF ERDEN, UND ALLES, WAS WIR WISSEN MÜSSEN – JOHN KEATS. Sie lag an einem breiten Boulevard, davor waren hohe Bäume und eine saftige Rasenfläche, die mit Blumen eingefaßt war. An der rechten Wand der Eingangshalle stieß man, kaum daß man das Gebäude betreten hatte, auf ein Wandgemälde, das den großen Ideen der Weltgeschichte gewidmet war und mit der Darstellung von Moses, wie er die Zehn Gebote hält, begann, dann zu Jesus, Mohammed, Galilei, Luther, Kopernikus, Kepler, Newton überging und mit Einstein endete, wie er seinen Blick auf die Formel $E = mc^2$ richtete. An der anderen Wand befand sich ein Wandgemälde, das Homer, Dante, Tolstoi, Balzac und Shakespeare in ein Gespräch vertieft darstellte. Es waren eindrucksvolle Bilder in leuchtenden Farben, und die bedeutenden Persönlichkeiten darauf sahen lebendig aus. Zum ersten Mal bemerkte ich – wahrscheinlich weil ich in der Woche, die hinter mir lag, eine Sensibilität für Augen entwickelt hatte –, daß Homers Augen ganz durchscheinend und fast ohne Pupillen dargestellt waren, als hätte der Maler versucht zu zeigen, daß Homer blind war. Ich hatte das vorher nie bemerkt, und es erschreckte mich, es jetzt zu sehen.

Ich durchquerte schnell die Eingangshalle mit den Marmorfußböden, den Marmorsäulen, den hochaufragenden Bücherregalen, den langen Tischen der Präsenzbibliothek, den riesigen Fenstern, durch die die Sonne hereinströmte, und den Schreibtischen mit gläserner Platte, an denen die Bibliothekare saßen. Ich fand Danny im zweiten Stock an der hinteren Wand, wo er teilweise von einem Bücherregal verdeckt war. Er trug einen schwarzen Anzug, ein Hemd ohne Krawatte und hatte ein schwarzes Käppchen auf. Er saß über ein Buch gebeugt an einem kleinen Tisch, seine langen Schläfenlocken baumelten fast bis zur Tischplatte herunter.

In diesem Stockwerk befanden sich nicht allzu viele Leute; die Regale waren dort größtenteils mit zusammengebundenen Bänden wissenschaftlicher Zeitschriften und Aufsätze vollgestellt. Das Stockwerk hatte eine große Fläche, und die in geringem Abstand zueinander stehenden Regale verliehen ihm das Aussehen eines Labyrinths. Sie reichten vom Fußboden bis zur Decke, und mir schien es, als enthielten sie alles Bedeutende, was jemals zu jedem beliebigen Thema irgendwo auf der Welt geschrieben worden war. Es gab Zeitschriften auf englisch, französisch, deutsch, russisch, italienisch und sogar eine Sammlung auf chinesisch. Einige der englischen Zeitschriften hatten Namen, die ich nicht aussprechen konnte. Dies war das Stockwerk der zweistöckigen Bibliothek, in dem ich mich nicht allzu gut auskannte. Ich war einmal hier oben gewesen, um einen Artikel im *Journal of Symbolic Logic* zu suchen, der mir von meinem Mathematiklehrer empfohlen worden war, einen Artikel, den ich nicht völlig verstanden hatte, und ein anderes Mal, um mich mit meinem Vater zu treffen. Jetzt war es das dritte Mal in all den Jahren, die ich dieser Bibliothek verbunden war, daß ich mich im zweiten Stock aufhielt.

Ich stand in der Nähe eines Bücherregals, ein paar Schritte von dem Tisch entfernt, an dem Danny saß, und sah ihm dabei zu, wie er las.

Seine Ellbogen lagen auf dem Tisch, und er stützte seinen Kopf auf beide Hände, so daß seine Finger die Ohren völlig bedeckten und seine Augen auf das Buch hinunterblickten. Gelegentlich spielten die Finger seiner rechten Hand mit einer Schläfenlocke, und einmal strichen sie ein paar Sekunden lang durch die Büschel sandfarbenen Haars an seinem Kinn, glitten dann wieder zurück zu seiner Wange. Sein Mund war leicht geöffnet, und ich konnte seine Augen nicht sehen; sie waren unter den Lidern verborgen. Er schien jedesmal, wenn er das Ende einer Seite erreichte, ungeduldig zu werden, und schlug die Seite mit einer schnellen Bewegung seiner rechten Hand um. Dazu feuchtete er mit der Zunge den Zeigefinger an und blätterte die Seite um, indem er den Finger gegen die untere rechte Ecke drückte und ihn nach oben schob, genauso wie man es beim Talmud macht – außer daß man beim Talmud mit dem linken Zeigefinger die linke untere Ecke der Seite hochschiebt, weil er von rechts nach links gelesen wird. Danny las mit einer phänomenalen Geschwindigkeit. Ich konnte ihn geradezu lesen *sehen*. Er fing oben auf der Seite an, mit leicht zurückgelegtem Kopf, dann bewegte sich sein Kopf in gerader Linie nach unten, bis er das Ende der Seite erreichte. Daraufhin wurde der Kopf wieder in die ursprüngliche Position gebracht und glitt entweder zur rechten Seite hinüber oder blieb in dieser Stellung, bis die Seite umgeblättert war, um sich dann wieder nach unten zu bewegen. Er schien nicht von links nach rechts zu lesen, sondern von oben nach unten. Als ich ihn beobachtete, hatte ich das unbestimmte Gefühl, daß er nur die Mitte jeder Zeile las und irgendwie in der Lage war, alles, was daneben geschrieben stand, zu ignorieren oder in sich aufzunehmen, ohne es eigentlich zu lesen.

Ich beschloß, ihn nicht zu stören, setzte mich an einen anderen Tisch, der ein paar Schritte weit weg stand, und fuhr fort, ihm beim Lesen zuzusehen. Es war frustrierend, dort zu sitzen, umgeben von all diesen Zeitschriften, und nicht in der Lage zu sein, selbst irgend etwas zu lesen, und so beschloß ich nach einer Weile, einige Probleme der symbolischen Logik, mit denen ich mich beschäftigt hatte, aus dem Gedächtnis zu wiederholen. Ich schloß meine Augen und ging das Satzkalkül durch und versuchte, mir die Wahrheitstabellen für Konjunktion, Disjunktion, Äquivalenz und materielle Implikation zu vergegenwärtigen. Das war ziemlich einfach und bereitete mir keinerlei Schwierigkeiten. Ich versuchte, ein paar Aufgaben zu lösen, aber nach einer Weile wurde es so kompliziert, daß ich mich nicht an alle deduktiven Schritte erinnern konnte, und ich ließ davon ab. Als ich gerade damit anfangen wollte, die einzelnen Schritte des indirekten Beweises noch einmal durchzugehen, hörte ich Danny sagen: »Immerzu schläfst du! Was bist du nur für eine Schlafmütze!« Ich schlug die Augen auf. Danny saß aufrecht auf seinem Stuhl und blickte mich an.

»Ich bin ein paar logische Probleme nochmal durchgegangen«, sagte ich zu ihm. »Ich hab' nicht geschlafen.«

»Natürlich«, sagte er lächelnd. Aber seine Stimme klang traurig.

»Ich wollte mich gerade mit dem indirekten Beweis beschäftigen. Willst du es hören?«

»Nein. Ich kann das Zeug nicht ausstehen. Warum hast du mich nicht darauf aufmerksam gemacht, daß du hier bist?«

»Ich wollte dich nicht stören.«

»Du bist nett. Für einen Mitnagged.« Er sprach den hebräischen Buchstaben »tof« aschkenasisch aus. »Komm hier rüber. Ich will dir was zeigen.«

Ich ging zu seinem Tisch hinüber und setzte mich neben ihn. »Du weißt doch, ich darf noch nicht lesen.«

»Ich möchte, daß du das hörst. Ich lese es dir vor.«

»Worum handelt es sich?«

»Es ist aus Graetz' *Geschichte der Juden.*« Er klang unglücklich, und sah finster drein. »Eine Stelle über die Chassidim. Hör zu. Graetz spricht von Dow Bär, der der Nachfolger des Bescht war. Er stellt fest, daß Dow Bär auf die Idee des Zaddik gekommen ist.« Er blickte in das Buch und fing an, laut vorzulesen. »›Bärs Theorie sollte aber nicht müßig und unfruchtbar bleiben, sondern ihm Ehren und Ertrag bringen. Während der Zaddik für den Bestand der Welt, für die Gnadenspenden und besonders für Israels Erhaltung und Verherrlichung Sorge trage, sollten seine Anhänger auf dreierlei Tugenden bedacht sein. Es sei ihre Pflicht, sich ihm zu nähern, seines Anblickes zu genießen, von Zeit zu Zeit zu ihm zu wallfahrten. Sie müßten ferner ihm ihre Sünden beichten; dadurch allein könnten sie auf Sündenvergebung rechnen.

Endlich müßten sie ihm Geschenke, reiche Geschenke bringen, die er auf das Wirksamste zu verwenden wisse. Auch für seine Kehle zu sorgen, sei ihre Pflicht. Man glaubt sich in die Zeit der Baalspriester versetzt, so gemein und anwidernd lautet diese Verkehrtheit.‹«

Er sah von dem Buch auf. »Das sind starke Worte: ›gemein‹ und ›anwidernd‹.« Sein Blick war finster und nachdenklich. »Es ist ein fürchterliches Gefühl, wenn ein großer Gelehrter wie Graetz den Chassidismus gemein und anwidernd nennt. Ich habe meinen Vater nie als Baalspriester betrachtet.«

Ich sagte nichts dazu.

»Hör zu, was er sonst noch über Dow Bär sagt.« Er blätterte um. »Hier sagt er, daß Dow Bär obszöne Witze zu reißen pflegte, um seine Leute glücklich zu machen, und daß er seine Anhänger dazu anhielt, Alkohol zu trinken, damit sie inbrünstig beteten. Er sagt, daß Rabbi Elija von Wilna ein großer Gegner der Chassidim war, und daß, als er starb... laß es mich dir vorlesen.« Er blätterte weiter. »Hier ist es. Hör zu. ›Nach seinem Tode rächten sich die Chaßidäer gefühllos an ihm, indem sie auf seinem Grab tanzten und seinen Todestag als einen Feiertag mit Geräusch und Rausch begingen.‹« Er sah mich an. »Von alldem habe ich nicht das Geringste gewußt. Du warst gestern in unserer Synagoge. Hat es für dich so ausgesehen, als ob irgend jemand während des Gottesdienstes betrunken war?«

»Nein«, sagte ich.

»Mein Vater ist völlig anders.« Seine Stimme klang traurig, und sie zitterte ein wenig. »Er kümmert sich wirklich um seine Leute. Er kümmert sich so sehr um sie, daß er nicht einmal genug Zeit hat, mit mir zu reden.«

»Vielleicht spricht Graetz nur von den Chassidim aus seiner Zeit«, gab ich zu bedenken.

»Vielleicht«, sagte er, ohne überzeugt zu sein. »Es ist furchtbar, wenn jemand so ein Bild von dir zeichnet. Er behauptet, daß Dow Bär über ausgebildete Spione verfügt habe, die würdig waren, in der Geheimpolizei zu dienen. Das sind seine Worte, ›würdig waren, in der Geheimpolizei zu dienen‹. Er sagt, daß sie herumschnüffelten, bis sie die Geheimnisse der Leute herausgefunden hatten, um Dow Bär von ihnen zu erzählen. Leute, die kamen, um mit ihm über ihre persönlichen Probleme zu sprechen, mußten bei ihm bis zu dem Samstag nach ihrer Ankunft warten, und in der Zwischenzeit stellten diese Spione Nachforschungen über sie an und erstatteten ihm Bericht darüber, so daß Dow Bär, wenn die betreffende Person schließlich vorgelassen wurde, alles über sie wußte, und die Person war beeindruckt und glaubte, daß Dow Bär die magische Fähigkeit habe, ihre Gedanken zu lesen.« Er blätterte erneut weiter. »Hör dir das an. ›Bei der ersten Begegnung konnte Bär scheinbar harmlos in einer künstlich angelegten Predigt jedem der Fremden ein Wort hinwerfen, wodurch diese die Überzeugung gewannen, daß er in ihre Herzen geblickt hatte und ihre Vergangenheit kannte.‹« Traurig schüttelte er den Kopf. »Ich habe nie von solchen Dingen gehört. Wenn mein Vater über Dow Bär spricht, stellt er ihn beinahe als Heiligen hin.«

»Hat mein Vater dir das Buch zu lesen gegeben?«

»Dein Vater hat gesagt, ich solle jüdische Geschichte lesen. Er hat gesagt, der erste wichtige Schritt in jedermanns Erziehung sei es, mit seinem eigenen Volk vertraut zu sein. So bin ich auf dieses Werk von Graetz gestoßen. Es hat eine ganze Reihe von Bänden. Ich habe sie fast alle gelesen. Das hier ist der letzte.« Er schüttelte erneut den Kopf, und die Schläfenlocken tanzten und streiften sein Kinn und seine Wangen. »Wie soll ich mich jetzt selber sehen?«

»Du solltest erst mit meinem Vater darüber reden«, riet ich ihm, »bevor du das alles glaubst. Er hat mir am Freitag abend eine Menge über den Chassidismus erzählt. Es klang nicht sehr schmeichelhaft, aber von Trinkgelagen hat er nichts gesagt.«

Danny nickte bedächtig. »Ich werde mit ihm darüber reden«, sagte er. »Aber Graetz war ein großer Gelehrter. Ich habe mich über ihn informiert, bevor ich angefangen habe, sein Geschichtswerk zu lesen. Er ist einer der größten jüdischen Gelehrten des letzten Jahrhunderts gewesen.«

»Du solltest mit meinem Vater darüber reden«, wiederholte ich.

Danny nickte wieder und schloß dann langsam das Buch. Seine Finger spielten achtlos mit dem Rücken des Einbands.

»Weißt du«, sagte er nachdenklich, »letzte Woche habe ich in einem Psychologiebuch gelesen, daß die rätselhafteste Sache im ganzen Universum für den Menschen der Mensch selber ist. Wir sind gegenüber der wichtigsten Sache in unserem Leben blind, gegenüber uns selbst. Wie konnte ein Mann wie Dow Bär so unverschämt sein, anderen Leuten vorzumachen, daß er in ihre Herzen blicken könnte, und ihnen erzählen, wie es wirklich in ihrem Innern aussieht?«

»Du weißt nicht, ob er das getan hat. Du kennst nur die Darstellung von Graetz darüber.«

Er schenkte mir keinerlei Beachtung. Ich hatte das Gefühl, daß er mehr zu sich selbst als zu mir sprach.

»Wir sind in unserem Innern so kompliziert aufgebaut«, fuhr er ruhig fort. »Es gibt etwas in uns, das man das Unbewußte nennt, von dem wir so gut wie nichts wissen. Es beherrscht praktisch unser ganzes Leben, und wir kennen es nicht einmal.« Er hielt inne und war unschlüssig, seine Hand ließ von dem Buch ab und spielte jetzt mit einer Schläfenlocke. Ich fühlte mich an den Abend im Krankenhaus erinnert, als er aus dem Fenster auf die Leute auf der Straße gestarrt und von Gott, den Ameisen und dem, was er in der Bibliothek las, gesprochen hatte. »Es gibt so viel zu lesen«, sagte er. »Ich lese erst seit ein paar Monaten richtig. Weißt du etwas vom Unbewußten?« fragte er mich, und als ich etwas zögerlich nickte, sagte er: »Siehst du? Du bist nicht einmal an Psychologie interessiert und weißt davon. Ich habe so viel nachzuholen.« Er wurde sich plötzlich bewußt, daß seine Finger mit der Schläfenlocke spielten, und er ließ seine Hand auf den Tisch sinken. »Wußtest du, daß das Unbewußte sehr häufig in Träumen zum Ausdruck kommt? ›Der Traum ist das Produkt eines Wechselspiels zwischen bewußtem und unbewußtem Verlangen‹«, zitierte er, »›und die Auswirkungen während des Schlafs unterscheiden sich naturgemäß in erheblichem Maße von denen während des Wachlebens.‹«

»Was erzählst du da über Träume?« fragte ich.

»Das stimmt«, sagte er. »Träume sind voll von unausgesprochenen Ängsten und Hoffnungen, von Dingen, an die wir nicht einmal bewußt denken. Tief in unserem Innern denken wir unbewußt an sie, und im Traum offenbaren sie sich. Sie offenbaren sich jedoch nicht immer auf direktem Wege. Manchmal offenbaren sie sich in Symbolen. Man muß lernen, die Symbole zu deuten.«

»Wo hast du das her?«

»Ich habe darüber gelesen. Viele Leute haben über Träume gearbeitet. Das ist einer der Wege, wie man an das Unbewußte eines Menschen herankommt.«

Ich muß einen seltsamen Gesichtsausdruck gehabt haben, denn er fragte mich, was los sei.

»Ich träume andauernd«, gestand ich ihm.

»Jeder Mensch tut das«, sagte er. »Wir erinnern uns nur nicht an viel davon. Wir verdrängen die Träume. Wir schieben sie von uns und vergessen sie, weil sie manchmal zu schmerzlich sind.«

»Ich versuche, mich an meine Träume zu erinnern«, wandte ich ein. »Ein paar davon waren nicht sehr angenehm.«

»Sie sind häufig nicht angenehm. Unser Unbewußtes ist kein schöner Ort... ich nenne es einen Ort; in Wirklichkeit ist es kein Ort; das Buch, das ich gelesen habe, sagt, es ist mehr wie ein Prozeß... es ist durchaus kein schöner Ort. Es ist voller verdrängter Ängste und Haßgefühle, Dinge, bei denen wir Angst haben, sie herauszulassen.«

»Und diese Dinge beherrschen unser Leben?«

»Einigen Psychologen zufolge ist das so.«

»Du meinst, diese Dinge geschehen, und wir wissen nicht das Geringste über sie?«

»Ja, das stimmt. Das habe ich vorhin gesagt. Was in unserem Innern vorgeht, ist das größte Geheimnis von allen.«

»Sich das vorzustellen, ist eine ganz schön traurige Angelegenheit. Etwas zu tun, ohne wirklich zu wissen, warum man es tut.«

Danny nickte. »Aber du kannst etwas darüber herausfinden. Über dein Unbewußtes, meine ich. Darum geht es bei der Psychoanalyse. Ich habe noch nicht allzuviel darüber gelesen, aber es ist ein langer Prozeß. Freud hat damit angefangen. Du hast von Freud gehört. Er hat die Psychoanalyse begründet. Ich bringe mir selber Deutsch bei, damit ich ihn im Original lesen kann. Er hat auch das Unbewußte entdeckt.«

Ich starrte ihn an und fühlte, wie mich ein kalter Schauer überlief. »Du lernst Deutsch?«

Meine Reaktion schien ihn zu überraschen. »Was ist daran nicht in Ordnung, Deutsch zu lernen? Freud hat auf deutsch geschrieben. Weshalb guckst du mich so an?«

»Sind seine Schriften nicht ins Englische übersetzt?«

»Nicht alle. Außerdem will ich eine Menge andere Sachen auf deutsch lesen, die noch nicht übersetzt sind. Was ist los mit dir? Du hast so einen seltsamen Gesichtsausdruck.«

Ich gab keine Antwort.

»Daß Hitler deutsch spricht, heißt doch nicht, daß deshalb die Sprache verdorben ist. Es ist die bedeutendste Wissenschaftssprache der Welt. Weshalb guckst du mich so an?«

»Es tut mir leid«, sagte ich. »Es kommt mir halt komisch vor, daß du Deutsch lernst.«

»Was ist so komisch daran?«

»Nichts. Wie bringst du es dir selber bei?«

»In der Handbibliothek gibt es eine Grammatik. Ich bin fast fertig damit, sie auswendig zu lernen. Es ist eine interessante Sprache. Sehr gut strukturiert und präzise. Die Art, wie man Substantive miteinander verbindet, ist faszinierend. Weißt du, wie das Wort ›mysterious‹ auf deutsch heißt?«

»Ich kann kein Deutsch.«

»Es heißt ›*geheimnisvoll*‹. Das bedeutet ›full of secret‹. Das trifft auf das Unbewußte zu, es ist ›*geheimnisvoll*‹. Das Wort für ›sympathetic‹ heißt ›*teilnahmsvoll*‹ – wörtlich heißt das ›full of part-taking‹. Das Wort für ›charity‹ heißt ›*Nächstenliebe*‹, die wörtliche Bedeutung davon...«

»Das reicht«, sagte ich. »Ich bin beeindruckt.«

»Es ist eine großartige Sprache. Jiddisch hat sehr viel Ähnlichkeit damit. Jiddisch war ursprünglich Mittelhochdeutsch. Die deutschen Juden brachten es mit, als sie nach Polen kamen.«

»Du meinst im 13. Jahrhundert, als Polen bemüht war, die Juden ins Land zu holen?«

»Ja, genau. Du weißt also darüber Bescheid.«

»Ich habe nicht gewußt, daß Jiddisch Deutsch ist.«

»Mein Vater weiß es auch nicht. Wenigstens glaube ich das. Für ihn ist das Jiddische beinahe heilig. Aber es stammt tatsächlich vom Mittelhochdeutschen ab.«

Ich war kurz davor, ihn zu fragen, was das »Mittel« in Mittelhochdeutsch bedeute, aber ich beschloß, die Unterhaltung nicht weiter voranzutreiben. Wie die Dinge lagen, hatte mich die Tatsache, daß er Deutsch lernte, bereits genügend aus der Fassung gebracht. Und das hatte nichts mit Hitler zu tun. Mir fiel wieder ein, was mein Vater mir über Salomon Maimon erzählt hatte. Es klang alles so seltsam. Ich hatte beinahe das Gefühl, mit Maimons Geist zu sprechen.

Wir redeten noch ein wenig über Graetz' Ansichten über den Chassidismus, dann kamen wir irgendwie auf Dannys Bruder zu sprechen. Er war an diesem Morgen von einem bekannten Arzt untersucht worden, und der Arzt hatte gesagt, daß er sich wieder erholen würde, daß er jedoch vorsichtig sein müsse, keine anstrengenden Studien oder sportliche Betätigung. Er war mit seinem Vater hingegangen, und Danny sagte, daß sein Vater jetzt sehr erregt sei. Aber wenigstens würde sein Bruder sich wieder erholen. Es habe irgend etwas mit der Zusammensetzung seines Blutes zu tun, sagte Danny, und der Arzt habe ihm drei verschiedene Pillen zur Einnahme verschrieben. Er sei nicht allzu optimistisch gewesen, daß seine Gesundheit wieder völlig hergestellt werden könnte. Er sagte, daß er die Pillen so lange einnehmen müsse, wie der Zustand andauere. »Vielleicht hat er sein ganzes Leben lang damit zu tun«, sagte Danny traurig. Erneut hatte ich den Eindruck, daß er seinen Bruder sehr liebte, und ich fragte mich, warum er gestern in der Synagoge die ganze Zeit über, während der ich sie zusammen gesehen hatte, nicht ein einziges Wort mit ihm gesprochen hatte.

Schließlich stellten wir fest, daß es langsam spät wurde, und wir gingen die breite Marmortreppe hinunter. Als wir ungefähr die Hälfte des Weges zum ersten Stock zurückgelegt hatten, blieb Danny stehen und blickte sich vorsichtig um. Dasselbe tat er, als wir zum Erdgeschoß hinunterstiegen. Er stellte das Buch von Graetz zurück, und wir gingen nach draußen.

Es war bewölkt, und es sah nach Regen aus, also entschlossen wir uns, mit der Straßenbahn zurückzufahren statt zu laufen. Danny stieg an seinem Häuserblock aus, ich fuhr den Rest des Weges allein, und mein Kopf war voll mit den Dingen, über die wir geredet hatten, besonders damit, daß er sich selbst Deutsch beibrachte.

Ich erzählte meinem Vater während des Abendessens davon.

»Was will Danny auf deutsch lesen?« fragte er mich.

»Er will Freud lesen.«

Die Augen meines Vaters weiteten sich hinter den Brillengläsern.

»Er war völlig begeistert davon«, sagte ich. »Er hat über das Unbewußte und über Träume gesprochen. Er hat Graetz über den Chassidismus gelesen.«

»Das Unbewußte und Träume«, murmelte mein Vater. »Und Freud. Im Alter von fünfzehn Jahren.« Besorgt schüttelte er den Kopf. »Aber es gibt keine Möglichkeit, ihn davon abzuhalten.«

»Abba, hat Graetz recht gehabt mit dem, was er über den Chassidismus gesagt hat?«

»Graetz war voreingenommen, und seine Quellen waren nicht exakt. Wenn ich mich richtig erinnere, bezeichnet er die Chassidim als gemeine Trunkenbolde und die Zaddikim als Baalspriester. Es gibt genügend Dinge, die man gegen den Chassidismus einwenden kann, ohne dessen Fehler übertreiben zu müssen.«

Ich traf Danny in jener Woche noch einmal in der Bibliothek, aber er war nicht allzu begeistert, als ich ihm erzählte, was mein Vater über Graetz gesagt hatte. Er erzählte mir, daß er ein weiteres Buch über den Chassidismus gelesen hatte, und obgleich der Autor die Zaddikim nicht beschuldigt hatte, ihre Anhänger zum Trinken anzuhalten, hatte er sie nahezu jedes anderen Vergehens beschuldigt. Ich fragte ihn, wie er mit seinem Deutsch zurechtkomme, und er gab zur Antwort, daß er damit fertig sei, die Grammatik auswendig zu lernen, und ein Buch lese, das er sich in der deutschsprachigen Abteilung der Bibliothek ausgeliehen habe. Er hoffe, in ein paar Wochen mit der Lektüre Freuds beginnen zu können. Ich erzählte ihm nicht, was mein Vater dazu gesagt hatte. Er sah erregt und angespannt aus und spielte die ganze Zeit, während der wir uns unterhielten, mit einer Schläfenlocke.

An jenem Abend erzählte mir mein Vater, daß er sich ernsthaft frage, ob es für ihn moralisch vertretbar sei, Danny hinter dem Rücken seines Vaters Bücher zu lesen zu geben.

»Was würde ich empfinden, wenn dir jemand Bücher zu lesen gäbe, die meiner Meinung nach schädlich für dich sein könnten?«

Ich fragte ihn, warum er es dann getan habe.

»Weil Danny ohnehin auf eigene Faust weitergelesen hätte. Auf diese Weise hat er wenigstens etwas Anleitung von einem Erwachsenen. Es war ein glücklicher Zufall, daß er an mich geraten ist. Aber ich fühle mich dabei nicht wohl, Reuven. Ich tue das Rebbe Saunders nur ungern an. Er wird es bestimmt irgendwann herausfinden. Es wird eine unangenehme Situation sein, wenn es soweit ist. Aber er wird Danny nicht davon abhalten können zu lesen. Was wird er machen, wenn sein Sohn aufs College geht?«

Ich wies meinen Vater darauf hin, daß Danny jetzt ohnehin las, was er wollte, ohne Anleitung eines Erwachsenen. Mein Vater hatte ihm gewiß nicht gesagt, daß er Freud lesen solle.

Mein Vater nickte zustimmend. »Aber er wird zu mir kommen, um sich mit mir über das, was er liest, zu unterhalten«, sagte er. »Zumindest wird es ein Gegengewicht geben. Ich werde ihm andere Bücher zu lesen geben, und er wird erkennen, daß Freud in der Psychologie nicht Gott ist. Jetzt schon Freud. Mit fünfzehn.« Und besorgt schüttelte er den Kopf.

Danny und ich richteten es so ein, daß wir den Schabbesnachmittag zusammen mit seinem Vater verbrachten und die *Pirke Awot* studierten. Als ich an jenem Schabbes von der Lee Avenue abbog und die schattige Straße, in der Danny wohnte, entlangging, war das Gefühl, in eine Welt des Zwielichts einzutreten, nur ein wenig schwächer ausgeprägt als die Woche zuvor. Es war kurz nach drei Uhr, und es waren keine bärtigen, mit Kaftanen bekleidete Männer oder Frauen mit Kopftüchern auf der Straße, aber die Kinder waren draußen, spielten, schrien und rannten umher. Abgesehen von den Kindern war der Gehweg vor dem dreistöckigen Sandsteinhaus am Ende des Blocks menschenleer. Ich erinnerte mich daran, wie die Männer in schwarzen Kaftanen letzte Woche für Danny und mich zur Seite getreten waren, und ich erinnerte mich auch an das Geräusch der Metallbeschläge unter Dannys Schuhsohlen auf dem Gehsteig, als wir durch die Menschenmenge gegangen und die breite Steintreppe hinaufgestiegen waren. Die Tür in der Eingangshalle, die in die Synagoge führte, stand offen, aber die Synagoge war leer – bis auf das Echo, das sich darin befand. Ich stellte mich kurz hinter die Eingangstür. Auf den Tischen lagen weiße Tischdecken, aber das Essen war noch nicht aufgetragen. Ich starrte den Tisch an, an dem ich gesessen hatte, und ich konnte noch immer hören, wie die Gematrie aus dem Mund von Rebbe Saunders hervorsprudelte und wie er Danny dann fragte: »Sonst nichts? Sonst hast du nichts dazu zu sagen?« Ich sah, wie sich das idiotische Grinsen langsam auf Dannys Lippen ausbreitete. Ich drehte mich schnell um und ging in die Eingangshalle zurück.

Ich stand am Fuß der im Innern befindlichen Treppe und rief nach oben: »Hallo! Irgend jemand zu Hause?« Einen Augenblick später tauchte Danny am oberen Ende der Treppe auf, mit seinem schwarzen Kaftan, einer schwarzen Hose und einem schwarzen Käppchen bekleidet, und sagte mir, ich solle heraufkommen.

Er stellte mich seiner Mutter und Schwester vor. Seine Schwester war fast so groß wie ich und hatte dunkle, lebhafte Augen und ein Gesicht, das beinahe aufs Haar dem Dannys glich, nur daß die Konturen bei weitem nicht so ausgeprägt waren. Sie trug ein langärmeliges Kleid, und ihr dunkles Haar war streng zurückgekämmt und baumelte in einem dicken Zopf auf ihren Rücken herab. Sie lächelte mich an und sagte: »Ich weiß alles über dich, Reuven Malter. Danny kann gar nicht damit aufhören, von dir zu erzählen.« Seine Mutter war von kleiner, rundlicher Statur und hatte blaue Augen. Sie trug ein Kopftuch, und auf ihrer Oberlippe sprossen vereinzelt sandfarbene Barthaare. Sie saßen beide im Wohnzimmer und hatten offensichtlich in einem – wie mir schien – jiddischen Buch gelesen oder studiert, als wir sie gestört hatten. Ich sagte höflich zu ihnen, daß ich mich freute, sie kennenzulernen, und wurde mit einem weiteren Lächeln von Dannys Schwester belohnt.

Darauf verließen wir sie und gingen die Treppe in den zweiten Stock hinauf. Danny erklärte mir, daß sich dort sein Zimmer, das Arbeitszimmer seines Vaters und ein Konferenzraum befänden. Das erste und das zweite Stockwerk waren vollständig voneinander getrennt, wie es in jedem anderen zweistöckigen Sandsteinhaus auch der Fall war. Sie hätten einmal in Erwägung gezogen, mit der Familie in den zweiten Stock zu ziehen, sagte Danny, um dem Lärm zu entgehen, den die Leute machten, die ständig die Treppe hinaufstiegen, um mit seinem Vater zu sprechen. Aber es ging seiner Mutter nicht gut, und es war zuviel für sie, zwei Stockwerke hinaufsteigen zu müssen.

Ich fragte ihn, wie es seinem Bruder gehe.

»Ganz gut, glaube ich«, teilte er mir mit. »Er schläft gerade.«

Danny führte mich durch die Räume im zweiten Stock. Sie glichen denjenigen, in denen mein Vater und ich lebten. Dannys Schlafzimmer lag genau da, wo sich das Schlafzimmer meines Vaters befand, die Küche hatte man gelassen, wie sie war – um den Würdenträgern, die zu Besuch kommen, Tee zu servieren, sagte Danny mit einem Grinsen –, das Badezimmer lag direkt neben der Küche, das Arbeitszimmer da, wo sich das Arbeitszimmer meines Vaters befand – nur daß man eine der Wände herausgeschlagen hatte, so daß der Raum, der in unserer Wohnung mir als Zimmer diente, ebenfalls dazugehörte; und das Wohnzimmer enthielt einen langen Konferenztisch mit Glasplatte und einige Ledersessel. Danny führte mich als erstes in den Konferenzraum – wir traten durch die Flurtür ein –, dann in sein Zimmer, das mit einem schmalen Bett, einem Bücherregal voller alter hebräischer und jiddischer Bücher und einem mit Papier übersäten Schreibtisch ausgestattet war. Auf den Blättern lag aufgeschlagen ein Talmud. Alle Wände waren weiß und kahl. Ich sah nirgends Photographien oder Bilder, weder in dem Stockwerk, in dem seine Familie lebte, noch hier in dem Stockwerk, wo er wohnte und sein Vater arbeitete.

Wir standen vor dem Arbeitszimmer seines Vaters, und Danny klopfte leise an die Tür. »Er kann es nicht leiden, daß ich einfach hereinplatze, wenn er da drin ist«, flüsterte er mit einem Grinsen. Sein Vater bat uns hereinzukommen, und wir traten ein.

Rebbe Saunders saß hinter einem massiven Schreibtisch aus Schwarzholz mit Glasplatte und trug einen schwarzen Kaftan und ein großes, rundes schwarzes Käppchen. Er saß in einem roten Ledersessel mit gerader Rückenlehne und hölzernen Armlehnen, die mit einem komplizierten Schnitzmuster verziert waren. Eine einzelne Glühbirne leuchtete weiß hinter ihrer Deckenbefestigung hervor. Das Arbeitszimmer kam mir mit seinem zusätzlichen Raum riesig vor. Ein dicker roter Teppich bedeckte den Boden, und an den Wänden standen rundherum hölzerne Schränke mit gläserner Front, die randvoll mit Büchern waren. Überall lagen Bücher herum; auf den beiden Holzstühlen in der Nähe des Schreibtischs, auf dem Schreibtisch selbst, auf dem hölzernen Aktenschrank, der nahe der Tür stand, auf Pappkartons, die in einer Ecke aufgestapelt waren, auf der kleinen hölzernen Trittleiter, auf dem bequemen Sessel aus schwarzem Leder, der in einer anderen Ecke stand, selbst auf der Fensterbank. Viele davon waren in schwarzes, rotes oder braunes Leder gebunden. Eines der Bücher hatte einen weißen Einband, und es fiel auf dem Regal inmitten der schwarz eingebundenen

Bücher sofort ins Auge. Danny erzählte mir später, daß es die Worte des Baal-schem Tow enthielt und seinem Vater von den Mitgliedern seiner Gemeinde zu seinem fünfzigsten Geburtstag geschenkt worden war. Alle Bücher schienen auf hebräisch oder jiddisch zu sein, und viele von ihnen waren sehr alt und hatten noch ihren ursprünglichen Einband. Im Zimmer roch es muffig, nach alten Büchern mit vergilbten Seiten und uralten Einbänden.

Rebbe Saunders forderte uns auf, die Bücher von den beiden Stühlen in der Nähe des Schreibtischs wegzuräumen. Der Schreibtisch stand nahezu an der gleichen Stelle, wo mein Vater seinen Schreibtisch stehen hatte. Danny saß zur Rechten seines Vaters, ich zu seiner Linken.

Rebbe Saunders wollte wissen, wie es um mein Auge stehe. Ich sagte ihm, daß es mir keinerlei Schwierigkeiten mehr mache und daß ich am Montag morgen einen Termin beim Arzt hätte. Er nahm an, daß es mir nicht erlaubt sei zu lesen. Ich nickte. »Du wirst also zuhören«, sagte er zu mir und spielte mit einer Schläfenlocke. »Du bist gut in Mathematik. Jetzt werden wir sehen, was du über wichtigere Sachen weißt.« Er sagte das mit einem Lächeln auf den Lippen, und ich empfand es nicht als Herausforderung. Ich wußte, daß ich mich mit ihm und Danny bezüglich des Umfangs ihres Wissens nicht messen konnte, aber ich fragte mich, ob ich nicht vielleicht in der Lage wäre, es an Tiefgründigkeit mit ihnen aufzunehmen. Rabbinische Literatur kann auf zwei unterschiedliche Arten studiert werden, in zwei Richtungen, könnte man sagen. Sie kann nach quantitativen oder nach qualitativen Gesichtspunkten studiert werden – oder, wie mein Vater es einmal formulierte, horizontal oder vertikal. Ersteres bringt mit sich, daß man so viel Stoff wie möglich abhandelt, ohne zu versuchen, ihm eine tiefere Bedeutung und all seine Feinheiten abzuringen; letzteres zieht nach sich, daß man sich auf einen einzigen Bereich beschränkt, bis dieser erschöpfend abgehandelt ist, und sich dann neuem Stoff zuwendet. Mein Vater benutzte in seinem Unterricht, und wenn er mit mir zu Hause studierte, immer die letztgenannte Methode. Ideal wäre natürlich gewesen, beides zu können, aber kein Schüler an meiner Schule konnte wegen der starken Betonung der englischen Fächer seitens der Schule so viel Zeit aufbringen.

Rebbe Saunders hatte einen Text aus den *Pirke Awot* offen vor sich liegen. Er fing an, daraus vorzulesen, und hielt am Ende jedes Abschnitts inne. Danny und ich wechselten uns dabei ab, die einzelnen Stellen auszulegen. Ich begriff sehr bald, daß der Text aus den *Pirke Awot* ihnen nur als Sprungbrett diente, denn bald durchstreiften sie im wesentlichen wieder die bedeutenderen Traktate des Talmud. Und diesmal handelte es sich weder um eine Prüfung noch um einen heimlichen Wettstreit. Es war eine offene Feldschlacht. Ohne die Anwesenheit von Gemeindemitgliedern, ich galt als anerkanntes Familienmitglied, führten Danny und sein Vater ihre Argumente mit lauter Stimme und wild gestikulierend bis zu dem Punkt ins Gefecht, wo ich glaubte, sie könnten handgreiflich werden. Danny erwischte seinen Vater bei einem falschen Zitat, lief los, um einen Talmud von einem der Regale zu holen, und zeigte seinem Vater triumphierend, wo er sich geirrt hatte. Sein Vater überprüfte den Seitenrand auf die Textkorrekturen von Rabbi Elija – desselben Rabbi Elija, der die Chassidim verfolgt hatte! – und zeigte Danny, daß er aus der korrigierten Textfassung zitiert hatte. Dann gingen sie zu einem anderen Traktat über, stritten sich wegen einer anderen Stelle, und diesmal gab Rebbe Saunders mit glühendem Gesicht zu, daß sein Sohn recht hatte. Ich saß lange Zeit still da und sah dabei zu, wie sie miteinander fochten. Ihr Umgang war so ungezwungen, so vertraut, was bei der Darbietung, die sie letzte Woche vor den Gemeindemitgliedern gegeben hatten, völlig gefehlt hatte. Hier gab es keinerlei Anspannung, sondern den Kampf zweier ebenbürtiger Gegner, wobei Rebbe Saunders nur etwas seltener unterlag als sein Sohn. Und bald bemerkte ich noch etwas anderes: Rebbe Saunders war viel glücklicher, wenn er Danny unterlag als wenn er recht behielt. Jedesmal, wenn er gezwungen war, sich Dannys Interpretation einer Stelle oder Dannys scharfsinnigen Gegenfragen zu fügen, glühte sein Gesicht vor leidenschaftlichem Stolz, und er nickte heftig. Das Nicken ging von der Hüfte aus und schloß dann den gesamten Oberkörper mit ein, wobei sein Bart nach vorn und wieder gegen seine Brust zurück schwang. Das Duell ging lange weiter, und langsam wurde ich gewahr, daß sowohl Danny als auch sein Vater mir während eines Arguments, das sie ausbreiteten oder dem sie zuhörten, neugierige Blicke zuwarfen, als wollten sie mich fragen, warum ich einfach so dasaß, während diese ganze Aufregung herrschte: Warum um alles in der Welt beteiligte ich mich nicht an diesem Streitgespräch? Ich hörte ihnen noch ein paar Minuten zu, und dann bemerkte ich, daß ich, obwohl sie ein wesentlich größeres Stoffwissen hatten als ich, wenn eine Stelle zitiert und kurz ausgelegt worden war, nahezu die gleiche Basis hatte wie sie. Diesmal war ich in der Lage, die Argumentationskette zu erfassen – wahrscheinlich weil jetzt keine Anspannung zu spüren war –, und so fand ich mich, als Rebbe Saunders eine Stelle zitierte und auslegte, welche einem

Argument Dannys zu widersprechen schien, plötzlich auf dem Schlachtfeld wieder und bot eine Interpretation der Stelle an, die Dannys Argumentation stützte. Keiner von beiden schien im geringsten überrascht, meine Stimme zu hören – ich hatte eher das Gefühl, daß sie überrascht waren, sie nicht schon früher gehört zu haben – und von diesem Zeitpunkt an bewegten wir drei uns auf den endlosen, verschlungenen Pfaden des Talmud hin und her. Ich fand heraus, daß die Methode meines Vaters, mich im Talmud zu unterweisen, und sein geduldiges Beharren darauf, die talmudische Grammatik zu lernen – mühsam hatte ich mir eine aramäische Grammatik eingeprägt –, mir jetzt zustatten kam. Ich nahm an einigen Stellen Anspielungen wahr, die Danny und sein Vater übersahen, und ich löste einen Widerspruch unter Berufung auf die Grammatik. »Grammatik!« Rebbe Saunders warf die Hände in die Luft. »Jetzt brauchen wir wohl auch noch Grammatik!« Aber ich beharrte darauf, legte sie aus, schmeichelte ihm, erhob meine Stimme, gestikulierte mit den Händen, zitierte zum Nachweis alle Texte aus der Grammatik, an die ich mich erinnern konnte, und schließlich akzeptierte er meine Auslegungen. Ich erkannte, daß mir das alles ungeheuren Spaß bereitete, und einmal erwischte ich mich sogar dabei, wie ich laut aus dem Talmud vorlas – es handelte sich um eine grammatikalische Diskussion über das Geschlecht von »derech«, Weg, im Traktat Kidduschin –, ehe Rebbe Saunders sich darüber im klaren war, was ich tat, und mir sagte, daß ich aufhören solle, es sei mir noch nicht erlaubt, mein Auge zu benutzen, Danny werde die Stelle vorlesen. Danny brauchte die Stelle nicht vorzulesen – er zitierte sie gewohnheitsmäßig und schnell aus dem Gedächtnis. Es wurde schnell deutlich, daß ich es, obschon ich Danny im Wissensumfang nicht gewachsen war, in der Tiefgründigkeit leicht mit ihm aufnehmen konnte, und das schien Rebbe Saunders ungeheuer zu gefallen. Danny und ich waren bald in eine hitzige Diskussion bezüglich zweier sich widersprechender Kommentare zu ein und derselben Stelle verstrickt, und Rebbe Saunders lehnte sich schweigend zurück und hörte zu. Unsere Auseinandersetzung endete unentschieden; wir kamen überein, daß die Stelle unklar ist und daß sie, wie die Dinge lagen, auf beide Arten ausgelegt werden kann.

Es entstand eine Pause.

Rebbe Saunders schlug in ruhigem Ton vor, daß Danny nach unten gehen und uns etwas Tee bringen solle.

Danny verließ das Zimmer.

Die Stille, die jetzt an die Stelle unserer lauten Stimmen trat, war beinahe unangenehm. Rebbe Saunders saß ruhig da und strich sich mit der rechten Hand durch den Bart. Ich hörte Dannys metallbeschlagene Schuhe im Flur vor dem Arbeitszimmer. Dann wurde die Tür geöffnet und wieder geschlossen. Rebbe Saunders regte sich und blickte mich an.

»Du bist ein heller Kopf«, sagte er mit sanfter Stimme. Der jiddische Ausdruck, den er benutzte, bedeutete wörtlich übersetzt: »ein eiserner Kopf«. Er nickte, schien einen Augenblick lang der Stille im Arbeitszimmer zu lauschen, verschränkte dann die Arme vor seiner Brust. Er stieß einen lauten Seufzer aus, und seine Augen waren plötzlich traurig. »Jetzt wollen wir sehen, wie es um deine Seele steht«, sagte er sanft. »Reuven, mein Sohn kommt gleich zurück. Wir haben nicht viel Zeit zum Reden. Ich möchte, daß du mir zuhörst. Ich weiß, daß mein Daniel beinahe jeden Tag mehrere Stunden in der öffentlichen Bibliothek zubringt. Nein, sag jetzt nichts. Hör einfach zu. Ich weiß, daß es dich überrascht, daß ich davon weiß. Es ist unwichtig, wie ich es herausgefunden habe. Unser Viertel ist nicht so groß, daß er das für alle Zeit vor mir hätte verbergen können. Wenn mein Sohn wochenlang nachmittags nicht nach Hause kommt, will ich wissen, wo er sich aufhält. Nu, jetzt weiß ich es. Ich weiß auch, daß er manchmal mit dir in der Bibliothek ist und manchmal mit deinem Vater. Ich möchte, daß du mir erzählst, was er liest. Ich könnte meinen Sohn fragen, aber es ist schwierig für mich, mit ihm zu sprechen. Ich weiß, daß du das nicht verstehst. Aber es ist wahr. Ich kann meinen Sohn nicht fragen. Irgendwann werde ich dir vielleicht einmal erzählen, warum. Ich kenne seine geistigen Fähigkeiten, und ich weiß, daß ich ihm nicht länger vorschreiben kann, was er lesen soll und was nicht. Ich bitte dich, mir zu sagen, was er liest.«

Ich saß steif da, und einen Augenblick lang, der mir endlos vorkam, überfiel mich blinde Panik. Was mein Vater vorausgesehen hatte, war nun tatsächlich eingetreten. Aber er hatte nicht vorausgesehen, daß es *mir* zustoßen würde. Er hatte gedacht, Rebbe Saunders würde *ihm* gegenübertreten und nicht mir. Mein Vater und ich hatten hinter Rebbe Saunders' Rücken gehandelt; jetzt bat Rebbe Saunders mich, hinter Dannys Rücken zu handeln. Ich wußte nicht, was ich sagen sollte.

Rebbe Saunders sah mich an und seufzte erneut. »Reuven«, sagte er sehr ruhig, »ich möchte, daß du mich bis zum Ende anhörst. Niemand lebt ewig. Mein Vater führte seine Leute vor mir und mein Großvater vor ihm und mein Urgroßvater vor diesem. Sechs Generationen lang haben wir unsere Leute jetzt geführt. Ich werde nicht ewig leben. Daniel wird eines Tages meine Stelle einnehmen...« Seine Stimme versagte ihm den Dienst, und er hielt inne. Er fuhr mit dem Finger zu einem seiner Augen. Dann fuhr er fort, und seine Stimme klang jetzt ein wenig heiser. »Mein Sohn ist mein kostbarster Besitz. Ich besitze nichts auf der Welt, was sich mit meinem Sohn vergleichen ließe. Ich muß wissen, was er liest. Und ich kann ihn nicht fragen.« Er hielt inne und blickte auf den aufgeschlagenen Talmud auf seinem Schreibtisch. »Wie ist es dazu gekommen, daß er deinem Vater in der Bibliothek begegnet ist?« fragte er und blickte auf den Talmud herab.

Ich saß ganz reglos da und gab keine Antwort. Ich machte mir klar, daß ich wie auf einem Pulverfaß saß, das eine Explosion zwischen Danny und seinem Vater auslösen könnte. Wie lange würde Rebbe Saunders noch Stillschweigen bewahren über die Bibliotheksbesuche seines Sohnes? Und ich mochte es nicht, wie mein Vater in dieser Angelegenheit dastand – als ob er hinter dem Rücken von Rebbe Saunders ein Komplott schmiedete, um seinen Sohn zu verderben. Ich holte tief Luft und begann, bedächtig zu reden, wobei ich meine Worte sorgfältig wählte. Ich erzählte Rebbe Saunders alles, wie Danny meinem Vater begegnet war, warum mein Vater ihm Bücher zur Lektüre vorschlug, was er las, wie mein Vater ihn unterstützte – ich ließ weg, daß Danny Deutsch lernte, daß er vorhatte, Freud zu lesen, und daß er einige Bücher über Chassidismus gelesen hatte.

Als ich aufhörte, saß Rebbe Saunders einfach da und starrte mich an. Ich konnte sehen, daß er sich nur mit großer Mühe beherrschen konnte. Mit seiner rechten Hand bedeckte er Augen und Nase und neigte sich vornüber, den Ellbogen auf dem aufgeschlagenen Talmud, und sein Oberkörper wiegte sich langsam vor und zurück. Ich sah, wie sich seine Lippen unter der Hand bewegten, und ich hörte die Worte: »Psychologie. Herr der Welt, Psychologie. Und Darwin.« Sie kamen als sanfte Klage im Flüsterton heraus. Er nahm seine Hand vom Gesicht und ließ sie auf den Talmud sinken. »Was kann ich machen?« fragte er sich sanft. »Ich kann nicht mehr mit meinem eigenen Sohn sprechen. Der Herr der Welt hat mir einen hochbegabten Sohn geschenkt, ein Phänomen. Und ich kann nicht mit ihm sprechen.« Er sah mich an und schien plötzlich wieder meiner Anwesenheit gewahr zu werden. »Das Leid bei der Erziehung von Kindern«, sagte er ruhig. »So viele Sorgen. So viele Probleme. Reuven, du und dein Vater, ihr werdet einen guten Einfluß auf meinen Sohn ausüben, oder?«

Ich nickte bedächtig, denn ich fürchtete mich jetzt davor, etwas zu sagen.

»Ihr werdet keinen Goj aus meinem Sohn machen?«

Ich schüttelte den Kopf und fühlte mich betäubt von dem, was ich hörte. Seine Stimme war reiner Schmerz, ein Appell. Ich sah, daß er die Decke anstarrte.

»Herr der Welt«, sang er beinahe psalmodierend. »Du hast mir einen hochbegabten Sohn geschenkt, und ich habe dir dafür unzählige Male gedankt. Aber mußtest du ihn *so* begabt machen?«

Ich lauschte seiner Stimme und spürte, daß ich wieder einen kühlen Kopf bekam. In seiner Stimme lag so viel Schmerz, so viel Leid und Verwirrtheit.

Die Wohnungstür wurde geöffnet und wieder geschlossen. Rebbe Saunders setzte sich in seinem Stuhl auf, und sein Gesicht gewann schnell wieder die Fassung. Deutlich, beinahe wie das Echo in einer Höhle, hörte ich das Geräusch von Dannys metallbeschlagenen Schuhen auf dem Linoleumfußboden im Flur. Dann war er auch schon im Arbeitszimmer, er trug ein Tablett mit drei Gläsern Tee, Zucker, Löffeln und ein paar von den Plätzchen seiner Mutter. Ich schob auf dem Schreibtisch ein paar Bücher zur Seite, und er stellte das Tablett ab.

Von dem Augenblick an, in dem er das Zimmer betreten und mein Gesicht gesehen hatte, wußte ich, daß er bemerkt hatte, daß während seiner Abwesenheit etwas vorgefallen war. Wir nippten schweigend an unserem Tee, und ich sah, wie er mich über den Rand seiner Brillengläser hinweg anblickte. Gut, er wußte also Bescheid. Er wußte, daß zwischen seinem Vater und mir etwas vorgefallen war. Was sollte ich ihm sagen? Daß sein Vater jetzt wußte, daß er verbotene Bücher las, und nicht versuchen würde, ihn davon abzuhalten? Rebbe Saunders hatte nichts davon gesagt, daß ich Danny nicht erzählen sollte, was sich zwischen uns abgespielt hatte. Ich blickte ihn in der Hoffnung an, einen Hinweis von ihm zu erhalten, aber er nippte still an seinem Tee. Ich hoffte, daß Danny mich nicht heute fragen würde. Ich wollte erst mit meinem Vater darüber sprechen.

Rebbe Saunders stellte sein Glas ab und verschränkte die Arme vor der Brust. Er benahm sich so, als wäre nicht das Geringste passiert.

»Erzähl mir mehr über den Sprachgebrauch im Talmud, Reuven«, sagte er mit einem leichten Anflug von Spott in der Stimme. »Ich habe mein ganzes Leben lang den Talmud studiert, ohne auf seinen Sprachgebrauch zu achten. Jetzt sagst du mir, daß man sich in der Grammatik auskennen muß, um den Talmud zu verstehen. Siehst du, was passiert, wenn man einen Mitnagged zum Vater hat? Auch noch Grammatik. Mathematik – nu, in Ordnung. Mathematik, das kann ich verstehen. Aber Grammatik!«

Wir drei saßen da und redeten, bis es Zeit für den Nachmittagsgottesdienst war. Danny entdeckte problemlos den vorsätzlichen Fehler seines Vaters, und ich war in der Lage, der anschließenden Talmuddiskussion ohne größere Schwierigkeiten zu folgen, obwohl ich mich nicht daran beteiligte.

Nach dem Abendgottesdienst sagte Danny, er werde mich auf meinem Heimweg ein Stück begleiten, und als wir in die Lee Avenue bogen, fragte er mich, was an diesem Nachmittag zwischen mir und seinem Vater vorgefallen sei.

Ich erzählte ihm alles. Er hörte schweigend zu und schien nicht im geringsten überrascht darüber, daß sein Vater irgendwie von seinen heimlichen Bibliotheksbesuchen erfahren hatte.

»Ich wußte, daß er es früher oder später herausfinden würde«, sagte er mit sanfter Stimme und sehr traurigem Gesichtsausdruck.

»Ich hoffe, du hast nichts dagegen, daß ich es ihm erzählt habe, Danny. Ich mußte es tun.«

Er zuckte mit den Achseln. Sein Blick war von Tränen getrübt. »Ich wünsche mir fast, daß er *mich* gefragt hätte statt dich«, sagte er ruhig. »Aber wir reden nicht mehr miteinander, außer wenn wir den Talmud studieren.«

»Ich verstehe das nicht.«

»Ich hab' dir im Krankenhaus schon mal davon erzählt. Mein Vater glaubt an das Schweigen. Als ich zehn oder elf Jahre alt war, habe ich mich bei ihm wegen irgend etwas beklagt, und er hat zu mir gesagt, ich solle den Mund halten und in meine Seele schauen. Er hat mir gesagt, ich solle damit aufhören, jedesmal, wenn ich ein Problem hätte, zu ihm gerannt zu kommen. Ich solle in meiner eigenen Seele nach der Antwort suchen. Wir reden halt nicht miteinander, Reuven.«

»Ich versteh' das überhaupt nicht.«

»Ich bin mir nicht so sicher, ob ich es selbst verstehe«, sagte er betrübt. »Aber so ist er eben. Ich weiß nicht, wie er herausgefunden hat, daß ich hinter seinem Rücken gelesen habe, aber ich bin froh, daß er davon weiß. Wenigstens muß ich jetzt keine Todesängste mehr ausstehen, wenn ich in dieser Bibliothek herumlaufe. Es tut mir einfach leid, daß ich meinen Vater auf diese Art täuschen mußte. Aber was hätte ich sonst tun können?«

Ich stimmte ihm zu, daß er nichts anderes hätte tun können, aber ich sagte ihm, ich wünschte, daß es ihm irgendwie gelingen möge, mit seinem Vater darüber zu reden.

»Das geht nicht«, sagte er und schüttelte den Kopf. »Es geht einfach nicht. Du weißt nicht, was für eine Qual es war, mit ihm über den Aufbau einer Baseballmannschaft zu reden. Wir reden einfach nicht miteinander, Reuven. Vielleicht hört sich das ein bißchen verrückt für dich an. Aber es ist wahr.«

»Ich denke, du solltest es wenigstens versuchen.«

»Ich *kann nicht!*« sagte er jetzt etwas wütend. »Hörst du denn nicht, was ich sage? Ich kann einfach nicht!«

»Ich versteh's nicht«, erwiderte ich.

»Tja, ich kann es dir nicht besser erklären, als ich es schon getan habe«, sagte er ärgerlich.

Als wir vor der Synagoge stehenblieben, in der mein Vater und ich unsere Gebete verrichteten, murmelte er sein »Gute Nacht«, drehte sich um und ging langsam davon.

Mein Vater schien erstaunt, als ich ihm erzählte, was Danny mir berichtet hatte.

»Schweigen? Was meinst du damit: Danny wird durch Schweigen erzogen?« Seine Augen waren weit aufgerissen.

»Sie reden nie miteinander, Abba. Nur wenn sie den Talmud studieren. Das hat Danny mir gesagt.«

Er starrte mich lange an. Dann schien er sich an irgend etwas zu erinnern, und seine Augen verengten sich plötzlich.

»In Rußland habe ich einmal etwas gehört«, murmelte er leise vor sich hin. »Aber ich habe es nicht geglaubt.«

»Was hast du gehört, Abba?«

Er blickte mich mit düsteren Augen an und schüttelte den Kopf. »Ich bin froh, daß Rebbe Saunders jetzt über die Lektüre seines Sohnes Bescheid weiß«, sagte er ruhig und wich meiner Frage aus. »Ich habe mir schon Sorgen gemacht wegen dieser Täuschung.«

»Aber warum kann er nicht mit Danny darüber reden?«

»Reuven, er hat bereits mit Danny darüber geredet. Er hat über dich mit Danny geredet.«

Ich starrte ihn an.

Er seufzte leicht.

»Es ist niemals angenehm, der Prellbock zu sein, Reuven«, sagte er in ruhigem Ton zu mir. Und dann verlor er kein Wort mehr über das seltsame Schweigen zwischen Rebbe Saunders und seinem Sohn.

Kapitel 9

Am nächsten Tag ging ich von der Schule direkt nach Hause und verbrachte den Nachmittag und den Abend damit, meinem Vater dabei zuzuhören, wie er mir aus meinen Schulbüchern vorlas. Am Montag brachte er mich um neun Uhr morgens in Dr. Snydmans Praxis am Eastern Parkway. Auf dem Weg dorthin waren wir beide nervös und schweigsam. Ich hatte meine Schulbücher dabei, weil wir vorhatten, von Dr. Snydmans Praxis aus direkt zur Schule zu fahren. Dr. Snydman sah sich mein Auge an und sagte zu mir, daß alles in Ordnung sei, es sei makellos verheilt, und ich könne jetzt wieder lesen, Baseball spielen, schwimmen, tun, was mir beliebte, solange ich nicht noch einmal versuchte, einen hart geschlagenen Ball mit meinem Kopf aufzuhalten. Mein Vater hatte feuchte Augen, als wir die Praxis verließen, und ich weinte ein wenig während der Straßenbahnfahrt zur Schule. Wir standen vor der Schule, mein Vater küßte mich auf die Stirn und sagte, Gott sei Dank, daß alles gut ausgegangen ist, er müsse jetzt in seine Klasse gehen, er habe heute bereits eine Stunde wegen des Termins beim Arzt ausfallen lassen, und die Schüler machten wahrscheinlich dem Lehrer, der ihn vertrete, das Leben schwer. Ich grinste und nickte, als er mir sagte, ich solle in meine Klasse gehen. Er ging davon. Während ich die Treppe zum ersten Stock hinaufstieg, fiel mir ein, daß ich vergessen hatte, Dr. Snydman nach Billy zu fragen. Ich beschloß, Billy in der Woche nach meinen Prüfungen anzurufen und zu besuchen.

Es war eine arbeitsreiche Woche. Die Abschlußprüfungen begannen an diesem Montag nachmittag. Es war wunderbar, wieder lesen und schreiben zu können, und es machte mir nicht das Geringste aus, daß meine ersten Lese- und Schreibversuche nach fünfzehn Tagen mit den Abschlußprüfungen zusammenfielen. Es war eine stürmische, hochfliegende Erfahrung, wieder einen Füller zu halten und in ein Buch oder auf ein Blatt Papier zu blicken, das beschrieben war. Ich nahm an den Prüfungen teil und fand großen Gefallen daran.

Ich sah Danny die ganze Woche nicht. Er rief mich am Mittwoch abend an, mit einem traurigen Klang in der Stimme, und wir unterhielten uns eine Zeitlang. Ich fragte ihn, was er in diesem Sommer machen werde, und er sagte mir, er bliebe im Sommer immer zu Hause und studiere den Talmud. Er fügte hinzu, daß er diesen Sommer wahrscheinlich auch Freud lesen würde. Ich sagte, ich würde diesen Schabbes zu ihnen hinüberkommen, und wir könnten dann weiterreden, aber jetzt sei ich damit beschäftigt, für die Abschlußprüfungen zu lernen, und ich legte auf. Seine Stimme hatte leise, gedämpft geklungen, und ich fragte mich, ob er vielleicht irgendwelche Bücher über Chassidismus gelesen hatte.

Am Freitag morgen unterzog ich mich der letzten Prüfung, dann war das Schuljahr vorüber; ich hatte frei bis September. Über meine Zensuren machte ich mir keine Sorgen. Ich wußte, daß es gut gelaufen war.

Als ich am frühen Freitagnachmittag aus der Schule nach Hause kam, fragte mich Manya, ob ich hungrig sei, und ich sagte, ja, ich könnte ein Pferd verspeisen, ein koscheres Pferd natürlich, und sie brachte schnell das Mittagessen auf den Tisch. Mein Vater kam ein paar Minuten später herein und gesellte sich zu mir. In Europa habe die ganze Woche über ein fürchterlicher Sturm gewütet, erzählte er mir, der habe die Invasion beeinträchtigt, aber jetzt sei er, Gott sei Dank, vorbei. Ich hatte nichts davon gehört, so sehr war ich mit meinen Prüfungen beschäftigt gewesen.

Mein Vater entfernte sich gleich nach dem Essen, und ich ging zum Telefon hinüber, um Billy anzurufen. Ich fand den Namen seines Vaters im Telefonbuch und wählte seine Nummer.

»Hallo«, meldete sich die Stimme eines Mannes.

»Mr. Merrit?«

»Ja.«

»Hier spricht Reuven Malter.«

»Wer?«

»Reuv... Bobby Malter. Ich lag im Krankenhaus neben Billy.«

»Oh ja. Ja. Bobby Malter.«

»Erinnern Sie sich an mich?«

»Natürlich. Natürlich erinnere ich mich an dich.«

»Wie geht's Billy?«

Es entstand eine Pause.

»Sir?«

»Ja?«

»Geht's Billy gut?«

»Ich fürchte, nein. Die Operation war nicht erfolgreich.«

Ich spürte, wie mir der kalte Schweiß ausbrach. Die Hand, mit der ich den Hörer hielt, fing an zu zittern, und ich mußte den Hörer an mein Gesicht pressen, um ihn ruhig zu halten.

»Hallo?«

»Ja.«

»Was macht *dein* Auge, Bobby?«

»Alles in Ordnung. Es ist völlig verheilt.«

»Ich bin froh, das zu hören. Nein, Billys Operation war nicht erfolgreich.«

»Es tut mir schrecklich leid, das zu hören.«

Es entstand eine weitere Pause. Ich glaubte zu hören, wie Mr. Merrit in den Hörer atmete.

»Sir?«

»Ja?«

»Kann ich vorbeikommen, um Billy zu besuchen?«

»Billy ist in Albany bei Bekannten von mir. Meine Firma hat mich nach Albany versetzt. Wir ziehen heute um.«

Ich sagte nichts.

»Mach's gut, Bobby. Ich bin froh, daß dein Auge wieder in Ordnung ist. Paß auf deine Augen auf.«

»Ja. Auf Wiederhören.«

Ich legte den Hörer auf, stand eine Minute lang still und versuchte, mich zu beruhigen. Es nützte nichts. Ich ging in mein Zimmer und saß eine Weile am Fenster. Ich schlug ein Buch auf, starrte fassungslos hinein, schlug es wieder zu. Ich hörte immer wieder, wie Mr. Savo sagte: »Verkehrte Welt. Total verrückt.« Ich begann, ziellos durch die Wohnung zu streifen. Ich hatte eiskalte Hände. Ich ging auf die Veranda hinaus und starrte über den Hof hinweg den Götterbaum an. Seine Blätter waren in Sonnenlicht getaucht, und sein Moschusgeruch drang mit dem Lüftchen, das zur Rückseite des Hauses hin wehte, schwach zu mir herüber. Irgend etwas bewegte sich leicht am äußersten Rand des Blickfelds meines linken Auges, aber ich schenkte ihm keine Beachtung und starrte weiter das Sonnenlicht auf den Blättern des Götterbaums an. Das Etwas bewegte sich erneut, und ich hörte ein schwaches Summgeräusch. Ich wandte meinen Kopf um und sah auf das hölzerne Geländer der Veranda. Eine Spinne hatte am oberen Querholz in der Ecke ein Netz gesponnen, und jetzt hatte sich eine Stubenfliege darin verfangen, klebte mit ausgebreiteten Flügeln an den Fäden des Netzes, und ihre Beine zappelten wild in der Luft. Ich sah, wie der schwarze Körper sich heftig aufbäumte, und dann brachte sie es fertig, ihre Flügel freizubekommen, und das Summgeräusch erklang wieder, während die Flügel sich abmühten, den Körper zu befreien, an dem sie befestigt waren. Dann verfingen sich die Flügel erneut in den hauchdünnen, nahezu unsichtbaren Fäden des Netzes, und die schwarzen Beine traten

Löcher in die Luft. Ich sah, wie die Spinne, eine kleine, graue, pelzige Spinne mit langen, dünnen Beinen und schwarzen Augen, über das Netz auf die Fliege zukrabbelte. Ich erhob mich aus dem Sessel und ging zu dem Netz hinüber. Die winzigen schwarzen Beine der Fliege zappelten wild in der Luft, dann waren ihre Flügel wieder frei und summten laut, aber ihr Körper hing weiterhin fest. Ich bückte mich und blies heftig gegen das Netz. Es schwang hin und her, blieb aber unversehrt. Ich blies noch einmal, noch heftiger diesmal, und die Fäden schienen sich plötzlich zusammenzuziehen. Die Fliege fiel auf den hölzernen Boden der Veranda auf den Rücken, rappelte sich auf, flog dann laut summend davon. Die Spinne stürzte von dem kaputten Netz herunter, hing an einem einzigen Faden ein paar Zentimeter über dem Boden, kletterte dann geschwind den Faden hinauf, krabbelte über das oberste Querholz des Verandageländers und verschwand. Ich ging zu dem Liegestuhl zurück, setzte mich und fuhr fort, das Sonnenlicht auf dem Götterbaum anzustarren.

Kapitel 10

Während des ersten Monats in jenem Sommer waren Danny und ich fast jeden Tag zusammen. Es war ein heißer, feuchter Monat mit einer brennenden Sommersonne, die Hitze flimmerte über den Straßen, und der Asphalt weichte auf. Manya murrte ständig über die schwarze Teerschicht, die an meinen Schuhen klebte und auf dem Fußboden der Wohnung Spuren hinterließ.

Danny brachte seine Vormittage mit dem Studium des Talmud zu, entweder allein oder gemeinsam mit seinem Vater, während ich Montag, Mittwoch und Freitag morgens mit meinen Freunden von der Jeschiwa, von denen keiner an meiner Freundschaft zu Danny Anstoß zu nehmen schien – sie akzeptierten sie und redeten einfach nicht davon –, Baseball spielte und Sonntag, Dienstag und Donnerstag morgens gemeinsam mit meinem Vater den Talmud studierte – wenn wir schönes Wetter hatten, auf der Veranda auf der Rückseite unseres Hauses oder, wenn das nicht der Fall war, in seinem Arbeitszimmer. Mein Vater und ich studierten den *Sanhedrin* – langsam, geduldig, intensiv, und ließen nicht eher von einer Stelle ab, bis mein Vater davon überzeugt war, daß wir sie, zumindest für den Augenblick, völlig verstanden. Oftmals war es uns in einer Sitzung gerade möglich, zehn Zeilen zu erarbeiten. Danny hingegen war sein tägliches Quantum Talmud von seinem Vater auf drei Blatt erhöht worden. Das schien ihm nicht allzuviel auszumachen; er konnte noch immer alle seine Nachmittage im zweiten Stock der Bibliothek verbringen und lesen. Ich gesellte mich dort jeden Nachmittag zu ihm, und mein Vater kam oft mit mir. Er schrieb erneut einen Artikel über eine Stelle in *Awoda Sara*, die er, wie er sagte, erst jetzt zu verstehen begann, und er war auf eine der Zeitschriftensammlungen angewiesen. So saßen wir drei dort an den Nachmittagen, lasen oder unterhielten uns leise, bis es Zeit zum Abendessen war. Einmal lud ich Danny zu uns nach Hause ein, um mit uns zu essen, aber er lehnte die Einladung mit einer faulen Ausrede ab, und er sah dabei ein wenig verlegen aus. Auf dem Heimweg sagte mir mein Vater, daß Danny wahrscheinlich nirgends außer bei sich zu Hause oder im Hause eines der Anhänger seines Vaters esse, wegen Kaschruth, und daß es klug von mir wäre, ihn nicht noch einmal durch eine weitere Einladung in Verlegenheit zu bringen.

An Schabbesnachmittagen ging ich gewöhnlich zu Danny nach Hause. Danny ging dann mit mir in das Arbeitszimmer seines Vaters hinauf, und wir stritten miteinander über den Talmud. Dann kamen das übliche Glas Tee, der Nachmittagsgottesdienst, das Ritual des Wettstreits – Danny versäumte es nicht ein einziges Mal, die vorsätzlichen Irrtümer seines Vaters zu entdecken –, der Abendgottesdienst und die Hawdala. Rebbe Saunders sprach mit mir nicht mehr über Dannys Lektüre, aber ich wußte, daß er deswegen schreckliche Qualen durchlitt. Ich konnte es an der Stille erkennen, die im Arbeitszimmer eintrat, während Danny unten war, um Tee zu holen. Und Danny sprach auch nicht darüber. Er las einfach weiter.

Nur die Abende waren nicht verplant. Wir hatten dafür keinen Schlachtplan, wie Mr. Galanter gesagt hätte, und entschieden uns am Nachmittag, ob wir den Abend bei einem Spaziergang verbrachten, bei uns oder bei ihm, oder ob jeder für sich blieb. Ich ging oft ins Kino, entweder mit meinem Vater oder mit einigen meiner Schulfreunde. Danny ging nie ins Kino. Das habe ihm sein Vater verboten, sagte er.

Mein Vater und ich verfolgten die Nachrichten über den Krieg sehr sorgfältig, und ich hatte jetzt viel mehr Landkarten aus der *New York Times* an der Wand meines Zimmers hängen. Vom vierten bis zum zehnten Juli fand eine heftige Schlacht in der Gegend um La-Haye-du-Puits statt. Eine Panzerattacke der Deutschen westlich des Vire wurde am elften Juli zurückgeschlagen, aber der amerikanische Vorstoß auf St.-Lô wurde von einer deutschen Fallschirmjägereinheit aufgehalten. Caen wurde schließlich erobert, und dann fiel am achtzehnten Juli St.-Lô. Ein Kriegsberichterstatter verkündete triumphierend, daß der Ausgangspunkt, von dem aus die alliierten Streitkräfte bald ihre große Offensive ins Innere des besetzten Frankreich starten wollten, jetzt in angemessener Weise geschützt sei.

Mein Vater und ich lauschten den Nachrichtensendungen, lasen die *Times* und studierten die Landkarten. Es erschien uns trotz der vielen Siegesmeldungen so, als käme der Krieg nur langsam voran. Mein Vater blickte finster drein, als er die Kriegskarten studierte, die den Vormarsch der Alliierten zwischen D-day und der dritten Juliwoche zeigten. Dann änderte sich das Wetter in Frankreich, und der Krieg schien völlig zum Stillstand gekommen zu sein, von ununterbrochenen Regenfällen verschluckt.

Am Anfang der dritten Juliwoche erforderten es die Nachforschungen meines Vaters für den Artikel, den er gerade schrieb, daß er sich in die Bibliothek des Seminars für jüdische Theologie in Manhattan begab. Es gab dort Handschriften, die er dazu benötigte, die unterschiedlichen Lesarten der Stelle im Talmud, mit der er sich beschäftigte, zu überprüfen. So fuhr er in jener Woche jeden Tag gleich nach dem Mittagessen mit der U-Bahn nach Manhattan, und ich ging allein in die Bibliothek, um mit Danny zusammenzutreffen. Das war die Woche, in der Danny begann, Freud auf deutsch zu lesen.

Es bereitete ihm anfangs große Schwierigkeiten, und er gab das offen zu. Nicht nur, daß die Sprache noch ein Problem darstellte, sondern auch die Terminologie und die Gedanken, auf die er stieß, waren ungewohnt und verwirrten ihn. Das sei nicht vergleichbar mit Graetz' Buch über jüdische Geschichte, sagte er zu mir, oder mit Minkin über Chassidismus oder Hemingway, Fitzgerald, Dreiser und Dickens. Es ließ sich nicht einmal mit den Psychologiebüchern von Ogden und Flügel vergleichen, die er gelesen hatte. Das hier war Quellenmaterial aus erster Hand, waren Forschungsunterlagen, die auf unmittelbaren Erfahrungswerten basierten, komplizierte theoretische Konstruktionen, die ein komplexes Vokabular erforderten und einen großen Reichtum an originellen Ideen enthielten – und er zerbrach sich den Kopf darüber.

Ich hörte ihm beim Reden zu und fühlte mich von alldem etwas eingeschüchtert. Ungefähr fünf Wochen zuvor hatte er vom Unbewußten und von Träumen beinahe so gesprochen wie ein Kind über sein erstes Dreirad. Jetzt sprach er über experimentell gewonnene Daten und komplizierte theoretische Konstruktionen.

Er verbrachte den ersten Teil jener dritten Juliwoche damit, eine Sammlung Freudscher Schriften durchzublättern – um auf den Geschmack zu kommen, wie er sagte –, während ich ihm gegenübersaß und versuchte, mich durch den ersten Band der *Principia Mathematica* hindurchzuarbeiten, und es schließlich als zu schwierig aufgab und mich dafür entschied, den Artikel, den mein Mathelehrer mir im *Journal of Symbolic Logic* empfohlen hatte, noch einmal zu lesen – er hieß »Bedingungen, die Anwendbarkeit symbolischer Logik betreffend«, und ich verstand ihn diesmal viel besser; außerdem las ich ein Buch über Logik von Susanne K. Langer. Die ersten Abschnitte waren etwas zu leicht für mich, aber das letzte Kapitel über Logistik, in dem sie aufzeigte, wie die *Principia Mathematica* die Grundlage lieferten für die Konzepte, Operationen und Relationen der Arithmetik und anderer Zweige der Mathematik, fand ich sehr anregend.

Bis zum Donnerstag lag auf der Seite des Tischs, an der Danny saß, ein hoher Stapel Bücher, und er sah durch und durch unglücklich aus. Er saß da, drehte eine Schläfenlocke zusammen und biß sich auf die

Unterlippe, sein Gesicht war zu einer frustrierten Maske erstarrt. Es sei undurchführbar, sagte er schließlich. Die ganze Sache war lächerlich und undurchführbar; er kam einfach nicht voran. Es war nicht mehr so sehr die deutsche Sprache als vielmehr die Fachterminologie. Er machte einfach keinerlei Fortschritte. Nicht nur das, sondern er hatte angefangen, die englische Übersetzung der deutschen Werke zu benutzen, die er gelesen hatte, doch das hatte keinerlei Auswirkung, außer ihn noch mehr zu verwirren. Er zeigte mir, daß in einer Übersetzung das deutsche Wort »Unlust« als »pain« in Anführungszeichen übersetzt war, und das Wort »Schmerz« war als »pain« ohne Anführungszeichen übersetzt worden. Woher sollte er wissen, was der Übersetzer sich dabei gedacht hatte, als er »pain« mit und »pain« ohne Anführungszeichen benutzt hatte? Und sieh dir das Wort »Besetzung« an, sagte er verärgert. Was bedeutete es, es mit »investment« oder mit »charge« zu übersetzen? Und was hatte es für einen Wert, es mit »cathexis« zu übersetzen? Was bedeutete »cathexis«? »Angst« war »anxiety«, »Furcht« war »fear«, »Schreck« war »fright«. Woher sollte er wissen, worin der Unterschied zwischen »fear« und »fright« lag? Er kam nicht voran, er werde die ganze Sache wahrscheinlich aufgeben müssen; wer glaubte er überhaupt, daß er sei, um im Alter von fünfzehn Jahren zu versuchen, Freud zu lesen? Er ging voller Ärger und Überdruß nach Hause, sein Gesicht ein Bild verstörter Enttäuschung.

Als ich an jenem Schabbesnachmittag in Dannys Haus ankam, fand ich ihn in einer furchtbaren Stimmung vor. Er wartete draußen auf mich. Er begrüßte mich mit einem kurzen Kopfnicken und murmelte etwas davon, daß er jetzt nicht in der richtigen Stimmung für den Talmud sei, aber wir müßten trotzdem nach oben gehen. Er war während der ersten paar Minuten des Streitgesprächs über den Talmud sehr still, und obwohl ich mich bemühte, sein Schweigen wettzumachen, indem ich mit um so größerer Begeisterung zu Werke ging, konnte ich sehen, daß Rebbe Saunders sich immer mehr über die mangelnde Beteiligung seines Sohnes ärgerte. Danny war angespannt und gereizt, sein Gesicht noch immer eine frustrierte Maske, seine Gedanken waren offensichtlich nicht bei unserer Diskussion. Wahrscheinlich verzehrt er sich gerade wegen Freud, dachte ich in der Hoffnung, daß sein Vater nicht die Geduld verlor. Aber Rebbe Saunders blieb nachsichtig und ließ seinen Sohn in Ruhe.

Mitten in der hitzigen Debatte über eine fast unauslegbare Stelle in *Kidduschin* hörte ich, wie Danny plötzlich laut nach Luft schnappte, als ob er einen Schlag in den Magen erhalten hätte. Rebbe Saunders und ich unterbrachen unsere Diskussion und sahen ihn an. Er starrte auf den Talmud herab und lächelte. Sein Gesicht hatte sich belebt, und seine Augen leuchteten. Er sprang von seinem Stuhl auf, ging im Zimmer umher, setzte sich dann wieder, und Rebbe Saunders und ich saßen einfach da und starrten ihn an. Liegt irgend etwas an, wollte Rebbe Saunders wissen. Steht ein Scherz im Talmud, den wir übersehen haben? Was ist so lustig gewesen? Danny schüttelte den Kopf, immer noch lächelnd, beugte sich über den Talmud und fing an, seine Version der Passage darzulegen. Seine Stimme zitterte etwas. Als er fertig war, entstand eine Pause, und einen Augenblick lang dachte ich, daß Rebbe Saunders seinen Sohn erneut fragen würde, was so lustig gewesen sei. Statt dessen hörte ich ihn kurz aufseufzen und dann eine knappe Passage aus dem *Bawa Batra* vorbringen, die Dannys Auslegung widersprach. Wir traten wieder in das Streitgespräch ein, und Danny machte sein vorhergehendes Schweigen mehr als wett.

Er war still, als er mich an jenem Abend ein Stück auf meinem Heimweg begleitete, und als wir die Synagoge erreichten, in der mein Vater und ich unsere Gebete verrichteten, murmelte er etwas davon, daß wir uns am nächsten Tag in der Bibliothek sehen würden, drehte sich dann um und ging schnell zurück.

Als ich am nächsten Tag in die Bibliothek kam, sah ich ihn schon an seinem Tisch sitzen. Drei Bücher lagen aufgeschlagen vor ihm. Er grinste breit und winkte mich zu einem Stuhl. Er habe eine Methode entwickelt, um mit Freud fertigzuwerden, sagte er, und scheine bis jetzt auf dem richtigen Wege zu sein. Er deutete auf die drei Bücher. Eins davon sei der Band mit Freuds frühen Schriften, teilte er mir mit. Einige davon habe er gemeinsam mit Josef Breuer, einem Wiener Arzt, geschrieben; andere habe er allein verfaßt. Das nächste war Cassells Wörterbuch Englisch-Deutsch. Bei dem dritten handelte es sich um ein Wörterbuch psychologischer Fachausdrücke, das von jemandem namens Warren herausgegeben worden war. Der Band von Freud war bei einem Aufsatz aufgeschlagen, der »Ein Fall von hypnotischer Heilung« betitelt war. »Fall« bedeute »case«, erklärte er. Den Rest des Titels könne ich durch mein Jiddisch selbst herausbekommen.

»Ich hatte vergessen, wie es anfangs gewesen ist, den Talmud zu studieren«, vertraute er mir aufgeregt an. »Das Talmudstudium fällt mir jetzt so leicht, daß ich nicht im Gedächtnis behalten habe, was ich durchgemacht habe, als ich als Kind damit anfing. Kannst du den

Talmud ohne die Kommentare studieren? Stell dir den Talmud ohne Raschis Kommentar vor. Wie weit würdest du kommen?«

Ich stimmte ihm zu, daß ich wirklich nicht allzuweit kommen würde.

Er habe die ganze Sache falsch angepackt, sagte er, und seine Augen leuchteten vor Aufregung. Er hatte Freud *lesen* wollen. Das war sein Fehler gewesen. Freud mußte *studiert*, nicht gelesen werden. Er mußte studiert werden wie eine Seite des Talmud. Und er mußte mittels eines Kommentars studiert werden.

Aber Danny wußte nichts von irgendwelchen Kommentaren zu Freud, und so hatte er sich mit dem Nächstbesten begnügt. Er brauchte irgend etwas, das Freuds Fachterminologie verständlich machte, das die unterschiedlichen Bedeutungsnuancen der deutschen Wörter erhellte – und er hatte das Wörterbuch der psychologischen Fachausdrücke entdeckt. Er las Freud jetzt Satz für Satz. Er ging nicht zum nächsten Satz über, bevor er den vorhergehenden Satz nicht vollständig verstanden hatte. Wenn er auf ein deutsches Wort stieß, das er nicht kannte, schlug er seine englische Bedeutung in Cassells Wörterbuch nach. Wenn Cassells Wörterbuch ihm eine Übersetzung lieferte, die er nicht verstand, eine, die nicht in den Sinnzusammenhang des Satzes paßte, schlug er das englische Wort im psychologischen Wörterbuch nach. Dieses Wörterbuch war sein Kommentar. Es hatte ihm beispielsweise bereits den technischen Unterschied zwischen »fear« und »fright« verständlich gemacht. Und es hatte auch den Ausdruck »cathexis« erläutert. Die Methode funktionierte. Er hatte an diesem Nachmittag bereits zweieinhalb Seiten durchgearbeitet.

Ob Freud all diese Mühe wert sei, wollte ich wissen.

Freud sei ein Genie, versicherte Danny. Natürlich war er all die Mühe wert. War symbolische Logik meine ganze Anstrengung wert?

Ich konnte nichts darauf erwidern, außer einzugestehen, daß er wahrscheinlich recht hatte.

Also fuhr ich damit fort, das Buch von Langer zu lesen, während Danny sich über den Tisch beugte und Freud studierte. Immer wenn er etwas in einem der Wörterbücher nachschlagen mußte, blätterte er die Seiten voll Ungeduld um. Das Geräusch der rasch durchgeblätterten Seiten erklang laut in der Stille der Bibliothek.

Am Donnerstag erzählte ich ihm, daß mein Vater und ich am nächsten Dienstag morgen in das Cottage bei Peekskill reisen würden, wo wir immer den August verbrachten, und ich gab ihm zwei Bücher, von denen ich glaubte, daß er sie vielleicht gerne lesen würde. Das eine war *Die Erschaffung des modernen Juden* von Milton Steinberg, das andere *Neunzehn Briefe übers Judentum* von Samson Raphael Hirsch. Er bedankte sich bei mir und versprach, sie zu lesen. Als mein Vater und ich am Dienstag morgen nach Peekskill abreisten, hatte Danny den ersten Aufsatz abgeschlossen und fing gerade den zweiten an, der den Titel »Die Abwehr-Neuropsychosen« trug. Wir waren übereingekommen, einander nicht zu schreiben – wahrscheinlich aus dem unausgesprochenen Gefühl heraus, daß ein Briefwechsel zwischen zwei Jungen in unserem Alter ein bißchen kindisch sei, wenn wir nur einen Monat lang getrennt sein würden – und ich sah ihn erst nach dem Labor Day wieder.

Mein Vater und ich kehrten einen Tag nach dem Labor Day zurück, und ich rief Danny unverzüglich an. Seine Mutter meldete sich und sagte mir, sie freue sich, daß ich schöne Ferien gehabt habe, es tue ihr leid, Danny sei nicht zu Hause, er besuche zusammen mit seinem Vater einen Freund der Familie in Lakewood. Danny rief mich dann abends an, er war froh zu hören, daß ich zurück war. Er sagte, er habe mich vermißt. Wie war der Ausflug nach Lakewood, wollte ich wissen. Schrecklich, gab er zur Antwort. Hatte ich jemals mit meinem Vater stundenlang im Bus gesessen und nicht ein einziges Wort mit ihm gesprochen, bis auf eine kurze Diskussion über eine Stelle im Talmud? Nein, erwiderte ich ruhig, ich habe nie so eine Erfahrung gemacht. Ich unterhalte mich immer mit meinem Vater. Da hätte ich aber Glück gehabt, sagte er. Ich wisse gar nicht, wieviel Glück ich da wirklich hätte, fügte er leicht verbittert hinzu.

Wir plauderten noch eine Weile und kamen überein, uns am darauffolgenden Nachmittag in der Bibliothek zu treffen. Ich fand ihn an seinem Tisch vor, er sah ein bißchen blaß, aber glücklich aus. Seine Bartstoppeln waren etwas dichter geworden, er blinzelte etwas zu häufig, als ob das ganze Bücherstudium ihn ermüdet hätte, aber ansonsten war er ganz der alte, alles war wie immer, und es war so, als ob wir einander höchstens eine einzige, traumerfüllte Nacht lang nicht gesehen hätten. Ja, er habe die beiden Bücher, die ich ihm gegeben hätte, gelesen. Sie seien sehr gut, und er habe durch sie eine Menge über die Probleme zeitgenössischen Judentums gelernt. Sein Vater habe ihm etliche giftige Blicke zugeworfen, als er sie ins Haus gebracht habe, aber damit aufgehört, als Danny irgendwie den Mut aufgebracht habe, ihm zu erzählen, daß die Bücher von Reuven Malter stammten. Er werde sie mir morgen zurückgeben. Er habe auch sehr viel von Freud gelesen, berichtete er. Er hatte nahezu den ganzen ersten Band durchgearbeitet und wollte mit mir über einen Aufsatz Freuds mit dem Titel »Die Sexualität in der Ätiologie der Neurosen« sprechen. Er sagte, es habe ihn irgendwie schockiert, diesen Aufsatz zu lesen, und er habe niemand anderen, mit dem er darüber reden könne, denn er wolle sich nicht mit meinem Vater darüber unterhalten. Ich erwiderte, das gehe in Ordnung, wir könnten am Schabbes darüber reden, wenn ich zu ihm nach Hause käme.

Aber irgendwie kamen wir an jenem Schabbes nicht dazu, darüber zu reden, und am Sonntag morgen gingen wir beide wieder zur Schule. Das Jahr – besser gesagt: das Schuljahr – begann, und eine ganze Zeitlang war es mir nicht möglich, über die Schriften Sigmund Freuds nachzudenken, geschweige denn über sie zu diskutieren.

Kapitel 11

Während der ersten beiden Monate des neuen Schuljahrs konnten Danny und ich regelmäßig nur an den Schabbesnachmittagen zusammenkommen. Nur einmal schafften wir es, uns unter der Woche zu treffen. Ich war zum Klassensprecher gewählt worden und sah mich plötzlich in die Schulpolitik hineingezogen. Die Abende, an denen ich mich mit Danny hätte treffen können, verbrachte ich statt dessen im Schülerrat oder in irgendwelchen Ausschüssen. Wir telefonierten jedoch oft miteinander, so daß keiner von uns beiden das Gefühl hatte, daß unsere Freundschaft darunter litt. Aber wir kamen nicht mehr dazu, über das zu sprechen, was er gerade von Freud las.

Im November konnte ich es einrichten, ihn an einem Abend mitten in der Woche zu Hause aufzusuchen. Ich brachte ihm ein halbes Dutzend Bücher zu jüdischen Themen, die mein Vater ihm zur Lektüre vorgeschlagen hatte, und er bedankte sich herzlich dafür. Er sah etwas müde aus, aber ansonsten ging es ihm gut – außer seinen Augen, die schnell ermüdeten, wie er sagte. Er war beim Arzt gewesen, aber er brauchte keine Brille, so war wohl alles in Ordnung. Ich fragte ihn, wie er mit Freud vorankomme, und er erwiderte mit gequältem Gesichtsausdruck, daß er sich zur Zeit selten in der Bibliothek aufhalte, er habe zu viele Schularbeiten zu erledigen, aber er richte es so ein, daß er von Zeit zu Zeit etwas von Freud lese, es nehme ihn alles sehr mit.

»Irgendwann in nächster Zeit möchte ich gern ein längeres Gespräch mit dir darüber führen«, ließ er mich wissen und blinzelte.

Aber uns bot sich keine Gelegenheit zu einem längeren Gespräch. Der Schabbes wurde immer kürzer, meine Schularbeiten schienen kein Ende zu nehmen, und die Schulpolitik nahm jeden Augenblick meiner Freizeit in Anspruch.

Und dann, Mitte Dezember, als es gerade so schien, als ob der Krieg sehr bald vorüber sein würde, starteten die Deutschen einen großangelegten Angriff in den Ardennen, damit begann die Ardennenoffensive. Berichte über fürchterliche amerikanische Verluste machten die Runde – einige Zeitungen behaupteten, daß Tag für Tag zweitausend amerikanische Soldaten getötet oder verwundet würden.

In New York herrschte ein bitterkalter Winter, der durch die Nachrichten von der Ardennenschlacht noch trüber wurde, und wenn ich nachts an meinem Schreibtisch arbeitete, konnte ich das Radio in der

Küche hören, wo mein Vater vor seinen Kriegskarten saß und die Nachrichten verfolgte.

Die Ardennenoffensive endete gegen Mitte Januar, und die Zeitungen berichteten von 77.000 Opfern bei den Alliierten und 120.000 bei den Deutschen.

Während der vier Wochen, die diese Schlacht dauerte – von Mitte Dezember bis Mitte Januar –, sah ich Danny kein einziges Mal. Wir sprachen ein paarmal am Telefon miteinander; er erzählte mir, daß sein Bruder erneut krank sei und vielleicht eine Zeitlang ins Krankenhaus müsse. Aber als ich ihn das nächste Mal anrief, ging es seinem Bruder wieder gut – der Arzt habe ihm andere Pillen verschrieben, sagte Danny, und die schienen zu wirken. Er klang müde und bekümmert, und ein- oder zweimal konnte ich seine Stimme übers Telefon kaum hören. Die Ardennenoffensive? Ja, sagte er unbestimmt, eine schreckliche Sache. Wann ich herüberkomme, um mit ihm zu sprechen? Sobald ich ein bißchen zu Atem käme, antwortete ich. Er bat mich, nicht zu lange damit zu warten, er müsse dringend mit mir reden. Ist es sehr wichtig, wollte ich wissen. Nein, es kann warten, es ist nicht *sehr* wichtig, sagte er mit traurigem Unterton.

Also mußte es warten. Es dauerte bis nach den Zwischenprüfungen und über die beiden ersten Februarwochen hinaus, ehe ich es zweimal einrichten konnte, zu Danny nach Hause zu gehen, und wir gemeinsam mit seinem Vater unsere übliche Debatte über den Talmud austrugen. Es bot sich uns aber nicht die Möglichkeit, lange genug allein zu sein, um miteinander zu reden. Dann erreichten die Nachrichten über den Krieg in Europa plötzlich einen Höhepunkt, der uns in helle Aufregung versetzte. Die Russen nahmen Königsberg und Breslau ein und standen nur noch fünfzig Kilometer vor Berlin, und am Ende der ersten Märzwoche erreichten amerikanische Truppen den Rhein bei Remagen und entdeckten zu ihrem Erstaunen, daß die Ludendorff-Brücke aus irgendeinem Grund von den Deutschen nicht zerstört worden war. Mein Vater weinte beinahe vor Freude, als wir davon erfuhren. Man hatte mit blutigen Schlachten und hohen Verlusten bei der Überquerung des Rheins gerechnet. Statt dessen strömten amerikanische Truppen über die Brücke, der Brückenkopf bei Remagen wurde rasch vergrößert und gegen deutsche Gegenangriffe behauptet – und alle sprachen davon, daß der Krieg in zwei Monaten vorbei sei. Mein Vater und ich waren außer uns vor Freude, und selbst Danny, den ich Mitte März wiedersah und der im allgemeinen wenig Interesse für die Einzelheiten des Krieges zeigte, klang nun aufgeregt.

»Das ist Hitlers Ende, mögen sein Name und die Erinnerung an ihn ausgelöscht werden«, sagte Rebbe Saunders an jenem Schabbesnachmittag zu mir. »Herr der Welt, es hat so lange gedauert, aber jetzt ist das Ende da.«

Und er zitterte, als er das aussprach, und war den Tränen nahe.

Danny bekam in der letzten Märzwoche die Grippe und lag mehr als eine Woche lang im Bett. Während dieser Zeit wurden das Saargebiet und Schlesien eingenommen, das Ruhrgebiet wurde von amerikanischen Truppen eingeschlossen, und auf der anderen Rheinseite wurde von Soldaten aus General Pattons Armee ein weiterer Brückenkopf gebildet. Jetzt gab es fast jeden Tag Gerüchte, daß der Krieg zu Ende sei. Aber alle Gerüchte erwiesen sich als falsch und vergrößerten nur noch die ohnehin unerträgliche Angst und Ungewißheit, die mein Vater und ich verspürten, wenn wir die Zeitung lasen oder Radio hörten.

Danny kehrte am Ende der ersten Aprilwoche in die Schule zurück, offensichtlich zu früh, denn zwei Tage später lag er wieder mit Bronchitis im Bett. Ich rief seine Mutter an, um zu fragen, ob ich ihn besuchen könne, aber sie sagte, nein, er sei zu krank, und außerdem sei das, was er habe, ansteckend, selbst sein Bruder und seine Schwester dürften nicht in sein Zimmer. Ich fragte, ob ich ihn sprechen könne, aber sie teilte mir mit, daß er hohes Fieber habe und nicht aufstehen könne, um ans Telefon zu kommen. Sie klang besorgt. Er habe einen schlimmen Husten, sagte sie mir, und sei von den Sulfonamiden, die er einnehme, erschöpft. Ja, sie werde ihm meine Wünsche für seine baldige Genesung ausrichten.

Am Donnerstag nachmittag der zweiten Aprilwoche saß ich in einer Versammlung des Schülerrats. Die Versammlung hatte ziemlich angenehm angefangen, mit der üblichen Verlesung der Protokolle und der Berichte der einzelnen Ausschüsse, als Davey Cantor mit verweintem Gesicht in den Raum stürzte und völlig außer Atem rief, er habe gerade gehört, daß Präsident Roosevelt tot sei.

Er stand nahe der offenen Tür des Klassenzimmers, und plötzlich kam Unruhe auf, weil alle sich umdrehten und ihn fassungslos anstarrten. Ich war mitten im Satz gewesen und drehte mich ebenfalls um, blieb vor meinem Schreibtisch stehen und hörte mich selbst ärgerlich sagen, daß es ganz schön unverschämt von ihm sei, hier einfach so hereinzuplatzen, und daß dies kein bißchen lustig sei.

»Aber es stimmt!« rief er mit Tränen in den Augen. »Mr. Weinberg hat es mir gerade erzählt! Er hat es im Lehrerzimmer im Radio gehört!«

Ich starrte ihn an und spürte, wie ich langsam auf meinen Schreibtisch zurücksank. Mr. Weinberg unterrichtete Englisch. Er war von gedrungener Gestalt, hatte eine Glatze und keinerlei Sinn für Humor, sein Wahlspruch lautete: »Glaube nichts von dem, was du hörst, und nur die Hälfte von dem, was du siehst.« Wenn Mr. Weinberg Davey Cantor erzählt hatte, daß Präsident Roosevelt tot sei...

Ich war plötzlich in kalten Schweiß gebadet. Irgend jemand im Raum kicherte, ein anderer stöhnte: »Oh nein!« Unser Betreuer stand auf und schlug vor, die Versammlung zu vertagen.

Wir verließen das Gebäude und traten auf die Straße hinaus. Auf dem ganzen Weg die drei Treppen hinunter glaubte ich es nicht. Ich konnte es nicht glauben. Es war so, als ob Gott gestorben wäre. Davey Cantor hatte irgend etwas von einer Gehirnblutung gesagt. Ich glaubte es nicht. Bis ich auf die Straße kam.

Es war kurz nach fünf, und die Sonne schien immer noch. Der Verkehr am späten Nachmittag war stark. Lastwagen, PKWs und eine Straßenbahn verstopften die Straße und warteten darauf, daß die Ampel an der Ecke auf Grün sprang. Ich lief schnell über die Straße, rannte auf die Straßenbahn zu und kam genau in dem Augenblick an, als das Licht der Ampel umsprang. Ich ergatterte einen freien Sitzplatz neben einer Dame mittleren Alters, die vor sich hin starrte und leise weinte. Ich blickte mich um. Niemand in der Straßenbahn sagte ein Wort. Sie war voller Menschen, und sie wurde auf ihrem weiteren Weg noch voller, aber es herrschte völliges Schweigen. Ich sah, wie ein Mann seine Hände vor die Augen hielt und eine Zeitlang einfach so dasaß. Ich warf einen Blick aus dem Fenster. Auf den Gehwegen standen die Leute in kleinen Gruppen beisammen. Sie schienen sich nicht zu unterhalten. Sie standen nur da, gemeinsam, wie eine Herde von Tieren, die sich zum Schutz zusammendrängt. Eine alte, grauhaarige Frau, die mit einem Kind spazierenging, hielt sich ein Taschentuch vor den Mund. Ich sah, wie das Kind zu ihr aufschaute und irgend etwas sagte, aber ich konnte es nicht verstehen. Ich merkte, daß ich ebenfalls weinte, und verspürte ein nagendes Gefühl der Leere, als wäre ich innerlich ausgehöhlt worden und als wäre jetzt nichts mehr in mir als eine schreckliche Dunkelheit. Ich fühlte mich, als ob es mein Vater wäre, der gestorben war.

Die ganze Heimfahrt lief so ab: Schweigen in der Straßenbahn, weinende Männer und Frauen, Gruppen von Leuten, die wie betäubt auf der Straße herumstanden, kleine Kinder, die verwirrt aussahen und sich fragten, was geschehen war.

Manya und mein Vater waren zu Hause. Ich hörte das Radio in der Küche, als ich die Tür öffnete, brachte meine Bücher rasch in mein Zimmer und gesellte mich zu ihnen. Manya bereitete das Abendessen zu und schluchzte. Mein Vater saß am Tisch, sein Gesicht war aschfahl, seine Wangen waren eingefallen, die Augen gerötet, und er sah aus wie an dem Tag, als er mich im Krankenhaus besucht hatte. Ich setzte mich an den Tisch und hörte dem Nachrichtensprecher zu. Er sprach mit gedämpfter Stimme und teilte die Einzelheiten über Präsident Roosevelts Tod mit. Harry S. Truman hieß der neue Präsident der Vereinigten Staaten. Ich saß da und hörte zu und konnte es nicht glauben. Wie konnte Präsident Roosevelt sterben? Ich hatte nicht einmal gedacht, daß er zu den Sterblichen gehörte. Und jetzt zu sterben, gerade jetzt, wo der Krieg fast vorbei war, wo bald eine Versammlung der kürzlich entstandenen Vereinten Nationen stattfinden sollte. Wie konnte so ein Mann sterben?

Wir nahmen das Abendessen ein und hörten gleichzeitig Radio – etwas, was wir noch nie getan hatten; mein Vater hatte etwas dagegen, wenn das Radio während des Essens lief. Aber es lief während jener Mahlzeit und allen anderen Mahlzeiten, die wir das Wochenende über einnahmen – außer am Schabbes –, und es blieb die ganze Zeit über an, wenn mein Vater, Manya oder ich zu Hause waren.

Ich versuchte, Danny am Freitag nachmittag zu sprechen, aber er war immer noch zu krank, um ans Telefon kommen zu können. Mein Vater und ich verbrachten den Schabbesmorgen in der Synagoge, wo sich der Schmerz über Roosevelts Tod deutlich auf allen Gesichtern abzeichnete und wo meine Freunde und ich nach dem Gottesdienst ziellos herumstanden und nichts zu sagen wußten. Mein Vater fing wieder an zu husten, diesen tiefsitzenden, trockenen, quälenden Husten, der seinen kraftlosen Körper durchschüttelte und mir eine furchtbare Angst einjagte. Am Schabbesnachmittag sprach er von Präsident Roosevelt, von der Hoffnung, die er dem Land während der Weltwirtschaftskrise gegeben hatte.

»Du kannst dich nicht an die Weltwirtschaftskrise erinnern, Reuven«, sagte er zu mir. »Das war eine schreckliche Zeit, eine düstere Zeit. Es ist unerträglich, an seinen Tod zu glauben. Es ist, als ob...« Ihm versagte die Stimme, und er fing plötzlich an zu schluchzen. Ich starrte ihn an und fühlte mich hilflos und verängstigt. Er begab sich in sein Schlafzimmer und blieb dort für den Rest des Nachmittags, ich lag auf meinem Bett, die Hände hinter meinem Kopf verschränkt, starrte an die Decke und versuchte zu verstehen, was vorgefallen war. Ich konnte es nicht. Ich verspürte nur eine Leere und Furcht und hatte das Gefühl, daß plötzlich alles absolut zu Ende sei, etwas, was ich vorher noch nie erlebt hatte. Ich lag auf meinem Bett und dachte lange darüber nach. Es war sinnlos, genau wie – ich hielt den Atem an und spürte, wie ich vor Angst zitterte –, genau wie Billys Blindheit sinnlos war. Das war es. Es war genauso sinnlos, genauso sinnentleert wie Billys Blindheit. Ich lag da und dachte daran, daß Roosevelt tot war und daß Billy blind war, und schließlich wälzte ich mich herum, lag mit dem Gesicht auf dem Kissen und merkte, daß ich weinte. Ich weinte lange. Dann fiel ich in einen unruhigen Schlaf. Als ich aufwachte, war es dunkel im Zimmer, und ich hörte, daß in der Küche wieder das Radio lief. Ich blieb eine Weile auf dem Bett liegen und gesellte mich dann zu meinem Vater. Gemeinsam saßen wir in der Küche. Es war schon nach Mitternacht, als wir uns schlafen legten.

Am nächsten Tag wurde Präsident Roosevelt beerdigt. Unsere Schule wurde wegen des Begräbnisses geschlossen, und mein Vater und ich saßen den ganzen Tag in der Küche und hörten Radio.

Danny rief mich ein paar Stunden nach dem Begräbnis an. Er klang müde und hustete die ganze Zeit über. Aber seine Temperatur sei wieder normal, berichtete er, und zwar seit vierundzwanzig Stunden. Ja, Roosevelts Tod sei eine schreckliche Sache, sagte er. Seinen Eltern gehe es gut. Aber sein Bruder sei krank. Er habe hohes Fieber und Husten. Kannst du in der Woche irgendwann einmal vorbeikommen, fragte er mich. Wahrscheinlich nicht. Ob ich dann am Samstag kommen könne? Ja, das gehe. Ich würde ihn am Schabbes sehen, kündigte ich an. Er klang erleichtert, als wir einhängten, und ich fragte mich, was los war.

Aber am Mittwoch kam ich mit Fieber aus der Schule, und bis Donnerstag nachmittag betrug meine Temperatur 39,8 Grad. Der Arzt sagte, ich hätte eine Grippe und legte meinem Vater nahe, mich im Bett zu lassen, andernfalls könnte es Komplikationen geben. Ich bat meinen Vater, Danny anzurufen und es ihm mitzuteilen. Ich blieb zehn Tage lang im Bett, und als ich schließlich wieder in die Schule ging, mußte ich feststellen, daß ich so viel verpaßt hatte, daß ich meine Tätigkeit im Schülerrat zwei Wochen lang einstellen und jede freie Minute damit zubringen mußte, das Versäumte nachzuholen. Ich verwendete die Schabbesnachmittage darauf zu lesen, und bis zur ersten Woche im Mai hatte ich genügend Stoff nachgeholt, um wieder an den Versammlungen des Schülerrats teilnehmen zu können. Dann wurde Rebbe Saunders krank, und zur gleichen Zeit legte sich mein Vater mit einem schweren Grippeanfall ins Bett, der eine Zeitlang an eine Lungenentzündung grenzte und mich sehr beunruhigte. Sowohl Rebbe Saunders als auch mein Vater waren ernsthaft krank an dem Tag im Mai, als uns schließlich die Nachricht erreichte, daß der Krieg in Europa vorüber sei.

Ich war bei meinem Vater in seinem Schlafzimmer, als die Nachricht im Radio kam.

»Gott sei Dank!« sagte mein Vater mit Freudentränen in den Augen. »Was für ein Preis für Hitler und seine wahnsinnigen Anhänger gezahlt werden mußte!« Und er legte sich aufs Kissen zurück und schloß die Augen.

Und dann kam, zusammen mit der amtlichen Meldung von der Unterzeichnung der bedingungslosen Kapitulation am 7. Mai, zuerst unter Vorbehalt, dann, ein paar Tage später, offen und ungeschminkt die Nachricht von den deutschen Konzentrationslagern. Mein Vater, der sich langsam wieder erholte und noch immer müde und erschöpft aussah, saß mit mehreren Kissen im Rücken im Bett und las die Zeitungsberichte über die Greuel, die in jenen Lagern stattgefunden hatten. Sein Gesicht war düster und aschfahl. Er schien nicht fassen zu können, was er las.

Während mein Vater mir einen Bericht darüber vorlas, was sich in Theresienstadt zugetragen hatte, wo die Deutschen gebildete und gelehrte europäische Juden eingesperrt und umgebracht hatten, mußte ich mit ansehen, wie er zusammenbrach und wie ein Kind weinte.

Ich wußte nicht, was ich sagen sollte. Ich sah, wie er sich auf seine Kissen zurücklegte und sein Gesicht mit den Händen bedeckte. Dann bat er mich, ihn allein zu lassen, und ich ging hinaus, ließ ihn weinend zurück und ging in mein Zimmer.

Ich konnte es einfach nicht begreifen. Die Anzahl der abgeschlachteten Juden war von einer Million über drei Millionen auf vier Millionen gestiegen, und fast jeder Artikel, den wir lasen, behauptete, daß die letzte Zählung noch immer unvollständig sei, die endgültige Zahl werde vermutlich bei sechs Millionen liegen. Ich konnte mir nicht bildlich vorstellen, daß sechs Millionen Menschen meines Volkes ermordet worden waren. Ich lag in meinem Bett und fragte mich, was für einen Sinn das habe. Es hatte nicht den geringsten Sinn. Der Tod von sechs Millionen Menschen überstieg mein Fassungsvermögen.

Danny rief mich ein paar Tage später an, und ich ging am nächsten Schabbesnachmittag zu ihm nach Hause. Wir betrieben keine Talmudstudien. Statt dessen sprach sein Vater von der jüdischen Lebenswelt in Europa, von den Leuten, die er gekannt hatte, die jetzt wahrscheinlich tot waren, von der Unmenschlichkeit der Welt, von seinen Jahren in Rußland mit den raubenden und plündernden Kosakenbanden.

»Die Welt bringt uns um«, sagte er leise. »Ach, wie die Welt uns umbringt.«

Wir saßen in seinem Arbeitszimmer, und er saß auf seinem Stuhl mit der geraden Rückenlehne. Sein Gesicht war vom Leiden gezeichnet. Sein Körper wiegte sich langsam vor und zurück, und er sprach in einem leisen Singsang, beschwor die Erinnerungen an seine Jugend in Rußland herauf und erzählte uns von den jüdischen Gemeinden in Polen, Litauen, Rußland, Deutschland und Ungarn – die sich jetzt alle in Haufen aus Knochen und Asche aufgelöst hatten. Danny und ich saßen schweigend daneben und hörten ihm zu. Danny war blaß und kam mir angespannt und aufgewühlt vor. Er zog die ganze Zeit über heftig an einer Schläfenlocke und blinzelte nervös.

»Wie die Welt sich an unserem Blut labt«, sagte Rebbe Saunders. »Wie die Welt uns leiden läßt. Es ist Gottes Wille. Wir müssen den Willen Gottes annehmen.« Er schwieg eine Zeitlang. Dann erhob er den Blick und sagte leise: »Herr der Welt, wie kannst du zulassen, daß so etwas geschieht?«

Die Frage hing wie ein Schmerzensseufzer im Raum.

Danny konnte mich an diesem Abend nicht zurückbegleiten, er hatte zu viele Schulaufgaben zu erledigen. Also ging ich allein nach Hause und fand meinen Vater in seinem Schlafzimmer vor, wo er Radio hörte. Er hatte einen Schlafanzug an und trug sein kleines schwarzes Käppchen. Der Ansager sprach von den Vereinten Nationen. Ich setzte mich in einen Sessel und hörte zu, und als die Nachrichtensendung vorüber war, drehte mein Vater das Radio aus und blickte mich an.

»Wie geht es Rebbe Saunders?« fragte er leise.

Ich erzählte ihm, worüber Rebbe Saunders diesen Nachmittag gesprochen hatte.

Mein Vater nickte bedächtig. Er sah blaß und hager aus, und seine Haut hatte eine gelbliche Färbung und war im Gesicht und an den Händen wie Pergament.

»Rebbe Saunders wollte wissen, wie Gott so etwas zulassen könne«, erzählte ich ihm leise.

Mein Vater blickte mich betrübt an.

»Und hat Gott ihm geantwortet?« fragte er. In seiner Stimme lag eine ungewohnte Bitterkeit.

Ich gab keine Antwort.

»Hat Gott ihm geantwortet, Reuven?« fragte mein Vater erneut, mit derselben Bitterkeit.

»Rebbe Saunders hat gesagt, es sei Gottes Wille. Wir müßten Gottes Willen annehmen.«

Mein Vater kniff die Augen zusammen. »Rebbe Saunders hat gesagt, es sei Gottes Wille«, wiederholte er leise.

Ich nickte.

»Du gibst dich mit dieser Antwort zufrieden, Reuven?«

»Nein.«

Er kniff erneut die Augen zusammen, und als er sprach, klang seine Stimme gütig, die Bitterkeit war verschwunden. »Ich gebe mich auch nicht damit zufrieden, Reuven. Wir können nicht auf Gott warten. Wenn es eine Antwort gibt, müssen wir sie selber finden.«

Ich schwieg.

»Sechs Millionen Menschen aus unserem Volk sind abgeschlachtet worden«, fuhr er leise fort. »Es ist unfaßbar. Es wird nur einen Sinn haben, wenn wir ihm einen Sinn geben. Wir können nicht auf Gott warten.« Er legte sich auf die Kissen zurück. »Jetzt ist nur noch eine Judenheit übrig auf der Welt«, sagte er leise und starrte an die Decke. »Sie ist hier, in Amerika. Wir haben eine schreckliche Verantwortung. Wir müssen die Reichtümer ersetzen, die wir verloren haben.« Seine Stimme klang heiser, und er hustete. Dann schwieg er lange. Ich sah, wie er die Augen schloß, und ich hörte ihn sagen: »Jetzt brauchen wir Lehrer und Rabbiner, die unserem Volk den Weg zeigen.« Er schlug die Augen auf und sah mich an. »Die jüdische Welt hat sich verändert«, sagte er, beinahe im Flüsterton. »Ein Wahnsinniger hat unsere Reichtümer zerstört. Wenn wir das Judentum in Amerika nicht wieder aufbauen, werden wir als Volk aussterben.« Dann schloß er wieder die Augen und schwieg.

Mein Vater erholte sich nur langsam, und erst Ende Mai war er in der Lage, den Unterricht wieder aufzunehmen.

Zwei Tage nach meiner Abschlußprüfung erlitt er einen Herzanfall. Er wurde schnell mit dem Krankenwagen ins Brooklyn Memorial Hospital transportiert und in einem Zimmer der zweiten Klasse, ein Stockwerk unter der Augenabteilung, untergebracht. Manya kümmerte sich während der ersten alptraumartigen Tage voll blinden Entsetzens um mich, als ich einem Nervenzusammenbruch nahe war und mein Verstand aussetzte. Dann rief mich Rebbe Saunders eines Abends an und lud mich ein, in seinem Haus zu wohnen, bis mein Vater sich wieder erholt hatte. Wie kannst du allein wohnen, nur mit einer Haushälterin, die sich um dich kümmert, wollte er wissen. Warum sollte ich nachts allein in der Wohnung bleiben? Wer wisse schon, Gott bewahre, was alles passieren könne? Es sei furchtbar für einen Jungen in meinem Alter, alleingelassen zu werden. Sie könnten noch ein Bett in Dannys Zimmer stellen, und ich könne dort schlafen. Als ich meinem Vater davon erzählte, sagte er, es wäre klug von mir, das Angebot anzunehmen. Und er trug mir auf, Rebbe Saunders zu sagen, wie dankbar er ihm für diese Gefälligkeit sei.

Am 1. Juli packte ich eine Tasche und fuhr mit dem Taxi zu Rebbe Saunders' Haus. Ich zog mit in Dannys Zimmer.

Kapitel 12

Von dem Tag an, an dem ich das Haus von Rebbe Saunders betrat, bis zu dem Tag, an dem ich es verließ, um mit meinem Vater zu unserem Ferienhäuschen in der Nähe von Peekskill zu fahren, wo er sich erholen sollte, wurde ich so freundlich aufgenommen wie ein Mitglied von Dannys Familie. Dannys Mutter, die ein Herzleiden hatte und sich in regelmäßigen Abständen ausruhen mußte, lud mir immer reichlich Essen auf meinen Teller. Dannys Schwester war, wie ich zum ersten Mal bemerkte, ein sehr hübsches Mädchen, mit dunklen Augen und langem, dunklen Haar, das zurückgekämmt und zu einem Zopf geflochten war, und mit lebhaften Händen, die immer in Bewegung zu sein schienen, wenn sie sprach. Sie zog Danny und mich ständig auf und nannte uns David und Jonathan. Dannys Bruder Levi stocherte immerzu in seinem Essen herum, wenn er am Küchentisch saß, oder wandelte wie ein Gespenst durchs Haus und bohrte in der Nase. Dannys Vater schwieg die ganze Zeit über und zog sich zurück, hatte seine dunklen Augen nach innen gekehrt und grübelte, als ob er Zeugnis ablegte von einem Meer der Leiden, das er allein wahrnehmen konnte. Er ging vornübergebeugt, als hätte er eine riesige Last auf den Schultern zu tragen. Dunkle Ringe hatten sich um seine Augen gebildet, und manchmal am Küchentisch sah ich, wie er plötzlich anfing zu weinen, dann stand er auf und verließ das Zimmer, um ein paar Minuten später zurückzukehren und weiterzuessen. Niemand in der Familie äußerte sich zu diesen plötzlichen Weinkrämpfen. Und ich tat es auch nicht, obschon sie mich einschüchterten und bestürzten.

Danny und ich machten in diesen vier Wochen alles gemeinsam. Wir standen kurz vor sieben auf, gingen in die Synagoge hinunter, um am Morgengottesdienst mit der Gemeinde teilzunehmen, frühstückten mit der Familie und gingen im Anschluß daran auf die Veranda hinaus, wenn das Wetter schön war, oder blieben in seinem Zimmer, wenn es nicht schön war, und verbrachten den Vormittag mit dem Talmudstudium. Nach dem Mittagessen gingen wir zusammen in die Bibliothek, wo wir den frühen Nachmittag verbrachten. Danny las Freud, und ich beschäftigte mich mit symbolischer Logik. In der Bibliothek holten wir all die Gespräche nach, zu denen wir während des ganzen Jahres nicht gekommen waren. Dann, so gegen vier Uhr, fuhren wir gemeinsam mit der Straßenbahn ins Brooklyn Memorial Hospital und besuchten meinen Vater. Wir nahmen das Abendessen zusammen mit Dannys Familie ein, verbrachten dann den Abend im Wohnzimmer bei einer Plauderei mit Dannys Schwester und Mutter oder lasen leise – Danny las abends immer die Bücher zu jüdischen Themen, die ich ihm gab –, oder wir gingen, wenn sein Vater Zeit hatte, ins Arbeitszimmer hinauf, um über eine Talmudstelle zu debattieren. Aber Rebbe Saunders hatte selten Zeit. Eine unendliche Zahl von Leuten schien ins Haus zu kommen und die zwei Treppen hinaufzusteigen, um mit ihm zu sprechen, und wenn wir uns auf das Abendessen vorbereitet hatten, war er immer schon sichtlich ermüdet, er saß dann gedankenverloren da, mit trüben, nachdenklichen Augen. Und einmal, während des Abendessens, sah ich, wie langsam Tränen aus seinen Augen traten und sich im Gestrüpp seines Bartes verloren. Diesmal verließ er den Tisch nicht. Er saß da, weinte still vor sich hin, und keiner sagte etwas. Und dann trocknete er sich die Augen mit einem Taschentuch, atmete tief und zittrig ein und wandte sich wieder seinem Essen zu.

Während der gesamten vier Wochen, die ich im Hause von Rebbe Saunders verbrachte, sah ich ihn nur dann mit Danny sprechen, wenn wir über den Talmud disputierten. Es fand nie eine einfache, persönliche, menschliche Art der Unterhaltung zwischen ihm und seinem Sohn statt. Ich hatte beinahe den Eindruck, daß sie körperlich nicht dazu in der Lage waren, sich miteinander über gewöhnliche Dinge zu unterhalten. Es beunruhigte mich, aber ich sagte nichts dazu.

Danny und ich redeten oft über seine Freud-Lektüre. Wir saßen an unserem Tisch im zweiten Stock der Bibliothek, umgeben von dem Labyrinth der Bücherregale, und er erzählte mir, was er während des vergangenen Jahres gelesen hatte und was er jetzt gerade las. Freud hatte ihn eindeutig gründlich aus der Fassung gebracht – hatte ihn aus dem Gleichgewicht geworfen, wie er es einmal formulierte. Aber er könne nicht damit aufhören, ihn zu lesen, sagte er, weil für ihn immer offensichtlicher werde, daß Freud einen geradezu unheimlichen Einblick in die Natur des Menschen gehabt habe. Und das war es, was Danny so aus der Fassung brachte. Freuds Vorstellung von der Natur des Menschen war alles andere als schmeichelhaft, sie war alles andere als religiös. Sie riß den Menschen fort von Gott, wie Danny es ausdrückte, und ließ ihn eine Verbindung mit dem Teufel eingehen.

Danny kannte Freud inzwischen gut genug – seine Methode des Studiums war also höchst erfolgreich gewesen –, um in der Lage zu sein, Freuds Fachterminologie mit derselben natürlichen Leichtigkeit zu benutzen, die unseren Umgang mit der Terminologie des Talmud kennzeichnete. In den ersten beiden Juliwochen verwendete Danny einen Teil der Zeit, die wir zum Lesen hatten, darauf, mir beharrlich einige von Freuds Grundgedanken zu erläutern. Wir saßen an unserem Tisch, Danny in seinem dunklen Anzug – er trug stets einen dunklen Anzug, egal wie heiß es auch war –, seinem Hemd ohne Krawatte, mit seinen Schaufäden, seinem Käppchen, seinen langen Schläfenlocken und seinem Bart, der jetzt dicht und voll war, nahezu der Bart eines Erwachsenen, ich dagegen in meinem Freizeithemd, meiner sommerlichen Hose und meinem Käppchen, und wir unterhielten uns über Sigmund Freud. Was ich zu hören bekam, war neu für mich, so neu, daß ich es anfangs nicht begreifen konnte. Aber Danny war geduldig, so geduldig wie mein Vater, und langsam fing ich an, das psychologische Gedankengebäude, das Freud errichtet hatte, zu verstehen. Und es brachte mich ebenfalls aus der Fassung. Freud widersprach allem, was ich jemals gelernt hatte. Was mich ganz besonders verwirrte, war die Tatsache, daß Danny die Lehren Freuds nicht verworfen zu haben schien. Ich fing an, mich zu fragen, wie es möglich sei, daß die Ideen des Talmud und das Freudsche Denken im Innern ein und desselben Menschen nebeneinander Platz finden konnten. Eins von beiden mußte meiner Meinung nach dem anderen weichen. Als ich das Danny erzählte, zuckte er mit den Achseln, sagte nichts dazu und wandte sich wieder seiner Lektüre zu.

Wenn es meinem Vater zu diesem Zeitpunkt gutgegangen wäre, hätte ich mit ihm darüber gesprochen, aber er lag im Krankenhaus und kam nur langsam wieder zu Kräften, so daß ich ihn nicht mit einem Bericht über Dannys Lektüre in Aufregung versetzen wollte. Nach Lage der Dinge regte ihn seine eigene Lektüre schon genug auf. Immer wenn Danny und ich zu Besuch kamen, fanden wir eine Reihe von Zeitungen über sein ganzes Bett verstreut vor. Er las alles, was er über die Vernichtung der europäischen Juden in die Finger bekam. Er redete von nichts anderem mehr als den europäischen Juden und der Verantwortung, die die amerikanischen Juden jetzt trügen. Gelegentlich sprach er von der Bedeutung Palästinas als jüdischem Heimatland, aber zumeist ging es ihm um die amerikanischen Juden und den Bedarf an Lehrern und Rabbinern. Einmal fragte er Danny und mich, was wir augenblicklich läsen, und Danny antwortete wahrheitsgemäß, daß er gerade mit Freud beschäftigt sei. Mein Vater setzte sich im Bett auf, mit den Kissen im Rücken, blickte ihn an und kniff die Augen zusammen. Er war sehr abgemagert – ich hatte nicht gedacht, daß er noch dünner werden könnte, als er vor seinem Herzanfall gewesen war, aber mir schien es, als hätte er mindestens zehn Pfund verloren –, und selbst Kleinigkeiten schienen ihn aus dem Gleichgewicht bringen zu können. Ich hatte einen Augenblick lang Angst, weil ich nicht wollte, daß er sich in einen Streit mit Danny über Freud verwickeln ließ. Aber er schüttelte nur den Kopf und seufzte. Er sagte, er sei sehr müde; er werde sich mit Danny ein anderes Mal über Freud unterhalten. Danny solle nicht glauben, daß mit Freud das letzte Wort in der Psychoanalyse gesprochen sei; viele große Denker seien anderer Meinung als er. Er beließ es dabei und kam wieder auf die Vernichtung der europäischen Juden zu sprechen. Ob uns bekannt sei, fragte er uns, daß Mr. Eden am 17. Dezember 1942 im britischen Unterhaus aufgestanden sei und alle Einzelheiten über den Plan der Nazis, die gesamte jüdische Bevölkerung Europas umzubringen, dessen Umsetzung bereits in vollem Gange war, dargelegt hätte? Ob uns bekannt sei, daß Mr. Eden, obwohl er den Nazis mit Vergeltung gedroht hatte, nicht ein Wort verloren hätte über praktische Maßnahmen zur Rettung so vieler Juden wie möglich vor dem, was andernfalls seines Wissens nach ihr unvermeidliches Schicksal sein würde? Es hatte in England öffentliche Versammlungen gegeben, Proteste, Petitionen, Briefe – die ganze Maschinerie demokratischer Ausdrucksmöglichkeiten war in Gang gesetzt worden, um der britischen Regierung den Handlungsbedarf klarzumachen –, und nichts war unternommen worden. Alle zeigten Mitgefühl, aber keiner zeigte genug Mitgefühl. Die Briten ließen ein paar Juden herein und verschlossen dann ihre Türen. Amerika hatte auch nicht genügend Interesse gezeigt. Niemand hatte genügend Interesse gezeigt. Die Welt verschloß ihre Türen, und sechs Millionen Juden wurden abgeschlachtet. Was für eine Welt! Was für eine wahnsinnige Welt! »Was ist uns jetzt noch geblieben, wenn nicht das amerikanische Judentum?« sagte er. »Einige Juden sagen, wir sollten darauf warten, daß Gott den Messias schickt. Wir können nicht auf Gott warten! Wir müssen unseren eigenen Messias erschaffen! Wir müssen das amerikanische Judentum wiederaufbauen! Und Palästina muß die Heimat der Juden werden! Wir haben genug gelitten! Wie lange müssen wir noch auf den Messias warten?«

Es bekam meinem Vater nicht, sich derart aufzuregen, aber es gab nichts, was ich tun konnte, um ihn davon abzuhalten. Er konnte über nichts anderes reden als über die Vernichtung der europäischen Juden.

Eines Morgens beim Frühstück löste Rebbe Saunders sich aus einem brütenden Schweigen, seufzte und begann ohne ersichtlichen Grund, uns in seinem sanften Singsang die Geschichte eines alten, frommen Chassiden zu erzählen, der sich auf den Weg nach Palästina gemacht hatte – Rebbe Saunders nannte es Erez Jisroel und gab dem Land seinen angestammten Namen, wobei er das »E« und das »ro« betonte –, um die letzten Jahre seines Lebens im Heiligen Land verbringen zu können. Schließlich kam er an die Klagemauer in Jerusalem, und drei Tage später starb er, während er an der Mauer betete, daß der Messias kommen und sein Volk erlösen möge. Rebbe Saunders wiegte sich vor und zurück, während er die Geschichte erzählte, und als er fertig war, sagte ich leise, ohne den Namen meines Vaters zu erwähnen, daß jetzt viele Leute die Meinung verträten, es sei an der Zeit, daß Palästina zum Heimatland der Juden werde und nicht nur ein Ort sei, wohin fromme Juden gingen, um zu sterben. Die Reaktion seitens der gesamten Familie erfolgte unverzüglich; es war so, als hätte jemand ein brennendes Streichholz auf einen Heuhaufen geworfen. Ich konnte die Hitze beinahe spüren, die an die Stelle der familiären Wärme am Tisch trat. Danny wurde ganz steif und starrte auf den Teller, der vor ihm stand. Sein Bruder ließ ein leises Wimmern hören, und seine Schwester und seine Mutter schienen an ihren Stühlen festgefroren zu sein. Rebbe Saunders starrte mich mit zornig funkelnden Augen an, sein Bart bebte. Und er richtete einen Finger auf mich, der wie eine Waffe aussah.

»Wer sind diese Leute? Wer sind diese Leute?« schrie er auf jiddisch, und die Wörter durchbohrten mich wie Dolche. »Apikorsim! Gojim! Ben Gurion und seine Gojim wollen Erez Jisroel aufbauen? Sie wollen für uns ein jüdisches Land aufbauen? Sie wollen die Tora in dieses Land bringen? Gojischkeit bringen sie in dieses Land und nicht die Tora! Gott baut das Land auf und nicht Ben Gurion und seine Gojim! Wenn der Messias kommt, dann werden wir Erez Jisroel haben, ein Heiliges Land, und nicht ein Land, das von jüdischen Gojim entweiht wird!«

Ich saß erschrocken und bestürzt da, überwältigt von seinem Zorn. Seine Reaktion hatte mich so unvorbereitet getroffen, daß mir im wörtlichen Sinne der Atem weggeblieben war, und ich schnappte jetzt nach Luft. Ich fühlte mich so, als würde ich von den Flammen eines Feuers verzehrt. Das Schweigen, das auf seinen Wutausbruch folgte, hatte etwas von einem Pilzbefall an sich, als ob üble Dinge ausgebrütet würden, und ich hatte das unheimliche Gefühl, daß ich irgendwie nackt ausgezogen worden war und man mir Gewalt angetan hatte. Ich wußte nicht, was ich tun oder sagen sollte. Ich saß nur da und starrte ihn an.

»Soll das Land Abrahams, Isaaks und Jakobs von jüdischen Gojim aufgebaut werden, von entweihten Menschen?« schrie Rebbe Saunders erneut. »Niemals! Nicht, solange ich lebe! Wer sagt das? Wer sagt, daß wir Erez Jisroel jetzt aufbauen sollen? Und wo ist der Messias? Sag mir, sollen wir den Messias völlig außer acht lassen? Dafür sind sechs Millionen Menschen aus unserem Volk hingeschlachtet worden? Daß wir den Messias völlig außer acht lassen, daß wir den Herrn der Welt völlig außer acht lassen? Warum, glaubst du, habe ich mein Volk von Rußland nach Amerika gebracht und nicht nach Erez Jisroel? Weil es besser ist, in einem Land richtiger Gojim zu leben als in einem Land jüdischer Gojim! Wer spricht davon, daß *wir* Erez Jisroel aufbauen sollten, hm? Ich werde dir sagen, wer davon spricht! Die Apikorsim sprechen davon! Jüdische Gojim sprechen davon! Richtige Juden sagen so etwas nicht!«

Danach herrschte lange Schweigen. Rebbe Saunders saß auf seinem Stuhl, atmete schwer und zitterte vor Wut.

»Bitte, du solltest dich nicht so aufregen«, bat Dannys Schwester sanftmütig. »Das bekommt dir nicht.«

»Es tut mir leid«, sagte ich nicht gerade überzeugend, weil ich nicht wußte, was ich sonst sagen sollte.

»Reuven hat nicht von sich selbst gesprochen«, sagte Dannys Schwester leise zu ihrem Vater. »Er hat nur...«

Aber Rebbe Saunders schnitt ihr mit einer ärgerlichen Handbewegung das Wort ab. Unnachgiebig sprach er das Tischgebet und verließ dann die Küche, und sein Zorn stand ihm ins Gesicht geschrieben.

Dannys Schwester starrte auf den Tisch, und ihr Blick war trüb und traurig.

Später, als Danny und ich allein in seinem Zimmer waren, sagte Danny mir, ich solle es mir das nächste Mal gut überlegen, wenn ich so etwas Ähnliches seinem Vater gegenüber erwähnen wolle. Sein Vater sei umgänglich, sagte er, bis er mit einer Idee konfrontiert werde, von der er den Eindruck habe, daß sie aus der verdorbenen Welt stamme.

»Wie sollte ich wissen, daß der Zionismus eine verdorbene Idee ist?« gab ich zurück. »Mein Gott, ich fühle mich so, als hätte ich gerade die sieben Tore der Hölle durchschritten.«

»Herzl trug weder Kaftan noch Schläfenlocken«, erklärte Danny. »Ben Gurion auch nicht.«

»Das kann doch nicht dein Ernst sein.«

»Ich spreche nicht von mir. Ich spreche von meinem Vater. Sprich einfach nicht mehr von einem jüdischen Staat. Mein Vater nimmt Gott und die Tora sehr ernst, Reuven. Für beide wäre er mit Freuden bereit zu sterben. Ein weltlicher jüdischer Staat ist in den Augen meines Vaters ein Sakrileg, eine Entweihung der Tora. Du hast deine Finger in eine offene Wunde gelegt. Mach das bitte nicht nochmal.«

»Ich bin froh, daß ich nicht erwähnt habe, daß es mein Vater gewesen ist, der das gesagt hat. Er hätte mich vielleicht aus dem Haus geworfen.«

»Er hätte dich *auf jeden Fall* aus dem Haus geworfen«, sagte Danny mit düsterer Miene.

»Geht... geht's ihm gut?«

»Wie meinst du das?«

»Weil er die ganze Zeit so weint. Ist er... stimmt irgendwas nicht?«

Dannys Hand fuhr langsam zu einer seiner Schläfenlocken, und ich beobachtete, wie er nervös daran zog. »Sechs Millionen Juden sind gestorben«, sagte er. »Er... ich glaube, er denkt an sie. Er leidet für sie.«

Ich blickte ihn an. »Ich dachte, er sei vielleicht krank. Ich dachte, deine Schwester habe gesagt...«

»Er ist nicht krank«, unterbrach mich Danny. Er ließ seine Hand sinken. »Ich... ich will wirklich nicht darüber reden.«

»In Ordnung«, sagte ich leise. »Aber ich glaube nicht, daß ich mich heute morgen mit dem Talmud beschäftigen will. Ich werde einen ausgedehnten Spaziergang machen.«

Er sagte nichts darauf. Aber er hatte einen traurigen und grüblerischen Gesichtsausdruck, als ich aus seinem Zimmer ging.

Als ich Rebbe Saunders beim Mittagessen wiedersah, schien er den Vorfall völlig vergessen zu haben. Aber ich dachte jetzt sorgfältig nach, bevor ich irgend etwas zu ihm sagte. Und ich war von dieser Zeit an ständig auf der Hut vor ihm.

An einem Nachmittag in der letzten Juliwoche fing Danny an, über seinen Bruder zu sprechen. Wir saßen in der Bibliothek und lasen, als er plötzlich aufblickte, den Kopf auf die rechte Hand, den Ellbogen auf den Tisch stützte und mir mitteilte, daß ihm seine Augen wieder zu schaffen machten und daß es ihn nicht im geringsten überraschen würde, wenn er bald eine Brille tragen müsse, sein Bruder bekomme eine Brille, und der sei erst neun. Ich erwiderte, daß sein Bruder nicht viel zu lesen scheine, wofür er eine Brille brauche.

»Es hat nichts mit Lesen zu tun«, sagte Danny. »Seine Augen sind schlicht und einfach schlecht, das ist alles.«

»Deine Augen sehen blutunterlaufen aus«, teilte ich ihm mit.
»Sie sind blutunterlaufen«, gab er zurück.
»Deine Augen sehen aus, als ob du Freud gelesen hättest.«
»Ha-ha«, sagte Danny.
»Was sagt Freud zu so einer gewöhnlichen Sache wie blutunterlaufenen Augen?«
»Er sagt, sie bräuchten Ruhe.«
»Ein Genie«, sagte ich.
»Du weißt, daß mein Bruder ein guter Junge ist«, meinte Danny. »Seine Krankheit stellt eine ziemliche Behinderung für ihn dar, aber wenn man alles in Betracht zieht, ist er ein guter Junge.«
»Durchaus, das kann ich bestätigen. Studiert er den Talmud?«
»Na klar. Er ist auch ein aufgeweckter Bursche. Aber er muß vorsichtig sein. Mein Vater kann ihn nicht unter Druck setzen.«
»Da hat er aber Glück gehabt.«
»Ich weiß nicht. Ich möchte nicht mein ganzes Leben lang krank sein. Ich ließe mich viel lieber unter Druck setzen. Aber er ist ein netter Junge.«
»Deine Schwester ist auch sehr nett«, bemerkte ich.
Danny schien mich nicht gehört zu haben – oder wenn doch, zog er es vor, meinen Worten keinerlei Beachtung zu schenken. Er fuhr fort, über seinen Bruder zu sprechen. »Es muß wirklich die Hölle sein, die ganze Zeit krank herumzuspazieren und von Pillen abhängig zu sein. Er ist wirklich ein lieber Junge. Und aufgeweckt ist er auch.« Er schien den Faden zu verlieren, und ich war mir nicht sicher, worauf er hinaus wollte. Der nächste Satz erschütterte mich. »Wahrscheinlich wäre er ein hervorragender Zaddik«, sagte er.
Ich schaute ihn an. »Was soll das jetzt wieder heißen?«
»Ich habe gesagt, daß mein Bruder wahrscheinlich ein hervorragender Zaddik wäre«, sagte Danny ruhig. »Mir ist neulich der Gedanke gekommen, daß ich, wenn ich nicht den Platz meines Vaters einnähme, nicht unbedingt die Dynastie zugrunde richten würde. Mein Bruder könnte die Aufgabe übernehmen. Ich habe mir selber eingeredet, daß ich die Dynastie zugrunde richten würde, wenn ich nicht seinen Platz einnähme. Ich glaube, daß ich mir selber gegenüber rechtfertigen mußte, daß ich ein Zaddik werden würde.«
Ich erschrak und sagte lakonisch: »Euer Haus ist kürzlich nicht in die Luft geflogen, also nehme ich an, daß du es deinem Vater noch nicht erzählt hast.«
»Nein. Und ich werde es auch nicht tun. Noch nicht.«

»Wann willst du es ihm erzählen? Ich will mich nämlich an dem Tag nicht in der Stadt aufhalten.«

»Doch«, sagte er in aller Ruhe. »Ich brauche dich an diesem Tag in meiner Nähe.«

»Ich hab' nur Spaß gemacht«, erwiderte ich, und mir war übel vor Angst.

»Mir ist neulich auch der Gedanke gekommen, daß ich die ganze Sorge um die Gesundheit meines Bruders nur vorgetäuscht habe. Ich habe keine allzu gute Beziehung zu ihm. Er ist noch so ein kleines Kind. Ich bemitleide ihn ein bißchen, das ist alles. In Wirklichkeit war ich um seine Gesundheit besorgt, weil ich die ganze Zeit wollte, daß er dazu in der Lage ist, den Platz meines Vaters einzunehmen. Gut, das war immerhin etwas, als ich mir das klarmachte. Wie gefällt dir das? Langweilst du dich schon?«

»Ich bin zu Tode gelangweilt«, gab ich zurück. »Ich kann den Tag nicht erwarten, an dem du es deinem Vater erzählst.«

»Wart's ab«, sagte Danny kurz und blinzelte. »Du mußt abwarten, und du wirst auch bei mir sein, weil ich dich brauche.«

»Laß uns zur Abwechslung mal über deine Schwester reden«, schlug ich vor.

»Ich habe dich beim ersten Mal schon gehört. Laß uns nicht über meine Schwester reden, wenn es dir nichts ausmacht. Laß uns über meinen Vater reden. Du willst wissen, wie ich zu meinem Vater stehe? Ich bewundere ihn. Ich weiß nicht, was er mit diesem komischen Schweigen, das er zwischen uns eingeführt hat, bei mir zu erreichen sucht, aber ich bewundere ihn. Ich glaube, daß er ein bedeutender Mann ist. Ich respektiere ihn und vertraue ihm blind. Deshalb bin ich der Meinung, daß ich mit seinem Schweigen leben kann. Ich weiß nicht, warum ich ihm vertraue, aber ich tue es. Aber ich habe auch Mitleid mit ihm. Verstandesmäßig sitzt er in einer Falle. Er ist in dieser Falle geboren. Ich will niemals so in der Falle sitzen wie er. Ich will frei atmen können, denken können, was ich denken will, die Dinge sagen können, die ich sagen will. Ich sitze augenblicklich auch in einer Falle. Weißt du, wie das ist, wenn man in einer Falle sitzt?«

Ich schüttelte langsam den Kopf.

»Wie könntest du das auch wissen?« sagte Danny. »Das ist das teuflischste, erstickendste, einengendste Gefühl auf der Welt. Ich schreie mit jeder Faser meines Körpers, um da herauszukommen. Mein Verstand schreit auf, um da herauszukommen. Aber ich kann nicht. Jetzt noch nicht. Aber eines Tages wird es soweit sein. Ich will dich an diesem Tag in meiner Nähe haben, mein Freund. Ich *brauche* dich an diesem Tag.«

Ich sagte nichts darauf. Wir saßen lange schweigend da. Dann schlug Danny langsam das Buch von Freud zu, das er gelesen hatte.

»Meine Schwester ist schon versprochen«, sagte er leise.

»Was?«

»Mein Vater hat meine Schwester dem Sohn eines seiner Anhänger versprochen, als sie zwei Jahre alt war. Es ist eine alte chassidische Sitte, Kinder in die Ehe zu versprechen. Sie wird heiraten, wenn sie achtzehn ist. Ich denke, wir sollten jetzt hinübergehen und deinen Vater besuchen.«

Das war das einzige Mal, daß Danny und ich jemals über seine Schwester sprachen.

Eine Woche später fuhr ich mit meinem Vater zu unserem Ferienhäuschen in der Nähe von Peekskill. Während wir uns dort aufhielten, zerstörte Amerika Hiroshima und Nagasaki mit Atombomben, und der Krieg mit Japan fand sein Ende.

Ich erzählte meinem Vater nichts von dem letzten Gespräch, das ich mit Danny geführt hatte, und ich hatte in diesem Jahr eine Reihe von Alpträumen, in denen Rebbe Saunders mich anschrie, daß ich den Verstand seines Sohnes vergiftet hätte.

Von jenem September an gingen Danny und ich aufs Hirsch College. Ich war zu einer Größe von 1,73 m herangewachsen, ein paar Zentimeter kleiner als Danny, und ich mußte mich rasieren. Danny hatte sich während des letzten Jahres an der High School körperlich kaum verändert. Der einzige Unterschied bestand darin, daß er jetzt eine Brille trug.

DRITTES BUCH

Ein Wort für einen Sela, Schweigsamkeit für deren zwei.
Der Talmud

Kapitel 13

Am Ende unserer ersten Woche auf dem College war Danny völlig unglücklich. Er hatte herausgefunden, daß im Samson Raphael Hirsch Seminary and College mit Psychologie nur experimentelle Psychologie gemeint war, und daß der Vorsitzende des Fachbereichs, Professor Nathan Appleman, eine starke Abneigung gegen die Psychoanalyse im allgemeinen und gegen Freud im besonderen hatte.

Danny brachte seine Gefühle gegenüber Professor Appleman und experimenteller Psychologie deutlich zum Ausdruck. Wir trafen uns morgens immer vor meiner Synagoge und gingen von da zur Straßenbahn, und zwei Monate lang tat er während dieser morgendlichen Straßenbahnfahrt nichts anderes, als über das Psychologielehrbuch zu reden, das er las – er sagte nicht »studieren«, er sagte »lesen« –, und über die Ratten und Labyrinthe im Versuchsraum für Psychologie. »Als nächstes werden sie einen Behavioristen aus mir machen«, jammerte er. »Was haben Ratten und Labyrinthe mit der *Psyche* zu tun?«

Ich war mir nicht sicher, daß ich wußte, was ein Behaviorist war, und ich wollte ihn nicht dadurch, daß ich ihn danach fragte, noch unglücklicher machen. Es tat mir ein bißchen leid für ihn, in erster Linie, weil das College für mich aufregend war, und ich an meinen Büchern und Lehrern äußerst viel Gefallen fand, während er immer unglücklicher zu werden schien.

Das Gebäude, welches das College beherbergte, stand an der Bedford Avenue. Es handelte sich um ein fünfstöckiges Gebäude aus Granulit, und es nahm den halben Block einer belebten Geschäftsstraße ein. Der Verkehrslärm von der Straße drang deutlich vernehmbar durch die Fenster in unsere Klassenräume. Hinter dem College befand sich das wuchtige Sandsteingebäude einer Waffenfabrik, und einen Block weiter, auf der anderen Straßenseite, stand eine katholische Kirche mit einem riesigen Kreuz auf dem Rasen davor, an dem der gekreuzigte

Christus hing. Abends wurde das Kruzifix in grünes Scheinwerferlicht getaucht, so daß wir es von der Steintreppe vor dem College deutlich sehen konnten.

Das Erdgeschoß des Gebäudes bestand aus Verwaltungsbüros, einem Auditorium und einer großen Synagoge, wovon ein Teil voller Stühle und langer Tische stand. Der gesamte erste Stock wurde von der Bibliothek in Anspruch genommen, einer eindrucksvollen Bibliothek mit labyrinthischen Bücherregalen, die mich an das zweite Stockwerk der Bibliothek erinnerten, in der Danny und ich so viel Zeit miteinander verbracht hatten. Sie besaß helle Neonlampen – die nicht flackerten oder die Farbe wechselten, wie ich beim ersten Mal, als ich die Bibliothek betrat, sogleich feststellte – und geschultes, fachlich gebildetes Personal. Zusätzlich umfaßte sie einen großen Lesesaal mit langen Tischen, Stühlen, einer ausgezeichneten Sammlung von Nachschlagewerken und einem Ölgemälde, das Samson Raphael Hirsch darstellte und an der beherrschenden Stelle einer weißen Wand hing. Hirsch war ein allgemein bekannter orthodoxer Rabbi im Deutschland des letzten Jahrhunderts gewesen und hatte mit seinen Schriften und Predigten die jüdische Reformbewegung seiner Zeit auf eine kluge Art und Weise bekämpft. Im zweiten und dritten Stock befanden sich weißgetünchte, moderne Klassenräume und große, gut ausgestattete Versuchsräume für Chemie, Physik und Biologie. Auch im vierten Stock gab es Klassenräume, dazu einen Versuchsraum für Psychologie, in dem sich Ratten, Labyrinthe, Projektionswände und eine Anzahl von Instrumenten zur Messung auditiver und visueller Reaktionen befanden. Das fünfte Stockwerk bestand aus Schlafräumen für Studenten, die von außerhalb kamen.

Es war eine streng orthodoxe Schule mit drei Gottesdiensten am Tag und in Europa ausgebildeten Rabbis, von denen viele lange, dunkle Mäntel und alle einen Bart trugen. Der erste Tagesabschnitt, von neun Uhr morgens bis drei Uhr nachmittags, war ausschließlich dem Talmudstudium gewidmet. Von Viertel nach drei bis Viertel nach sechs oder Viertel nach sieben, was vom Stundenplan abhing, den wir gewählt hatten, durchliefen wir das Lehrprogramm eines normalen College. Freitags von neun bis eins herrschte das College-Programm; sonntags studierten wir während des gleichen Zeitraums den Talmud.

Ich merkte, daß diese Verteilung der Kurse mir sehr gut gefiel; dadurch erreichte ich eine klare Einteilung meiner Arbeit, und es wurde mir leicht gemacht, mich gesondert auf den Talmud und die Collegefächer zu konzentrieren. Die Länge des Schultags hingegen war etwas anderes; ich war regelmäßig bis ein Uhr nachts mit den Hausaufgaben beschäftigt. Einmal kam mein Vater um zehn vor eins in mein Zimmer, fand mich damit beschäftigt, mir den Abschnitt über Saugwürmer aus meinem Biologielehrbuch einzuprägen, fragte mich, ob ich versuchte, vier Jahre College auf einmal zu bewältigen, und sagte mir, ich solle auf der Stelle ins Bett gehen. Ich ging ins Bett – eine halbe Stunde später, als ich mit den Hausaufgaben fertig war.

Dannys Trübsinn und Enttäuschung wurden mit jedem Tag schlimmer, trotz der Tatsache, daß die Schüler in seinem Talmudkurs ihm mit unverhohlener Ehrfurcht begegneten. Er war in Rav Gershensons Kurs eingeteilt worden, zu den Fortgeschrittensten an der Schule, ich in den Kurs darunter. Nach zwei Wochen war er Gesprächsgegenstand der ganzen Talmudabteilung und allgemein anerkannter Schiedsmann aller talmudischen Streitgespräche unter den Schülern. Auch lernte er sehr viel von Rav Gershenson, der, wie Danny es ausdrückte, es liebte, im Unterricht wenigstens drei Tage auf zwei Zeilen zu verwenden. Rasch war er zum Führer der wenigen chassidischen Studenten des College geworden, derjenigen, die in schwarzen Anzügen, mit Hemden ohne Krawatte, mit Bärten, Schaufäden und Schläfenlocken herumliefen. Ungefähr die Hälfte meiner Klassenkameraden von der High School hatten mit dem College angefangen, und ich freundete mich mit vielen nichtchassidischen Studenten an. Ich mischte mich nicht in die Angelegenheiten der Chassidim, aber das Ausmaß, mit dem sie Danny verehrten, war für alle offensichtlich. Sie klammerten sich an ihn, als ob er die Reinkarnation des Bescht, als ob er sozusagen ihr studentischer Zaddik wäre. Aber nichts davon machte ihn allzu glücklich; nichts davon konnte seine Enttäuschung über Professor Appleman aufwiegen, der ihn, als das erste Semester zu Ende ging, so gründlich gegen sich aufgebracht hatte, daß er schon davon sprach, ein anderes Hauptfach zu wählen. Er könne sich nicht vorstellen, vier Jahre darauf zu verwenden, Ratten durch ein Labyrinth laufen zu lassen und menschliche Reaktionen auf blinkende Lichter und Summtöne zu überprüfen, sagte er mir. Für seine Semesterarbeit in Psychologie hatte er eine Zwei bekommen, weil er in der Abschlußprüfung irgendwelche mathematischen Gleichungen durcheinandergebracht hatte. Er war empört. Was experimentelle Psychologie mit der menschlichen Psyche zu tun habe, wollte er wissen.

Mittlerweile war die zweite Woche zwischen den Semestern angebrochen. Danny saß auf meinem Bett und ich an meinem Schreibtisch und wünschte mir, ihm helfen zu können, so durch und durch traurig sah er aus. Aber ich kannte mich in experimenteller Psychologie nicht aus, so konnte ich ihm nur wenig Hilfe anbieten, außer daß ich ihn drängte, dieses Jahr noch durchzuhalten, vielleicht komme irgend etwas dabei heraus, vielleicht würde er sogar an dem Fach Gefallen finden.

»Hast du meinen Vater und seine absichtlichen Fehler je gemocht?« fragte er gereizt.

Ich schüttelte langsam den Kopf. Rebbe Saunders hatte seit der Woche, von der an wir das College besuchten, damit aufgehört, absichtliche Irrtümer in seine Ansprachen am Schabbesabend einzuflechten, aber die Erinnerung daran wurmte ihn immer noch. Ich sagte Danny, daß ich die Sache mit den Fehlern nicht gemocht und mich nie richtig daran gewöhnt hätte, obwohl ich es oftmals miterlebt hätte.

»Warum glaubst du dann, daß dir eine Sache irgendwann gefällt, wenn du sie, obwohl du sie verabscheust, nur lange genug durchstehst?«

Ich wußte keine Antwort darauf, außer daß ich ihn erneut drängte, das Jahr bei Professor Appleman durchzuhalten. »Warum redest du nicht mit ihm darüber?« fragte ich.

»Über was? Über Freud? Bei dem einen Mal, als ich im Unterricht eine Freudsche Theorie anführte, war alles, was ich aus Appleman herausbekam, daß die dogmatische Psychoanalyse zur Psychologie im gleichen Verhältnis stehe wie Magie zur Wissenschaft. ›Dogmatische Freudianer‹«, ahmte Danny Professor Appleman nach – das nahm ich zumindest an, denn ich kannte Professor Appleman nicht, aber Dannys Stimme hatte einen etwas professoralen Unterton angenommen – »›dogmatische Freudianer müssen im allgemeinen als enge Verwandte der mittelalterlichen Naturforscher angesehen werden, die in der Zeit vor Galilei wirkten. Sie sind einzig und allein daran interessiert, die Richtigkeit höchst zweifelhafter Hypothesen durch Analogien und induktive Schlüsse zu bestätigen, und unternehmen keinen Versuch, sie zu widerlegen oder intersubjektiv überprüfbar zu machen.‹ Das war meine Einführung in experimentelle Psycho. Seitdem habe ich ständig Ratten durch Labyrinthe laufen lassen.«

»Hat er recht gehabt?« fragte ich.

»Hat wer recht gehabt?«

»Professor Appleman.«

»Womit recht gehabt?«

»Damit, daß die Freudianer dogmatisch sind?«

»Um Himmels willen, welche Anhänger eines Genies *sind nicht* dogmatisch? Die Freudianer haben allen Grund, dogmatisch zu sein. Freud ist ein Genie gewesen.«

»Was tun sie, wollen sie einen Zaddik aus ihm machen?«

»Sehr witzig«, sagte Danny verbittert. »Du bringst mir heute abend ja unheimlich viel Mitgefühl entgegen.«

»Ich glaube, du solltest dich mal offen und ehrlich mit Appleman unterhalten.«

»Und was soll ich ihm sagen? Daß Freud ein Genie gewesen ist? Daß ich mit experimenteller Psychologie nichts anfangen kann? Weißt du, was er einmal im Unterricht gesagt hat?« Er legte wieder das professorale Gebaren an den Tag. »›Meine Herren, Psychologie kann nur in dem Maße als Wissenschaft angesehen werden, in dem ihre Hypothesen einem Experiment und einer anschließenden Mathematisierung unterzogen werden.‹ Mathematisierung! Was sollte ich ihm sagen? Daß ich Mathematik nicht ausstehen kann? Ich bin im falschen Kurs. *Du* solltest an diesem Kurs teilnehmen, nicht ich!«

»Du weißt, daß er recht hat«, sagte ich leise.

»Wer?«

»Appleman. Wenn die Freudianer nicht dazu bereit sind, ihre Theorien unter Laborbedingungen zu überprüfen, dann *sind* sie Dogmatiker.«

Danny sah mich mit versteinertem Gesicht an. »Woher kennst du dich auf einmal so gut mit den Freudianern aus?« fragte er ärgerlich.

»Ich weiß nichts über die Freudianer«, sagte ich leise zu ihm. »Aber ich weiß eine Menge über induktive Logik. Erinnere mich in den nächsten Tagen mal daran, daß ich dir einen Vortrag über induktive Logik halte. Wenn die Freudianer...«

»Verdammt nochmal!« Danny platzte der Kragen. »Ich habe die Anhänger Freuds im Unterricht nicht mal erwähnt! Ich habe von Freud selbst gesprochen! Freud war Wissenschaftler. Die Psychoanalyse ist ein Instrument der Wissenschaft zur Erforschung der Psyche. Was haben Ratten mit der menschlichen Psyche zu tun?«

»Warum fragst du Appleman nicht?« gab ich ruhig zurück.

»Ich denke, ich werde es tun«, sagte Danny. »Ich denke, ich werde genau das tun. Warum nicht? Was hab' ich dabei zu verlieren? Es kann mich nicht noch unglücklicher machen, als ich ohnehin schon bin.«

»Das stimmt«, gab ich ihm recht.

Es entstand ein kurzes Schweigen, während dessen Danny auf meinem Bett saß und trübsinnig den Fußboden anstarrte.

»Was machen deine Augen zur Zeit?« fragte ich leise.

Er setzte sich auf dem Bett zurück und lehnte sich an die Wand. »Sie machen mir immer noch Kummer. Die Brille hilft nicht viel.«

»Bist du beim Arzt gewesen?«

Er zuckte mit den Achseln. »Er hat gesagt, mit der Brille sollte es gehen. Ich muß mich erst an sie gewöhnen. Ich weiß nicht. Jedenfalls rede ich nächste Woche mit Appleman. Das Schlimmste, was passieren kann, ist, daß ich mit dem Kurs aufhöre.« Grimmig schüttelte er den Kopf. »Was für eine elende Geschichte. Zwei Jahre lang habe ich Freud gelesen, nur um jetzt bei experimenteller Psychologie zu landen.«

»Man weiß nie«, gab ich zu bedenken. »Die experimentelle Psychologie könnte dir eines Tages zustatten kommen.«

»Na klar. Alles, was ich machen muß, ist, an Mathematik und an Ratten Gefallen zu finden. Kommst du diesen Samstag rüber?«

»Am Schabbesnachmittag studiere ich mit meinem Vater«, antwortete ich ihm.

»*Jeden* Samstag nachmittag?«

»Ja.«

»Mein Vater hat mich letzte Woche gefragt, ob du noch mein Freund bist. Er hat dich seit zwei Monaten nicht mehr gesehen.«

»Ich studiere mit meinem Vater den Talmud«, erwiderte ich.

»Du wiederholst alles nochmal?«

»Nein. Er bringt mir die wissenschaftliche Methode bei.«

Danny sah mich überrascht an, dann grinste er. »Du hast vor, die wissenschaftliche Methode bei Rav Schwartz auszuprobieren?«

»Nein«, sagte ich. Rav Schwartz war mein Talmudlehrer. Er war ein alter Mann mit langem, grauen Bart, der einen schwarzen Mantel trug und ständig Zigaretten rauchte. Er war ein großer Talmudist, aber er war in einer Jeschiwa in Europa ausgebildet worden, und ich konnte mir nicht vorstellen, daß er sich mit der wissenschaftlichen Methode des Talmudstudiums anfreunden könnte. Im Unterricht hatte ich einmal eine Textverbesserung vorgeschlagen, und er hatte mir einen seltsamen Blick zugeworfen. Ich konnte mir nicht vorstellen, daß er überhaupt verstanden hatte, was ich gesagt hatte.

»Tja, viel Glück mit deiner wissenschaftlichen Methode«, sagte Danny zu mir und erhob sich. »Versuch das nur nicht bei Rav Gershenson. Er weiß alles darüber und hat eine Abneigung dagegen. Wann wird mein Vater dich mal wieder sehen?«

»Ich weiß nicht«, erwiderte ich.

»Ich muß jetzt nach Hause gehen. Was macht dein Vater da drin?« Das Geräusch der Schreibmaschine meines Vaters war während unseres Gesprächs deutlich zu hören gewesen.

»Er schreibt gerade wieder einen Artikel zu Ende.«

»Sag ihm, daß mein Vater ihn grüßen läßt.«

»Danke. Du und dein Vater, redet ihr zur Zeit miteinander?«

Danny zögerte einen Augenblick, bevor er antwortete. »Nicht wirklich. Nur ab und zu. Man kann es nicht miteinander Reden nennen.«

Ich sagte nichts dazu.

»Ich denke, ich sollte jetzt wirklich besser nach Hause gehen«, sagte Danny. »Es ist schon spät. Ich treffe dich am Sonntag morgen vor deiner Synagoge.«

»In Ordnung.«

Ich begleitete ihn zur Tür und stand dann da und lauschte auf das Geräusch der Metallbeschläge an seinen Schuhen auf dem Flurfußboden. Er ging durch die Doppeltür und war fort.

Ich kam in mein Zimmer zurück und sah meinen Vater in der Tür stehen, die in sein Arbeitszimmer führte. Er hatte eine schlimme Erkältung und trug eine dicke Wolljacke und einen Schal um den Hals. Das war bereits seine dritte Erkältung innerhalb von fünf Monaten. Es war auch das erste Mal seit Wochen, daß er abends zu Hause war. Er war eifrig mit zionistischen Aktivitäten beschäftigt und nahm ständig an Versammlungen teil, wo er über die Bedeutung Palästinas als Heimat der Juden sprach und Geld für den Jüdischen Nationalfonds sammelte. Montag abend gab er in unserer Synagoge auch einen Kurs für Erwachsene über die Geschichte des politischen Zionismus und Mittwoch abends an seiner Jeschiwa einen weiteren Erwachsenenkurs über die Geschichte des amerikanischen Judentums. Er kam selten vor elf Uhr nachts nach Hause. Ich hörte seine müden Schritte immer im Flur, wenn er durch die Tür kam. Er trank dann ein Glas Tee, kam in mein Zimmer und plauderte noch ein paar Minuten lang mit mir, sagte mir, wo er gewesen war und was er an diesem Abend gemacht hatte; dann erinnerte er mich daran, daß ich nicht vier Jahre College auf einmal bewältigen müsse, ich solle bald ins Bett gehen. Daraufhin ging er in sein Arbeitszimmer, um den Unterricht des nächsten Tages vorzubereiten. Er hatte in den vergangenen Monaten begonnen, seinen Unterricht unheimlich ernst zu nehmen. Er hatte sich immer auf seinen Unterricht vorbereitet, aber jetzt lag ein besonderer Ernst darin, wie er sich vorbereitete, indem er sich alles aufschrieb, seine Notizen noch einmal laut wiederholte – als ob er sicherzugehen versuchte, daß nichts, was von Bedeutung war, ungesagt bleiben würde, als ob er spürte, daß die Zukunft von jedem Gedanken abhing, den er im Unterricht von sich gab. Ich wußte nie, wann er sich schlafen legte; egal wann ich ins Bett ging, er war noch in seinem Arbeitszimmer. Er hatte niemals das Gewicht wiedererlangt, das er während der Wochen verloren hatte, die er nach seinem Herzanfall im Krankenhaus verbracht hatte, und er war immer müde, sein Gesicht war blaß und hager, seine Augen wäßrig.

Jetzt stand er in der Tür zu seinem Arbeitszimmer und trug die dicke Wolljacke, den Schal und das runde, schwarze Käppchen. Seine Füße steckten in Hausschuhen, und seine Hose war davon, daß er die ganze Zeit über vor der Schreibmaschine gesessen hatte, zerknittert. Er war offensichtlich müde, und seine Stimme versagte ein paarmal, während er mich fragte, worüber Danny sich so aufgeregt habe. Er habe ihn durch die Tür gehört.

Ich berichtete ihm von Dannys Kummer über Professor Appleman und die experimentelle Psychologie.

Er hörte aufmerksam zu, kam dann in mein Zimmer und setzte sich mit einem Seufzen auf mein Bett. »Danny entdeckt also«, sagte er, »daß Freud nicht Gott ist.«

»Ich habe ihm geraten, wenigstens mit Professor Appleman darüber zu sprechen.«

»Und?«

»Er will nächste Woche mit ihm sprechen.«

»Experimentelle Psychologie«, staunte mein Vater. »Ich weiß nichts darüber.«

»Er hat gesagt, daß viel Mathe dazugehört.«

»Ach so. Und Danny mag Mathematik nicht.«

»Er sagt, er verabscheue sie. Er fühlt sich ziemlich schlecht. Er hat das Gefühl, daß er umsonst zwei Jahre lang Freud gelesen hat.«

Mein Vater lächelte und schüttelte den Kopf, schwieg aber weiterhin.

»Professor Appleman hört sich sehr nach Professor Flesser an«, sagte ich. Professor Abraham Flesser war mein Logiklehrer, ein erklärter Empiriker und Gegner von allem, was er als »obskurantistische kontinentale Philosophien« bezeichnete, was, wie er erläuterte, alles umfaßte, was sich in der deutschen Philosophie von Fichte bis Heidegger ereignet hatte, mit Ausnahme von Vaihinger und ein oder zwei anderen.

Mein Vater wollte wissen, was es sei, das die zwei Professoren gemeinsam hätten, und ich berichtete ihm, was Professor Appleman über Psychologie gesagt hatte, nämlich daß sie nur in dem Maße eine Wissenschaft sei, in dem sich ihre Hypothesen formalisieren ließen. »Professor Flesser hat einmal dasselbe über Biologie gesagt«, bemerkte ich.

»Ihr sprecht in einem Kurs über symbolische Logik von Biologie?« fragte mein Vater.

»Wir haben über induktive Logik gesprochen.«

»Ach so. Natürlich. Die These, daß man Hypothesen mathematisieren können müsse, wurde von Kant aufgestellt. Sie stammt aus dem Programm des logischen Positivismus des Wiener Kreises.«

»Von wem?«

»Nicht jetzt, Reuven. Es ist zu spät, und ich bin müde. Du solltest dich bald schlafen legen. Nutze die Nächte aus, in denen du keine Schulaufgaben hast.«

»Arbeitest du heute wieder bis spät in die Nacht, Abba?«

»Ja.«

»Du paßt nicht genug auf dich auf, weißt du? Deine Stimme klingt entsetzlich.«

Er seufzte erneut. »Es ist eine schlimme Erkältung«, sagte er.

»Weiß Dr. Grossman davon, daß du so hart arbeitest?«

»Dr. Grossman macht sich etwas zuviel Sorgen um mich«, sagte er lächelnd.

»Läßt du dich bald nochmal eingehend untersuchen?«

»Bald«, erwiderte er. »Mir geht's gut, Reuven. Du bist genauso besorgt wie Dr. Grossman. Mach dir lieber Gedanken über deine Schulaufgaben. Mir geht's gut.«

»Wie viele Väter habe ich?« fragte ich.

Er sagte nichts dazu, aber er kniff ein paarmal die Augen zusammen.

»Ich wünschte, du würdest alles etwas leichter nehmen«, sagte ich.

»Das ist nicht die Zeit, um die Dinge leicht zu nehmen, Reuven. Du liest ja selbst, was in Palästina passiert.«

Ich nickte bedächtig.

»Ist das die Zeit, um die Dinge leicht zu nehmen?« fragte mein Vater und erhob seine heisere Stimme. »Die Jungs von der Haganah und dem Irgun, die sterben, nehmen die es leicht?«

Er sprach davon, was gerade in Palästina vor sich ging. Zwei Engländer, ein Major der Armee und ein Richter, waren kürzlich vom Irgun, der jüdischen Terroristenorganisation in Palästina, entführt worden und wurden als Geiseln gehalten. Ein verhaftetes Mitglied des Irgun, Dow Gruner, war von den Briten zum Tod durch Erhängen verurteilt worden, und der Irgun hatte angekündigt, unverzüglich Vergeltung an den Geiseln zu üben, wenn das Urteil vollstreckt werde. Dies war die letzte einer steigenden Zahl von terroristischen Aktionen gegen die britische Armee in Palästina. Während der Irgun sich auf Terroraktionen beschränkte – indem er Züge in die Luft sprengte, Polizeistationen überfiel oder Fernmeldeleitungen durchtrennte –, fuhr die Haganah damit fort, unter Mißachtung des britischen Kolonialministeriums, das Palästina gegen eine fortgesetzte jüdische Einwanderung abgesperrt hatte, Juden durch die britische Seeblockade zu schmuggeln. Selten ging jetzt eine Woche ohne neue Terrorakte gegen die Briten vorüber. Mein Vater las die Zeitungsberichte über diese Aktivitäten, und ich konnte den Schmerz in seinen Augen sehen. Er verabscheute Gewalt und Blutvergießen und hatte eine entschiedene Abneigung gegen die Terrormethoden des Irgun, aber er verabscheute die britische Nichteinwanderungspolitik noch mehr. Das Blut der Mitglieder des Irgun wurde einem zukünftigen jüdischen Staat zuliebe vergossen, und es fiel ihm schwer, seiner Ablehnung der Terrorakte, die jetzt regelmäßig die Schlagzeilen der Titelseiten bestimmten, Ausdruck zu verleihen. Beständig spornten ihn die Schlagzeilen zu neuen Ausbrüchen zionistischer Aktivitäten an und zu nachdrücklichen, erregten Rechtfertigungsversuchen für die Art und Weise, auf die er sich zu seinen Bemühungen zwang, im Interesse eines jüdischen Staates Geld zu beschaffen und Reden zu halten.

Ich sah, daß er auch jetzt kurz davor war, sich aufzuregen, also sagte ich ihm, um schnell das Thema zu wechseln, daß Rebbe Saunders ihn grüßen lasse. »Er fragt sich, warum er mich nicht mehr zu Gesicht bekommt«, fügte ich hinzu.

Aber mein Vater schien mich gar nicht gehört zu haben. Er saß gedankenverloren auf dem Bett. Wir schwiegen lange. Dann regte er sich wieder und sagte mit sanfter Stimme: »Reuven, weißt du, was Gott den Rabbis zufolge zu Moses gesagt hat, als der im Sterben lag?«

Ich starrte ihn an. »Nein«, hörte ich mich sagen.

»Er hat zu Moses gesagt: ›Du hast dich abgemüht und geplagt, jetzt hast du dir deine Ruhe verdient.‹«

Ich starrte ihn an, ohne etwas zu sagen.

»Du bist kein Kind mehr, Reuven«, fuhr mein Vater fort. »Man kann geradezu sehen, wie dein Verstand wächst. Und deine Seele auch.

Induktive Logik, Freud, experimentelle Psychologie, das Mathematisieren von Hypothesen, wissenschaftliches Talmudstudium. Vor drei Jahren warst du noch ein Kind. Du bist seit dem Tag, an dem Dannys Ball dein Auge getroffen hat, ein kleiner Riese geworden. Du merkst das nicht. Aber ich merke es. Und es ist schön, das mitzuerleben. Also hör zu, was ich dir zu sagen habe.« Er hielt einen Augenblick lang inne, als ob er seine nächsten Worte sorgfältig abwägen würde, und fuhr dann fort. »Die Menschen leben nicht ewig, Reuven. Unser Leben ist kürzer als ein Augenzwinkern, wenn wir es mit der Ewigkeit vergleichen. Man könnte also fragen, welchen Wert das menschliche Leben dann besitzt. Es gibt so viel Leid auf der Welt. Was bedeutet es, daß wir so viel erdulden müssen, wenn unser Leben nicht mehr ist als ein Augenzwinkern?« Erneut hielt er inne, und seine Augen verschleierten sich jetzt, dann fuhr er fort. »Reuven, ich habe vor langer Zeit gelernt, daß ein Augenzwinkern für sich genommen nichts ist. Aber das Auge, das zwinkert, *das* ist etwas. Die Dauer eines Lebens ist nichts. Aber der Mensch, der dieses Leben lebt, *der* ist etwas. Er kann diese winzige Zeitspanne mit einem Sinn erfüllen, so daß sie qualitativ unermeßlich ist, auch wenn sie quantitativ unbedeutend sein mag. Verstehst du, was ich sagen will? Ein Mensch muß seinem Leben einen Sinn geben, der Sinn wird dem Leben nicht automatisch verliehen. Es ist eine schwere Aufgabe, seinem Leben einen Sinn zu geben. *Das* verstehst du, glaube ich, noch nicht. Jemand, der seinem Leben einen Sinn gegeben hat, hat sich seine Ruhe verdient. Ich will mir meine Ruhe verdient haben, wenn ich nicht mehr da bin. Verstehst du, was ich sagen will?«

Ich nickte und fröstelte vor Angst. Das war das erste Mal, daß mein Vater jemals mit mir über seinen Tod gesprochen hatte, und seine Worte schienen das Zimmer mit einem grauen Nebelschleier erfüllt zu haben, der meine Sehkraft trübte und mir beim Atmen einen stechenden Schmerz verursachte.

Mein Vater schaute mich an, dann seufzte er leise. »Ich bin ein bißchen zu unverblümt gewesen«, sagte er. »Das tut mir leid. Ich wollte dir nicht weh tun.«

Ich konnte nichts darauf sagen.

»Ich werde mit Gottes Hilfe noch viele Jahre leben«, beteuerte mein Vater und versuchte zu lächeln. »Bei so einem Sohn und so einem Arzt werde ich wahrscheinlich ein alter Greis.«

Der graue Nebelschleier schien aufzubrechen. Ich atmete tief durch. Ich konnte spüren, wie kalter Schweiß über meinen Rücken lief.

»Bist du böse auf mich, Reuven?«

Ich schüttelte den Kopf.

»Ich wollte nicht düster klingen. Ich wollte dir nur sagen, daß ich zur Zeit Dinge tue, die ich für sehr wichtig halte. Wenn ich diese Dinge nicht tun könnte, hätte mein Leben keinen Nutzen. Einfach nur zu leben, einfach nur zu existieren – welchen Sinn hat das? Eine Fliege lebt auch.«

Ich erwiderte nichts. Der Nebelschleier hatte sich aufgelöst. Ich bemerkte, daß die Innenflächen meiner Hände mit kaltem Schweiß bedeckt waren.

»Es tut mir leid«, sagte mein Vater leise. »Ich kann sehen, daß ich dich durcheinandergebracht habe.«

»Du hast mir Angst eingejagt«, hörte ich mich sagen.

»Es tut mir leid.«

»Laß dich bitte nochmal eingehend untersuchen.«

»Ja«, willigte mein Vater ein.

»Du hast mir wirklich Angst damit eingejagt, daß du so geredet hast. Bist du sicher, daß es dir gut geht?«

»Ich habe eine schlimme Erkältung«, sagte mein Vater. »Aber ansonsten ist alles in Ordnung.«

»Läßt du dich untersuchen?«

»Ich rufe Dr. Grossman morgen an und vereinbare einen Termin für nächste Woche. In Ordnung?«

»Ja.«

»Prima. Mein kleiner Logiker ist zufrieden. Gut. Laß uns über angenehmere Dinge reden. Ich habe dir noch nicht erzählt, daß ich Jack Rose gestern gesehen habe. Er hat mir einen Scheck über tausend Dollar für den Jüdischen Nationalfonds gegeben.«

»Nochmal tausend Dollar?« Jack Rose und mein Vater waren Jugendfreunde in Rußland gewesen und waren mit demselben Schiff nach Amerika gekommen. Er war jetzt ein wohlhabender Pelzhändler und ein Jude, der sich völlig von seiner Religion abgewandt hatte. Doch vor sechs Monaten hatte er meinem Vater eine Spende von tausend Dollar für unsere Synagoge überreicht.

»Zur Zeit geschehen ungewöhnliche Dinge«, wunderte sich mein Vater. »Und das ist aufregend. Jack sitzt im Bauausschuß seiner Synagoge. Ja, er hat sich einer Gemeinde angeschlossen. Nicht für sich selber, hat er mir gesagt. Für seine Enkel. Er hilft, ein neues Gebäude zu errichten, damit seine Enkel eine moderne Synagoge besuchen können und eine gute jüdische Erziehung erhalten. Das passiert überall in Amerika. Einige Leute nennen es eine religiöse Wiedergeburt.«

»Ich kann mir Jack Rose nicht in einer Synagoge vorstellen«, sagte ich. Bei den wenigen Gelegenheiten, zu denen er sich in unserer Wohnung aufgehalten hatte, hatte ich seine offene Geringschätzung der jüdischen Bräuche widerwärtig gefunden. Er war von gedrungener Gestalt, mit vollem, blaßroten Gesicht, war immer tadellos gekleidet und rauchte stets dicke, teure Zigarren. Ich hatte meinen Vater einmal gefragt, aus welchem Grund sie Freunde geblieben waren, da doch ihre Ansichten in nahezu allen wichtigen Angelegenheiten so sehr auseinandergingen. Seine Antwort bestand darin, daß er sich über meine Frage bestürzt zeigte. Offene Meinungsunterschiede sollten niemals dazu führen, daß eine Freundschaft zerstört würde, sagte er mir. »Hast du das noch nicht gelernt, Reuven?« Jetzt war ich versucht, meinem Vater zu sagen, daß Jack Rose wahrscheinlich sein Geld dazu benutzte, um sein schlechtes Gewissen zu beschwichtigen. Aber ich ließ es sein. Statt dessen bemerkte ich ein wenig spöttisch: »Seinen Rabbi beneide ich nicht.«

Mein Vater schüttelte ernst den Kopf. »Warum nicht? Du solltest ihn beneiden, Reuven. Amerikas Juden haben damit angefangen, in die Synagogen zurückzukehren.«

»Gott helfe uns, wenn sich die Synagogen mit lauter Jack Roses füllen.«

»Sie werden sich mit Jack Roses füllen, und es wird die Aufgabe der Rabbis sein, sie zu erziehen. Es wird deine Aufgabe sein, wenn du Rabbi wirst.«

Ich schaute ihn an.

»*Falls* du Rabbi wirst«, betonte mein Vater und lächelte mich freundlich an.

»Du meinst, *wenn* ich Rabbi bin.«

Mein Vater nickte, immer noch lächelnd. »Du hättest einen guten Universitätsprofessor abgegeben«, sagte er. »Es hätte mir gefallen, wenn du Universitätsprofessor geworden wärst. Aber ich glaube, daß du dich schon entschieden hast. Hab' ich recht?«

»Ja«, gab ich zu.

»Selbst bei einer Synagoge, die voller Jack Roses ist?«

»Selbst bei einer Synagoge, die voller Jack Roses ist«, gab ich zurück. »Möge Gott mir beistehen.«

»Amerika braucht Rabbis«, sagte mein Vater.

»Nun, es ist besser, als Boxer zu werden«, erwiderte ich.

Mein Vater sah verdutzt aus.

»Ein schlechter Scherz«, gab ich ihm zu verstehen.

»Willst du mit mir Tee trinken?«

Ich bejahte.

»Komm! Laß uns Tee trinken und uns weiter über angenehme Dinge unterhalten.«

Also tranken wir Tee und unterhielten uns noch ein wenig. Mein Vater erzählte mir von den zionistischen Aktivitäten, mit denen er beschäftigt war, den Reden, die er hielt, und dem Geld, das er zusammenbrachte. Er sagte, daß sich die Palästinakrise in ein oder zwei Jahren zuspitzen werde. Es werde zu einem schrecklichen Blutvergießen kommen, es sei denn, die Briten würden das Problem den Vereinten Nationen übergeben. Viele amerikanische Juden hätten noch keine Kenntnis von dem, was vor sich gehe, sagte er. Die englischen Zeitungen berichteten nicht die ganze Geschichte. Ein Jude müsse jetzt die jüdische Presse lesen, wenn er alles wissen wolle, was zur Zeit in Palästina vor sich gehe. Amerikas Juden müsse die Problematik eines jüdischen Staates erst bewußt gemacht werden. Seine zionistische Gruppe plane eine Massenversammlung im Madison Square Garden, erzählte er mir. Die Werbung dafür werde noch diese Woche hinausgehen, und es werde bald eine große Anzeige in der *New York Times* erscheinen, die die Versammlung ankündige. Sie sei für Ende Februar geplant.

»Ich frage mich, wie Rebbe Saunders sich fühlen wird, wenn er herausfindet, daß Danny den Sohn eines Zionisten zum Freund hat«, sagte ich grüblerisch. Ich hatte meinem Vater von Rebbe Saunders' Wutausbruch erzählt.

Mein Vater stieß einen Seufzer aus. »Rebbe Saunders sitzt da und wartet auf den Messias«, sagte er. »Ich bin es leid zu warten. Es ist jetzt an der Zeit, den Messias zu bringen, und nicht, auf ihn zu warten.«

Wir tranken unseren Tee aus. Mein Vater kehrte in sein Arbeitszimmer zurück, und ich ging ins Bett. In dieser Nacht hatte ich ein paar schreckliche Träume, aber ich konnte mich an keinen davon erinnern, als ich am Morgen erwachte.

Es war Freitag, und ich hatte nichts vor. Danny verbrachte seine Vormittage damit, den Talmud zu studieren, so beschloß ich, bevor ich den Tag sinnlos verstreichen ließ, lieber in die Collegebibliothek hinüberzugehen und nachzusehen, ob ich etwas über experimentelle Psychologie finden könnte. Es war kurz vor zehn Uhr, als ich erwachte, und mein Vater war schon weg, um zu unterrichten, so daß Manya das Frühstück für mich allein zubereitete, mich eine faule Schlafmütze nannte und mir noch andere Namen auf russisch gab, die ich nicht verstand. Dann fuhr ich mit der Straßenbahn zum College hinüber.

Die Bibliothek hatte eine große Abteilung, die dem Themenbereich Psychologie gewidmet war. Ich fand ein paar Bücher über experimentelle Psychologie und blätterte sie langsam durch, dann überprüfte ich die Register und die Bibliographien. Was ich entdeckte, machte verständlich, warum Danny sich so unglücklich fühlte.

Ich hatte die Bücher aufs Geratewohl ausgewählt, aber selbst ein kurzer Blick darauf ließ offenbar werden, daß sie alle nach ähnlichen Prinzipien aufgebaut waren. Sie befaßten sich ausschließlich mit experimentellen Versuchswerten und waren vollgestopft mit Diagrammen, Schaubildern, Tabellen, Photographien von Vorrichtungen zur Messung auditiver, visueller und taktiler Reaktionen und mathematischen Formalisierungen von Versuchsergebnissen. Die meisten Bücher führten Freud nicht einmal in ihrer Bibliographie auf. In einem der Bücher wurde nur einmal kurz auf Freud verwiesen, und die Stelle war alles andere als schmeichelhaft.

Ich sah die einzelnen Register nach dem Stichwort »Unbewußtes« durch. In einigen davon war es nicht einmal verzeichnet. Eines der Bücher hatte das zu sagen:

»Es ist an dieser Stelle unmöglich, sich mit der »neuen Psychologie des Unbewußten« auseinanderzusetzen, aber so sehr vieles, was die Revolution in der Psychologie anbetrifft, die von der Psychoanalyse verursacht sei, auch übertrieben ist, besteht doch kein Zweifel daran, daß sie die Psychologie nachhaltig beeinflußt hat. Und es ist richtig, daß der Lehrer sich damit beschäftigen sollte, teils wegen ihrer Anregungen für viele Bereiche seiner Arbeit und teils, um vor den Übertreibungen von Fanatikern und der unkritischen Befürwortung der Freiheit von jeglichen Vorschriften, die darauf basiert, auf der Hut zu sein.«

Diese »unkritische Befürwortung der Freiheit von jeglichen Vorschriften« hörte sich sehr nach Professor Appleman an. Dann entdeckte ich etwas, das noch mehr nach Professor Appleman klang:

»Magie baut auf Tradition und Glauben auf. Sie begrüßt weder, wissenschaftlicher Beobachtung unterzogen zu werden, noch macht sie sich das Experiment zunutze. Auf der anderen Seite ist die Wissenschaft auf Erfahrung gegründet; sie ist offen für eine Korrektur durch Beobachtung und Experiment.«

Das Buch, in dem ich diese Passage fand, war voller Tabellen und Diagramme, die die Resultate von Experimenten mit Fröschen, Salamandern, Ratten, Affen und Menschen veranschaulichten. Es erwähnte weder Freud noch das Unbewußte an irgendeiner Stelle.

Danny tat mir leid. Er hatte zwei Jahre darauf verwandt, sich mit der Psyche aus der Sicht der Freudschen Analyse auseinanderzusetzen. Jetzt mußte er sich mit der Psyche aus physiologischer Sicht beschäftigen. Ich verstand, was er gemeint hatte, als er gesagt hatte, daß experimentelle Psychologie nichts mit der menschlichen Psyche zu tun habe. Im Sinne der Psychoanalyse hatte sie sehr wenig mit der menschlichen Psyche zu tun. Aber wenn man von der Psychoanalyse absah, waren die Bücher meiner Meinung nach sehr nützlich. Worauf sonst konnte die Psychologie als Wissenschaft aufbauen, wenn nicht auf Versuchsergebnissen? Und was konnte man in einem Labor anderes tun, als Versuche über die Physiologie von Tieren und Menschen durchzuführen? Wie hätte man mit ihrer *Psyche* experimentieren können? Wie hätte irgend jemand Freuds Begriff des Unbewußten einem Laborversuch unterziehen können?

Armer Danny, dachte ich. Professor Appleman und seine experimentelle Psychologie sind eine Qual für deinen Verstand. Und dein Vater und sein absonderliches Schweigen – das ich nach wie vor nicht verstehen konnte, wie oft ich auch darüber nachdachte – sind eine Qual für deine Seele.

Ich ging nach Hause und fühlte mich traurig und ein wenig hilflos. Danny würde selbst mit seinem Problem fertigwerden müssen. In bezug auf Psychologie konnte ich ihm nicht viel helfen.

Am darauffolgenden Montag begann das zweite Collegesemester, und während des Mittagessens sagte Danny mir, daß er vorhabe, diesen Nachmittag mit Professor Appleman zu sprechen. Er sah angespannt und nervös aus. Ich empfahl ihm, höflich, aber aufrichtig zu sein, und daß er auf das hören solle, was Appleman möglicherweise zu sagen habe. Ich war selbst ein wenig nervös, aber ich erzählte ihm, daß ich am Freitag ein bißchen über experimentelle Psychologie gelesen hätte und der Meinung sei, daß vieles davon richtig sei. Wie könne man es ohne die Durchführung von Experimenten mit einer Wissenschaft zu tun haben, wollte ich wissen. Und wie könne irgend jemand Versuche mit dem

Unbewußten durchführen, das sich von der Definition her jeglichen Versuchstechniken zur Überprüfung zu widersetzen scheine?

Ich sah, wie Danny vor Ärger die Lippen zusammenpreßte. »Vielen Dank auch«, sagte er verbittert. »Das ist genau das, was ich jetzt brauche. Einen Tritt in den Hintern von meinem besten Freund.«

»Ich sag' dir nur meine Meinung«, erklärte ich.

»Und ich sag' dir *meine* Meinung!« schrie er beinahe. »Tausend Dank!«

Er stürmte aufgebracht aus dem Speisesaal und ließ mich mein Essen allein beenden.

Gewöhnlich trafen wir uns nach der letzten Unterrichtsstunde vor dem Gebäude und gingen zusammen nach Hause, aber an diesem Abend tauchte er nicht auf. Ich wartete etwa eine halbe Stunde und ging dann allein nach Hause. Als ich am nächsten Morgen die Lee Avenue hinaufging, sah ich ihn vor der Synagoge warten, in der mein Vater und ich unsere Gebete verrichteten.

»Wo bist du gestern abend gewesen?« fragte er.

»Ich habe eine halbe Stunde gewartet«, erwiderte ich. »Wann bist du rausgekommen?«

»Viertel nach sieben.«

»Du bist *eine Stunde lang* bei ihm gewesen?«

»Wir hatten ein langes Gespräch. Hör zu, es tut mir leid, daß ich gestern beim Mittagessen so in die Luft gegangen bin.«

Ich sagte ihm, daß ich ein ganz schön dickes Fell hätte und, darüber hinaus, wozu sei ein Freund denn gut, wenn man ihm gegenüber nicht mal ab und zu in die Luft gehen könne.

Wir gingen zur Straßenbahnhaltestelle. Es war ein bitterkalter Morgen. Dannys Schläfenlocken tanzten in dem starken Wind, der durch die Straßen fegte.

»Was ist los gewesen?« fragte ich.

»Das ist eine lange Geschichte«, gab Danny zurück, sah mich von der Seite an und grinste. »Wir hatten ein langes Gespräch über Freud, die Freudianer, über Psychologie, die Psychoanalyse und Gott.«

»Und?«

»Er ist wirklich in Ordnung. Er hat gesagt, er habe das ganze Semester darauf gewartet, daß ich mit ihm darüber spreche.«

Ich sagte nichts. Aber jetzt war *ich* es, der grinste.

»Jedenfalls kennt er Freud von vorn bis hinten. Er hat mir gesagt, daß er nicht so sehr gegen Freuds Schlußfolgerungen Einspruch erhebe wie gegen seine Methoden. Er hat gesagt, Freuds Herangehensweise stütze sich auf seine eigenen begrenzten Erfahrungen. Er verallgemeinere auf der Basis weniger Beispiele, einiger weniger seiner Patienten.«

»Das ist, mit wenigen Worten ausgedrückt, das Problem der Induktion«, sagte ich. »Wie rechtfertigt man es, von ein paar Beispielen unvermittelt zu einer Verallgemeinerung überzugehen?«

»Ich kenne mich mit dem Problem der Induktion überhaupt nicht aus«, erwiderte Danny. »Das ist dein Gebiet. Appleman hat aber noch was anderes gesagt, was mir plausibel erschien. Er hat eingestanden, daß Freud ein Genie und ein gewissenhafter Wissenschaftler gewesen ist, aber er hat gesagt, daß Freud eine Verhaltenstheorie entwickelt habe, die sich ausschließlich auf die Untersuchung *abnormer* Fälle stütze. Er hat mir erklärt, daß die experimentelle Psychologie daran interessiert sei, die Methoden der Naturwissenschaften anzuwenden, um herauszufinden, wie *alle* Menschen sich verhalten. Sie zieht keine allgemeinen Schlüsse über individuelles Verhalten ausschließlich auf der Basis eines bestimmten Samples von Leuten. Das klingt sehr plausibel.«

»Soso«, sagte ich und grinste breit.

»Er hat auch gesagt, seine Einwände bezögen sich hauptsächlich auf die Freudianer, nicht so sehr auf Freud selbst. Er hat weiter gesagt, sie seien damit zufrieden, als Analytiker ein fettes Honorar zu kassieren, und lehnten es ab, daß irgend jemand Einwendungen gegen ihre Hypothesen mache.«

»Da ist unsere Straßenbahn«, sagte ich. »Los, komm!«

Die Straßenbahn wartete darauf, daß die Ampel auf Grün sprang, und wir schafften es gerade noch, sie zu erreichen. Einige der Leute starrten Danny neugierig an, als wir den Gang entlanggingen und uns einen Platz suchten. Ich hatte mich daran gewöhnt, daß die Leute Danny anstarrten, seinen Bart und seine Schläfenlocken. Aber Danny hatte ein immer größeres Selbstbewußtsein bezüglich seiner Erscheinung erlangt, seit er das Werk von Graetz über Chassidismus gelesen hatte. Er sah einfach geradeaus und versuchte, den erstaunten Blicken keine Beachtung zu schenken. Im rückwärtigen Teil der Straßenbahn fanden wir freie Plätze und setzten uns.

»Er hat also gesagt, daß die Analytiker niemanden Einwendungen gegen ihre Hypothesen machen lassen«, knüpfte ich an. »Was ist dann passiert?«

»Tja, wir haben uns lange über experimentelle Psychologie unterhalten. Er hat mir gesagt, daß es nahezu unmöglich sei, menschliche

Versuchsobjekte zu studieren, weil es zu schwierig sei, die Versuche zu steuern. Er meinte, daß wir Ratten benutzen, weil wir die Bedingungen unterschiedlich gestalten können. Er hat vieles von dem wiederholt, was er bereits im Unterricht gesagt hatte, aber diesmal war es viel plausibler. Wenigstens glaube ich, daß es viel plausibler war. Vielleicht habe ich, nachdem er eingestanden hatte, daß Freud ein Genie gewesen ist, einfach eine größere Bereitschaft gezeigt, ihm zuzuhören. Er hat erklärt, er finde mein Wissen über Freud bewundernswert, aber daß in der Wissenschaft niemand Gott sei, nicht einmal Einstein. Er hat gesagt, daß selbst in der Religion die Leute unterschiedlicher Meinung darüber seien, was Gott sei, warum also sollten Wissenschaftler nicht auch verschiedener Meinung sein? Dagegen konnte ich nichts einwenden. Er hat erläutert, die experimentelle Psychologie würde ein gesundes Gegengewicht zu meinem Wissen über Freud bilden. Vielleicht. Ich glaube immer noch nicht, daß sie irgend etwas mit der menschlichen Psyche zu tun hat. Ich denke, sie besteht hauptsächlich aus Physiologie. Jedenfalls hat Appleman mir zugesichert, daß er, wenn ich mit Mathe irgendwelche Probleme hätte, bereit sei, mir zu helfen, so gut er könne. Aber seine Zeit sei begrenzt, deshalb hat er vorgeschlagen, ich solle mich mit einem Freund zusammensetzen, der mir regelmäßig Nachhilfe gebe.«

Ich sagte nichts darauf.

Er blickte mich an und grinste.

»In Ordnung«, sagte ich. »Ich verlange nicht viel dafür.«

»Es wird mich keinen Gefallen daran finden lassen, Ratten durch Labyrinthe laufen zu lassen«, schränkte Danny ein. »Aber wenigstens ist er verständnisvoll. Er ist wirklich in Ordnung.«

Ich lächelte ihn an, sagte aber nichts. Dann bemerkte ich das Psychologielehrbuch, das er bei sich trug. Es war eins von den Büchern, die ich am Freitag durchgesehen hatte, eins, in dem Freud nicht ein einziges Mal erwähnt wurde. Ich fragte ihn, was er davon halte, und er antwortete, es sei eine Plackerei, es durchzuarbeiten. »Wenn ich jemals nach der Lektüre dieses Buches an experimenteller Psychologie Gefallen finden sollte, dann glaube ich, daß der Messias gekommen ist«, sagte er.

»Na, wende dich einfach an einen befreundeten Zaddik um Hilfe«, schlug ich vor.

Er sah mich seltsam an.

»Ich habe mich gemeint«, erklärte ich.

Er wandte seinen Blick ab und sagte nichts. Die restliche Fahrt zur Schule verbrachten wir schweigend.

So begann ich, Danny Nachhilfe in Mathe zu geben. Er begriff sehr schnell, zumeist, indem er die einzelnen Schritte und Vorgehensweisen auswendig lernte. Er war nicht wirklich an dem *Warum* eines mathematischen Problems interessiert, sondern an dem *Wie*. Es gefiel mir, ihm Nachhilfe zu geben, und ich lernte viel über experimentelle Psychologie. Ich fand sie faszinierend, weitaus zuverlässiger und wissenschaftlicher als Freud und weitaus ergiebiger, um das überprüfbare Wissen darüber zu erweitern, wie Menschen dachten und lernten.

Während der ersten Wochen im Februar trafen Danny und ich uns im Speisesaal, setzten uns allein an einen Tisch und besprachen die Schwierigkeiten, die er damit hatte, seine psychologischen Experimente zu formalisieren. Ich zeigte ihm, wie man Diagramme zeichnet, wie man die Tabellen in seinem Lehrbuch benutzte und wie man Versuchsergebnisse auf mathematische Formeln reduziert. Auch verteidigte ich weiterhin den Nutzen der Durchführung von Experimenten. Danny behielt seine ursprüngliche Überzeugung bei, daß experimentelle Psychologie nichts mit der menschlichen Psyche zu tun habe, obschon er langsam ihren Nutzen als Hilfsmittel für die Lerntheorie und zur Messung der Intelligenz anerkannte. Seine Frustration darüber stieg und fiel wie ein Barometer und hing davon ab, wie er jeweils in der Lage war, das mathematische Problem, das ihn zu einem bestimmten Zeitpunkt beschäftigte, zu verstehen und zu lösen.

Während dieser ersten Wochen im Februar sah ich wenig von meinem Vater. Außer zum Frühstück, zum Abendessen und am Schabbes war er nie zu Hause. Irgendwann zwischen elf und zwölf Uhr kam er jede Nacht von da, wo er sich aufgehalten hatte, nach Hause, trank ein Glas Tee, verbrachte ein paar Minuten mit mir in meinem Zimmer und begab sich dann in sein Arbeitszimmer. Ich wußte nie, wann er ins Bett ging, obwohl sein erschöpfter, gebeugter Körper und sein hageres Gesicht keinen Zweifel daran ließen, daß er sehr wenig schlief. Er war zu der Untersuchung gegangen, und Dr. Grossman hatte sich über seinen Gesundheitszustand zufrieden gezeigt, ihm aber trotzdem etwas mehr Ruhe empfohlen. Mein Vater nahm jetzt jeden Morgen zu seinem Orangensaft eine Vitamintablette ein, aber das schien nicht viel zu helfen. Er ignorierte Dr. Grossmans Empfehlung, daß er mehr Ruhe brauche, völlig, und jedesmal, wenn ich das Thema ansprach, wischte er es entweder beiseite oder er sprach über die Gewalttaten, zu denen es augenblicklich in Palästina kam. Es war unmöglich, mit ihm über seine Gesundheit zu sprechen. Es gab jetzt nichts Wichtigeres für ihn als die beiden Gedanken, um die sich sein Leben drehte: die Erziehung der amerikanischen Judenheit und ein jüdischer Staat in Palästina. So fuhr er damit fort, seine Kurse für Erwachsene zu geben und die Massenversammlung im Madison Square Garden zu planen, die in der letzten Februarwoche stattfinden sollte.

Nicht nur mein Leben zu Hause war von den Ereignissen in Palästina betroffen, sondern auch die Schule. Jede Form zionistischen Denkens war am Hirsch College vertreten, von den Revisionisten, die den Irgun unterstützten, bis zu den Neture Karte, den »Hütern der Stadt«, wobei mit der Stadt Jerusalem gemeint war. Letztere Gruppe setzte sich aus streng orthodoxen Juden zusammen, die, wie Rebbe Saunders, alle Bemühungen verachteten, die auf die Errichtung eines jüdischen Staates vor der Ankunft des Messias abzielten. Ein noch nicht lange zurückliegender Zuzug ungarischer Juden in unser Viertel hatte ihre Reihen aufgefüllt, und sie bildeten einen kleinen, aber deutlich vernehmbaren Bestandteil der gesamten Schülerschaft. Selbst die rabbinische Lehrerschaft war gespalten, die meisten Rabbis verliehen ihrer Hoffnung auf einen jüdischen Staat Ausdruck, einige von ihnen standen dem ablehnend gegenüber, während die gesamte Lehrerschaft der gewöhnlichen Collegefächer dafür zu sein schien. Während des nachmittäglichen Unterrichts am College gab es endlose Diskussionen über das Problem der doppelten Loyalität – welche Art Treue konnte ein amerikanischer Jude gegenüber einem eigenständigen jüdischen Staat haben? –, und dauernd kreisten die Argumente um die hypothetische Frage: Auf welcher Seite würde ein amerikanischer Jude kämpfen, wenn Amerika jemals einem jüdischen Staat den Krieg erklärte? Ich gab immer zur Antwort, daß das eine dumme Frage sei, Amerika würde niemals Juden losschicken, damit sie gegen einen jüdischen Staat kämpften; während des Zweiten Weltkriegs hatte es Amerikaner japanischer Herkunft losgeschickt, um die Deutschen, und nicht die Japaner, zu bekämpfen. Aber meine Antwort schien nie jemanden zufriedenzustellen. Was, wenn Amerika Juden *losschicken wollte*, um gegen einen jüdischen Staat zu kämpfen? hielten mir die Theoretiker entgegen. Was dann? Mitunter waren die Diskussionen äußerst hitzig, aber sie fanden nur unter den Schülern und Lehrern statt, die einem jüdischen Staat wohlwollend gegenüberstanden. Viele der Chassidim schenkten der Frage keinerlei Beachtung. So wie sie alle Bemühungen zugunsten eines jüdischen Staates verachteten, verachteten sie auch jegliche Diskussion, in der es auch nur um seine mögliche Existenz ging. Sie bezeichneten solche Diskussionen als »Bitul Tora«, als Zeit, die vom Torastudium abging, und betrachteten alle Disputanten mit frostiger Abneigung.

Gegen Mitte Februar begannen die verschiedenen Gruppierungen, ihre Reihen fester zu schließen, weil das gesamte Spektrum zionistischer Jugendbewegungen zwecks einer Kampagne zur Mitgliederwerbung an der Schule Einzug hielt, der zweiten Kampagne dieser Art, seit ich das College besuchte. Von diesem Zeitpunkt an – die Rekrutierungskampagne dauerte ein paar Tage lang – war die Einstellung jedes Schülers durch die zionistische Philosophie der Gruppe, der er sich angeschlossen hatte, genau bestimmt. Die meisten prozionistischen Schüler, so auch ich, schlossen sich einer religiösen zionistischen Jugendgruppe an; ein paar schlossen sich der Jugendorganisation der Revisionisten an. Die antizionistischen Schüler hielten sich abseits, erbitterte Gegner, die verächtlich auf unseren Zionismus herabschauten.

Einmal, im Speisesaal, beschuldigte einer der Chassidim ein Mitglied der revisionistischen Jugendgruppe, schlimmer zu sein als Hitler. Hitler sei es nur gelungen, den jüdischen Körper zu zerstören, schrie er auf jiddisch, aber die Revisionisten versuchten, die jüdische Seele zu zerstören. Es wäre fast zu einer Schlägerei gekommen, und die beiden Schüler wurden mit Mühe von Mitgliedern ihrer jeweiligen Partei voneinander getrennt. Der Vorfall hinterließ bei allen einen bitteren Nachgeschmack und hatte nur zur Folge, daß sich die Spannung zwischen pro- und antizionistischen Schülern verschärfte.

Wie ich erwartet hatte, schloß sich Danny keiner der zionistischen Gruppen an. Im stillen gestand er mir, daß er sich meiner Gruppe anschließen wolle. Aber er könne nicht. Ob ich mich an den Wutausbruch seines Vaters über den Zionismus erinnere, wollte er wissen. Ich erzählte ihm, daß ich wegen dieses Wutausbruchs Alpträume gehabt hätte. Wie mir so ein Wutausbruch zu jeder Mahlzeit gefallen würde, fragte Danny. Ich war nicht der Meinung, daß die Frage einer Antwort bedurfte, und sagte ihm das. Danny nickte mit düsterer Miene. Außerdem, fügte er hinzu, betrachteten ihn die Antizionisten unter den chassidischen Schülern als ihren Führer. Was wäre, wenn er sich einer zionistischen Gruppe anschlösse? Es würde die bereits bestehende erbitterte Gegnerschaft nur noch verstärken. Wegen seines Bartes und seiner Schläfenlocken sitze er in der Falle, sagte er, und es gebe nichts, was er tun könne. Aber irgendwann einmal... Er sprach den Satz nicht zu Ende. So hielt er sich abseits und beteiligte sich nie an den Streitigkeiten zwischen pro- und antizionistischen Gruppen. Und als es im Speisesaal fast zu einer Schlägerei gekommen wäre, war sein Gesicht zu Stein erstarrt, und ich hatte gesehen, wie er den chassidischen Schüler, der mit dem Streit angefangen hatte, voller Haß angesehen hatte. Aber er hatte nichts gesagt, und nachdem die Streitenden aus dem Speisesaal halb hinausgetragen, halb hinausgeschleift worden waren, war er sofort auf das Matheproblem zurückgekommen, über das wir gesprochen hatten.

In der dritten Februarwoche berichteten die Zeitungen, daß der britische Außenminister Bevin angekündigt habe, er habe vor, das Palästinaproblem im September vor die Vereinten Nationen zu bringen. Mein Vater war begeistert, trotz der Tatsache, daß die Neuigkeit ihn einige weitere arbeitsreiche Nächte kosten würde, um die Rede, die er bei der Massenkundgebung halten sollte, umzuschreiben.

Er las mir die Rede am Schabbesnachmittag vor der Versammlung vor. Darin schilderte er den zweitausend Jahre alten jüdischen Traum, nach Zion zurückzukehren, sprach über das jüdische Blut, das während der Jahrhunderte vergossen worden war, die Gleichgültigkeit der Welt gegenüber dem Problem eines jüdischen Heimatlandes, die dringende Notwendigkeit, die Welt wachzurütteln, um ihr vor Augen zu führen, wie wichtig es sei, daß ein solches Heimatland sofort auf dem Boden Palästinas geschaffen werde. Wohin sonst konnte der klägliche Rest der Juden, der Hitlers Öfen entkommen war, sich wenden? Das Abschlachten von sechs Millionen Juden würde erst an dem Tag einen Sinn haben, an dem ein jüdischer Staat geschaffen würde. Erst dann würde ihr Opfer anfangen, Sinn zu haben; erst dann würden die gläubigen Lieder, die sie auf dem Weg in die Gaskammern gesungen hatten, einen Sinn bekommen; erst dann würden die Juden wieder ein Licht für die Welt werden, wie Achad Haam es vorausgesehen habe.

Ich war tief bewegt von der Rede, und ich war sehr stolz auf meinen Vater. Es war ein herrliches Gefühl zu wissen, daß er bald vor Tausenden von Leuten stehen und dieselben Worte vorlesen würde, die er mir an jenem Schabbes vorlas.

Einen Tag vor dem vorgesehenen Termin für die Massenkundgebung im Madison Square Garden tobte ein heftiger Schneesturm, und mein Vater wandelte wie ein Geist durch unsere Wohnung und starrte mit bleichem Gesicht durchs Fenster auf die wirbelnden Schneeflocken. Die Schneefälle hielten den ganzen Tag über an, dann hörten sie auf. Die Stadt mühte sich damit ab, sich von ihrer weißen Last zu befreien, aber die Straßen blieben den ganzen nächsten Tag über verstopft, und mein Vater ging am Abend mit aschfahlem Gesicht zu der Versammlung und sah aus wie der Tod. Ich konnte ihn nicht begleiten, weil ich am nächsten Tag eine Prüfung in Logik hatte und zu Hause bleiben mußte, um mich vorzubereiten. Ich zwang mich dazu, mich auf die Logikaufgaben zu konzentrieren, aber irgendwie erschienen sie mir unwichtig. Ich sah die ganze Zeit vor mir, wie mein Vater vor einer riesigen, menschenleeren Halle am Rednerpult stand und zu Stühlen sprach, die wegen des Schnees unbesetzt geblieben waren. Ich hatte Angst vor dem Augenblick, in dem ich seinen Schlüssel im Schloß unserer Wohnungstür hören würde.

Ich bereitete mich so gut wie möglich vor und sagte mir, daß ich die Art nicht mochte, wie Professor Flesser uns mit der Prüfung überrascht hatte; dann wanderte ich ziellos in der Wohnung umher und dachte, wie blödsinnig es war, daß die ganze Arbeit, die sich mein Vater gemacht hatte, durch so etwas wie einen Schneesturm zunichte gemacht wurde.

Kurz vor eins in der Nacht hörte ich ihn die Tür aufschließen. Ich war in der Küche und trank Milch, und ich lief in den Flur hinaus. Sein Gesicht war vor Aufregung gerötet. Die Veranstaltung war ein Riesenerfolg. Der Garden war zum Bersten voll gewesen, und zweitausend Leute hatten draußen auf der Straße gestanden und die Reden über Lautsprecher verfolgt. Er war in gehobener Stimmung. Wir setzten uns an den Küchentisch, und er erzählte mir alles. Die Polizei hatte die Straße abgeriegelt; die Reaktion der Menge auf die Reden, die forderten, das britische Mandat zu beenden und einen jüdischen Staat zu schaffen, war überwältigend. Die Rede meines Vaters war mit stürmischem Beifall bedacht worden. Ein Senator, der vor ihm gesprochen hatte, war nach der Kundgebung zu ihm heraufgekommen, hatte ihm begeistert die Hand geschüttelt und ihm seine volle Unterstützung zugesichert. Es war keine Frage, daß die Veranstaltung ein Erfolg gewesen war. Sie war ein überwältigender Erfolg – trotz der wegen des Schnees verstopften Straßen.

Es war schon nach drei Uhr, als wir schließlich ins Bett gingen.

Die Kundgebung war am nächsten Tag auf den Titelseiten aller New Yorker Zeitungen. Die englischsprachigen Blätter brachten Auszüge aus der Rede des Senators und erwähnten kurz meinen Vater. Aber die ganzen jiddischen Blätter zitierten ihn ausführlich. Ich stand im Mittelpunkt eines beträchtlichen Interesses seitens der zionistischen Schüler und war das Ziel eisigen Hasses aus den Reihen der Antizionisten. Ich schenkte der Tatsache, daß Danny sich nicht im Speisesaal mit mir traf, keinerlei Aufmerksamkeit. Hin- und hergerissen zwischen meiner Übermüdung wegen Schlafmangels und meiner Erregung wegen der Veranstaltung brachte ich in der Logikprüfung nichts Richtiges zustande. Aber das kümmerte mich nicht. Logik schien mir jetzt durchaus nicht wichtig zu sein. Ich sah die ganze Zeit das erregte Gesicht meines Vaters vor mir und hörte, wie er mir immer wieder von der Kundgebung erzählte.

An diesem Abend wartete ich an der Doppeltür der Schule länger als eine halbe Stunde auf Danny, bevor ich mich entschloß, allein nach Hause zu gehen. Am nächsten Morgen stand er nicht vor der Synagoge. Ich wartete so lange wie möglich und fuhr dann mit der Straßenbahn zur Schule. Ich saß an einem Tisch und bereitete mich auf den Talmudunterricht vor, als ich ihn vorbeigehen und mit einem Kopfnicken in Richtung Tür deuten sah. Er sah blaß und finster aus, und er blinzelte nervös. Er ging hinaus, und einen Augenblick später folgte ich ihm. Ich sah ihn auf die Toilette gehen und folgte ihm. Außer uns hielt sich niemand in der Toilette auf. Danny urinierte in eines der Becken. Ich stellte mich neben ihn und tat so, als würde auch ich urinieren. Ob es ihm gutgehe, wollte ich wissen. Es gehe ihm nicht gut, sagte er verbittert zu mir. Sein Vater hatte die Berichte über die Kundgebung in der jiddischen Presse gelesen. Es war gestern beim Frühstück zu einem Wutausbruch gekommen, gestern beim Abendessen und heute morgen beim Frühstück noch einmal. Danny durfte sich nicht mehr mit mir treffen, nicht mit mir reden, mir nicht zuhören, sich nicht in meiner Nähe erwischen lassen. Mein Vater und ich waren von der Familie Saunders ausgestoßen worden. Wenn es Rebbe Saunders auch nur einmal zu Ohren komme, daß Danny sich irgendwo mit mir zusammen aufhalte, werde er ihn auf der Stelle vom College nehmen und ihn auf eine Jeschiwa außerhalb der Stadt schicken, um ihn zum Rabbi ordinieren zu lassen. Wenn wir versuchten, uns heimlich zu treffen, würde Rebbe Saunders es herausfinden. Die Rede meines Vaters hatte das bewirkt. Es machte Rebbe Saunders nichts aus, daß sein Sohn verbotene Bücher las, aber *niemals* würde er zulassen, daß sein Sohn mit dem Sohn eines Mannes befreundet wäre, welcher für die Schaffung eines weltlichen jüdischen Staates eintrete, der von jüdischen Gojim regiert würde.

Selbst sich in der Toilette mit mir zu treffen, war gefährlich für Danny, aber er mußte mir das erzählen. Wie um zu unterstreichen, wie gefährlich es war, betrat genau in diesem Augenblick ein chassidischer Schüler die Toilette, warf einen Blick auf mich und wählte das Becken, das am weitesten von mir entfernt war. Einen Augenblick später ging Danny hinaus. Als ich in die Eingangshalle kam, war er verschwunden.

Ich hatte es erwartet, aber jetzt, wo es passiert war, konnte ich es nicht glauben. Für Rebbe Saunders war nicht bei weltlicher Literatur Schluß gewesen, nicht bei Freud – vorausgesetzt, daß er irgendwie wußte, daß Danny Freud gelesen hatte –, sondern beim Zionismus. Es war mir unmöglich, das zu glauben. Mein Vater und ich waren ausgestoßen worden – offensichtlich nicht nur von der Familie Saunders, sondern auch vom antizionistischen Teil der chassidischen Schülerschaft. Sie vermieden jeglichen Kontakt mit mir und traten sogar zur Seite, damit ich sie in den Gängen nicht streifte. Gelegentlich hörte ich mit an, wie sie von den »Maltergojim« sprachen. Während des Mittagessens saß ich mit einigen meiner nicht chassidischen Klassenkameraden an einem Tisch und starrte in den Teil des Raums hinüber, den die chassidischen Schüler immer für sich in Anspruch nahmen. Sie saßen im Speisesaal zusammen, und ich ließ langsam meinen Blick über sie schweifen, über ihre dunkle Kleidung, ihre Schaufäden, ihre Bärte und Schläfenlocken – und es erschien mir so, als ob jedes Wort, das sie sagten, gegen mich und meinen Vater gerichtet war. Danny saß unter ihnen, schweigsam, mit verkniffenem Gesicht. Sein Blick traf meinen, hielt ihm stand und wandte sich dann langsam ab. Mich fröstelte beim Anblick des hilflosen, flehenden Ausdrucks, den ich in seinen Augen sah. Es kam mir so unglaublich vor, so überaus absurd. Nicht Freud, sondern der Zionismus hatte letztlich unsere Freundschaft zerstört. Den Rest des Tages fühlte ich mich abwechselnd zwischen einem unbändigen Zorn auf die Verblendung von Rebbe Saunders und einer bekümmerten Frustration über Dannys Hilflosigkeit hin- und hergerissen.

Als ich meinem Vater an jenem Abend davon erzählte, hörte er mir schweigend zu. Danach blieb er lange still; dann seufzte er und schüttelte mit verschleiertem Blick den Kopf. Er habe gewußt, daß das passiere, sagte er traurig. Wie hätte es nicht passieren können?

»Ich versteh' das nicht, Abba.« Ich war den Tränen nahe. »Auch in einer Million Jahren werd' ich das nicht verstehen. Er hat Danny alle Bücher lesen lassen, die ich ihm gegeben habe, er hat uns während all dieser Jahre Freunde sein lassen, obwohl er wußte, daß ich dein Sohn bin. Und jetzt bringt er uns deswegen auseinander. Ich versteh's einfach nicht.«

»Reuven, alles, was in all diesen Jahren zwischen dir und Danny vorging, war privat. Wer wußte schon davon? Es hat Rebbe Saunders wahrscheinlich keine Schwierigkeiten bereitet, die Fragen seiner Anhänger zu beantworten, vorausgesetzt, es gab überhaupt irgendwelche Fragen, was ich bezweifle, einfach, indem er gesagt hat, daß ich wenigstens die Gebote befolge. Aber er hat keine Antwort mehr auf meinen Zionismus. Was kann er seinen Leuten jetzt sagen? Nichts. Er mußte das tun, was er getan hat. Wie konnte er euch weiterhin Freunde sein lassen? Es tut mir leid, daß ich die Ursache dafür gewesen bin. Ich habe euch zusammengebracht, und jetzt bin ich die Ursache dafür, daß ihr getrennt werdet. Es tut mir ungeheuer leid.«

»Er ist so ein... ein Fanatiker!« schrie ich beinahe.

»Reuven«, sagte mein Vater leise, »der Fanatismus von Männern wie Rebbe Saunders hat uns in unserem zweitausendjährigen Exil am Leben erhalten. Wenn die Juden in Palästina nur ein Gramm von diesem Fanatismus besitzen und ihn klug einsetzen, dann werden wir bald einen jüdischen Staat haben.«

Ich konnte darauf nichts mehr antworten. Ich befürchtete, daß meine Wut mich dazu bringen würde, das Falsche zu sagen.

Ich ging an diesem Abend früh ins Bett, lag aber noch lange wach und versuchte, mich an alles zu erinnern, was Danny und ich seit dem Sonntagnachmittag, an dem sein Ball mein Auge getroffen hatte, zusammen unternommen hatten.

Kapitel 14

Die restliche Zeit des Semesters aßen Danny und ich im selben Speisesaal, besuchten wir dieselben Kurse, studierten wir in derselben Schulsynagoge und fuhren oftmals in derselben Straßenbahn – und sprachen nie ein einziges Wort miteinander. Unsere Blicke trafen sich häufig, aber unsere Lippen tauschten keine Worte aus. Ich verlor jeglichen unmittelbaren Kontakt mit ihm. Es verursachte mir einen heftigen Schmerz, im selben Kurs mit ihm zu sitzen, in der Eingangshalle an ihm vorbeizugehen, ihm in der Straßenbahn zu begegnen, dasselbe Schulgebäude mit ihm zu betreten oder zu verlassen – und nicht ein Wort mit ihm zu sprechen. Ich begann, Rebbe Saunders mit einer boshaften Leidenschaft zu hassen, die mich manchmal erschreckte, und ich tröstete mich mit wilden Phantasien darüber, was ich ihm alles antun würde, wenn er mir jemals in die Hände fiele.

Es war eine üble Zeit, und es fing an, sich derart auf meine schulischen Leistungen auszuwirken, daß einige meiner Collegelehrer mich in ihr Zimmer bestellten und wissen wollten, was los sei, sie erwarteten mehr von mir als das, was sie von mir geboten bekämen. Ich machte vage Andeutungen, daß ich persönliche Probleme hätte, und wenn ich wieder ging, war ich zutiefst verzweifelt. Ich redete so oft wie möglich mit meinem Vater darüber, aber er schien nur wenig tun zu können, um mir zu helfen. Er hörte mir mit düsterer Miene zu, seufzte und wiederholte, daß er nicht die Absicht habe, sich mit Rebbe Saunders zu streiten, er respektiere seine Haltung, obwohl sie von Fanatismus geprägt sei.

Während dieser Zeit fragte ich mich oft, ob Danny wohl das gleiche durchmachte wie ich. Ich sah ihn häufig. Er schien an Gewicht zu verlieren, und ich bemerkte, daß er eine andere Brille trug. Aber er war sorgsam darauf bedacht, mir aus dem Weg zu gehen, und ich wußte genug, um mich von ihm fernzuhalten. Ich wollte nicht, daß man seinem Vater erzählte, daß man uns zusammen gesehen habe.

Ich haßte das Schweigen zwischen uns und hielt es für unvorstellbar, daß Danny und sein Vater niemals richtig miteinander redeten. Schweigen war widerwärtig. Es war schwarz, es hatte einen heimtückischen Blick, es war wie ein Krebsgeschwür, es war der Tod. Ich haßte es, und ich haßte Rebbe Saunders dafür, daß er es mir und seinem Sohn aufzwang.

Ich hatte nicht gewußt, daß ich zu einem solchen Haß fähig war, wie ich ihn gegenüber Rebbe Saunders das ganze Semester hindurch empfand. Es wurde schließlich eine blinde, rasende Wut daraus, und ich überraschte mich dabei, wie ich zu den seltsamsten Gelegenheiten von ihr geschüttelt wurde – während ich auf die Straßenbahn wartete, während ich eine Toilette betrat, während ich im Speisesaal saß oder in der Bibliothek etwas las. Und mein Vater vergrößerte sie nur noch, denn wenn ich anfing, mit ihm über meine Gefühle zu sprechen, die ich Rebbe Saunders gegenüber hegte, widersprach er mir stets, indem er ihn verteidigte und geltend machte, daß der Glaube von Juden, wie Rebbe Saunders einer war, uns während einer zweitausendjährigen gewalttätigen Verfolgung am Leben erhalten habe. Er vertrete eine andere Meinung als Rebbe Saunders, ja, aber er würde keine auf seinen Namen oder seine Haltung gerichtete üble Nachrede dulden. Ideen sollten mit Ideen bekämpft werden, sagte mein Vater, und nicht mit blinder Leidenschaft. Wenn Rebbe Saunders ihn mit Leidenschaft bekämpfe, dann bedeute das nicht, daß mein Vater Rebbe Saunders mit ebensolcher Leidenschaft bekämpfen müsse.

Und Rebbe Saunders kämpfte mit Leidenschaft. Er hatte einige der chassidischen Rabbis des Viertels in einer Gruppe organisiert, die »Liga für ein religiöses Erez Jisroel« hieß. Die Arbeit dieser Organisation hatte Anfang März ganz harmlos mit dem Verteilen von Flugblättern begonnen. Ihre Ziele waren klar: kein jüdisches Heimatland ohne die Tora in seinem Zentrum; aus diesem Grunde kein jüdisches Heimatland bis zur Ankunft des Messias. Ein jüdisches Heimatland, das von jüdischen Gojim geschaffen wurde, mußte als verdorben betrachtet werden und als offene Entweihung des Namen Gottes. Bis Ende März hatten die Flugblätter jedoch einen aufrührerischen Ton angenommen und bedrohten alle im Viertel, die sich dem Zionismus treu ergeben zeigten, mit einem Bann, drohten sogar an einer Stelle damit, diejenigen Läden im Viertel zu boykottieren, die im Besitz von Juden waren, die zionistische Aktivitäten unterstützten, sich daran beteiligten oder ihnen wohlwollend gegenüberstanden. Eine antizionistische Massenversammlung wurde zu einem Termin ein paar Tage vor dem Pessachfest angekündigt. Die Beteiligung daran blieb gering, aber ein paar englischsprachige Blätter brachten etwas darüber, und die Berichte über das, was gesagt worden war, klangen bösartig.

Die Schülerschaft am College war angespannt wegen der unterschwelligen Gewaltbereitschaft. Eines Nachmittags brach in einem Klassenraum eine wütende Schlägerei aus, und daß es zu keinen weiteren Schlägereien kam, lag nur daran, daß der Dekan allen, die sich in

Zukunft an solchen Streitereien beteiligten, den unverzüglichen Schulverweis androhte. Aber die Spannungen machten sich überall bemerkbar; sie weiteten sich auf unsere Studien aus, und Auseinandersetzungen über Milton, Talleyrand oder deduktive Verfahrensweisen in der Logik waren oftmals reine Ersatzhandlungen für die vom Zionismus ausgelösten, verbotenen Schlägereien.

Mitte Juni legte ich die Abschlußprüfungen ab und war völlig verzweifelt, als sie zu Ende waren. Ich hatte die Zwischenprüfungen ziemlich vermasselt, und bei den Abschlußprüfungen hatte ich es nicht viel besser gemacht. Mein Vater sagte kein Wort, als er Ende Juni mein Zeugnis zu Gesicht bekam. Zu diesem Zeitpunkt sahen wir beide schon äußerst erwartungsvoll dem ruhigen August entgegen, in dem wir uns gemeinsam in unserem Ferienhäuschen nahe Peekskill aufhalten würden. Es war eine furchtbare Zeit gewesen, diese letzten vier Monate, und wir wollten aus der Stadt herauskommen.

Aber es stellte sich heraus, daß sich das Ferienhäuschen nicht weit genug weg befand. Wir nahmen die entsetzliche Nachricht mit dorthin, daß der Irgun zwei unschuldige britische Feldwebel gehängt hatte, als Vergeltung dafür, daß drei Mitglieder des Irgun am 29. Juli gehängt worden waren. Mein Vater war empört über das Vorgehen des Irgun, aber nach einem ersten Wutausbruch sprach er nicht mehr davon. Zwei Wochen, nachdem wir zum Ferienhäuschen gefahren waren, kehrten wir wieder in die Stadt zurück. Dringliche Zusammenkünfte der Zionisten waren einberufen worden, um Pläne für die bevorstehende Sitzung der Vereinten Nationen auszuarbeiten, bei der die Palästinafrage diskutiert werden sollte. Mein Vater gehörte dem Exekutivkomitee seiner zionistischen Gruppe an und mußte den Sitzungen beiwohnen.

Im August sah ich meinen Vater nur am Schabbes. Morgens, wenn ich aufwachte, war er schon weg, und er kehrte nachts zurück, wenn ich schon schlief. Er war von einer heftigen Erregung erfüllt, aber es zeigte sich deutlich, daß er sich überanstrengte. Über seine Gesundheit ließ er überhaupt nicht mit sich reden. Er weigerte sich zuzuhören. Unser Talmudstudium am Schabbesnachmittag fand nicht mehr statt; mein Vater benutzte den ganzen Tag dazu, sich auszuruhen, um auf die jeweils bevorstehende Woche voll unbändiger Betriebsamkeit vorbereitet zu sein. Ich spukte in der Wohnung herum, wanderte durch die Straßen, blaffte Manya an und dachte an Danny. Ich erinnerte mich daran, daß er mir erzählt hatte, wie sehr er seinen Vater bewunderte und ihm vertraute, und ich konnte es nicht verstehen. Wie konnte er jemanden bewundern und jemandem vertrauen, der nicht mit ihm redete, selbst wenn dieser Jemand sein Vater war? Ich haßte seinen Vater. Einmal ging ich sogar in den zweiten Stock der öffentlichen Bibliothek hinauf, in der Hoffnung, Danny dort vorzufinden. Statt seiner fand ich einen alten Mann, der auf dem Stuhl saß, den Danny einmal eingenommen hatte, und kurzsichtig auf die Seiten einer wissenschaftlichen Zeitschrift starrte. Ich ging wieder und lief ziellos durch die Straßen, bis es Zeit war, zu einem einsamen Abendessen nach Hause zu gehen.

In der zweiten Septemberwoche kehrte ich wegen der Schülerversammlung zur Regelung der Voranmeldung in die Schule zurück und saß im Auditorium nur ein paar Plätze von Danny entfernt. Er sah blaß und mager aus und blinzelte fortgesetzt. Während der kurzen Einführungsrede des Registrators zum Anmeldeverfahren sah ich, wie Danny seinen Kopf drehte, mich einen Augenblick lang anstarrte und sich dann langsam abwandte. Sein Gesicht war ausdruckslos geblieben; er hatte mich nicht einmal mit einem Kopfnicken begrüßt. Ich saß ganz still da, hörte dem Registrator zu und fühlte, wie ich in Zorn geriet. Zum Teufel mit dir, Danny Saunders, schoß es mir durch den Kopf. Du könntest wenigstens zeigen, daß du weißt, daß ich am Leben bin. Zum Teufel mit dir und deinem fanatischen Vater. Ich war so in meinen Zorn vertieft, daß ich aufhörte, den Instruktionen zuzuhören. Nach der Versammlung mußte ich einen meiner Klassenkameraden bitten, sie mir noch einmal vorzutragen. Zum Teufel mit dir, Danny Saunders, sagte ich mir den ganzen Tag über. Ich kann ohne die geringsten Schwierigkeiten auf deinen Bart und deine Schläfenlocken verzichten. Du bist nicht der Nabel der Welt, mein Junge. Zum Teufel mit dir und deinem verfluchten Schweigen.

Als zwei Tage danach das Wintersemester offiziell begann, hatte ich mir vorgenommen, Danny so schnell wie möglich zu vergessen. Ich würde ihn nicht die Arbeit eines weiteren Semesters zerstören lassen. Noch so ein Zeugnis wie das, das ich meinem Vater Ende Juni vorgelegt hatte, und ich würde mein Examen nicht einmal mehr *cum laude* bestehen. Zum Teufel mit dir, Danny Saunders, sagte ich dauernd zu mir. Du hättest wenigstens mit dem Kopf nicken können.

Aber es stellte sich heraus, daß es viel schwieriger war, ihn zu vergessen, als ich erwartet hatte, hauptsächlich weil ich in Rav Gershensons Talmudkurs aufgestiegen war, wo man Dannys Anwesenheit immer spürte.

Rav Gershenson war ein großer, breitschultriger Mann Ende Sechzig mit langem, spitz zulaufenden grauen Bart und langen, zu den Fingerspitzen hin schmaler werdenden Fingern, die immer in der Luft zu tanzen schienen. Er benutzte fortwährend seine Hände, wenn er redete, und wenn er nicht redete, trommelten seine Finger auf dem Schreibtisch oder Talmud, der aufgeschlagen vor ihm lag. Er war ein liebenswürdiger, freundlicher Mensch mit braunen Augen, ovalem Gesicht und einer sanften Stimme, die gelegentlich nahezu unhörbar war. Aber er war ein anregender Lehrer, und er lehrte den Talmud so, wie mein Vater es tat, auf Tiefgründigkeit bedacht, indem er sich tagelang auf ein paar Zeilen konzentrierte und erst dann weitermachte, wenn er davon überzeugt war, daß wir alles vollkommen verstanden hatten. Er legte großes Gewicht auf die talmudischen Kommentatoren des frühen und späten Mittelalters, und er erwartete immer von uns, daß wir den Talmudtext und diese Kommentatoren bereits kannten, wenn wir in den Unterricht kamen. Er rief einen von uns auf, der den Text vorlesen und erläutern sollte – und dann fing er an, Fragen zu stellen. »Was sagt der Ramban zu Rabbi Akiwas Frage?« fragte er möglicherweise in bezug auf eine spezielle Stelle und sprach jiddisch dabei. Die Rabbis sprachen in den Talmudkursen ausschließlich jiddisch, aber die Schüler konnten jiddisch oder englisch sprechen. Ich sprach englisch. »Sind alle einverstanden mit der Erläuterung des Ramban?« fragte Rav Gershenson vielleicht weiter. »Der Me'iri ist es nicht. Sehr gut. Was sagt der Me'iri? Und der Raschba? Wie erläutert der Raschba Abbajes Antwort?« Und immer so weiter. Fast jedesmal wurde irgendwann der Punkt erreicht, an dem der Schüler, der den Text vorlas, aufgrund der zunehmenden Verwicklung der Fragen steckenblieb, auf seinen Talmud hinunterstarrte und vor Scham darüber, daß er nicht in der Lage war zu antworten, fast im Erdboden versank. Darauf entstand eine lange, gefürchtete Stille, während der Rav Gershensons Finger anfingen, auf seinem Schreibtisch oder Talmud zu trommeln. »Nu?« fragte er dann mit leiser Stimme. »Weißt du es nicht? Wie kommt es, daß du es nicht weißt? Hast du dich im voraus damit beschäftigt? Ja? Und du weißt es immer noch nicht?« Erneut war es lange Zeit still, und dann ließ Rav Gershenson seinen Blick durch den Raum schweifen und fragte leise: »Wer weiß es?« Und natürlich schnellte augenblicklich Dannys Hand in die Höhe, und er gab die Antwort. Rav Gershenson hörte zu, nickte, und seine Finger hörten auf zu trommeln und erhoben sich in die Luft, um seine ausführliche Beurteilung von Dannys Antwort zu begleiten. Es gab jedoch Gelegenheiten, bei denen Rav Gershenson nicht zu Dannys Antwort nickte, sondern ihm statt dessen Fragen dazu stellte, und dann folgte ein weitschweifiger Dialog zwischen den beiden, während die Klasse dabeisaß und schweigend zuhörte. Die meisten dieser Dialoge dauerten nur ein paar Minuten, aber bis Ende September war es schon zweimal vorgekommen, daß sie mehr als eine Dreiviertelstunde in Anspruch genommen hatten. Ich wurde durch diese Dialoge ständig daran erinnert, wie Danny sich mit seinem Vater über den Talmud stritt. Das machte es nicht nur schwierig, ihn zu vergessen, sondern völlig unmöglich. Und jetzt erging es auch mir so und nicht nur Rebbe Saunders, daß ich Dannys Stimme nur während einer talmudischen Disputation vernehmen konnte.

Der Unterricht in den Talmudkursen der Schule war so angelegt, daß wir von neun Uhr morgens bis zum Mittag den Stoff vorbereiten konnten, der bei Rav Gershenson durchgenommen werden sollte. Dann aßen wir zu Mittag. Und von eins bis drei fand der tatsächliche Talmudunterricht, die Schiur, bei Rav Gershenson statt. Niemand in der Klasse wußte, wer aufgerufen werden würde, um eine Passage vorzulesen und zu erläutern, so daß wir alle fieberhaft damit beschäftigt waren, uns vorzubereiten. Aber es half nichts, denn egal wie hart wir auch arbeiteten, immer kam der gefürchtete Augenblick der Stille, wenn man die Fragen nicht mehr beantworten konnte und Rav Gershensons Finger anfingen zu trommeln.

Wir waren vierzehn Schüler in dem Kurs, und jeder von uns, Danny ausgenommen, bekam früher oder später persönlich diese Stille zu spüren. Ich wurde in der ersten Oktoberwoche aufgerufen und bekam kurz die Stille zu spüren, bevor es mir gelang, mich mit einer Antwort auf eine nahezu unbeantwortbare Frage aus der Affäre zu ziehen. Rav Gershenson ließ die Antwort gelten und erläuterte sie ausführlich, womit er Dannys Wortmeldung zuvorkam. Ich sah, wie Danny mich später kurz anblickte, während Rav Gershenson sich mit meiner Antwort beschäftigte. Dann wandte er den Blick ab, und ein freundliches Lächeln umspielte seine Lippen. Mein Zorn auf ihn schmolz beim Anblick dieses Lächelns dahin, und der Schmerz darüber, mich nicht mit ihm unterhalten zu können, kehrte zurück. Aber es handelte sich jetzt um einen gedämpften Schmerz, einen Schmerz, den ich irgendwie beherrschen und in Grenzen halten konnte. Er beeinträchtigte meine schulischen Leistungen nicht mehr.

Bis Mitte Oktober waren alle im Kurs, außer mir, zumindest zweimal aufgerufen worden. Ich bereitete mich fieberhaft vor, weil ich jeden Tag damit rechnete, daß mein Name aufgerufen würde. Aber es kam nicht dazu. Ende Oktober fing ich an, beunruhigt zu sein. Mitte November war ich immer noch nicht zum zweiten Mal aufgerufen worden. Ich beteiligte mich an den Diskussionen im Unterricht, stellte Fragen, argumentierte, hielt meine Hand als Reaktion auf Rav Gershensons »Wer weiß es?« fast so oft hoch wie Danny – aber ich wurde nicht aufgerufen, um vorzulesen. Ich konnte dies nicht verstehen, und es begann, mich aus der Fassung zu bringen. Ich fragte mich, ob das seine Art sei, sich an Rebbe Saunders' Bann gegen mich und meinen Vater zu beteiligen.

Es gab noch andere Dinge, die mich in dieser Zeit aus dem Gleichgewicht brachten. Mein Vater sah infolge seiner Aktivitäten allmählich nur noch wie ein Skelett aus, und ich fürchtete mich vor den Nächten, in denen er erschöpft nach Hause kam, sein Glas Tee trank, ein paar Minuten in meinem Zimmer verbrachte, hohläugig und ohne dem, was ich sagte, wirklich zuzuhören, und dann in sein Arbeitszimmer ging. Statt mit ihm zusammen am Schabbes den Talmud zu studieren, beschäftigte ich mich allein damit, während er schlief. Die Palästinafrage wurde gerade von den Vereinten Nationen erörtert, und über den Plan, das Land zu teilen, würde bald abgestimmt werden. Jeden Tag gab es Schlagzeilen über neue Terrorakte und weiteres Blutvergießen; jede Woche fand, wie es schien, eine andere Massenversammlung im Madison Square Garden statt. Ich konnte zwei dieser Veranstaltungen beiwohnen. Als ich das zweite Mal hinging, stellte ich sicher, daß ich früh genug eintraf, um drinnen noch einen Platz zu ergattern. Die Reden rissen die Leute von den Sitzen, und ich stimmte in den Beifall und die Hochrufe mit ein, bis meine Hände schmerzten und meine Stimme heiser war. Mein Vater sprach auf dieser Versammlung, und seine Stimme dröhnte klar und deutlich aus der Lautsprecheranlage. Er wirkte so unglaublich groß hinter den Mikrophonen, und seine Stimme verlieh seinem Körper die Größe eines Riesen. Als er fertig war, saß ich da und hörte dem heftigen Beifall der Menge zu, und meine Augen füllten sich mit Tränen des Stolzes.

Unterdessen fuhr Rebbe Saunders' Liga für ein religiöses Erez Jisroel damit fort, ihre antizionistischen Flugblätter zu verteilen. Überall, wo ich hinging, stieß ich auf diese Flugblätter – auf der Straße, in der Straßenbahn, auf den Schreibtischen in meinem Klassenzimmer, auf meinem Tisch im Speisesaal, selbst auf den Toiletten in der Schule.

Im Laufe des Novembers wurde deutlich, daß die Abstimmung der Vereinten Nationen über den Plan der Teilung des Landes irgendwann

Ende des Monats stattfinden würde. Mein Vater war am Samstag, dem 29. November, abends, als die Abstimmung schließlich stattfand, auf einer Versammlung, und ich hörte über das Radio in der Küche zu. Ich heulte wie ein kleines Kind, als das Ergebnis bekanntgegeben wurde, und später, als mein Vater nach Hause kam, umarmten wir uns, weinten und küßten uns, und unsere Tränen vermischten sich auf unseren Wangen. Er freute sich so, daß er kaum einen klaren Gedanken fassen konnte. Der Tod der sechs Millionen Juden habe letztlich einen Sinn bekommen, sagte er immer wieder. Es war passiert. Nach zweitausend Jahren war es endlich passiert. Wir waren wieder ein Volk, mit unserem eigenen Land. Wir waren eine gesegnete Generation. Uns war die Gelegenheit geboten worden, die Schaffung eines jüdischen Staates mitzuerleben. »Gott sei Dank!« sagte er. »Gott sei Dank! Gott sei Dank!« Mal weinten wir, mal redeten wir miteinander, bis nach drei Uhr nachts, als wir schließlich ins Bett gingen.

Ich erwachte mit wackligen Beinen, weil ich zu wenig geschlafen hatte, aber ich hatte immer noch dieses Hochgefühl und war begierig darauf, in die Schule zu gehen, um die Freude mit meinen Freunden zu teilen. Mein Hochgefühl wurde beim Frühstück etwas gedämpft, als mein Vater und ich im Radio hörten, daß ein paar Stunden nach der Abstimmung der Vereinten Nationen ein Bus auf dem Weg von Tel Aviv nach Jerusalem von Arabern überfallen worden war und sieben Juden umgebracht worden waren. Und mein Hochgefühl wurde völlig ausgelöscht und in eine kaum zu kontrollierende Wut verwandelt, als ich in die Schule kam und überall die Flugblätter von Rebbe Saunders' antizionistischer Liga herumlagen.

Die Flugblätter brandmarkten das Votum der Vereinten Nationen, forderten die Juden dazu auf, es nicht zu beachten, nannten den Staat eine Entweihung des Namen Gottes und kündigten an, daß die Liga plane, sich gegen seine Anerkennung durch die Regierung der Vereinigten Staaten einzusetzen.

Nur die Androhung des unverzüglichen Schulverweises seitens des Dekans hielt mich an diesem Tag davon ab, eine Schlägerei anzufangen. Ich war mehr als einmal versucht, die Gruppen von antizionistischen Schülern, die sich in den Gängen und Klassenräumen zusammendrängten, anzuschreien, sie sollten sich aufmachen und sich den Arabern und Briten anschließen, wenn sie dem jüdischen Staat so ablehnend gegenüberständen. Aber irgendwie brachte ich es fertig, mich zu beherrschen und zu schweigen.

In den folgenden Wochen war ich dankbar für dieses Schweigen. Denn als arabische Streitkräfte begannen, die jüdischen Gemeinden in Palästina anzugreifen, als ein arabischer Mob durch die Princess Mary Avenue in Jerusalem wogte, Läden ausraubte und zertrümmerte und das alte jüdische Geschäftszentrum plünderte und niederbrannte, und als die Zahl der jüdischen Todesopfer täglich zunahm, hüllte sich Rebbe Saunders' Liga seltsamerweise in Schweigen. Der Gesichtsausdruck der antizionistischen chassidischen Schüler an unserer Schule wurde angespannt und gequält, und das ganze antizionistische Gerede hörte auf. Ich sah ihnen jeden Tag beim Mittagessen dabei zu, wie sie einander die Berichte der jüdischen Presse über das Blutvergießen vorlasen und dann unter sich darüber redeten. Ich konnte hören, wie sie seufzten, konnte sehen, wie sie den Kopf schüttelten und wie ihre Blicke traurig wurden. »Wieder wird jüdisches Blut vergossen«, flüsterten sie einander zu. »Hitler war noch nicht genug. Jetzt noch mehr jüdisches Blut, noch mehr Blutbäder. Was verlangt die Welt von uns? Sind sechs Millionen nicht genug? Müssen noch mehr Juden sterben?« Ihr Schmerz über diesen neuen Ausbruch von Gewalttätigkeit gegen die Juden in Palästina hatte mehr Gewicht als ihr Haß auf den Zionismus. Sie wurden keine Zionisten, sie hüllten sich nur in Schweigen. Ich war froh während dieser Wochen, daß ich meinen Zorn im Zaum gehalten hatte.

Am Ende jenes Semesters bekam ich in meinen Collegekursen lauter Einser. Ich bekam auch eine Eins in Talmud, obwohl Rav Gershenson mich während der gesamten vier Monate, die ich in seinem Kurs zugebracht hatte, nur ein einziges Mal aufgerufen hatte. Ich beabsichtigte, mit ihm während der Semesterferien darüber zu reden, aber mein Vater erlitt am ersten Tag der Ferien einen zweiten Herzanfall.

Er brach bei einem Treffen des Jüdischen Nationalfonds zusammen und wurde schnell mit dem Krankenwagen ins Brooklyn Memorial Hospital transportiert. Er schwebte drei Tage in Lebensgefahr. Ich lebte in einem Alptraum, mit halluzinatorischen Ängsten, und wenn Manya mich nicht fortwährend mit freundlichem Nachdruck daran erinnert hätte, daß ich etwas essen müsse, sonst würde ich krank werden, hätte ich durchaus verhungern können.

Mein Vater fing an, sich zu erholen, als das zweite Semester begann, aber er war nur noch ein Gerippe. Dr. Grossman sagte mir, daß er mindestens sechs Wochen im Krankenhaus bleiben müsse und daß er noch einmal vier bis sechs Monate völliger Ruhe bedürfe, bevor er wieder an die Arbeit zurückkehren könne.

Meine Klassenkameraden hatten alle davon gehört, als das Semester begann, aber ihre tröstenden Worte halfen nicht viel. Doch Dannys Gesichtsausdruck, als ich ihn zum ersten Mal sah, half ein wenig. Er ging in der Eingangshalle an mir vorbei, und sein Gesicht war versteinert vor Schmerz und Mitgefühl. Einen Augenblick lang dachte ich, er würde mich ansprechen, aber er tat es nicht. Statt dessen streifte er mich und brachte es fertig, meine Hand kurz zu berühren. Seine Berührung und sein Blick sprachen die Worte aus, die seine Lippen nicht aussprechen konnten. Ich sagte mir, daß es schmerzlich und paradox sei, daß mein Vater einen Herzanfall erleiden müsse, damit zwischen mir und Danny wieder ein wenig Kontakt hergestellt werden könne.

Ich lebte allein. Manya kam morgens und ging nach dem Abendessen, und während der langen Winternächte im Januar und Februar war ich ganz allein im Haus. Ich war auch vorher schon allein gewesen, aber das Wissen, daß mein Vater von den Versammlungen zurückkehren und ein paar Minuten mit mir verbringen würde, hatte die Einsamkeit erträglich gemacht. Jetzt wohnte er keinen Versammlungen bei und kam nicht in mein Zimmer, und während der ersten paar Tage war es mir unmöglich, mich mit der totalen Stille in der Wohnung abzufinden, und ich ging aus dem Haus und machte in den bitterkalten Winternächten lange Spaziergänge. Weil meine schulischen Leistungen darunter litten, riß ich mich schließlich zusammen. Ich verwendete am frühen Abend so viel Zeit wie möglich darauf, meinen Vater im Krankenhaus zu besuchen. Er fühlte sich schwach, konnte kaum sprechen und fragte mich immerzu, ob ich auf mich aufpasse. Dr. Grossman hatte mich ermahnt, ihn nicht zu ermüden, deshalb ließ ich ihn bald allein, ging nach Hause, aß etwas und verbrachte den Abend mit Schularbeiten.

Als mein Vater drei Wochen im Krankenhaus gelegen hatte, waren diese Abende mir beinahe zur Gewohnheit geworden. Die Furcht davor, daß er sterben könnte, war verschwunden. Es galt jetzt, es so lange mit der Stille auszuhalten, bis er nach Hause kam. Und ich hielt es mit der Stille aus, indem ich lernte.

Ich beschäftigte mich hauptsächlich mit dem Talmud. In der Vergangenheit hatte ich mein ganzes Talmudstudium am Schabbes und während der morgendlichen Vorbereitungszeiten betrieben. Jetzt fing ich an, den Talmud auch abends zu studieren. Ich versuchte, meine Collegeaufgaben so schnell wie möglich zu erledigen, dann wandte ich mich der Stelle im Talmud zu, mit der wir bei Rav Gershenson beschäftigt waren. Ich studierte sie sorgfältig, prägte sie mir ein, machte die verschiedenen Kommentare ausfindig – die nicht im Talmud selbst abgedruckt waren, waren immer in der Bibliothek meines Vaters zu finden – und prägte sie mir ein. Ich versuchte, Rav Gershensons verwickelte Fragen vorauszusehen. Und dann fing ich an, etwas zu tun, was ich nie zuvor beim Talmudstudium in der Schule getan hatte. Nachdem ich damit fertig war, mir den Text und die Kommentare einzuprägen, fing ich an, den Text noch einmal kritisch durchzugehen. Ich überprüfte die talmudischen Querverweise auf Paralleltexte und prägte mir jeglichen Unterschied ein, den ich entdeckte. Ich holte die riesigen Bände des palästinensischen Talmud aus der Bibliothek meines Vaters – der Text, den wir in der Schule zu Grunde legten, war der babylonische Talmud – und überprüfte seine entsprechenden Erörterungen, einfach um zu sehen, wie sie sich von den Erörterungen im babylonischen Talmud unterschieden. Ich ging sorgfältig und systematisch vor und machte mir alles zunutze, was mein Vater mir beigebracht hatte, und vieles, was ich mir jetzt selbst beibringen konnte. Aufgrund von Rav Gershensons Lehrmethode des langsamen Fortschreitens war ich in der Lage, das alles wirklich tiefgründig durchzuarbeiten. Und indem ich das alles tat, war ich auch in der Lage, die meisten von Rav Gershensons Fragen vorauszusehen. Ich konnte auch immer zuverlässiger einschätzen, wann er mich schließlich wieder aufrufen würde.

Seit jenem Tag im Oktober hatte er mich kein einziges Mal mehr aufgerufen. Und jetzt hatten wir Mitte Februar. Infolge meiner nächtlichen Talmudstudien war ich der Klasse um mindestens fünf oder sechs Tage voraus und war in eine der kompliziertesten Erörterungen verstrickt, die mir je begegnet war. Die Verwicklung lag nicht nur in dem Talmudtext selbst begründet, der viele Lücken aufzuweisen schien, sondern auch in den Kommentaren, die sich bemühten, ihn zu erläutern. Der Text setzte sich aus neun Zeilen zusammen. Einer der Kommentare zum Text belief sich auf zweieinhalb, ein weiterer auf vier Seiten. Keiner von beiden war leicht verständlich. Ein dritter Kommentar indes erläuterte den Text auf sechs Zeilen. Die Erläuterung war kurz, präzise und einfach. Das einzige, was damit nicht stimmte, war, daß sie sich nicht auf den Text zu beziehen schien, den sie erläuterte. Ein späterer Kommentar versuchte, die drei Kommentare mittels der Methode des Pilpul in Einklang zu bringen, und das Resultat war trefflich für jemanden, der an Pilpul Gefallen fand, aber mir erschien es als ziemlich überzogene Haarspalterei. Die Situation schien hoffnungslos.

Als wir immer näher an diese Textstelle herankamen, kam ich immer mehr zu der Überzeugung, daß Rav Gershenson mich aufrufen würde, um sie vorzulesen und zu erläutern. Ich wußte nicht recht, *warum* ich davon überzeugt war; ich wußte nur, daß ich es war.

Ich machte mich an die beschwerliche Aufgabe, das Rätsel zu lösen. Ich versuchte es auf zwei Weisen. Erstens auf die traditionelle Weise, indem ich mir den Text und die Kommentare einprägte und mir dann alle möglichen Fragen ausdachte, die Rav Gershenson mir stellen könnte. Ich fuhr mit der Straßenbahn, ging durch die Straßen oder lag im Bett – und stellte mir Fragen. Zweitens auf die Weise, die mein Vater mir beigebracht hatte, indem ich versuchte, den genauen Text wiederzufinden oder zu rekonstruieren, den Text, den der Kommentator, der die einfache Erläuterung vorgelegt hatte, vor sich gehabt haben mußte. Die erste Methode war relativ einfach; es handelte sich um plumpes Auswendiglernen. Die zweite Methode war umständlich. In langwieriger Arbeit überprüfte ich alle Querverweise und Parallelstellen im palästinensischen Talmud. Als ich damit fertig war, standen mir vier verschiedene Fassungen des Textes zur Verfügung. Jetzt mußte ich den Text rekonstruieren, auf den sich der einfache Kommentar gestützt hatte. Das tat ich, indem ich mich in umgekehrter Richtung voranarbeitete und den Kommentar als Ausgangspunkt nahm, mir dann die Frage stellte, welche Passage aus den vier Fassungen der Kommentator vor sich gehabt haben könnte, als er den Kommentar schrieb. Das erforderte ein gewissenhaftes Vorgehen, aber schließlich glaubte ich, daß ich es unzweideutig hatte. Es hatte mich viele Stunden wertvoller Zeit gekostet, aber ich war davon überzeugt, den genauen Text rekonstruiert zu haben, den einzigen Text, der einen Sinn ergab. Ich hatte es nur deshalb so gemacht, um mich selbst zufriedenzustellen. Wenn Rav Gershenson mich aufrief, würde ich natürlich nur die erste Methode der Erläuterung benutzen. Wenn mein Vater aus dem Krankenhaus zurückkehrte, würde ich ihm vorführen, was ich mit der zweiten Methode erreicht hatte. Ich war sehr stolz auf meine Leistung.

Drei Tage später kamen wir in unserem Talmudkurs zu dieser Passage, und zum zweiten Mal in diesem Jahr rief Rav Gershenson meinen Namen auf und bat mich, die Stelle vorzulesen und zu erläutern.

In der Klasse wurde es totenstill. Einige meiner Freunde hatten mir vorher gesagt, daß sie sich davor fürchteten, bei dieser Textstelle aufgerufen zu werden; sie waren nicht in der Lage gewesen, auch nur den geringsten Sinn darin zu erkennen, und die Kommentare halfen auch nicht weiter. Ich hatte auch ein wenig Angst, aber ich brannte darauf, vorzuführen, was ich gelernt hatte. Als ich hörte, daß mein Name aufgerufen wurde, verspürte ich ein Prickeln aus Furcht und Erregung, als ob ich einen schwachen elektrischen Schlag bekommen hätte. Die meisten Schüler hatten ängstlich darauf gewartet, wer gebeten werden würde vorzulesen. Sie hatten dagesessen und den Text, der vor ihnen lag, angestarrt und sich gescheut, Rav Gershenson in die Augen zu schauen. Jetzt richteten alle ihre Blicke auf mich, selbst Danny blickte mich an, und einem der Schüler zu meiner Rechten entrang sich ein kaum hörbarer Seufzer der Erleichterung. Ich beugte mich über meinen Talmud, legte den Zeigefinger meiner rechten Hand unter das erste Wort der Passage und fing an vorzulesen.

Jede Textstelle im Talmud setzt sich, der Bequemlichkeit halber, aus einzelnen Teilen zusammen, die man am treffendsten als Sinneinheiten bezeichnen könnte. Jede einzelne Sinneinheit stellt ein gesondertes Stadium der gesamten Erörterung dar, aus der die Textstelle sich zusammensetzt. Sie könnte aus einem knappen Gesetzestext bestehen oder einer Frage dazu, einer Antwort auf diese Frage, einem kurzen oder einem weitschweifigen Kommentar zu einem Bibelvers und so weiter. Der Talmud enthält keine Satzzeichen, und es ist nicht immer einfach zu entscheiden, wo eine Sinneinheit beginnt und wo sie endet; gelegentlich fließt eine Textstelle auf eine festgefügte, organische Art und Weise dahin, was es schwierig und etwas willkürlich macht, sie in Sinneinheiten aufzuspalten. In den meisten Fällen sind die Sinneinheiten jedoch deutlich unterscheidbar, und die Entscheidung darüber, wie eine Textstelle in solche Einheiten aufzuspalten ist, ist eine Frage des gesunden Menschenverstands und eines Gefühls für den Rhythmus der Erörterung. Die Notwendigkeit, eine Textstelle in ihre Sinneinheiten aufzuspalten, liegt auf der Hand. Man muß entscheiden, wann man aufhört zu lesen und anfängt zu erläutern, und ebenso, wann man zur weiteren Erläuterung auf die Kommentare verweist.

Ich hatte die Stelle in ihre Sinneinheiten aufgespalten, als ich sie durchgearbeitet hatte, so daß ich genau wußte, wo ich mit dem Lesen aufhören und mit der Erläuterung anfangen würde. Ich las eine Sinneinheit laut vor, die aus einem Zitat aus der Mischna bestand. Die Mischna ist der niedergeschriebene Text der mündlichen rabbinischen Gesetze; in Form und Inhalt ist sie größtenteils kurz und präzise, eine riesige Sammlung von Gesetzestexten, auf die sich nahezu alle rabbinischen Erörterungen stützen, die zusammen mit der Mischna den Talmud bilden. Als ich ans Ende der mischnaischen Sinneinheit kam, hielt ich inne und besprach sie kurz, zusammen mit den Kommentaren von Raschi und den Tossafisten. Ich versuchte, mich so klar wie möglich auszudrücken, und zwar so, als würde ich die Klasse unterrichten und nicht nur Rav Gershenson als Sprungbrett für seine Deutungen dienen. Ich führte die Erläuterung des Mischnatextes zu Ende und las die nächste Sinneinheit vor, die aus einem weiteren Zitat aus der Mischna bestand, das sich aber in einem anderen Traktat befand. Das zweite Zitat widersprach dem ersten völlig. Ich erläuterte das Zitat sorgfältig, zeigte auf, wo der Widerspruch lag, und las dann aus den Kommentaren von Raschi und den Tossafisten vor, die beide auf derselben Seite wie der Talmudtext abgedruckt sind. Ich erwartete, jeden Augenblick von Rav Gershenson unterbrochen zu werden, aber nichts geschah. Ich las und erläuterte weiter, hatte meine Augen auf den Text gerichtet, während ich vorlas, und schaute Rav Gershenson an, während ich meine Erläuterungen vortrug. Er ließ mich ohne Unterbrechung fortfahren. Als ich vier Zeilen weit in die Passage vorgedrungen war, war die Erörterung bereits so verwickelt geworden, daß ich damit begonnen hatte, auf einen der mittelalterlichen Kommentare zu verweisen, die nicht auf derselben Seite wie der Text abgedruckt waren, sondern am Ende des Traktats für sich standen. Ich behielt einen Finger meiner rechten Hand an der entsprechenden Stelle im Text, schlug den Talmud an der Stelle auf, wo der Kommentar abgedruckt war, und las daraus vor. Dann wies ich darauf hin, daß andere Kommentare andere Deutungen gegeben hatten, und ich zitierte sie aus dem Gedächtnis, weil sie nicht in der Talmudausgabe zu finden waren, die der Kurs benutzte. Nachdem ich das getan hatte, kehrte ich zu der Passage zurück und fuhr damit fort, sie vorzulesen. Als ich den Blick erhob, um die Sinneinheit, die ich gerade vorgelesen hatte, zu erläutern, sah ich, daß Rav Gershenson sich hingesetzt hatte – das erste Mal, seit ich an dem Kurs teilnahm, daß er eine Schiur im Sitzen verfolgte. Er hatte den Kopf auf die Handflächen gestützt, die Ellenbogen auf den Talmud, der aufgeschlagen vor ihm lag, und hörte aufmerksam zu. Als ich mit der Erläuterung der Sinneinheit, die ich gerade vorgelesen hatte, fortfuhr, warf ich einen flüchtigen Blick auf meine Armbanduhr und stellte zu meiner Überraschung fest, daß ich beinahe eineinhalb Stunden ohne Unterbrechung geredet hatte. Diesmal mußte ich die ganzen Kommentare verwenden und konnte die Erläuterung der Sinneinheit beenden, kurz bevor das Drei-Uhr-Klingelzeichen erklang. Rav Gershenson sagte nichts. Er saß einfach da und entließ den Kurs mit einer Handbewegung.

Am nächsten Tag rief er mich wieder auf, und ich las und erläuterte weiter. Ich verwendete zwei Stunden auf sieben Worte, und wieder setzte er sich irgendwann während des Unterrichts hin und stützte den Kopf auf seine Handflächen. Er sagte kein einziges Wort. Die Klingel erwischte mich mitten in einer weitschweifigen Erläuterung des vierseitigen Kommentars, und als er mich am dritten Tag wieder aufrief, las ich rasch die sieben Worte vor, ging noch einmal kurz auf meine Erläuterungen vom Vortag ein und machte dann da weiter, wo ich aufgehört hatte.

Zwischen dem dritten und dem vierten Tag sprang meine Stimmung ziellos zwischen einem stürmischen Hochgefühl und düsterer Besorgnis hin und her. Ich wußte, daß ich meine Sache gut machte, sonst hätte Rav Gershenson mir Einhalt geboten, aber ich wünschte mir, daß er etwas sagte und nicht einfach dastand oder dasaß und sich in völliges Schweigen hüllte.

Einige der chassidischen Schüler im Kurs betrachteten mich mit einer Mischung aus Ehrfurcht und Mißgunst, als ob sie ihre Bewunderung darüber, wie gut ich meine Sache machte, nicht zurückhalten könnten, sich aber gleichzeitig fragten, wie es möglich sei, daß jemand wie ich, ein Zionist und der Sohn eines Mannes, der ketzerische Artikel verfaßte, ein Apikoros war, sich so gut mit dem Talmud auskannte. Danny freilich schien von dem, was geschah, völlig begeistert zu sein. Er schaute mich kein einziges Mal an, wenn ich vorlas oder meine Erläuterungen gab, aber ich konnte sehen, wie er mit dem Kopf nickte und lächelte, während ich meine Erläuterungen zu Ende führte. Und Rav Gershenson blieb schweigsam und leidenschaftslos, hörte aufmerksam zu, mit ausdruckslosem Gesicht, bis auf ein gelegentliches Hochziehen der Mundwinkel, immer wenn ich eine besonders schwierige Frage klärte. Am Ende des dritten Tages fing es an, mich zu frustrieren. Ich wünschte mir, daß er wenigstens etwas sagte oder täte, daß er mit dem Kopf nickte, lächelte, mich meinetwegen auch bei einem Fehler erwischte – alles, nur nicht dieses entsetzliche Schweigen.

Ich war darauf vorbereitet, daß Rav Gershenson mich am vierten Tag wieder aufrufen würde, und er tat es auch. In der Passage war jetzt nur noch eine Sinneinheit übrig, und ich hatte im voraus beschlossen, daß ich, wenn ich mit der Erläuterung fertig wäre, einen kurzen Überblick über die gesamte Passage und die ganzen Kommentare geben, die Schwierigkeiten, die ihnen im Text begegnet waren, in groben Zügen darstellen und die verschiedenen Arten, auf die sie mit diesen Schwierigkeiten umgingen, aufzeigen würde. Dann würde ich mich eingehend mit dem Versuch des spätmittelalterlichen Kommentars beschäftigen, die unterschiedlichen Deutungen der Kommentare in Einklang zu bringen. Für all das benötigte ich nicht einmal eine Stunde, und als ich davon überzeugt war, daß ich das Bestmögliche getan hatte, hörte ich auf zu reden. Rav Gershenson saß hinter seinem Schreibtisch und blickte mich aufmerksam an. Es kam mir einen Augenblick lang merkwürdig vor, meine eigene Stimme nicht mehr zu hören. Aber ich hatte nichts mehr hinzuzufügen.

Es entstand eine kurze Stille, während der ich sah, wie einer der chassidischen Schüler grinste und sich zu einem anderen Chassiden hinüberlehnte, um ihm irgend etwas ins Ohr zu flüstern. Dann stand Rav Gershenson auf und verschränkte die Arme vor der Brust. Er zeigte jetzt ein leichtes Lächeln, und sein Oberkörper wiegte sich langsam vor und zurück.

Er bat mich, ein Argument, das ich zwei Tage zuvor benutzt hatte, zu wiederholen, und ich tat es. Er bat mich, mich bezüglich einer Stelle in einem der Kommentare etwas klarer auszudrücken, und ich wiederholte die Stelle aus dem Gedächtnis und erläuterte sie noch einmal, so gut ich konnte. Er bat mich, die Schwierigkeiten nochmals durchzugehen, die ich in den verschiedenen Kommentaren entdeckt hatte, und ich wiederholte sie sorgfältig. Dann bat er mich aufzuzeigen, wie der spätmittelalterliche Kommentar versucht hatte, diese Schwierigkeiten in Einklang zu bringen, und ich ging auch das noch einmal durch.

Wieder war es kurze Zeit still. Ich warf einen schnellen Blick auf meine Uhr und sah, daß es halb drei war. Ich fragte mich, ob er mit der nächsten Passage anfangen würde, obwohl nur noch eine halbe Stunde für die Schiur übrig war. In der Regel zog er es vor, mit einer neuen Passage – oder Injan, wie die Bezeichnung dafür lautet – am Beginn einer Schiur anzufangen, als wollte er dem Kurs Zeit geben, sich hineinzufinden. Ich war sehr zufrieden damit, wie ich die Passage erläutert und seine Fragen beantwortet hatte. Ich nahm mir vor, meinem Vater davon zu erzählen, wenn ich ihn an diesem Abend im Krankenhaus besuchte.

Dann hörte ich, wie Rav Gershenson mich fragte, ob ich mit dem Versuch des spätmittelalterlichen Kommentars, die anderen Kommentare in Einklang zu bringen, zufrieden sei.

Das war eine Frage, die ich nicht erwartet hatte. Ich hatte diesen Versuch der Harmonisierung als Grundlage der gesamten Erörterung über die Passage betrachtet und hatte nicht geglaubt, daß Rav Gershenson ihn in Frage stellen würde. Eine Zeitlang versackte ich in dieser gefürchteten Stille, die immer nach einer Frage von ihm eintrat, welche ein Schüler nicht beantworten konnte, und ich wartete darauf, daß seine Finger anfingen zu trommeln. Aber seine Arme blieben vor der Brust verschränkt, und er stand da, wiegte langsam vor und zurück und blickte mich aufmerksam an.

»Nu«, sagte er wieder, »gibt es keine Fragen zu dem, was er sagt?«

Ich wartete darauf, daß Dannys Hand in die Luft schnellte, aber sie tat es nicht. Ich warf ihm einen schnellen Blick zu und sah, daß er mit offenem Mund dasaß. Die Frage hatte auch ihn überrascht.

Rav Gershenson strich sich mit der rechten Hand über seinen spitz zulaufenden Bart, dann fragte er mich zum dritten Mal, ob ich mit dem zufrieden sei, was der Kommentar sage.

Ich hörte mich sagen, daß ich es nicht sei.

»Ach«, sagte er mit einem schwachen Lächeln. »Gut. Und warum nicht?«

»Weil es Pilpul ist«, hörte ich mich sagen.

Meine Mitschüler wurden unruhig. Ich sah, daß Danny ganz steif auf seinem Stuhl saß, mir einen schnellen, beinahe ängstlichen Blick zuwarf und sich dann abwandte.

Ich war plötzlich ein wenig erschrocken über die verächtliche Art und Weise, auf die ich das Wort »Pilpul« ausgesprochen hatte. Der mißbilligende Ton in meiner Stimme hing über dem Klassenzimmer wie eine Drohung.

Rav Gershenson strich langsam über seinen spitz zulaufenden, grauen Bart. »So«, sagte er mit sanfter Stimme, »es ist Pilpul. Ich sehe, daß dir Pilpul nicht gefällt... Nu, dem großen Wilna Gaon hat Pilpul auch nicht gefallen.« Er sprach von Rabbi Elija von Wilna, dem im achtzehnten Jahrhundert lebenden Gegner des Chassidismus. »Sag mir, Reuven« – das war das erste Mal, daß er mich je mit dem Vornamen anredete – »warum ist es Pilpul? Was stimmt an der Erklärung nicht?«

Ich gab zur Antwort, daß sie überzogen wirke, daß sie den verschiedenen sich widersprechenden Kommentaren Bedeutungsunterschiede zuschreibe, die nicht existierten, und daß sie aus diesem Grunde keine richtige Harmonisierung darstelle.

Er nickte bedächtig. »Nu«, sagte er und sprach jetzt nicht nur mich, sondern die gesamte Klasse an, »es handelt sich um einen sehr schwierigen Injan. Und die Kommentare« – er benutzte den Ausdruck

»Rischonim«, der die frühmittelalterlichen Talmudkommentatoren bezeichnet – »helfen uns nicht weiter.« Dann schaute er mich an. »Sag mir, Reuven«, sagte er leise, »wie deutest *du* den Injan?«

Ich saß da, starrte ihn an und brachte vor Verblüffung kein Wort heraus. Wenn schon die Kommentatoren nicht in der Lage gewesen waren, die Stelle zu deuten, wie sollte ich es dann können? Aber er ließ die Stille diesmal nicht andauern. Statt dessen wiederholte er seine Frage mit sanfter, freundlicher Stimme. »Du kannst ihn nicht deuten, Reuven?«

»Nein«, hörte ich mich sagen.

»So«, sagte Rav Gershenson. »Du kannst ihn nicht deuten. Bist du sicher, daß du ihn nicht deuten kannst?«

Einen Augenblick lang war ich fast versucht, ihm zu sagen, daß der Text fehlerhaft sei, und ihm den Text zu geben, den ich rekonstruiert hatte. Aber ich tat es nicht. Ich hatte Angst. Ich erinnerte mich daran, daß Danny mir erzählt hatte, daß Rav Gershenson alles über die kritische Methode des Talmudstudiums wisse und sie nicht ausstehen könne. Deshalb hielt ich den Mund.

Rav Gershenson drehte sich zu den restlichen Kursteilnehmern um. »Kann irgendwer den Injan deuten?« fragte er leise.

Seine Frage wurde mit Schweigen beantwortet.

Er stieß einen lauten Seufzer aus. »Nu«, sagte er, »niemand kann ihn deuten... Die Wahrheit ist, daß ich ihn selber nicht deuten kann. Es handelt sich um einen schwierigen Injan. Einen sehr schwierigen Injan.« Er verfiel einen Augenblick lang in Schweigen, dann schüttelte er den Kopf und lächelte. »Es kann passieren, daß ein Lehrer manchmal auch nicht weiter weiß«, sagte er mit sanfter Stimme.

Das war das erste Mal in meinem Leben, daß ich hörte, wie ein Rabbi einräumte, eine Passage im Talmud nicht zu verstehen.

Wir saßen da, und es herrschte eine unangenehme Stille. Rav Gershenson starrte auf den Talmud herab, der aufgeschlagen auf seinem Schreibtisch lag. Dann schlug er ihn langsam zu und entließ die Klasse.

Als ich meine Bücher einsammelte, hörte ich ihn meinen Namen rufen. Danny hörte ihn ebenfalls und schaute ihn an. »Ich möchte kurz mit dir sprechen«, sagte Rav Gershenson. Ich begab mich zu seinem Schreibtisch.

Als ich so nahe bei ihm stand, konnte ich sehen, wie zerfurcht sein Gesicht und seine Stirn waren. Die Haut an seinen Händen sah ausgetrocknet, wie Pergament, aus, und seine Lippen bildeten eine schmale Linie unterhalb des dichten Gestrüpps seines grauen Bartes. Seine Augen waren braun und gütig, und tiefe Falten breiteten sich von den Augenwinkeln her aus.

Er wartete, bis alle Schüler den Klassenraum verlassen hatten. Dann fragte er mich leise: »Du hast den Injan allein durchgearbeitet, Reuven?«

»Ja«, erwiderte ich.

»Dein Vater hat dir nicht geholfen?«

»Mein Vater liegt im Krankenhaus.«

Er sah bestürzt aus.

»Es geht ihm schon besser. Er hat einen Herzanfall gehabt.«

»Das hab' ich nicht gewußt«, sagte er leise. »Es tut mir leid, das zu hören.« Er hielt einen Augenblick lang inne und sah mich aufmerksam an. »So«, sagte er. »Du hast den Injan allein durchgearbeitet.«

Ich nickte.

»Sag mir, Reuven«, sagte er freundlich, »studierst du den Talmud mit deinem Vater?«

»Ja«, antwortete ich.

»Dein Vater ist ein großer Gelehrter«, sagte er mit ruhiger, beinahe wehmütiger Stimme. »Ein sehr großer Gelehrter.« Der Blick seiner braunen Augen sah verschleiert aus. »Reuven, sag mir, welche Antwort hätte dein Vater auf meine Frage gegeben?«

Ich starrte ihn an und wußte nicht, was ich sagen sollte.

Er zeigte ein zaghaftes, entschuldigendes Lächeln. »Du weißt nicht, wie dein Vater den Injan gedeutet hätte?«

Meine Mitschüler waren gegangen, wir waren allein, und irgendwie hatte ich das Gefühl, daß eine Vertrautheit zwischen uns bestand, so daß es mir nicht allzu schwerfiel, das zu sagen, was ich dann sagte. Dennoch empfand ich ein wenig Furcht dabei. »Ich glaube, ich weiß, was er gesagt hätte.«

»Nu.« Rav Gershenson half mir etwas auf die Sprünge. »Was?«

»Ich glaube, er hätte gesagt, der Text ist fehlerhaft.«

Ich sah, wie er mit ausdruckslosem Gesicht ein paarmal mit den Augen blinzelte. »Erklär, was du meinst«, sagte er leise.

Ich erläuterte, wie ich den Text rekonstruiert hatte, zitierte dann den rekonstruierten Text aus dem Gedächtnis und zeigte ihm, wie vollkommen er zu der Deutung paßte, die von dem einfachsten Kommentar gegeben wurde. Ich schloß damit, daß ich sagte, ich sei sicher, daß dies der Text der Talmudhandschrift sei, die der Kommentator vor sich gehabt habe, als er seinen Kommentar geschrieben habe.

Rav Gershenson schwieg eine Weile, mit reglosem Gesicht. Dann sagte er bedächtig: »Du hast das allein entdeckt, Reuven?«

»Ja.«

»Dein Vater ist ein großartiger Lehrer«, sagte er leise zu mir. »Du hast Glück, so einen Vater zu haben.«

Seine Stimme klang sanft und ehrfurchtsvoll.

»Reuven?«

»Ja?«

»Ich muß dich bitten, niemals so eine Deutungsmethode in meinem Unterricht zu benutzen.« Er klang freundlich, beinahe entschuldigend. »Ich selber stehe dieser Methode nicht ablehnend gegenüber. Aber ich muß dich bitten, sie niemals in meinem Unterricht zu benutzen. Verstehst du mich?«

»Ja.«

»Ich werde dich jetzt häufig aufrufen«, sagte er mit einem warmen Lächeln. »Jetzt, wo du es verstehst, werde ich dich sehr oft aufrufen. Ich habe das ganze Jahr lang gewartet, um zu sehen, was für ein guter Lehrer dein Vater ist. Er ist ein ausgezeichneter Lehrer und ein großer Gelehrter. Es ist eine Freude, dir zuzuhören. Aber du darfst diese Methode nicht in meinem Unterricht benutzen. Du verstehst?«

»Ja«, sagte ich erneut.

Und er entließ mich mit einem leisen Lächeln und einem freundlichen Kopfnicken.

An diesem Abend begab ich mich nach meiner letzten Unterrichtsstunde in die Schulbibliothek und suchte in den hebräischen und englischen Verzeichnissen nach Rav Gershensons Namen. Sein Name war nirgends aufgeführt. Erst da verstand ich, warum mein Vater nicht an diesem College unterrichtete.

Kapitel 15

Mitte März kehrte mein Vater aus dem Krankenhaus zurück. Er war schwach und sah abgemagert aus, war bettlägerig und zu kaum einer körperlichen Betätigung imstande. Manya kümmerte sich um ihn, als ob er ein Kind wäre, und Dr. Grossman besuchte ihn zweimal pro Woche, montags und donnerstags, bis Ende April, als die Besuche auf einmal in der Woche reduziert wurden. Er sagte mir immer, daß er mit den Fortschritten meines Vaters zufrieden sei. Es gab nichts mehr, worüber man sich Sorgen machen mußte, außer sich des Umstands zu vergewissern, daß er völlige Ruhe hatte. Während der ersten vier Wochen, in denen mein Vater wieder zu Hause war, kam jeden Abend eine Nachtschwester, wachte die Nacht über im Zimmer meines Vaters und ging morgens wieder. Vom Reden wurde er schnell müde; selbst das Zuhören schien ihn anzustrengen. In den ersten sechs Wochen, die er zu Hause war, konnten wir nicht allzu viel Zeit miteinander verbringen. Aber es war herrlich, ihn dazuhaben, zu wissen, daß er wieder in seinem Zimmer und nicht mehr im Krankenhaus war, und zu wissen, daß die trostlose Stille zu guter Letzt aus der Wohnung verschwunden war.

Ich hatte ihm von meinem Erlebnis mit Rav Gershenson erzählt, als er noch im Krankenhaus gelegen hatte. Er hatte ruhig zugehört, genickt und gesagt, daß er sehr stolz auf mich sei. Er hatte nicht das Geringste über Rav Gershenson gesagt. Ich wurde ab jetzt im Talmudkurs regelmäßig aufgerufen, und es trat keine Stille ein, wenn ich eine Passage vorzulesen und zu erläutern hatte.

Ich sah Danny die ganze Zeit über in der Schule, aber das Schweigen zwischen uns dauerte an. Ich hatte mich schließlich damit abgefunden. Wir hatten begonnen, uns mit Blicken zu verständigen, mit einem Kopfnicken, mit einer Geste. Aber wir sprachen nicht miteinander. Ich hatte keine Ahnung, wie er in Psychologie vorankam oder wie es seiner Familie ging. Aber mir kamen keine schlechten Nachrichten zu Ohren, so daß ich annahm, daß alles mehr oder weniger in Ordnung sei.

Die finsteren Mienen von Lehrern und Schülern an unserer Schule spiegelten die Schlagzeilen der Zeitungen wider, die von arabischen Aufständen und Angriffen auf die Juden in Palästina berichteten, von jüdischen Verteidigungsmaßnahmen, von denen viele von den Briten behindert wurden, und von den fortgesetzten Aktivitäten des Irgun. Die Araber griffen jüdische Siedlungen in Obergaliläa, in der Negevwüste und um Jerusalem an und verübten unablässig Anschläge auf Versorgungstransporte. Araber brachten Juden um, Juden brachten Araber um, und die Briten, die in einer ungemütlichen Lage dazwischensaßen, schienen unfähig und gelegentlich auch unwillig, dem gegenseitigen Abschlachten ein Ende zu setzen.

Die zionistischen Jugendgruppen am College wurden immer aktiver, und einmal wurden einige Mitglieder meiner Gruppe gebeten, den Unterricht am Nachmittag zu schwänzen und zu einem Lagerhaus in Brooklyn hinunterzugehen, um zu helfen, Uniformen, Helme und Feldflaschen auf riesige Zehntonnen-LKWs zu verladen, die davor hielten. Man sagte uns, daß die Nachschublieferung bald mit einem Schiff nach Palästina gebracht und von der Haganah benutzt würde. Wir arbeiteten lange und hart, und irgendwie hatte ich das Gefühl, durch das Beladen jener LKWs in einer engen Beziehung zu den Nachrichten zu stehen, die ich immer im Radio hörte und in den Zeitungen las.

Im April wurden Tiberias, Haifa und Safed von der Haganah eingenommen, und der Irgun eroberte mit Unterstützung der Haganah Jaffa.

Mein Vater war schon wieder einigermaßen zu Kräften gekommen und hatte angefangen, ein wenig im Haus umherzugehen. Wir konnten uns ausführlich unterhalten, und wir sprachen fast ausschließlich über Palästina. Er erzählte mir, daß man ihn vor seinem Herzanfall gebeten hatte, als Delegierter zur Konferenz des zionistischen Generalrats zu fahren, der kommenden Sommer in Palästina zusammentreten sollte. »Jetzt kann ich froh sein, wenn ich diesen Sommer in unser Ferienhäuschen fahren kann«, sagte er mit einem bitteren Lächeln.

»Warum hast du mir das nicht erzählt?« fragte ich ihn.

»Ich wollte dich nicht aufregen. Aber ich konnte es nicht mehr für mich behalten. Also erzähl' ich es dir jetzt.«

»Warum hast du es mir nicht erzählt, als sie dich darum gebeten haben?«

»Sie haben mich an dem Abend gefragt, an dem ich den Herzanfall gehabt habe«, erwiderte er.

Wir redeten nie wieder davon. Aber wenn ich in seiner Nähe war, wußte ich immer, wann er daran dachte. Sein Blick wurde dann immer verträumt, und er stieß einen Seufzer aus und schüttelte den Kopf. Er hatte so hart für einen jüdischen Staat gearbeitet, und genau diese Arbeit hielt ihn jetzt davon ab, diesen Staat zu sehen. Ich stellte mir während der kommenden Monate oft die Frage, welchen Sinn er wohl darin sehen könnte. Ich wußte es nicht, und ich fragte ihn auch nicht.

Wir weinten ganz unverhohlen an jenem Freitag in der zweiten Maiwoche, als der Staat Israel das Licht der Welt erblickte. Und am nächsten Morgen sah ich auf dem Weg zur Synagoge die Schlagzeilen der Zeitungen, die die Geburt des jüdischen Staates verkündeten. Ebenso verkündeten sie, daß die arabischen Streitkräfte mit ihrer angedrohten Invasion begonnen hatten.

Die nächsten paar Wochen waren höchst bedrohlich. Das Gebiet um Etzion in den Hebronbergen fiel, die jordanische Armee griff Jerusalem an, die irakische Armee besetzte das Jordantal, die ägyptische Armee besetzte die Negevwüste, und die Schlacht um Latrun, den strategisch entscheidenden Ort auf der Straße nach Jerusalem, verwandelte sich in ein Blutbad. Mein Vater bekam einen düsteren Gesichtsausdruck und verfiel in Schweigen, und ich fing an, mir wieder Sorgen um seine Gesundheit zu machen.

Anfang Juni machte im College das Gerücht die Runde, daß ein junger Mann, der vor kurzem das College absolviert hatte, in den Kämpfen um Jerusalem gefallen sei. Das Gerücht breitete sich ein paar Tage lang unkontrolliert aus und wurde schließlich bestätigt. Ich hatte ihn gar nicht gekannt, er hatte seinen Abschluß gemacht, bevor ich an die Schule gekommen war, aber offensichtlich erinnerten sich die meisten derzeitigen Schüler des obersten Jahrgangs gut an ihn. Er war hervorragend in Mathematik und sehr beliebt gewesen. Er war an die Hebrew Universität in Jerusalem gegangen, um seine Doktorarbeit zu schreiben, hatte sich der Haganah angeschlossen und war bei dem Versuch, eine Kraftwagenkolonne nach Jerusalem durchzubringen, getötet worden. Wir waren niedergeschmettert. Wir hätten nie geglaubt, daß der Krieg uns so nahe kommen würde.

An einem Tag in der zweiten Juniwoche, derselben Woche, in der der von den Vereinten Nationen ausgehandelte Waffenstillstand in Kraft trat und die Kämpfe in Israel aufhörten, nahm die gesamte Schule an einer Zusammenkunft zum Gedenken an den Schüler teil. Alle waren da, jeder Rabbi, Schüler und Collegelehrer. Einer seiner Talmudlehrer beschrieb seine Frömmigkeit und seine Hingabe ans Judentum, sein Mathematikprofessor sprach von seinen hervorragenden schulischen Leistungen, und ein Schüler des obersten Jahrgangs erzählte, wie er immer davon gesprochen habe, nach Israel zu gehen. Dann erhoben wir uns alle, während ein Gebet gesungen und das Kaddisch gesprochen wurde.

Rebbe Saunders' antizionistische Liga fand an jenem Tag, soweit die Schüler am Hirsch College betroffen waren, ihr Ende. Außerhalb der

Schule bestand sie weiter, aber innerhalb des Schulgebäudes sah ich nie wieder ein antizionistisches Flugblatt.

Die Abschlußprüfungen stellten in diesem Semester kein allzu großes Problem für mich dar, und ich bekam lauter Einser. Der Juli kam und brachte eine sengende Hitze sowie die erfreuliche Ankündigung von Dr. Grossman, daß es meinem Vater jetzt gut genug gehe, um im August ins Ferienhäuschen fahren und im September den Unterricht wiederaufnehmen zu können. Aber er sollte sich ausruhen im Ferienhaus und nicht arbeiten. Ja, schreiben dürfe er – seit wann sei Schreiben Arbeit? Darüber lachte mein Vater. Es war das erste Mal seit Monaten, daß er gelacht hatte.

Im September nahm mein Vater den Unterricht wieder auf, und ich ging in mein drittes Jahr am College. Da die symbolische Logik ein Bestandteil der Philosophie war, hatte ich Philosophie als Hauptfach gewählt und fand es äußerst aufregend. Die Wochen gingen rasch vorbei. Mein Vater tat in den ersten paar Monaten nichts anderes, als zu unterrichten, dann nahm er mit Zustimmung von Dr. Grossman einige seiner zionistischen Betätigungen wieder auf und veranstaltete wieder an einem Abend in der Woche einen Kurs zur Erwachsenenbildung.

Der Krieg in Israel ging vereinzelt weiter, vor allem in der Negevwüste. Aber die Initiative war auf die Israelis übergegangen, und die Anspannung war inzwischen verschwunden.

Rebbe Saunders' antizionistische Liga schien nicht mehr weiterzubestehen. Ich hörte nichts mehr von ihr, nicht einmal in meinem eigenen Viertel. Und an einem der letzten Frühlingstage in diesem Jahr kam Danny, während ich das Mittagessen einnahm, zu meinem Tisch herüber, lächelte unschlüssig, setzte sich und bat mich, ihm in experimenteller Psychologie zu helfen; er hatte Schwierigkeiten, ein Diagramm für eine Gleichung aufzustellen, die Variable einschloß.

Kapitel 16

Ich verspürte ein leichtes Schaudern, als ich seine Stimme hörte.

»Willkommen zurück im Land der Lebenden«, sagte ich, starrte zu ihm hinauf und spürte, wie mein Herz vor Freude hüpfte. Es war jetzt mehr als zwei Jahre her, daß wir zum letzten Mal miteinander geredet hatten.

Er lächelte leicht und strich durch seinen Bart, der inzwischen ziemlich dicht war. Er trug den dunklen Anzug, den er gewöhnlich anhatte, sein Hemd ohne Krawatte, Schaufäden und sein Käppchen. Seine Schläfenlocken hingen seitlich an seinem wohlgeformten Gesicht herunter, und seine Augen leuchteten tiefblau.

»Der Bann ist aufgehoben worden«, sagte er bloß.

»Es tut gut, wieder koscher zu sein«, erwiderte ich mit einer leichten Verbitterung in der Stimme.

Er blinzelte und versuchte wieder zu lächeln. »Es tut mir leid«, sagte er leise.

»Mir tut's auch leid. Ich hab' dich eine Zeitlang in meiner Nähe gebraucht. Besonders als mein Vater krank war.«

Er nickte, und seine Augen sahen traurig aus.

»Wie machst du das?« fragte ich.

Er blinzelte erneut. »Was?«

»Wie wirst du mit dem Schweigen fertig?«

Er gab keine Antwort. Aber er bekam einen angespannten Gesichtsausdruck.

»Ich habe es gehaßt«, erzählte ich ihm. »Wie wirst du damit fertig?«

Er zog nervös an einer Schläfenlocke, und sein Blick sah düster und grüblerisch aus.

»Ich glaubte, ich würde den Verstand verlieren«, sagte ich.

»Nein, das stimmt nicht«, sagte er mit sanfter Stimme. »Du hast gelernt, damit zu leben.«

»Warum macht er das?«

Die Hand, die an der Schläfenlocke zog, sank auf den Tisch. Bedächtig schüttelte er den Kopf. »Ich weiß nicht. Wir reden immer noch nicht miteinander.«

»Außer wenn ihr den Talmud studiert oder er in die Luft geht.«

Er nickte kurz.

»Ich sage dir nur ungern, was ich über deinen Vater denke.«

»Er ist ein bedeutender Mann«, sagte Danny in ruhigem Ton. »Er muß einen Grund dafür haben.«

»Ich finde es verrückt und sadistisch«, erwiderte ich verbittert. »Und ich kann deinen Vater nicht ausstehen.«

»Du hast ein Recht auf deine Meinung«, sagte Danny mit sanfter Stimme. »Und ich hab' ein Recht auf meine.«

Wir schwiegen einen Augenblick lang.

»Du hast abgenommen«, sagte ich zu ihm.

Er nickte, schwieg aber weiterhin. Er saß in sich zusammengesunken da und sah klein und elend aus, wie ein Vogel, der Schmerzen hat.

»Was machen deine Augen?« fragte ich.

Er zuckte mit den Achseln. »Manchmal machen sie mir zu schaffen. Der Arzt meint, es sei eine nervöse Anspannung.«

Wieder trat Stille ein.

»Es tut gut, dich wiederzuhaben«, gestand ich. Und ich grinste.

Er lächelte unschlüssig, und seine blauen Augen strahlten.

»Du und deine verrückte Art, einen Baseball zu schlagen«, sagte ich. »Du und dein Vater mit seinem verrückten Schweigen und seinen verrückten Wutausbrüchen.«

Er lächelte erneut, ganz offen jetzt, und setzte sich in seinem Stuhl auf. »Hilfst du mir bei diesem Diagramm?« fragte er.

Ich gab zurück, daß es langsam Zeit würde, daß er selbst mit seinen Diagrammen zurechtkomme, und zeigte ihm dann, was er tun mußte.

Als ich an jenem Abend meinem Vater davon erzählte, nickte er. Er sagte, er habe das erwartet. Der jüdische Staat war keine Streitfrage mehr, sondern eine Tatsache. Lange hätte Rebbe Saunders seinen Bann wegen eines abgehandelten Problems nicht aufrechterhalten können.

»Wie geht's Danny?« wollte er wissen.

Ich erzählte ihm, daß Danny nicht gut aussah und stark abgenommen hatte.

Einen Augenblick lang war er in Gedanken versunken. Dann sagte er: »Reuven, das Schweigen zwischen Danny und Rebbe Saunders. Dauert es noch an?«

»Ja.«

Sein Gesicht sah traurig aus. »Ein Vater kann ein Kind so erziehen, wie er will«, sagte er leise. »Was für ein Preis, der für eine Seele gezahlt wird.«

Als ich ihn fragte, was er damit meine, wollte er nichts weiter dazu sagen. Aber sein Blick war finster.

So nahmen Danny und ich unsere alten Gewohnheiten wieder auf, trafen uns vor meiner Synagoge, fuhren zusammen in die Schule, aßen gemeinsam zu Mittag und gingen zusammen nach Hause. Rav Gershensons Kurs bereitete uns besondere Freude, weil die Unbefangenheit zwischen Danny und mir es uns jetzt erlaubte, uns auf langwierige Streitgespräche einzulassen, die den Zeitraum der Schiur praktisch für sich allein in Anspruch nahmen. Wir dominierten den Kurs derart, daß Rav Gershenson uns einmal nach einer besonders hitzigen Talmuddebatte zwischen Danny und mir, die ohne Unterbrechung fast eine Viertelstunde gedauert hatte, Einhalt gebot und darauf hinwies, daß er hier keinen Privatunterricht erteile; es seien zwölf weitere Schüler in der Klasse – ob sonst niemand etwas zu sagen habe? Aber er sagte das mit einem freundlichen Lächeln, und Danny und ich waren hocherfreut über sein verstecktes Lob.

Ein paar Tage, nachdem wir wieder miteinander zu reden begonnen hatten, erzählte mir Danny, daß er sich damit abgefunden habe, sich mit experimenteller Psychologie beschäftigen zu müssen, und daß er sogar anfange, Gefallen daran zu finden. Wenn er jetzt von Psychologie sprach, benutzte er beständig die Fachsprache des Experimentators: Variable, Konstante, Manipulation, Beobachtung, Aufzeichnung von Untersuchungsergebnissen, Versuchshypothesen und die Vorteile des Versuchs, Hypothesen zu widerlegen, gegenüber dem Versuch, sie zu bestätigen. Mathematik schien kein allzu großes Problem mehr für ihn zu sein. Er benötigte meine Hilfe jetzt nur noch selten.

Wir saßen einmal im Speisesaal, als er mir von einem Gespräch erzählte, das er mit Professor Appleman geführt hatte. »Er hat gesagt, daß ich, wenn ich jemals irgendeinen wertvollen Beitrag zur Psychologie leisten wolle, die wissenschaftliche Methode anwenden müsse. Die Herangehensweise der Freudianer stellt keine richtige Methode zur Anerkennung oder Ablehnung von Hypothesen bereit, und das ist nicht der Weg, um wissenschaftliche Erkenntnisse zu erlangen.«

»Gut, gut.« Ich grinste. »Auf Wiedersehen, Freud.«

Er schüttelte den Kopf. »Nein. Das heißt nicht ›Auf Wiedersehen, Freud‹. Freud war ein Genie. Aber er war in seinen Entdeckungen zu vorsichtig. Ich will viel mehr wissen als nur die Sachen, mit denen Freud sich beschäftigt hat. Freud hat zum Beispiel nie über sinnliche Wahrnehmung gearbeitet. Oder über Lernverhalten. Wie die Menschen sehen, hören, mit dem Tastsinn wahrnehmen, riechen, schmecken und lernen, das ist ein faszinierendes Thema. Freud hat nichts davon jemals genau untersucht. Aber bei den Sachen, die er untersucht hat, war er dennoch ein Genie.«

»Du bist dabei, ein experimenteller Psychologe zu werden?«

»Ich glaube nicht. Ich will mit Menschen arbeiten und nicht mit Ratten und Labyrinthen. Ich habe mit Appleman darüber geredet. Er hat mir vorgeschlagen, daß ich in die klinische Psychologie gehen soll.«

»Was ist das denn?«

»Tja, das ist dasselbe wie der Unterschied zwischen theoretischer und angewandter Physik, verstehst du? Der experimentelle Psychologe ist mehr oder weniger der Theoretiker; der klinische Psychologe wendet das an, was der experimentelle entdeckt. Er hat es mit Menschen zu tun. Er fragt sie aus, testet sie, stellt ihnen eine Diagnose und behandelt sie sogar.«

»Was meinst du damit, behandelt sie?«

»Er führt eine Therapie durch.«

»Du willst Analytiker werden?«

»Vielleicht. Aber die Psychoanalyse ist nur eine Form der Therapie. Es gibt viele andere Arten.«

»Was für welche?«

»Oh, viele«, sagte er vage. »Vieles davon ist immer noch sehr experimentell.«

»Du hast vor, Versuche mit Menschen durchzuführen?«

»Ich weiß nicht. Vielleicht. Ich weiß wirklich noch nicht allzuviel darüber.«

»Willst du deinen Doktor machen?«

»Klar. Du kannst dich ohne Doktortitel nicht auf diesem Gebiet bewegen.«

»Wohin willst du gehen?«

»Ich weiß noch nicht. Appleman hat die Columbia Universität vorgeschlagen. Dort hat er seinen Doktor gemacht.«

»Weiß dein Vater schon davon?«

Danny warf mir einen angespannten, verkniffenen Blick zu. »Nein«, sagte er leise.

»Wann erzählst du es ihm?«

»An dem Tag, an dem ich meine Smicha erhalte.« »Smicha« ist das hebräische Wort für die rabbinische Ordination.

»Das ist nächstes Jahr«, gab ich zu bedenken.

Danny nickte mit düsterer Miene. Dann schaute er auf seine Uhr. »Wir beeilen uns besser, sonst kommen wir zu spät zur Schiur«, sagte er.

Wir rannten die Treppen zu Rav Gershensons Kurs hinauf und trafen gerade noch rechtzeitig ein, bevor er jemanden aufrief, eine Passage vorzulesen und zu erläutern.

Während eines unserer anderen Gespräche im Speisesaal fragte mich Danny, wozu es gut für mich sei, mich mit symbolischer Logik zu beschäftigen, wenn ich Rabbiner werden wollte. Ich sagte ihm, daß ich es nicht wisse, aber ich läse sehr viel in Philosophie und in Theologie, und irgend etwas Gutes mochte dabei herauskommen.

»Ich hab' immer gedacht, daß Logik und Theologie zueinander stehen wie David und Saul«, warf Danny ein.

»Das stimmt schon. Aber ich könnte ihnen dabei helfen, sich besser kennenzulernen.«

Er schüttelte den Kopf. »Ich kann nicht darüber wegkommen, daß du ein Rabbi werden willst.«

»Und ich kann nicht darüber wegkommen, daß du Psychologe werden willst.«

Und wir sahen einander mit leiser Verwunderung an.

Im Juni wurde Dannys Schwester verheiratet. Ich wurde zur Hochzeit eingeladen und war der einzige Anwesende, der kein Chasside war. Es war eine Hochzeit nach chassidischer Tradition, Männer und Frauen saßen getrennt, und es wurde viel getanzt und gesungen. Ich bekam einen Schrecken, als ich Rebbe Saunders erblickte. Sein schwarzer Bart hatte angefangen, grau zu werden, und er schien um viele Jahre gealtert, seit ich ihn zum letzten Mal gesehen hatte. Ich ging hinüber, um ihm zu gratulieren, und er gab mir freundlich die Hand, seine Augen waren dunkel, sein Blick durchdringend. Er war von Leuten umringt, und wir hatten keine Gelegenheit, uns zu unterhalten. Mir machte das nichts aus. Ich war nicht besonders darauf aus, mich mit ihm zu unterhalten. Levi war etwas größer geworden, aber er sah immer noch blaß aus, und seine Augen wirkten groß hinter seiner Brille mit Schildpattgestell. Dannys Schwester war eine richtige Schönheit geworden. Der junge Mann, den sie heiratete, war Chasside, mit schwarzem Bart, langen Schläfenlocken und dunklen Augen. Er sah ziemlich ernst aus, und ich entschied rasch, daß ich ihn nicht mochte. Als ich ihm nach der Hochzeit gratulierte und seine Hand schüttelte, war sein Händedruck feucht und kraftlos.

Als das Schuljahr zu Ende war und es wieder Juli wurde, ging ich eines Vormittags zu Dannys Haus hinüber. Außer bei der Hochzeit hatte ich Rebbe Saunders kein einziges Mal gesehen, seit Danny und ich wieder miteinander sprachen, weil mein Vater mich am Schabbesnachmittag im Talmud unterrichtete. So kam ich zu dem Schluß, daß es ein Gebot der Höflichkeit sei, an einem Vormittag nach Abschluß des Schuljahrs hinüberzugehen. Danny nahm mich mit in das Arbeitszimmer seines Vaters. Der Flur im zweiten Stock war voller Männer im dunklen Kaftan, die schweigend darauf warteten, seinen Vater zu sprechen. Sie nickten und begrüßten Danny mit respektvollem Gemurmel, und einer von ihnen, ein unglaublich alter Mann mit weißem Bart und gebeugtem Körper, streckte seine Hand aus und berührte ihn, als wir vorbeigingen. Ich fand diese Geste widerlich. Ich begann, alles, was etwas mit Rebbe Saunders und dem Chassidismus zu tun hatte, widerlich zu finden. Wir warteten, bis der alte Mann, der bei seinem Vater war, herauskam, und gingen dann hinein.

Rebbe Saunders saß in seinem roten Ledersessel mit gerader Rückenlehne und war von Büchern und dem muffigen Geruch alter Einbände umgeben. Sein Gesicht schien von Schmerz durchfurcht, aber seine Stimme klang gütig, als er mich begrüßte. Er sei, sagte er leise, sehr froh, mich zu sehen. Er zögerte, sah mich an, dann Danny. Sein Blick war düster und nachdenklich. Er fragte mich, wo ich bliebe und warum ich am Schabbesnachmittag nicht mehr herüberkäme. Ich sagte ihm, daß mein Vater und ich am Schabbes zusammen den Talmud studierten. Sein Blick war grüblerisch, und er seufzte auf. Er nickte unbestimmt. Er wünschte, er könnte jetzt mehr Zeit darauf verwenden, sich mit mir zu unterhalten, sagte er, aber es seien so viele Leute da, die ihn sprechen müßten. Konnte ich nicht an irgendeinem Schabbesnachmittag herüberkommen? Ich sagte ihm, daß ich es versuchen würde, und Danny und ich verließen das Zimmer.

Das war alles, was er sagte. Nicht ein Wort über den Zionismus. Nicht ein Wort über das Schweigen, das er Danny und mir auferlegt hatte. Nichts. Ich merkte, daß ich ihn, als ich ging, noch weniger mochte als bei meiner Ankunft. In jenem Juli sah ich ihn nicht noch einmal.

Kapitel 17

In jenem September begann unser letztes Jahr am College. Eines Tages erzählte ich Danny beim Mittagessen eine leicht antichassidische Geschichte, die ich gehört hatte, und er lachte lauthals darüber. Darauf erwähnte ich, ohne nachzudenken, eine Bemerkung, die einer der Schüler vor ein paar Tagen gemacht hatte: »Der Zaddik sitzt in völligem Schweigen da und sagt nichts, und alle seine Anhänger hören aufmerksam zu«, und das Lachen verschwand so plötzlich von seinen Lippen, wie es erschienen war, und sein Gesicht erstarrte.

Ich war mir sofort im klaren darüber, was ich gesagt hatte, und ich spürte, wie ich zu frösteln begann. Ich murmelte eine unbeholfene Entschuldigung.

Eine kleine Ewigkeit lang sagte er nichts. Seine Augen schienen verschleiert, nach innen gewandt zu sein. Dann entspannte sich sein Gesicht langsam. Er lächelte schwach. »Darin steckt mehr Wahrheit, als du dir klarmachst«, murmelte er. »Du kannst dem Schweigen zuhören, Reuven. Ich begreife langsam, daß man dem Schweigen zuhören und von ihm lernen kann. Es hat eine ihm eigene Qualität und Bedeutung. Manchmal redet es mit mir. Ich fühle mich lebendig in ihm. Es redet. Und ich kann es hören.«

Die Worte kamen in einem gedämpften Singsang hervor. Er klang genau wie sein Vater.

»Du verstehst das nicht, hm?« fragte er.

»Nein.«

Er nickte. »Ich hab' nicht gedacht, daß du's verstehen würdest.«

»Was meinst du damit, es redet mit dir?«

»Du mußt dem Schweigen zuhören wollen, dann kannst du es hören. Es ist seltsam und wunderschön. Es redet nicht immer. Manchmal – manchmal schreit es auf, und du kannst das Leid der Welt darin hören. Dann tut es weh, ihm zuzuhören. Aber du mußt.«

Ich spürte, daß ich wieder anfing zu frösteln, als ich ihn so reden hörte. »Ich versteh' das absolut nicht.«

Er lächelte schwach.

»Du und dein Vater, redet ihr zur Zeit miteinander?«

Er schüttelte den Kopf.

Ich verstand nichts davon, aber er wirkte so düster und sonderbar, daß ich nicht mehr darüber reden wollte. Ich wechselte das Thema. »Du solltest dir ein Mädchen anlachen«, sagte ich ihm. Ich verabredete mich jetzt regelmäßig an den Samstagabenden. »Das ist ein großartiges Mittel für eine leidende Seele.«

Er sah mich mit traurigen Augen an. »Meine Frau ist schon für mich ausgewählt worden«, sagte er leise.

Ich starrte ihn an.

»Das ist eine alte chassidische Sitte, erinnerst du dich?«

»Auf die Idee wäre ich nie gekommen«, erwiderte ich schockiert.

Er nickte ernst. »Das ist noch ein Grund dafür, daß es nicht so leicht sein wird, sich aus der Falle zu befreien. Es betrifft nicht nur meine eigene Familie.«

Ich wußte nicht, was ich sagen sollte. Es folgte eine lange, ungemütliche Stille. Und schweigend gingen wir gemeinsam zu Rav Gershensons Schiur.

Die Bar-Mizwa-Feier von Dannys Bruder, an der ich am Montag der dritten Oktoberwoche teilnahm, war eine schlichte und einfache Angelegenheit. Der Morgengottesdienst begann um halb acht – früh genug, um Danny und mir zu ermöglichen, daran teilzunehmen, ohne zu spät zur Schule zu kommen –, und Levi hatte die Aufgabe, den Segen über der Tora zu sprechen. Nach dem Gottesdienst fand ein Kiddusch statt, der aus Schnaps und einigen Kuchen und Plätzchen bestand. Alle tranken *l'chaim*, »auf das Leben«, und gingen dann. Rebbe Saunders fragte mich leise, warum ich nicht mehr herüberkäme, um ihn zu sehen, und ich begründete es damit, daß mein Vater und ich am Schabbesnachmittag zusammen den Talmud studierten. Er nickte vielsagend und ging langsam davon, sein großer Körper war leicht vornübergebeugt.

Levi Saunders war jetzt großgewachsen und dünn. Er sah aus wie eine gespensterhafte Nachbildung Dannys, außer daß sein Haar schwarz und seine Augen dunkel waren. Seine Hände und sein Gesicht waren weiß wie Milch, beinahe durchsichtig, und ließen die sich verzweigenden Äderchen erkennen. Es war etwas von einer hilflosen Gebrechlichkeit an ihm; er sah so aus, als würde ein Windstoß ihn umblasen. Doch gleichzeitig wurden seine dunklen Augen von einer Art innerem Feuer erleuchtet, das von der Hartnäckigkeit zeugte, mit der er am Leben hing, und von seinem wachsenden Bewußtsein der Tatsache, daß für den Rest seiner Tage jeder Atemzug von den Pillen abhängen würde, die er sich in regelmäßigen Abständen in den Mund schob. Die Augen sagten einem, daß er den festen Vorsatz hatte, am Leben zu bleiben, egal wie groß die Schmerzen auch waren.

Als sollte damit unterstrichen werden, daß Levi Saunders' Leben an einem seidenen Faden hing, erkrankte er am Tag nach seiner Bar-Mizwa so schwer, daß er mit dem Krankenwagen ins Brooklyn Memorial Hospital gebracht werden mußte. Danny rief mich während des Abendessens an, sobald der Krankenwagen vor seinem Haus abgefahren war, und ich konnte an seiner Stimme erkennen, daß er in Panik war. Es gab nicht viel, was ich ihm am Telefon sagen konnte, und als ich ihn fragte, ob er wolle, daß ich hinüberkäme, sagte er nein, seine Mutter sei einer Hysterie nahe, er würde bei ihr bleiben müssen, er habe nur gewollt, daß ich Bescheid wisse. Dann hängte er auf.

Mein Vater hatte offensichtlich die Besorgnis in meiner Stimme gehört, denn er stand jetzt vor der Küche und fragte mich, was los sei.

Ich erzählte es ihm.

Wir fuhren mit dem Abendessen fort. Ich hatte jetzt keinen großen Appetit mehr, aber ich aß trotzdem, um Manya zufriedenzustellen. Mein Vater bemerkte, wie erregt ich war, sagte aber nichts dazu. Nach dem Essen folgte er mir in mein Zimmer, setzte sich auf mein Bett, während ich an meinem Schreibtisch saß, und fragte mich, was los sei, warum mich Levi Saunders' Krankheit so aufrege, er sei auch vorher schon krank gewesen.

Das war der Zeitpunkt, wo ich meinem Vater von Dannys Plänen erzählte, seinen Doktor in Psychologie zu machen und die Stellung des Zaddik aufzugeben, die er eines Tages von Rebbe Saunders übernehmen sollte. Weil ich spürte, daß ich jetzt völlig aufrichtig sein mußte, fügte ich noch hinzu, daß Danny durch die Krankheit seines Bruders in Panik versetzt werde, weil es ihm ohne seinen Bruder vielleicht nicht möglich sei, sich von seinem Vater zu befreien; er wolle die Dynastie eigentlich nicht zugrunde richten.

Das Gesicht meines Vaters verdüsterte sich immer mehr, während er zuhörte. Als ich fertig war, saß er lange schweigend da, sein Blick war ernst.

»Wann hat Danny dir das erzählt?« fragte er schließlich.

»In dem Sommer, als ich bei ihnen gewohnt habe.«

»Da schon? Er hat es da schon gewußt?«

»Ja.«

»Und die ganze Zeit hast du mir nichts davon erzählt?«

»Es war ein Geheimnis zwischen uns, Abba.«

Er blickte mich düster an. »Weiß Danny, was für einen Kummer das seinem Vater bereiten wird?«

»Er fürchtet sich vor dem Tag, an dem er es ihm erzählen muß. Er fürchtet sich für beide davor.«

»Ich hab' gewußt, daß das passieren wird«, sagte mein Vater. »Wie hätte es nicht passieren können?« Dann blickte er mich scharf an. »Reuven, hilf mir, das zu verstehen. Was genau hat Danny vor, Rebbe Saunders zu erzählen?«

»Daß er seinen Doktor in Psychologie machen will und nicht vorhat, seinen Platz einzunehmen.«

»Denkt Danny daran, sein Judentum aufzugeben?«

Ich starrte ihn an. »Ich hab' nie daran gedacht, ihn danach zu fragen«, gab ich zaghaft zurück.

»Seinen Bart, seine Schläfenlocken, seine Kleider, seine Schaufäden – all das will er an der Universität beibehalten?«

»Ich weiß nicht, Abba. Wir haben nie darüber gesprochen.«

»Reuven, wie will Danny Psychologe werden, wenn er wie ein Chassid aussieht?«

Ich wußte nicht, was ich sagen sollte.

»Es ist wichtig, daß Danny genau weiß, was er seinem Vater sagen will. Er muß auf die Fragen, die Rebbe Saunders im Kopf herumgehen, vorbereitet sein. Rede mit Danny. Sorg dafür, daß er genau durchdenkt, was er seinem Vater erzählen will.«

»Die ganze Zeit über hab' ich nicht ein einziges Mal daran gedacht, ihn zu fragen.«

»Danny ist jetzt wie ein Mensch, der darauf wartet, aus dem Gefängnis entlassen zu werden. Er hat nur einen Wunsch. Das Gefängnis zu verlassen. Egal, was draußen auf ihn warten könnte. Danny kann nicht eine Minute über den Augenblick hinausdenken, an dem er seinem Vater erzählen muß, daß er nicht seinen Platz einnehmen will. Verstehst du mich?«

»Ja.«

»Du wirst mit ihm reden?«

»Natürlich.«

Mein Vater nickte mit düsterer, besorgter Miene. »Ich habe so lange nicht mehr mit Danny gesprochen«, sagte er leise. Er schwieg einen Augenblick lang. Dann lächelte er schwach. »Reuven, es ist nicht so leicht, ein Freund zu sein, oder?«

»Nein«, gab ich zur Antwort.

»Sag mir, reden Danny und Rebbe Saunders immer noch nicht miteinander?«

Ich schüttelte den Kopf. Dann erzählte ich ihm, was Danny über das Schweigen gesagt hatte. »Was bedeutet das, das Schweigen zu hören, Abba?«

Das schien ihn in größere Aufregung zu versetzen als die Nachricht, daß Danny kein Zaddik werden wollte. Er setzte sich auf dem Bett gerade auf und zitterte am ganzen Körper. »Chassidim!« hörte ich ihn beinahe verächtlich murmeln. »Warum müssen sie das Gefühl haben, daß die Last der Welt nur auf ihren Schultern liegt?«

Verwirrt schaute ich ihn an. Ich hatte nie zuvor diesen verächtlichen Ton in seiner Stimme gehört.

»Es ist eine Art, seine Kinder zu erziehen«, sagte er.

»Was?«

»Schweigen.«

»Ich verstehe nicht…«

»Ich kann's nicht erklären. Ich versteh's selber nicht völlig. Aber was ich darüber weiß, gefällt mir nicht. Es ist in Europa von einigen wenigen chassidischen Familien praktiziert worden.« Dann wurde seine Stimme schroff. »Es gibt bessere Wege, seinem Kind Mitgefühl beizubringen.«

»Ich…«

Er schnitt mir das Wort ab. »Reuven, ich kann nicht erklären, was ich nicht verstehe. Danny wird von Rebbe Saunders auf eine bestimmte Art und Weise erzogen. Ich will nicht mehr darüber reden. Es regt mich auf. Du sprichst mit Danny, ja?«

Ich nickte.

»Ich habe jetzt noch zu arbeiten.« Er ging aus dem Zimmer und ließ mich genauso bestürzt stehen, wie ich es vorher gewesen war.

Ich hatte vorgehabt, am nächsten Tag mit Danny zu sprechen, aber als ich ihn sah, war er in einer solchen Panik wegen seines Bruders, daß ich nicht wagte, das anzusprechen, was mein Vater gesagt hatte. Die Ärzte hätten die Krankheit seines Bruders als eine Art Unausgewogenheit in der chemischen Zusammensetzung seines Blutes bezeichnet, die durch irgend etwas hervorgerufen worden sei, was er gegessen habe, erzählte mir Danny beim Mittagessen. Er sah blaß und düster aus und blinzelte mehrfach mit den Augen. Sie probierten es mit neuen Pillen, und sein Bruder werde so lange im Krankenhaus bleiben, bis sie sicher seien, daß die Pillen wirkten. Und er werde von jetzt an seine Diät sehr genau beachten müssen. Danny war den ganzen Tag und die ganze Woche hindurch angespannt und unglücklich.

Am darauffolgenden Mittwoch nachmittag wurde Levi Saunders aus dem Brooklyn Memorial Hospital entlassen. Ich sah Danny am nächsten Tag in der Schule. Wir saßen im Speisesaal und aßen eine Weile, ohne etwas zu sagen. Seinem Bruder gehe es gut, sagte er schließlich, und alles scheine wieder in Ordnung zu sein. Doch seine Mutter liege mit zu hohem Blutdruck im Bett. Aber der Arzt sage, ihre Aufregung über Levis Krankheit sei die Ursache dafür, und alles, was sie jetzt brauche, sei etwas Ruhe. Es werde ihr bald wieder besser gehen.

Er flüsterte mir zu, daß er vorhabe, am selben Tag drei Universitäten anzuschreiben – Harvard, Berkeley und Columbia – und sich für ein Psychologiestipendium zu bewerben. Ich fragte ihn, wie lange er glaube, die Bewerbungen geheimhalten zu können.

»Ich weiß nicht«, sagte er, und seine Stimme klang etwas angespannt.

»Warum bringst du es nicht hinter dich und erzählst es deinem Vater jetzt gleich?«

Er blickte mich mit düsterer Miene an. »Ich will keine Wutausbrüche bei jeder Mahlzeit«, sagte er gereizt. »Alles, was ich kriege, sind entweder Wutausbrüche oder Schweigen. Ich hab' genug Wutausbrüche von ihm erlebt.«

Dann erzählte ich ihm, was mein Vater gesagt hatte. Während ich sprach, konnte ich mitansehen, wie ihm immer unbehaglicher zumute wurde.

»Ich hab' nicht gewollt, daß du es deinem Vater erzählst«, murmelte er verärgert.

»Mein Vater hat deine Bibliotheksbesuche vor mir geheimgehalten«, rief ich ihm in Erinnerung. »Mach dir keine Sorgen wegen meines Vaters.«

»Ich will nicht, daß du es noch irgend jemandem erzählst.«

»Das werde ich nicht. Was meinst du zu dem, was mein Vater gesagt hat? Willst du ein orthodoxer Jude bleiben?«

»Was hat dich auf den Gedanken kommen lassen, daß ich die Absicht haben könnte, kein orthodoxer Jude zu bleiben?«

»Was, wenn dein Vater dich nach deinem Bart, dem Kaftan, den...«

»Er wird mich nicht danach fragen.«

»Was, wenn er es doch tut?«

Er zog nervös an einer Schläfenlocke. »Kannst du dir vorstellen, daß ich als Psychologe praktiziere und wie ein Chassid aussehe?« fragte er angespannt.

Ich hatte eigentlich keine andere Antwort erwartet. Dann fiel mir etwas ein. »Wird dein Vater nicht die Briefe finden, die du von den Universitäten bekommst, bei denen du dich beworben hast?«

Er starrte mich an. »Daran hab' ich überhaupt nicht gedacht«, sagte er langsam. »Ich muß die Post abfangen.« Er stand unschlüssig da, mit starrem Gesichtsausdruck. »Ich kann nicht. Sie kommt, wenn ich schon auf dem Weg zur Schule bin.« Seine Augen waren angsterfüllt.

»Ich glaube, du solltest dich mal mit meinem Vater unterhalten«, sagte ich.

Danny kam an diesem Abend in unsere Wohnung herüber, und ich geleitete ihn in das Arbeitszimmer meines Vaters. Mein Vater kam schnell hinter seinem Schreibtisch hervor und schüttelte Danny die Hand.

»Ich hab' dich so lange nicht gesehen«, sagte er mit einem freundlichen Lächeln. »Es tut gut, dich mal wieder zu sehen, Danny. Setz dich bitte.«

Mein Vater setzte sich nicht hinter seinen Schreibtisch. Er setzte sich neben uns auf den Küchenstuhl, den ich auf seine Bitte hin vorher in sein Arbeitszimmer gebracht hatte.

»Sei Reuven nicht böse, weil er mir alles erzählt hat«, bat er Danny leise. »Ich habe Übung darin, Geheimnisse zu bewahren.«

Danny lächelte nervös.

»Du willst es deinem Vater am Tag deiner Ordinierung erzählen?«

Danny nickte.

»Ein Mädchen ist davon betroffen?«

Danny nickte erneut und warf mir einen flüchtigen Blick zu.

»Du willst dich weigern, dieses Mädchen zu heiraten?«

»Ja.«

»Und dein Vater muß es ihren Eltern und seinen Anhängern erklären.«

Danny schwieg mit angespanntem Gesichtsausdruck.

Mein Vater seufzte leise auf. »Es wird eine sehr unangenehme Situation sein. Für dich und für deinen Vater. Du bist fest entschlossen, den Platz deines Vaters nicht einzunehmen?«

»Ja«, antwortete Danny.

»Dann mußt du genau wissen, was du ihm sagen willst. Denk sorgfältig darüber nach, was du sagen willst. Denk darüber nach, welche Fragen dein Vater haben wird. Denk darüber nach, was für ihn von größtem Belang ist, wenn er deinen Entschluß gehört hat. Verstehst du mich, Danny?«

Danny nickte bedächtig.

Es entstand eine lange Stille.

Dann lehnte sich mein Vater auf seinem Stuhl vor. »Danny«, sagte er mit sanfter Stimme, »du kannst das Schweigen hören?«

Danny schaute ihn verdutzt an. Seine blauen Augen waren vor Furcht aufgerissen. Er warf mir einen schnellen Blick zu. Dann sah er wieder meinen Vater an, und schließlich nickte er langsam.

»Du bist deinem Vater nicht böse?«

Danny schüttelte den Kopf.

»Verstehst du, was er macht?«

Danny zögerte. Dann schüttelte er wieder den Kopf. Seine Augen waren weit offen und voller Tränen.

Mein Vater seufzte erneut. »Man wird es dir erklären«, versicherte er mit sanfter Stimme. »Dein Vater wird es dir erklären. Weil er will, daß du dich eines Tages deinen Kindern gegenüber genauso verhältst.«

Danny blinzelte nervös mit den Augen.

»Niemand kann dir dabei helfen, Danny. Das findet zwischen dir und deinem Vater statt. Aber denk sorgfältig darüber nach, was du ihm sagen willst, und darüber, was für Fragen er haben wird.«

Mein Vater begleitete uns bis zur Wohnungstür. Ich konnte das Geräusch der Metallbeschläge an Dannys Schuhen auf dem Fußboden in der Eingangshalle hören. Dann war er fort.

»Was hat das wieder zu bedeuten, ob er das Schweigen hören kann, Abba?« fragte ich.

Aber mein Vater gab keine Antwort. Er ging in sein Arbeitszimmer und schloß die Tür.

Danny erhielt von allen drei Universitäten, bei denen er sich beworben hatte, einen positiven Bescheid. Die Briefe kamen mit der Post zu ihm nach Hause und lagen unberührt auf dem Tisch im Flur, bis er aus der Schule zurückkehrte. Er erzählte mir Anfang Januar davon, einen Tag, nachdem der dritte Brief eingetroffen war. Ich fragte ihn, wer die Post in der Regel hereinhole.

»Mein Vater«, erwiderte er und sah verwirrt und angespannt aus. »Levi ist in der Schule, wenn sie kommt, und meine Mutter steigt nicht gerne Stufen.«

»Stand der Absender auf den Umschlägen?«

»Natürlich.«

»Wie kann es dann sein, daß er es nicht weiß?« fragte ich ihn.

»Ich versteh' es nicht«, sagte er mit Panik in der Stimme. »Worauf wartet er? Warum sagt er nichts?«

Ich fühlte mich elend wegen seiner Furcht und erwiderte nichts darauf.

Ein paar Tage später erzählte Danny mir, daß seine Schwester schwanger sei. Sie und ihr Mann waren zu ihnen herübergekommen und hatten es seinen Eltern mitgeteilt. Sein Vater habe zum ersten Mal seit Levis Bar-Mizwa gelächelt, sagte Danny, und seine Mutter habe vor Freude geweint. Ich fragte ihn, ob es das geringste Anzeichen dafür gebe, daß sein Vater seine Pläne kenne.

»Nein«, sagte er.

»Überhaupt kein Anzeichen?«

»Nein, nichts als Schweigen.«

»Schweigt er Levi gegenüber auch?«

»Nein.«

»Hat er deiner Schwester gegenüber geschwiegen?«

»Nein.«

»Ich kann deinen Vater nicht ausstehen«, sagte ich zu ihm. »Ich kann ihn wirklich nicht ausstehen.«

Danny sagte nichts dazu. Aber in seinen Augen schimmerte Furcht.

Ein paar Tage später sagte er zu mir: »Mein Vater hat mich gefragt, warum du am Schabbes nicht mehr zu uns herüberkommst.«

»Er hat mit dir geredet?«

»Er hat sich nicht mit mir unterhalten. Das ist keine richtige Unterhaltung.«

»Am Schabbes studiere ich den Talmud.«

»Ich weiß.«

»Ich reiße mich nicht darum, ihn zu sehen.«

Er nickte traurig.

»Hast du dich entschieden, an welche Universität du gehst?«

»Columbia.«

»Warum bringst du es nicht hinter dich und erzählst es ihm?«

»Ich hab' Angst davor.«

»Was für einen Unterschied macht das? Wenn er dich rauswirft, tut er es, egal wann du es ihm erzählst.«

»Im Juni mache ich meinen Abschluß. Dann werde ich ordiniert.«

»Du kannst bei uns wohnen. Nein, kannst du nicht. Du ißt ja nicht bei uns.«

»Ich könnte bei meiner Schwester wohnen.«

»Ja.«

»Ich hab' Angst. Ich hab' Angst vor dem Wutausbruch. Ich hab' Angst vor dem Moment, an dem ich es ihm sagen muß. Mensch, hab ich 'ne Angst.«

Mein Vater äußerte sich nicht dazu, als ich mit ihm darüber sprach. »Es ist an Rebbe Saunders, es zu erklären«, sagte er leise zu mir. »Ich kann nicht erklären, was ich nicht völlig verstehe. Das kann ich bei meinen Schülern nicht und auch nicht bei meinem Sohn.«

Ein paar Tage später erzählte mir Danny, daß sein Vater erneut gefragt habe, warum ich nicht mehr zu ihnen herüberkäme.

»Ich versuche es einzurichten«, erwiderte ich.

Aber ich gab mir keine große Mühe. Ich wollte Rebbe Saunders nicht sehen. Ich haßte ihn jetzt genauso sehr, wie ich es getan hatte, als er das Schweigen zwischen mir und Danny erzwungen hatte.

Wochen vergingen, und der Winter ging langsam in den Frühling über. Danny arbeitete in experimenteller Psychologie an einem Forschungsunternehmen, das mit der Beziehung zwischen Verstärkung und Lerngeschwindigkeit zu tun hatte, und ich schrieb eine lange Arbeit über die Logik von Wahrscheinlichkeitssätzen. Danny legte sich bei seiner Arbeit voll ins Zeug und schonte sich nicht. Er magerte immer mehr ab, und die Kanten und Knochen an Gesicht und Händen sprangen wie scharfe Spitzen unter seiner Haut hervor. Er hörte auf, vom Schweigen zwischen ihm und seinem Vater zu sprechen. Er schien das Schweigen mit seiner Arbeit niederzuschreien. Nur seine stetig blinzelnden Augen waren ein Anzeichen für seine steigende Angst.

Am Tag vor Beginn der Osterferien erzählte er mir, daß sein Vater ihn erneut gefragt habe, warum ich nicht mehr zu ihnen herüberkäme. Ob ich vielleicht während des Pessachfestes kommen könne, wollte er wissen. Am liebsten sei es ihm, mich am ersten oder zweiten Tag des Pessachfestes zu sehen.

»Ich werd' mal sehen«, sagte ich halbherzig, ohne die geringste Neigung, es überhaupt zu versuchen.

Aber als ich an diesem Abend mit meinem Vater redete, sagte er mit ungewohnter Schärfe in seiner Stimme: »Du hast mir nichts davon gesagt, daß Rebbe Saunders dich gebeten hat vorbeizukommen.«

»Er hat die ganze Zeit darum gebeten.«

»Reuven, wenn dich jemand um ein Gespräch bittet, mußt du mit ihm sprechen. Das hast du immer noch nicht gelernt? Du hast das nicht aus dem gelernt, was zwischen dir und Danny passiert ist?«

»Er will den Talmud studieren, Abba.«

»Bist du sicher?«

»Das ist alles, was wir jemals getan haben, wenn ich rübergegangen bin.«

»Ihr studiert nur den Talmud? Vergißt du so schnell?«

Ich starrte ihn an. »Er will mit mir über Danny reden«, sagte ich und verspürte ein Frösteln.

»Du wirst am ersten Festtag hingehen. Am Sonntag.«

»Warum hat er mir nichts davon gesagt?«

»Reuven, er hat es dir gesagt. Du hast nicht zugehört.«

»Diese ganzen Wochen…«

»Hör das nächste Mal zu. Hör zu, wenn jemand mit dir spricht.«

»Vielleicht sollte ich schon heute abend rübergehen.«

»Nein. Sie werden damit beschäftigt sein, die Feiertagsvorbereitungen zu treffen.«

»Ich gehe am Schabbes rüber.«

»Rebbe Saunders hat dich gebeten, am Pessachfest zu kommen.«

»Ich hab' ihm gesagt, daß wir am Schabbes den Talmud studieren.«

»Du gehst am Pessachfest. Er hat einen Grund, wenn er dich gebeten hat, gerade am Pessachfest zu kommen. Und hör das nächste Mal zu, wenn jemand mit dir spricht, Reuven.«

Er war verärgert, so verärgert, wie er vor ein paar Jahren im Krankenhaus gewesen war, als ich mich geweigert hatte, mit Danny zu reden.

Ich rief Danny an und sagte ihm, daß ich am Sonntag vorbeikäme.

Ihm fiel irgend etwas an meiner Stimme auf. »Was ist los?«

»Nichts. Wir sehen uns am Sonntag.«

»Ist wirklich nichts?« Seine Stimme klang angespannt und ängstlich.

»Nein.«

»Komm so gegen vier«, sagte er. »Am frühen Nachmittag muß mein Vater sich ausruhen.«

»Vier.«

»Alles in Ordnung?«

»Wir sehen uns am Sonntag«, sagte ich zu ihm.

Kapitel 18

Am Nachmittag des ersten Tages des Pessachfestes ging ich bei beginnendem Frühling unter den Platanen unsere Straße entlang und bog dann in die Lee Avenue ein. Es war ein sonniger, warmer Tag, und ich ging ohne große Eile, vorbei an den Häusern und Läden und der Synagoge, in der mein Vater und ich unsere Gebete verrichteten. Ich traf einen meiner Mitschüler, und wir blieben stehen, um uns ein paar Minuten lang zu unterhalten; dann ging ich allein weiter und bog schließlich in Dannys Straße. Die Platanen bildeten einen Laubengang aus einem Gewirr von Zweigen, durch den die Sonne hell strahlte und den Boden mit Licht und Schatten sprenkelte. An den Platanen waren schon winzige Knospen, und an einigen konnte ich die grünen Triebe neuer Blätter sehen. In einem Monat würden diese Blätter den Himmel aussperren, aber jetzt kam die Sonne durch und warf goldene Lichtstreifen auf die Gehwege, die Straße, die sich unterhaltenden Frauen und die spielenden Kinder. Ich spazierte langsam dahin und erinnerte mich an das erste Mal, als ich diese Straße vor Jahren entlanggegangen war. Diese Jahre gingen jetzt zu Ende. In drei Monaten, zu einem Zeitpunkt, an dem die Blätter dick und rund sein würden, würden sich unsere Wege trennen wie die der Zweige über mir, die sich ihren eigenen Weg ins Sonnenlicht suchten.

Ich ging langsam die breite Steintreppe zu Dannys Haus hinauf und durch die hölzerne Flügeltür, die ins Haus führte. Die Eingangshalle war düster und kalt. Die Tür zur Synagoge stand offen. Ich warf einen Blick hinein. Der leere Raum flüsterte mir Echos zu: Fehler, Gematrie, Fragen zum Talmud und Rebbe Saunders, der mein linkes Auge anstarrte. Du weißt noch nicht, was es bedeutet, der Freund eines Menschen zu sein. Wissenschaftliche Kritik, ach! Dein Vater beachtet die Gebote. Es ist nicht leicht, ein wahrer Freund zu sein. Sanfte, stille Echos. Sie erschien mir jetzt winzig, die Synagoge, in viel schlechterem Zustand als zu dem Zeitpunkt, als ich sie zum ersten Mal gesehen hatte. Die Ablagen waren verschrammt, die Wände brauchten Farbe, die nackten Glühbirnen sahen häßlich aus, ihre schlichten schwarzen Kabel wirkten wie die abgestorbenen Zweige eines eingegangenen Baums. Welche Echos wird das Arbeitszimmer von Rebbe Saunders bereithalten, dachte ich. Und ich spürte die Anspannung, die die Erwartung dessen in mir auslöste.

Ich stellte mich an den Fuß des Treppenhauses und rief Dannys Namen. Meine Stimme erschallte laut in dem stillen Haus. Ich wartete einen Augenblick und rief dann noch einmal seinen Namen. Ich hörte das Geräusch der Metallbeschläge seiner Schuhe auf der Treppe zum zweiten Stock, dann im Flur über mir; schließlich stand Danny am oberen Ende der Treppe, hochgewachsen, hager, mit seinem Bart, den Schläfenlocken und dem schwarzen Kaftan aus Satin, eine beinahe geisterhafte Erscheinung.

Ich stieg die Treppe langsam hinauf, und er begrüßte mich. Er sah müde aus. Seine Mutter ruhe sich aus, sagte er, und sein Bruder sei irgendwo draußen. Er und sein Vater studierten Talmud. Seine Stimme klang gleichgültig und monoton und ließ nur einen Anflug von Furcht erkennen. Aber seine Augen spiegelten das deutlich wider, was seine Stimme verbarg.

Wir gingen in den zweiten Stock hinauf. Danny schien vor der Tür zum Arbeitszimmer seines Vaters zu zögern, beinahe so, als wünschte er, nicht wieder hineingehen zu müssen. Dann öffnete er die Tür, und wir traten ein.

Es war fast ein Jahr her, seit ich zum letzten Mal in Rebbe Saunders' Arbeitszimmer gewesen war, aber es hatte sich darin nichts verändert. Da stand derselbe massive Schreibtisch aus Schwarzholz mit seiner Glasplatte, lag derselbe rote Teppich, standen dieselben hölzernen Bücherschränke mit Glasfront, die randvoll mit Büchern waren, hing derselbe muffige Geruch alter Bücher in der Luft, brannte dieselbe einzelne Glühbirne hell hinter ihrer Deckenbefestigung. Es hatte sich wirklich nichts verändert – nichts, bis auf Rebbe Saunders selbst.

Er saß in seinem roten Ledersessel mit der geraden Rückenlehne und schaute mich von seinem Schreibtisch her an. Sein Bart war fast völlig grau geworden, und er saß gekrümmt da, als ob er etwas auf seinen Schultern trüge. Seine Stirn war von Runzeln durchfurcht, seine dunklen Augen sahen grüblerisch aus und funkelten in einer Art unsichtbarem Leiden, und die Finger seiner rechten Hand spielten abwesend mit einer langen, grauen Schläfenlocke.

Er begrüßte mich leise, reichte mir aber nicht die Hand. Ich hatte das Gefühl, daß Händeschütteln eine körperliche Anstrengung für ihn darstellte, die er vermeiden wollte.

Danny und ich setzten uns auf die Stühle neben seinem Schreibtisch, Danny zu seiner Rechten, ich zu seiner Linken. Dannys Gesicht war ausdruckslos, verschlossen. Er zerrte nervös an einer Schläfenlocke.

Rebbe Saunders rutschte im Sessel etwas vor und legte die Hände auf den Schreibtisch. Langsam schlug er den Talmud zu, in dem Danny und er studiert hatten. Dann stieß er einen Seufzer aus, einen tiefen, bebenden Seufzer, der die Stille des Zimmers ausfüllte wie ein Luftzug.

»Nu, Reuven«, sagte er, »endlich, endlich kommst du, um mich zu sehen.« Er sprach jiddisch, und seine Stimme zitterte ein wenig, als die Wörter hervorgestoßen wurden.

»Ich bitte um Entschuldigung«, gab ich stockend auf englisch zurück.

Er nickte, und seine rechte Hand erhob sich und strich durch den grauen Bart. »Du bist ein Mann geworden«, sagte er leise. »Als du das erste Mal hier gesessen hast, bist du noch ein Junge gewesen. Jetzt bist du ein Mann.«

Danny schien sich plötzlich bewußt zu werden, daß er seine Schläfenlocke um den Finger drehte. Er ließ seine Hand in den Schoß sinken, faltete die Hände fest, saß ganz still da und starrte seinen Vater an.

Rebbe Saunders blickte mich an, lächelte schwach und nickte mir zu. »Mein Sohn, mein Daniel ist auch ein Mann geworden. Es ist eine große Freude für einen Vater zu sehen, daß sein Sohn plötzlich zum Mann geworden ist.«

Danny rutschte leicht im Sessel vor und saß dann wieder still.

»Was machst du nach deinem Collegeabschluß?« fragte Rebbe Saunders leise.

»Ich muß für meine Smicha noch ein Jahr studieren.«

»Und dann?«

»Dann werde ich Rabbi.«

Er sah mich an und kniff die Augen zusammen. Ich hatte den Eindruck, daß er einen Augenblick lang ganz steif wurde, als habe er plötzlich Schmerzen. »Du willst Rabbi werden«, murmelte er, wobei er mehr zu sich selbst als zu mir sprach. Einen Augenblick lang schwieg er. »Ja, ich erinnere mich... Ja...« Er seufzte erneut und schüttelte langsam den Kopf, sein grauer Bart schwang hin und her. »Mein Daniel empfängt seine Smicha im Juni«, sagte er leise. Dann fügte er hinzu: »Im Juni... Ja... Seine Smicha... Ja...« Die Worte verhallten ziellos, zusammenhanglos und hingen eine Weile lang, während der angespanntes Schweigen herrschte, in der Luft.

Dann ließ er seine rechte Hand langsam über den zugeschlagenen Talmud gleiten, und seine Finger streichelten den hebräischen Titel des Traktats, der auf dem Buchrücken eingeprägt war. Daraufhin faltete er seine Hände und ließ sie auf dem Talmud ruhen. Sein Körper folgte den Bewegungen seiner Hände, und seine grauen Schläfenlocken baumelten an den Seiten seines bejahrten Gesichts.

»Nu«, sagte er mit sanfter Stimme, so leise, daß ich ihn kaum hören konnte, »im Juni fangen mein Daniel und sein guter Freund an, verschiedene Wege zu gehen. Sie sind Männer und keine Kinder mehr, und Männer gehen verschiedene Wege. Du gehst deinen Weg, Reuven. Und mein Sohn, mein Daniel, er geht... er geht einen anderen Weg.«

Ich sah, wie Danny mit offenem Mund dasaß. Er wurde kurz wie von einem Krampf geschüttelt. Verschiedene Wege, dachte ich. *Verschiedene* Wege. Dann...

»Ich weiß«, murmelte Rebbe Saunders, als ob er meine Gedanken lesen würde. »Ich habe es seit langem gewußt.«

Danny ließ ein gedämpftes, halb ersticktes, zittriges Stöhnen hören. Rebbe Saunders sah ihn nicht an. Er hatte ihn nicht ein einziges Mal angesehen. Er sprach über mich zu Danny.

»Reuven, ich möchte, daß du genau dabei zuhörst, was ich dir jetzt sage.« Er hatte gesagt: Reuven. Seine Augen hatten gesagt: Danny. »Du wirst es nicht verstehen. Vielleicht wirst du es nie verstehen. Und vielleicht hörst du niemals auf, mich für das zu hassen, was ich getan habe. Ich weiß, was du empfindest. Kann ich es nicht in deinen Augen lesen? Aber ich möchte, daß du zuhörst.

Ein Mensch wird nur mit einem kleinen Funken des Guten zur Welt gebracht. Der Funke ist Gott, er ist die Seele; der Rest ist schändlich und böse, eine Hülle. Der Funke muß gehütet werden wie ein Schatz, er muß genährt werden, er muß zu einem Feuer entfacht werden. Er muß lernen, andere Funken ausfindig zu machen, er muß die Hülle beherrschen. Alles kann eine Hülle sein, Reuven. Alles. Gleichgültigkeit, Faulheit, Brutalität und Genialität. Ja, selbst ein großer Verstand kann eine Hülle sein und den Funken ersticken.

Reuven, der Herr der Welt hat mich mit einem hochbegabten Sohn gesegnet. Und er hat mich mit den ganzen Problemen gestraft, die bei seiner Erziehung aufgetreten sind. Ach, was es doch bedeutet, einen hochbegabten Sohn zu haben! Nicht einen klugen Sohn, Reuven, sondern einen hochbegabten Sohn, einen Daniel, einen Jungen mit einem Verstand wie ein Juwel. Ach, was für eine Strafe ist es doch, was für eine Qual ist es doch, einen Daniel zu haben, dessen Verstand wie eine Perle ist, wie eine Sonne. Reuven, als mein Daniel vier Jahre alt war, habe ich ihn eine Geschichte in einem Buch lesen sehen. Und ich bekam einen Schrecken. Er hat die Geschichte nicht gelesen, er hat sie verschlungen, wie man sich Essen oder Wasser einverleibt. Da war keine Seele in meinem vierjährigen Daniel, da war nur sein Verstand. Da war bloß Verstand in einem Körper ohne Seele. Es war eine Geschichte in einem jiddischen Buch über einen armen Juden und sein Streben, nach Erez Jisroel zu gelangen, bevor er starb. Ach, was dieser Mann zu erleiden hatte! Und meinem Daniel *gefiel* die Geschichte, ihm *gefiel* die letzte furchtbare Seite, denn als er sie zu Ende gelesen hatte, war er sich zum ersten Mal darüber im klaren, was für ein Gedächtnis er hatte. Er sah mich voller Stolz an und erzählte mir die Geschichte aus dem Gedächtnis nach, und ich weinte in meinem Innersten. Ich ging fort und rief zum Herrn der Welt: »Was hast du mir angetan? Brauche ich einen Verstand wie diesen für meinen Sohn? Ein *Herz* brauche ich für meinen Sohn, eine *Seele* brauche ich für meinen Sohn, *Mitgefühl* will ich von meinem Sohn, Rechtschaffenheit, Barmherzigkeit, die Kraft, um Schmerz auf sich nehmen und Leid ertragen zu können, *das* will ich von meinem Sohn, nicht einen Verstand ohne Seele!«

Rebbe Saunders hielt inne, zitterte und holte tief Luft. Ich versuchte zu schlucken, mein Mund war vollkommen trocken. Danny saß da und wischte sich mit der rechten Hand über die Augen, seine Brille hatte er auf die Stirn hochgeschoben. Er weinte still vor sich hin, und seine Schultern bebten. Rebbe Saunders blickte ihn nicht an.

»Mein Bruder war genau wie mein Daniel«, fuhr er leise fort. »Was für einen Verstand hat er gehabt. Was für einen Verstand. Aber er war wiederum nicht wie mein Daniel. Mein Daniel ist, Gott sei Dank, gesund. Aber mein Bruder war viele, viele Jahre lang krank. Sein Verstand hatte ein brennendes Verlangen nach Wissen. Aber viele Jahre lang war sein Körper durch eine Krankheit geschwächt. Und deshalb hat mein Vater ihn nicht so erzogen, wie er mich erzogen hat. Als es ihm gut genug ging, daß er zu einer Jeschiwa gehen und dort studieren konnte, war es zu spät.

Ich war noch ein Kind, als er abreiste, um in Odessa zu studieren, aber ich erinnere mich immer noch daran, wozu er mit seinem Verstand fähig war. Aber sein Verstand war kühl, Reuven, beinahe unbarmherzig, unberührt von seiner Seele. Er war hochmütig, arrogant, ungeduldig mit Leuten von geringerem Verstand, und er ging auf seiner Suche nach Wissen den Weg, den ein Eroberer auf dem Weg zur Macht geht. Er konnte nicht verstehen, was Schmerz ist, er verhielt sich menschlichem Leid gegenüber gleichgültig und ungeduldig. Er war selbst der Krankheit seines eigenen Körpers gegenüber ungeduldig. Ich habe meinen Bruder niemals wiedergesehen, nachdem er zu der Jeschiwa abgereist war. In Odessa geriet er unter den Einfluß eines Maskil, eines rationalistischen Gegners des Chassidismus, und ging nach Frankreich, wo er ein großer Mathematiker wurde und an einer Universität lehrte. Er starb in einer Gaskammer in Auschwitz. Ich habe vor vier Jahren davon erfahren. Er war Jude, als er starb, er befolgte nicht die Gebote, aber er war, Gott sei Dank, kein Konvertit. Ich würde gern daran glauben, daß er, bevor er starb, erfahren hat, wieviel Leid es auf der Welt gibt. Ich hoffe, daß es so war. Das wird seine Seele gerettet haben.

Reuven, hör zu, was ich dir jetzt sage, und behalte es im Gedächtnis. Du bist ein Mann, aber es werden Jahre vergehen, bis du meine Worte verstehst. Vielleicht wirst du sie nie verstehen. Aber hör mir bis zum Ende zu und hab Geduld.

Als ich noch klein war, hat mein Vater, möge er in Frieden ruhen, angefangen, mich mitten in der Nacht aufzuwecken, damit ich weinte. Ich war noch ein Kind, aber er weckte mich auf und erzählte mir Geschichten von der Zerstörung Jerusalems und den Leiden der Israeliten, und ich weinte. Das hat er jahrelang so gemacht. Einmal hat er mich zu einem Besuch in ein Krankenhaus mitgenommen – ach, was für eine Erfahrung das war! –, und oft hat er mich mitgenommen, wenn er die Armen besuchte, die Bettler, um dem zuzuhören, was sie zu sagen hatten. Mein Vater selber redete nie mit mir, außer wenn wir zusammen studierten. Er lehrte mich mittels Schweigen. Er brachte mir bei, in mich selbst zu schauen, meine eigene Kraft zu entdecken, in mir selbst in Begleitung meiner Seele umherzuwandeln. Wenn seine Leute ihn fragten, warum er seinem Sohn gegenüber so schweigsam sei, sagte er zu ihnen, daß er nicht reden mochte, Wörter sind grausam, Wörter spielen einem Streiche, sie verdrehen das, was man auf dem Herzen hat, sie verbergen das Innerste, das Innerste äußert sich mittels Schweigen. Man lernt den Schmerz anderer Leute dadurch kennen, daß man seinen eigenen Schmerz erleidet, sagte er, indem man sich nach innen wendet, indem man seine eigene Seele entdeckt. Und es ist wichtig, den Schmerz zu kennen, sagte er. Das zerstört unsere Überheblichkeit, unsere Arroganz, unsere Gleichgültigkeit gegenüber anderen. Es führt uns vor Augen, wie klein und vergänglich wir sind und wie sehr wir auf den Herrn der Welt angewiesen sind. Nur langsam, sehr langsam, fing ich an zu verstehen, was er meinte. Jahrelang verwirrte und ängstigte mich sein Schweigen, obwohl ich ihm immer vertraute, ihn niemals dafür verabscheute. Und als ich alt genug war, um zu verstehen, sagte er mir, daß vor allen anderen Leuten besonders ein Zaddik den Schmerz kennen müsse. Ein Zaddik muß wissen, wie er für seine Leute leidet, sagte er. Er muß ihnen ihren Schmerz abnehmen und ihn auf seinen eigenen Schultern tragen. Er muß ihn immer tragen. Er muß vor der Zeit alt werden. Er muß weinen, in seinem Innersten muß er immer weinen. Selbst wenn er singt und tanzt, muß er wegen der Leiden seines Volkes weinen.

Du verstehst das nicht, Reuven. Ich sehe an deinen Augen, daß du es nicht verstehst. Aber mein Daniel versteht es jetzt. Er versteht es gut.

Reuven, ich habe nicht gewollt, daß mein Daniel wie mein Bruder wird, möge er in Frieden ruhen. Besser, ich hätte überhaupt keinen Sohn, als einen hochbegabten Sohn, der keine Seele hat. Ich habe meinen Daniel betrachtet, als er vier Jahre alt war, und ich habe zu mir selber gesagt: Wie soll ich diesem Verstand beibringen, was es bedeutet, eine Seele zu haben? Wie soll ich diesem Verstand beibringen, Leid zu verstehen? Wie soll ich ihm beibringen, das Leid eines anderen Menschen auf sich nehmen zu *wollen?* Wie soll ich das erreichen, ohne meinen Sohn zu verlieren, meinen teuren Sohn, den ich so sehr liebe wie den Herrn der Welt selber? Wie soll ich das erreichen, ohne meinen Sohn, Gott bewahre, dazu zu veranlassen, vom Herrn der Welt und Seinen Geboten abzufallen? Wie könnte ich meinen Sohn auf die Art und Weise lehren, wie mein Vater mich gelehrt hat, ohne ihn von der Tora abzubringen? Denn das hier ist Amerika, Reuven. Das hier ist nicht Europa. Es ist eine freie Welt. Hier gibt es Bibliotheken und Bücher und Schulen. Hier gibt es große Universitäten, die sich nicht darum scheren, wieviele jüdische Studenten sie haben. Ich wollte meinen Sohn nicht Gott entfremden, aber ich wollte nicht, daß er zu einem Menschen mit Verstand, aber ohne Seele heranwächst. Ich wußte schon, als er noch ein kleiner Junge war, daß ich seinen Verstand nicht daran hindern könnte, in die Welt hinauszugehen, um Wissen zu erlangen. In meinem Innersten wußte ich, daß der ihn davon abhalten könnte, meinen Platz einzunehmen. Aber ich mußte ihn daran hindern, daß er ihn völlig vom Herrn der Welt abbrachte. Und ich mußte sichergehen, daß seine Seele die Seele eines Zaddik sein würde, egal, was er mit seinem Leben anfängt.«

Er schloß die Augen und schien sich in sich selbst zurückzuziehen. Seine Hände zitterten. Er schwieg lange. Tränen liefen langsam an seiner Nase herunter und verloren sich in seinem Bart. Ein zitternder Seufzer erfüllte das Zimmer. Dann öffnete er die Augen und starrte auf den zugeschlagenen Talmud auf dem Schreibtisch hinunter. »Ach, was für ein Preis zu zahlen ist... Die Jahre, in denen er noch ein Kind war und ich ihn liebkoste und mit ihm redete und ihn unter meinem Tallis hielt, wenn ich betete... ›Warum weinst du, Vater?‹ fragte er einmal unter dem Tallis hervor. ›Weil die Menschen leiden‹, sagte ich ihm. Er konnte das nicht verstehen. Ach, was bedeutet es, einen Verstand ohne Seele zu haben, wie schändlich das ist... Das waren die Jahre, in denen er lernte, mir zu vertrauen und mich zu lieben... Und als er älter war, die Jahre, in denen ich mich von ihm zurückzog... ›Vater, warum hast du aufgehört, meine Fragen zu beantworten?‹ hat er mich einmal gefragt. ›Du bist alt genug, um in deiner eigenen Seele nach Antworten zu suchen‹, habe ich ihm geantwortet. Einmal hat er gelacht und gesagt: ›Vater, dieser Mann ist so ein Dummkopf.‹ Ich bin böse geworden. ›Schau in seine Seele‹, habe ich ihn aufgefordert. ›Begib dich in seine Seele und sieh die Welt durch seine Augen. Du wirst den Schmerz kennenlernen, den er wegen seiner Unwissenheit empfindet, und du wirst nicht mehr lachen.‹ Er war verwirrt und verletzt. Die Alpträume, die er von da an hatte... Aber er lernte, eigene Antworten zu finden. Er litt und lernte, dem Leiden anderer zuzuhören. In dem Schweigen, das zwischen uns herrschte, fing er an, die Klage der Welt zu hören.«

Er hielt inne. Ein Seufzer kam über seine Lippen, ein langer, bebender Seufzer wie ein Ächzen. Dann blickte er mich an, und seine Augen waren tränennaß von seinem eigenen Leid. »Reuven, du und dein Vater, ihr seid ein Segen für mich gewesen. Der Herr der Welt hat euch meinem Sohn gesandt. Er hat euch gesandt, als mein Sohn im Begriff war, sich aufzulehnen. Er hat euch gesandt, um den Worten meines Sohnes zuzuhören. Er hat euch gesandt, damit ihr meine geschlossenen Augen und meine verschlossenen Ohren seid. Ich habe auf deine Seele geschaut, Reuven, und nicht auf deinen Verstand. In den Schriften deines Vaters habe ich auf seine Seele geschaut und nicht auf seinen Verstand. Wenn du den Fehler in der Gematrie nicht gefunden hättest, Reuven, hätte das einen Unterschied gemacht? Nein. Der Fehler in der Gematrie hat mir nur gesagt, daß du Verstand hast. Aber deine Seele habe ich schon gekannt. Ich habe sie erkannt, als mein Daniel heimkam und mir sagte, daß er dein Freund sein wollte. Ach, du hättest seine Augen an diesem Tag sehen sollen. Du hättest seine Stimme hören sollen. Welche Mühe es ihm bereitete, mit mir zu reden. Aber er redete. Reuven, ich habe deine Seele gekannt, bevor ich deinen Verstand oder dein Gesicht kannte. Unzählige Male habe ich dem Herrn der Welt dafür gedankt, daß Er meinem Sohn dich und deinen Vater gesandt hat.

Du denkst, daß ich grausam war? Ja, ich sehe an deinen Augen, daß du denkst, ich sei grausam zu meinem Daniel gewesen. Vielleicht. Aber er hat gelernt. Soll mein Daniel ruhig Psychologe werden. Ich weiß, daß er Psychologe werden will. Sehe ich denn seine Bücher nicht? Habe ich denn die Briefe von den Universitäten nicht gesehen? Sehe ich denn seine Augen nicht? Höre ich denn das Flehen seiner Seele nicht? Natürlich weiß ich es. Ich weiß es schon lange. Soll mein Daniel ruhig Psychologe werden. Ich habe keine Angst mehr davor. Sein ganzes Leben lang wird er ein Zaddik sein. Er wird ein Zaddik für die Welt sein. Und die Welt braucht einen Zaddik.«

Rebbe Saunders hielt inne und wandte seinen Blick langsam seinem Sohn zu. Danny saß immer noch mit der Hand vor Augen da, und seine Schultern bebten. Rebbe Saunders schaute seinen Sohn lange an. Ich hatte das Gefühl, daß er sich auf eine ungeheure Anstrengung vorbereitete, eine, die die geringe Kraft, die er noch besaß, vollkommen aufbrauchen würde.

Dann sprach er den Namen seines Sohnes aus.

Es herrschte Schweigen.

Rebbe Saunders sprach noch einmal den Namen seines Sohnes aus. Danny nahm die Hand von den Augen und sah seinen Vater an.

»Daniel«, sagte Rebbe Saunders fast im Flüsterton, »wenn du weggehst, um zu studieren, wirst du dann deinen Bart abrasieren und die Schläfenlocken abschneiden?«

Danny starrte seinen Vater an. Seine Augen waren feucht. Langsam nickte er.

Rebbe Saunders blickte ihn an. »Wirst du auch weiterhin die Gebote beachten?« fragte er leise.

Danny nickte noch einmal.

Rebbe Saunders setzte sich langsam in seinem Sessel zurück. Und seinen Lippen entschlüpfte ein leises, zittriges Seufzen. Einen Augenblick lang schwieg er, und seine Augen waren weit aufgerissen, trübe, grüblerisch und starrten seinen Sohn an. Er nickte einmal, als ob er zu guter Letzt seinen leidvollen Sieg bestätigt sähe.

Dann sah er mich wieder an, und seine Stimme klang freundlich, als er sprach. »Reuven, ich... ich bitte dich, mir zu vergeben... mein Zorn... über den Zionismus deines Vaters. Ich habe seine Rede gelesen... ich... ich habe meinen eigenen Sinn für... den Tod meines Bruders... für den Tod der sechs Millionen gefunden. Ich habe ihn in Gottes Willen gesehen... den ich mir nicht zu verstehen anmaße. Ich habe ihn nicht… ich habe ihn nicht in einem jüdischen Staat gesehen, der Gott und seiner Tora nicht folgt. Mein Bruder… die anderen… sie konnten nicht – sie konnten nicht für so einen Staat gestorben sein. Verzeih mir… dein Vater… es ist zu viel gewesen… zu viel…«

Ihm versagte die Stimme. Er riß sich zusammen. Sein Bart bewegte sich leicht zum Zittern seiner Lippen.

»Daniel«, sagte er mit brüchiger Stimme. »Verzeih mir… alles… was ich getan habe. Ein… ein klügerer Vater… hätte vielleicht anders gehandelt. Ich bin nicht… klug.«

Er erhob sich langsam und gramgebeugt. »Heute ist das… das Fest der Freiheit.« Seine Stimme klang ein wenig bitter. »Heute ist mein Daniel frei… ich muß gehen… ich bin sehr müde… ich muß mich hinlegen.«

Er ging mit schweren Schritten aus dem Zimmer, seine Schultern vornübergeneigt, das Gesicht alt und schmerzgequält.

Die Tür klinkte leise zu.

Dann saß ich da und hörte zu, wie Danny weinte. Er hielt das Gesicht in seinen Händen, und sein Schluchzen zerriß die Stille des Zimmers und schüttelte seinen Körper. Ich ging zu ihm hinüber und legte meine Hand auf seine Schulter und spürte, wie er bebte und weinte. Und dann weinte auch ich, weinte stumm mit Danny wegen seines Schmerzes und wegen seiner Leidensjahre, und ich wußte, daß ich ihn gern hatte, und wußte nicht, ob ich die langen, qualvollen Jahre seines Lebens gut oder schlecht finden sollte. Er weinte lange, und ich ließ ihn im Sessel sitzen, ging zum Fenster und hörte seinem Schluchzen zu. Die Sonne stand tief über den Sandsteinhäusern auf der anderen Seite des Hofs, und ein Götterbaum, dessen hervorsprießende Zweige einen Spitzenvorhang formten, durch den sanft der Wind wehte, zeichnete sich gegen ihren goldenen Kranz ab. Ich sah dem Sonnenuntergang zu. Der Abend breitete sich langsam am Himmel aus.

Später machten wir einen Spaziergang durch die Straßen. Wir gingen stundenlang umher, ohne etwas zu sagen, und gelegentlich sah ich ihn seine Augen reiben und hörte ihn aufseufzen. Wir gingen an der Synagoge vorbei, an den Läden und Häusern, vorbei an der Bibliothek, in der wir gesessen und gelesen hatten, gingen schweigend dahin und sagten mit diesem Schweigen mehr, als wir in einem ganzen Leben mit Worten hätten sagen können. Spät, spät in jener Nacht verließ ich Danny bei ihm zu Hause und kehrte allein in unsere Wohnung zurück.

Mein Vater war in der Küche, und auf seinem Gesicht lag eine ungewohnte, grüblerische Traurigkeit. Ich setzte mich, und er schaute mich an, und seine Augen sahen ernst aus hinter seiner Nickelbrille. Und ich erzählte ihm alles.

Als ich fertig war, schwieg er lange. Dann sagte er mit sanfter Stimme: »Ein Vater hat das Recht, seinen Sohn auf seine Art zu erziehen, Reuven.«

»Auf *diese* Art, Abba?«

»Ja. Obwohl ich in keiner Weise dafür bin.«

»Was für eine Art ist das, einen Sohn zu erziehen?«

»Es ist vielleicht die einzige Art, um einen Zaddik heranzuziehen.«

»Ich bin froh, daß ich nicht so erzogen worden bin.«

»Reuven«, sagte mein Vater mit sanfter Stimme, »ich mußte dich nicht so erziehen. Ich bin kein Zaddik.«

Während des Morgengottesdienstes am ersten Schabbes im Juni verkündete Rebbe Saunders seiner Gemeinde, daß sein Sohn vorhabe, Psychologie zu studieren. Man begegnete der Ankündigung mit großer Bestürzung. Danny befand sich zu diesem Zeitpunkt in der Synagoge, und alle Blicke wandten sich ihm verwundert zu. Daraufhin legte Rebbe Saunders des weiteren dar, daß das der Wunsch seines Sohnes sei, daß er, als Vater, die Seele und den Verstand seines Sohnes respektiere – in dieser Reihenfolge, wie Danny mir später erzählte –, daß sein Sohn fest vorhabe, weiterhin die Gebote zu beachten, und daß er sich aus diesem Grunde dazu veranlaßt sehe, seinem Sohn seinen Segen zu geben. Die Unruhe unter Rebbe Saunders' Anhängern, die durch diese Ankündigung hervorgerufen wurde, war beträchtlich. Aber niemand wagte es, Einwände gegen Rebbe Saunders' stillschweigend vorgenommene Übertragung der Macht auf seinen jüngeren Sohn zu erheben. Schließlich wurde das Zaddikat vererbt, und das Charisma ging automatisch vom Vater auf den Sohn über – auf alle Söhne.

Zwei Tage später nahm Rebbe Saunders das Versprechen gegenüber der Familie des Mädchens zurück, das Danny heiraten sollte. Es habe deswegen einige Aufregung gegeben, erzählte Danny mir später. Aber nach einer Weile sei wieder Ruhe eingekehrt.

Die Wirkung am Hirsch College hielt, nachdem die Nachricht von Rebbe Saunders' Ankündigung bekannt geworden war, ungefähr zwei oder drei Tage an. Die nichtchassidischen Schüler redeten vielleicht einen Tag lang darüber und vergaßen es dann. Die chassidischen Schüler waren mürrisch, schauten finster drein und vergaßen es dann ebenfalls. Alle waren mit ihren Abschlußprüfungen beschäftigt.

In jenem Juni waren Danny und ich unter den achtundsiebzig Schülern, die, begleitet von zahlreichen Ansprachen, viel Beifall, ehrenhalber verliehenen akademischen Graden und der Gratulation der Familienmitglieder, am Hirsch College ihr Examen machten. Wir hatten beide *summa cum laude* bestanden.

Danny kam eines Abends im September zu uns herüber. Er ziehe in ein Zimmer nahe der Columbia Universität, das er gemietet habe, sagte er, und er wolle sich verabschieden. Sein Bart und seine Schläfenlocken waren abgeschnitten, und er sah blaß im Gesicht aus. Aber in seinen Augen blitzte ein Licht, das einen fast blendete.

Mein Vater lächelte ihn freundlich an. »Die Universität ist nicht so weit weg«, sagte er. »Wir werden dich am Schabbes sehen.«

Danny nickte, und seine Augen leuchteten.

Ich fragte ihn, wie sein Vater darauf reagiert habe, ihn ohne Bart und Schläfenlocken zu sehen.

Er lächelte traurig. »Er ist nicht glücklich darüber. Er hat gesagt, er habe mich fast nicht erkannt.«

»Er hat mit dir geredet?«

»Ja«, erwiderte Danny leise. »Wir reden jetzt miteinander.«

Es entstand eine lange, angenehme Pause. Ein kühles Lüftchen wehte geräuschlos durch die geöffneten Wohnzimmerfenster.

Dann beugte sich mein Vater in seinem Sessel vor. »Danny«, sagte er mit sanfter Stimme, »wenn du selber einen Sohn hast, wirst du ihn mit Schweigen erziehen?«

Danny sagte lange nichts. Dann fuhr seine rechte Hand langsam zu seiner Wange, und er streichelte mit Daumen und Zeigefinger eine nur in seiner Vorstellung existierende Schläfenlocke.

»Ja«, sagte er. »Wenn mir kein anderer Weg einfällt.«

Mein Vater nickte mit ruhigem Blick.

Später ging ich mit Danny auf die Straße hinaus.

»Kommst du samstags manchmal rüber, und wir studieren den Talmud mit meinem Vater?« fragte er.

»Natürlich«, antwortete ich.

Wir schüttelten einander die Hand, und ich sah zu, wie er schnell davonging, hochgewachsen, hager, vornübergebeugt, begierig und hungrig auf die Zukunft, während das Geräusch der Metallbeschläge seiner Schuhe auf dem Gehweg zu hören war. Dann bog er in die Lee Avenue ein und war verschwunden.

Glossar

Kurz erläutert werden nur Begriffe, die der Erzähler im Text nicht ausreichend erklärt. Weiterführende Literaturhinweise: Gershom Scholem, Die jüdische Mystik, Frankfurt 1976. Jüdische Lebenswelten, hrsg. von Andreas Nachama und Gereon Sievernich, Berlin 1991.

Atah ächad: Teil des Bekenntnisgebets der Juden »Höre Israel, der Herr ist unser Gott, der Herr ist Einer!« Die Märtyrer der jüdischen Gemeinde starben seit je mit dem lang hingezogenen *ächad* (»der Herr ist Einer«) auf den Lippen.

Awoda sara: Götzendienst, fremder Dienst; Traktat im Talmud über Götzendienst und über Abgrenzung gegenüber Völkern, die diesen praktizieren.

Baal-shem Tow: Herr des guten Namens; Bezeichnung für Israel Ben Elieser von Miedzyborz (1698-1759), Begründer des Chassidismus. Auch Beiname für kabbalistische und chassidische Wundertäter, die mit dem Gottesnamen heilten.

Bawa batra: letztes Tor; Traktat im Talmud zu Gesetzen, z. B. über Nutzen und Verkauf von Häusern und Grundstücken, Erbschaftsrecht und Vermögensteilung u. ä.

Challa: Teig; Traktat im Talmud. Geflochtenes Weißbrot, das zusammen mit anderen Speisen, z. B. Fisch und Zwiebeln, zu den traditionellen Sabbatspeisen gehört.

Chassidismus: jüdische religiös-mystische Bewegung ursprünglich in den osteuropäischen Ländern. In der zweiten Hälfte des 18. Jahrhunderts durch Israel Ben Elieser gegründet. Der Chassidismus betont die Allgegenwart der Offenbarung Gottes gegenüber dem Gesetzesglauben.

Chassid / Chassidim: Frommer/die Frommen; Anhänger des Chassidismus.

Gittin: Scheidebrief; Traktat im Talmud über Ehescheidung.

Hawdala: kurzes Abendgebet, welches das Ende des Sabbats anzeigt.

Jeschiwa: jüdische Schule für Knaben, in der das Studium des Talmud den größten Teil des Unterrichtstoffes einnimmt.

Joma: Versöhnungstag; Traktat im Talmud über den bedeutsamsten Tag des jüdischen Jahres.

Kaddisch: jüdisches Totengebet.

Kaschruth: von koscher; bezeichnet das Koscherwesen, und damit alle Einrichtungen der Gemeinde, die für die Versorgung der Gläubigen mit rituell erlaubten Lebensmitteln bürgen.

koscher: nach den jüdischen Speisegesetzen »rituell rein« und den Gläubigen zum Genuß erlaubt.

Kidduschin: Anheiligung; Traktat im Talmud über Heiligung von Menschen, über Heiratsfragen, Erwerb von Gütern, verschiedene Gebote für Mann und Frau sowie über die Ethik der Berufswahl.

Mincha: Nachmittagsgottesdienst.

Mitnagged / Mitnaggdim: Gegner des Chassidismus. Bauen auf die Tradition des Scholarentums der berühmten litauischen Tora-Schulen.

Nedarim: Gelübde; Traktat im Talmud über Arten von Entsagungsgelübden, Dauer, Gültigkeit und eventuelle Auflösung.

Pessach / Passa: achttägiges Fest, das in der ersten Frühlingsvollmondnacht beginnt, zum Gedächtnis des Auszugs aus Ägypten.

Pirke Awot: »Sprüche der Väter« im Talmud.

Rabbi: wörtlich »mein Meister«. Der Titel wurde im ersten christlichen Jahrhundert als Anrede für ordinierte Gelehrte, die dem Sanhedrin (oberster Gerichtshof) angehörten, üblich. Später wurde er allgemeiner Titel für ordinierte Gelehrte in Israel, die selbständige Entscheidungen fällen konnten.

Raw (amerikanisch *Rav*) ist eine Variante von Rabbi und bedeutet »Meister«. Traditioneller und offizieller Titel eines Gemeinderabbiners.

Rebbe: Leiter (manchmal auch Gründer) einer chassidischen Gemeinde.

Sanhedrin: Ein wichtiger Talmudtraktat, der sich mit Fragen des Strafrechtes und mit verschiedenen Gerichtshöfen befaßt, deren höchste und letzte Instanz der *Hohe Rat* ist. Mit dem hebraisierten griechischen Wort »Synhedrion«/»Sanhedrin« wird diese Institution und die über sie handelnde Literatur bezeichnet.

Schabbes: jiddisch für Sabbat (hebr.: Schabbat). Jüdischer Ruhe- und Feiertag, der Gott geheiligt ist (5 Mose 5,12), da er selbst nach der Schöpfung am 7. Tag ruhte. Beginnt Freitag abend mit Sonnenuntergang und endet Samstag abend mit Einbruch der Dunkelheit. Bereits Donnerstag abend bereitet die Hausfrau die traditionellen Speisen für den Sabbat vor. Der Sabbat ist ein Tag vollkommener Entspannung und Besinnlichkeit, der im Kreise der Familie und in der Synagoge mit Essen, Beten, und Singen verbracht wird.

Schamaschim: Leibwächter.

Schaufäden (auch: Merkfransen): Teil der Kleidung orthodoxer Juden. Ihr Anblick soll den Frommen an Gott und sein Gebot erinnern (4 Mose 15, 37 ff.: »Da sprach der Herr zu Mose: Rede zu den Söhnen Israels, sage zu ihnen, sie sollen sich Fransen machen an die Zipfel ihrer Kleider, für sich und ihre Geschlechter, und sie sollen einen purpurblauen Faden an die Zipfelfransen geben. Und das sollen euch Merkfransen sein: Wenn ihr sie anseht, sollt ihr aller Gebote des Herrn gedenken und sie tun und nicht euren Herzen und euren Augen nachgehen, denen ihr nachhurt...«

Schläfenlocken / Pejes: (wörtlich: Ecken). In 3 Mose 19, 27 begründete Sitte, sich Schläfenlocken oder Bart entweder gar nicht oder nur wenig abzuschneiden.

Schrein: Aufbewahrungsort für die *Tora;* meist ein verzierter Schrank. Dort wird das auf Pergament geschriebene Fünfbuch Mose aufgerollt und, mit einer Torakrone versehen und in ein Toramäntelchen gepackt, verwahrt. Zur Verlesung feierlich ausgehoben und entrollt, darf der heilige Text nicht mit bloßen Fingern berührt werden, vielmehr führt der zum Lesen Bestimmte einen Torazeiger (in Gestalt einer Hand mit ausgestrecktem Zeigefinger) den Text entlang. *Tora* meint in einem weiteren Sinn allgemein die Lehre des Judentums.

Smiros: Gesänge. Tischgesänge bei der häuslichen Sabbatfeier (am Freitag abend und am Samstag).

Tfillin: Gebetsriemen mit Gebetskapseln, die, auf Pergament geschrieben, das *Schma* (hebr. *Höre*) enthalten; binden sich religionsmündige männliche Juden beim werktäglichen Gebet an den linken Arm und auf die Stirn. (5 Mose 6, 4-9; 5 Mose 11, 13-21 und 4 Mose 15, 37-41; Folge von drei Bibelabschnitten, die mit »Höre Israel« beginnen.)

Talmud: Lehre, Studium. Eine Zusammenfassung der gesamten jüdischen Tradition in bezug auf Religion, Rechts- und Lebensfragen, die in den Werken *Mischna* und *Gemara* erhalten sind.

Mischna (= Wiederholung): Grundschrift des Talmud, die Lehren der Tannaiten in der Form, in der sie Rabbi Jehuda um das Jahr 200 geordnet hat.

Gemara (= Vollendung): die Lehren der Amoräer (maßgebend war Rabbi Jochanan), die meist auf Diskussionen der Mischna beruhen und als laufender Kommentar zur Mischna mit dieser zusammen den Inhalt des Jerusalemischen und Babylonischen Talmud bilden. Die Gemara bildet den zweiten, weitaus größten Teil des Talmud. Begonnen wurde der Talmud im 6. Jahrhundert vor Chr., abgeschlossen im 5. Jahrhundert nach Chr.

Zaddik / Zaddikim: Gerechter, Bewährter. Zunächst konnte jeder Chasid zum Zaddik werden; später ging die Leitung an Zaddikim über, die ihre Würde vererbten.

Patrick McCabe bei Rotbuch

Patrick McCabe

Der Schlächterbursche

260 Seiten
DM 38,-/sFr 39,-/öS 297,-
ISBN 3-88022-813-2
Aus dem Englischen von
Hans-Christian Oeser
Gebunden mit Schutzumschlag

Roman

ROTBUCH *Verlag*

Parkallee 2
20144 Hamburg
Tel. 040/450194-0
Fax 040/450194-55